Amy Daws

Resistenza

Serie Harris Brothers Vol. 2

Traduzione: Carmelo Massimo Tidona

www.hopeedizioni.it
info@hopeedizioni.it

Titolo Originale: Endurance

ISBN: 9788855313834

Published by arrangement with Bookcase Literary Agency.

Progetto grafico di copertina a cura di FranLu
Immagini su licenza Bigstock.com e Depositphoto.com
Fotografi: Pattadis e Alexkravtsov

Traduzione: Carmelo Massimo Tidona
Editing: Done&Tail
Riletture finali: Stefania Bilotti, Silvia Bortoli, Silvia C..
Impaginazione: Cristina Ciani

Prima edizione cartacea novembre 2021

Capitolo 1

Pazze

Tanner

È questo che si ottiene a scopare con una pazza.

Con un pesante sospiro, sposto i piedi avanti e indietro sulla nuda pietra mentre la fresca aria di ottobre investe ogni centimetro del mio corpo.

«Il minimo che potrebbe fare sarebbe spegnere le luci delle scale all'entrata» mormoro a me stesso, piegandomi in avanti e migliorando la presa sui miei *gioielli*. «Kat!» urlo in un sussurro al portone chiuso. Gli unici rumori che sento sono quelli della discussione che sta andando avanti ormai da quasi cinque minuti. «Apri questa cazzo di porta! Sono qua fuori con l'uccello tra le mani, per l'amor di Dio. È una vera merda!»

Le urla cessano. Sgrano gli occhi e di colpo non sono così sicuro di voler scoprire cosa succede dall'altra parte della porta. Magari starmene in piedi nudo, all'angolo di una strada di Londra, è un'opzione migliore rispetto ad affrontare quel collerico drago sputafuoco che è Kat.

Con un acuto cigolio, il portone si apre e mi trovo davanti degli occhi scuri come la notte, capelli gonfi come zucchero filato e un labbro che si curva imitando quello di un cane pronto ad azzannarmi.

«Cosa di preciso ritieni che sia una vera merda, Tanner?» Lei avanza, costringendomi a indietreggiare lungo gli scalini.

Guardo ovunque tranne che nei suoi occhi, perché sono piuttosto sicuro che potrebbero tramutarmi in pietra. «Ehm… niente. Mi chiedevo solo… se potessi… fare un salto dentro e prendere i miei vestiti, poi me ne andrei.»

«Te ne andrai eccome. Ma se pensi che metterai di nuovo piede in casa mia, ti sbagli di grosso. Mi hai chiamata col nome di mia sorella!»

«Vero, ma voi due vi assomigliate…»

«E lo hai fatto *dopo* avermi detto che succhiava il cazzo meglio di me!»

«Mi hai frainteso…» balbetto.

Sbatte le mani sul telaio della porta come se stesse cercando di trattenersi dal saltarmi addosso. «Ho frainteso la tua richiesta di una cosa a tre?»

Sono lieto che la mia barba riesca a nascondere il terrorizzato tremolio delle labbra, che non è dovuto all'aria fredda. Se percepisce la mia paura, sono morto.

«Ho solo pensato, visto l'incidente del nome, che poteva servire ad aggiustare le cose. Ti sei alterata molto quando hai capito che ero andato a letto con tua sorella, quindi…» Il mio balbettio si interrompe quando noto lo sguardo psicotico nei suoi occhi.

«Tanner Harris?» Mi ritraggo. «VAFFANCULO!» urla lei, e mi sbatte la porta in faccia.

Mi affloscio, mentre ogni speranza di recuperare i vestiti, il portafogli e il telefono crolla in frantumi, sul freddo suolo sotto i miei piedi nudi.

«Vai così, Tanner» mormoro, lasciando andare la presa alle parti basse per allontanarmi i lunghi capelli dagli occhi, e riportando subito le mani a coprirmi gli annessi sferici, che si stanno rimpicciolendo.

È peggio della settimana scorsa, quando sono dovuto saltare da un balcone del secondo piano nello West Yorkshire perché la procace spagnola con la quale mi stavo *intrattenendo* non mi aveva detto di essere fidanzata. Come avrei potuto sapere che in catalano fidanzata si dice *promès*? A mio padre non è piaciuto quando sono spuntate su Twitter foto di me che correvo in un vicolo.

Almeno *lei* mi aveva lanciato le mie cose.

Si gela qua fuori, e le mie ragazze hanno bisogno di protezione contro gli elementi. Muovo la testa in giro, cercando qualche genere di rifugio, quando un paio di fari iniziano a svoltare l'angolo. Risalgo di corsa gli scalini in pietra per nascondermi dietro una colonna, mentre aspetto che l'auto sparisca. «Come cazzo ne vengo fuori stavolta?»

Noto una cabina del telefono rossa, a una ventina di metri di distanza, e mi chiedo se potrei fare una chiamata a carico da lì. Per lo più le cabine sono ornamentali di questi tempi, un monumento iconico davanti al quale i turisti si scattano fotografie. Ma vale la pena controllare, dal momento che non credo che né Kat né sua sorella verranno in mio soccorso nel prossimo futuro. E poi, non posso davvero permettermi di bussare alla porta di nessuno, in questa zona. Abbiamo perso una partita al Tower Park oggi, e potrei essere riconosciuto, visto che mi trovo nei paraggi.

Io e i miei tre fratelli siamo giocatori di calcio professionisti. Io e mio fratello minore, Booker, giochiamo assieme per il Bethnal Green F.C., che si dà il caso sia anche la squadra di cui nostro padre, Vaughn Harris, è l'allenatore. Perciò so con certezza assoluta di essere in territorio verdebianco. *Cristo, riesco perfino a vedere il nostro stadio da qui.*

In aggiunta, quattro mesi fa, il mio gemello, Camden, ci ha messi ancora di più sotto i riflettori, quando la sua storia d'amore col suo chirurgo è finita su tutti i giornali. È stato un incubo mediatico, considerando che nello stesso periodo ha firmato un enorme contratto con l'Arsenal. Tipico di Cam ottenere comunque l'offerta, dopo aver pomiciato in maniera del tutto inappropriata in una sala operatoria.

Grazie a tutta quella pubblicità, i Fratelli Harris sono diventati famosi nel Regno Unito. A mio fratello maggiore, Gareth, hanno persino chiesto di partecipare a *Ballando con le Stelle*, due settimane fa. Perciò, andare porta a porta ora, senza finire in ogni angolo di Internet, è molto improbabile. Sono ufficialmente nella melma, e devo trovare un modo per uscirne senza creare un nuovo scandalo, o mio padre mi ucciderà.

Dopo aver controllato che la via sia libera, corro lungo il vialetto buio verso la cabina. Apro la porta, pronto a tuffarmi all'interno per riscaldarmi, e quasi mi ribalto quando calpesto qualcosa.

Una voce profonda e roca gracchia da sotto il mio piede. «Oh! Questa cabina l'ho presa io, vaffanculo!»

«Cazzo, amico. Scusa. Non ti avevo visto.» Faccio un passo indietro, tenendo la porta aperta con una mano e sforzandomi di tenere le mie bacche e il rametto con l'altra.

La voce graffiante risuona da sotto un cumulo di coperte. L'uomo sembra essere sulla sessantina, con un'incolta barba grigia e grandi occhi rotondi. Si solleva, poggiando un gomito sul grosso borsone di tela che sta usando come cuscino. Lo sguardo gli cade sulla mia mano. «Cavolo, ragazzo! Sei nudo come un verme. Lo sapevi?» Si issa in posizione seduta e blocca la porta aperta con lo stivale, liberandomi la mano perché possa coprirmi un po' di più.

«Ne sono consapevole, grazie. Speravo che in questa cabina ci fosse un telefono.» I denti iniziano a battermi per il freddo.

«Non ci sono più telefoni in questi reperti da museo. Lo sanno tutti» borbotta lui in tono di disapprovazione.

Serro le labbra. «Giusto, beh, come puoi vedere sono un tantino disperato. Tu… dimentica di avermi visto.» Mi volto per andarmene, dandogli così una bella visuale del mio sedere. *È ora di bussare a qualche porta.*

«Se hai bisogno di fare una telefonata, perché non chiedi e basta?»

Mi fermo a metà di un passo e faccio un rapido dietrofront per tornare a guardarlo. Sta agitando per aria un piccolo telefono a conchiglia, nella mia direzione.

«Hai un cellulare?» gli chiedo.

Mi rivolge un sorriso sghembo. «Sarò anche un senzatetto, ma non si dovrebbe mai restare senza un cellulare, ragazzo.» Quando me lo porge, noto le sue unghie sporche e le mani callose. Le mie sembrano quasi femminili in confronto. Nonostante questo, afferro il telefono e lui mormora: «Ecco, ti lascio un po' di privacy.»

«No, non serve che ti alzi» obietto, sentendomi il peggiore degli stronzi per averlo sfrattato da… casa sua.

«Devo ricordarti che non hai pantaloni?» Il suo tono è fermo, ma giurerei di vedere del divertimento nel suo sguardo.

Mi faccio piccolo e annuisco, sentendo evaporare tutta la mia virilità mentre ci scambiamo di posto. Quando chiudo la cabina alle mie spalle, noto che puzza come gli spogliatoi del nostro stadio, dopo un'orrenda partita nel fango.

Espiro. *Va bene, Tanner. Ora chi chiami?*

Ho una grande famiglia. Tre fratelli, una sorella e un padre, che in pratica gestisce la mia carriera. Ma, pur essendo la classica pecora nera, questa situazione è un nuovo record negativo per me. Di solito, quello a cui mi rivolgo è Camden, visto che è il mio gemello e viviamo assieme. Fare cose l'uno per l'altro viene naturale, ma è in viaggio con la sua squadra questa settimana. Dato che Booker vive ancora a casa con nostro padre a Chigwell, so che gli servirebbero almeno trenta minuti per arrivare qui. E il fratellone Gareth gioca nel Man U, quindi è a casa sua, a Manchester.

Cristo, se chiamo mia sorella, Vi farà uno spiedino con le mie palle. È incinta di otto mesi, non posso davvero infastidirla per una cosa del genere. Non solo si incazzerebbe da morire, ma la deluderei moltissimo, e quello è anche peggio dell'umiliazione di essere nudo per strada.

Non conosco a memoria nessuno dei numeri dei miei compagni di squadra, perciò non mi resta che un'unica opzione. Compongo l'ultimo numero che riesco a ricordare.

«Pronto?» risponde una voce femminile.

«Chi parla?» domando, visto che non è la voce che mi aspettavo.

«Ha chiamato lei. Chi è?» ribatte la voce femminile. Una fatale intuizione mi cresce dentro.

«Sono Tanner. Sei tu, Ryan?» Decisamente non il dottore che stavo cercando.

«Tanner? Oh, che piacere.» La voce è piatta e monotona. «Sì, hai indovinato. Bravo. Stella d'oro!» Il suo tono, forzato e condiscendente, è inconfondibile e contraddistingue ormai tutte le nostre conversazioni.

«Perché rispondi al cellulare di Indie?» le chiedo, senza cercare di nascondere l'irritazione.

Era Indie che stavo sperando di contattare. Indie è gentile e brava. È anche follemente innamorata di Camden, perciò so che avrebbe pietà di me. La sua migliore amica e compagna d'appartamento, Belle Ryan, d'altra parte, è meno incline a provare empatia.

«Indie è nella vasca. Mi ha detto di badare al suo telefono e portarglielo solo se avesse chiamato Camden» sbotta lei. «Potrai anche condividere il DNA con quell'uomo, ma non sei *affatto* come lui.»

Un sorriso mi si apre sul volto. «Non voglio neanche sapere cosa intendi perché, conoscendoti, sono sicuro che sia un insulto.»

«Un'altra stella d'oro, Harris.»

«D'accordo, non potresti chiamarla?» sbuffo. «È un'emergenza.»

«Che è successo? Ti sei storto una caviglia mentre ti calavi di nuovo dalla finestra di qualche ragazza? Oh! Stavolta suo marito ti ha preso e ti ha pestato a sangue come meriti? O l'hai chiamata col nome sbagliato mentre eri dentro fino alle palle e ti ha buttato fuori da una finestra chiusa? Indie è il tuo medico per il calcio, Tanner, non una clinica per malattie veneree, conseguenti alle tue tante scappatelle, che peraltro attengono alla tua vita privata.»

Ricaccio indietro un ringhio e rispondo: «Sono bloccato, mi serve un passaggio prima che qualcuno mi veda e chiami i paparazzi. È... una faccenda urgente.» Abbasso lo sguardo sul mio costume adamitico e non posso non pensare di essere caduto più in basso del solito stavolta.

Lei sbuffa. «Dammi l'indirizzo. Glielo dirò.»

Le do le indicazioni e poi chiudiamo senza neanche salutarci. In realtà sono sorpreso che si sia offerta di dare il messaggio a Indie. Il mio rapporto con Belle Ryan è difficoltoso, a dir poco. Nei primi tempi in cui Cam e Indie si sono messi assieme, Belle e io abbiamo flirtato pesantemente ed ero certo che la cosa si sarebbe trasformata in petting spinto e alla fine in una scopata. La chimica sessuale tra noi era intensa.

Ma tutto ciò è stato prima che mio fratello decidesse di innamorarsi.

Qualche mese fa, io e Cam eravamo in un pub chiamato Old George con Belle e Indie e, proprio mentre stavo per arrivare al sodo con la folle dottoressa Ryan, ho visto Camden ballare con Indie. Non era il genere di ballo che gli avevo visto fare migliaia di altre volte con migliaia di altre pollastrelle in vari locali in giro per Londra. Era il genere di ballo che ti vergogni di guardare, perché è un momento davvero privato. Sembravano divinità dell'antica Grecia in cima al loro personale Monte Olimpo, mentre noi li guardavamo dal misero piano umano. Non sono riuscito a convincermi a distogliere lo sguardo, ma quello che ho visto tra loro mi ha messo tremendamente a disagio.

Era amore.

Mio fratello, quello sfacciato stronzo strappamutande che è Camden Harris, si era innamorato.

Nessuno di noi fratelli Harris tira fuori quel sentimento con superficialità. Di norma, abbiamo solo due amori nelle nostre vite. Nostra sorella e lo splendido gioco del calcio. Niente di più.

Perciò, il fatto che Indie Porter stesse diventando una presenza fissa nella vita di mio fratello, affiggeva in sostanza un cartello di ACCESSO VIETATO sulla *gabbietta per uccelli* di Belle Ryan. Io sono il tipo da "una botta e via", e comportarmi così con lei mi avrebbe fatto cacciare a calci in culo dalla vita di mio fratello e di Indie. Mia sorella sarebbe arrivata poi per finire il lavoro.

Ma, cazzo, non è perché non la desideri. Belle Ryan è sexy abbastanza da far resuscitare i miei sogni bagnati da adolescente. È alta e formosa in tutti i posti giusti. Il suo corpo ha il genere di forme che ha ispirato le clessidre. Per quel che mi riguarda, non sono mai stato attratto dalle ragazze pelle e ossa. Sembrano troppo fragili. Troppo deboli. Troppo facili da rompere. Belle, d'altra parte, sembra il tipo che potrebbe restituirti tanto quanto prende. Ha splendide gambe muscolose che ho fantasticato di avere strette attorno alla faccia, una vita sottile che accentua il rigonfiamento perfetto del sedere, e tette che mi fanno venir voglia di piangere, perché probabilmente non le vedrò mai. Sono proprio un tipo da poppe, oltretutto, per cui è davvero un peccato, perché ne ha davvero un paio belle grosse. Aggiungete lunghi capelli quasi neri e occhi in tinta, ed ecco Belle Ryan, un mistero sexy e bollente da impazzire, che il mio corpo implora di poter svelare.

Eppure non posso, perché un momento dopo sarebbe finita e questo ferirebbe Indie. E non vorrei mai ferire Indie. Mi sono avvicinato a lei nell'ultimo paio di mesi. Dall'inizio della nostra stagione, è stata al seguito del medico sportivo del Bethnal Green F.C.. Era un chirurgo, come Belle, al Royal London Hospital, ma, dopo l'esplosione mediatica seguita all'aver pomiciato con Cam, ha deciso di andarsene e spostare il suo interesse sulla medicina sportiva. Ed è brava. Tutta la squadra la ama e non nel modo pervertito di cui Camden si preoccupava da morire. Mi ha chiesto di badare a lei e assicurarmi che i ragazzi la trattassero con rispetto. Ora la vedo come una sorella minore, e le conseguenze dell'aver ferito la sua migliore amica sono qualcosa che intendo evitare.

Perciò, dopo il momento di flirt tra me e Belle al pub, ho spento l'interruttore con lei. Ho disattivato il fascino degli Harris e mi sono tirato indietro. Da allora è diventata ostile nei miei confronti. È un po' seccante, perché Indie sta sempre con mio fratello, perciò io e Belle ci ritroviamo spesso assieme. E non in posizione orizzontale, nella quale eccello. Mi guarda come se volesse usare le mie palle per una stimolante partita a Yahtzee.

Eppure, sebbene ogni volta che ci vediamo si comporti con me come una cagna rabbiosa, questo non basta a tenermi lontano da lei. Il suo atteggiamento non fa che gettare benzina sul fuoco. Mi sono sempre piaciute le pazze, cosa per la quale i miei fratelli mi hanno sempre dato il tormento. È per quel fuoco liquido che hanno negli occhi, che erutta quando meno te lo aspetti. L'imprevedibilità. Non sai mai del tutto come reagiranno. Potrebbe essere grandioso, o fatale. Credo di avere un feticcio per quel genere di pericolo. In aggiunta a tutto ciò, Belle è un chirurgo, quindi è davvero molto intelligente sotto tutta quella collera rovente.

Mi sento tanto un attaccante davanti a una porta vuota.

Capitolo 2

Sacco di carne

Belle

Dovrei andare a dirlo a Indie.

Dovrei andare a dirlo a Indie.

Dovrei andare a dirlo a Indie.

Fanculo.

Preferisco torturare Tanner Harris.

E poi, Indie è esausta dopo la partita di oggi. È stata una triste giornata autunnale ed è rimasta in campo per tutto il tempo, a badare alle necessità di tutti quei calciatori sudati e lagnosi. Sono quasi le ventitré ormai, ha finito di lavorare. E sono piuttosto sicura che Camden non vorrebbe che uscisse a quest'ora per andare ad aiutare quel cretino di suo fratello. Potrei essere un po' iperprotettiva, ma Indie è la mia famiglia ed è l'unica persona a cui cerco di badare. Tra l'aver trovato il suo primo vero ragazzo e tutti i viaggi che sta sostenendo al seguito della squadra del Bethnal, è uno zombie ambulante ultimamente. Non mi ero mai resa conto di quanto facesse tardi la notte per studiare fino a quando non è venuta ad abitare con me, qualche mese fa. Immagino che sia stato l'aver cambiato professione a comportare il lavoro extra.

Anche io sono piuttosto sfinita da quando ho iniziato a lavorare con la dottoressa Miller al Chelsea and Westminster Hospital. Operare sui feti in utero è un lavoro stupefacente. È intenso e terrificante e pesante, ma così tremendamente incredibile. Niente ti fa sentire più vicina a Dio che tenere fra le tue mani la vita di un bambino minuscolo, non ancora nato e ancora in via di sviluppo, mentre lui resta all'interno dell'utero, a respirare nel liquido amniotico, ancora attaccato al cordone ombelicale. È come starsene in bilico tra due mondi, e le tue azioni fanno da discriminante tra il rimanere sul confine o andare verso la luce bianca. È una scarica di adrenalina unica.

Ma al momento sono preoccupata per la mia migliore amica, che si merita un po' di tempo per sé. Eppure, in qualche modo, il maledetto Tanner Harris trova sempre la maniera di mettere i propri bisogni prima di quelli di chiunque altro. Mi fa incazzare che l'abbia chiamata stanotte per chiederle aiuto. Non merita la sua generosità. Indie è meravigliosa. La mia solita sfortuna è che si sia innamorata del gemello dell'unico uomo che disprezzo con ogni fibra del mio essere. Tanner Harris è uno stupido schizzo di sperma ambulante, che corre in giro come un cane con due piselli. E il mio odio verso di lui non è perché mi ha respinta.

La vera ragione per cui detesto Tanner Harris è perché, nell'istante in cui mi ha scaricata, ha dato inizio alla sua personale missione di scoparsi l'intera città di Londra, e al diavolo i paparazzi. Ho perso il conto della quantità di foto sconce spuntate sui giornali e nei social media, tutte che includono lui e la groupie di turno quella notte. Qualche settimana fa, un paparazzo è riuscito a fotografarlo nudo dalla vita in giù, dentro una limousine, con due donne. Poi, la settimana scorsa, stava correndo a piedi nudi per lo Yorkshire, ovviamente fuggiva da qualcuno, quasi certamente un marito. È un porco, e si è trasformato nella realizzazione del sogno di ogni paparazzo, con tutte le situazioni in cui si va a cacciare.

Eppure mi ha respinta, come se rappresentassi una specie di retrocessione per lui. Come se non spuntassi tutte le caselline giuste, che mi rendono *scopabile*. Oh, scusa Tanner, ho un lavoro. Oh, scusa Tanner, non mi servono i tuoi cazzo di soldi. Oh, scusa Tanner, non ho un traforo montano al posto della vagina, come il genere di ragazze a cui sei abituato tu.

Forse sono ancora un po' arrabbiata.

Ma non è che avessi chiesto a quell'idiota di sposarmi. Non sposerei Tanner Harris neanche se fosse l'ultimo coglione rimasto sulla Terra, specie ora che scopa in giro come se fosse un malato terminale che sta cercando di vivere i suoi ultimi giorni perennemente sepolto nella Repubblica della Fica. Indie ha accennato al fatto che Tanner sta camminando su una lastra sottile di ghiaccio per quel che riguarda suo padre, a causa di tutta l'orrenda pubblicità che sta portando alla squadra, ma lui continua lo stesso. È ridicolo. A me va benissimo darsi alla pazza gioia, ma non in modo così ostentato. Dopo tutto quello che ho visto succedere con Indie e Camden, mi terrò ben alla larga da quel disastro. La mia famiglia e la mia carriera non tollererebbero uno scandalo.

Comunque, c'è un'oscura, malata parte masochistica della mia anima che vuole sapere in che pasticcio si è andato a cacciare stanotte. Perciò, per quel motivo, prendo le chiavi e il post-it su cui ho annotato le indicazioni ed esco. Vediamo che razza di baldracca ha fatto incazzare stavolta. Odierà veder arrivare me, e il pensiero mi fa spuntare un sorriso malefico sul volto.

Guido fino all'angolo della strada di cui mi ha dettato l'indirizzo, solo a cinque minuti dal mio appartamento. Mentre mi avvicino, rallento a passo d'uomo con la mia Mercedes bianca, per darmi una bella occhiata intorno e capire dove si presume che stia aspettando. Non è stato molto specifico, perciò accosto e mi fermo. Prendo il telefono per mandare un messaggio al numero da cui mi ha chiamato e all'improvviso qualcosa di nudo e pesante urta il cofano dell'auto. Il panico erompe mentre immagino che potrei aver investito un animale oppure, alla fine, che siamo stati davvero invasi dagli zombie, come ho sempre sospettato. Il sacco di carne cade dall'altra parte del cofano e rispunta dal lato del passeggero. Non vedo altro che addominali nudi e un pugno che inizia a battere sul finestrino, come farebbe uno psicopatico.

«Ma che…?» attacco, e sblocco velocemente la portiera.

Il sacco di carne la apre con uno strattone e si ripiega all'interno dell'auto. «Porca puttana, parti!» urla, non facendo alcun tentativo per coprirsi, mentre gira la testa per guardare dietro di noi, come un maniaco in fuga. Sono raggelata. Del tutto esterrefatta nel vedere la scena davanti a me. Tanner Harris è seduto sul mio sedile di pelle nera, nudo come mamma l'ha fatto. E per quanto lo odi in ogni sua fibra, non posso non ammirare il notevole esemplare di uomo che ho davanti. Una distesa di pelle liscia e meravigliosamente tatuata che copre rilievi di muscoli tesi e robusti. Un braccio è decorato per intero, l'altro fino a mezza manica. Ho visto solo scorci dei suoi tatuaggi in passato, nulla di completo. La sua tartaruga fa la sua bella figura mentre si gira sul sedile e si rannicchia un po'. Sembra enorme nella mia piccola macchina. Tutto il suo metro e novantadue è chiaramente troppo per la mia Mercedes Classe A.

Il mio sguardo è del tutto sfacciato mentre osserva il suo pacco. *E che pacco.* Per essere un pene, è notevole. In un tipo barbuto e dai capelli lunghi come un grizzly, ci si aspetterebbe che il tappeto facesse pendant con le tendine.

Non lo fa.

È preciso e ordinato là sotto. Non depilato, cosa che sono lieta di vedere. Gli uomini che si depilano integralmente le parti intime mi fanno venire i brividi. Mi fanno pensare ai peni di ragazzi preadolescenti e questo uccide del tutto qualunque attrazione io possa provare per loro. Un uomo dovrebbe essere come si suppone che sia. Virile, peloso e mascolino. I tipi troppo curati che si aggirano per l'est di Londra di questi tempi non mi mandano su di giri il motore.

Ma il pacco di Tanner è come un giardino ben tenuto, tosato quanto basta, e incornicia uno dei peni più belli su cui abbia mai posato lo sguardo. Non è in piena erezione, neanche lontanamente, ma si riesce a intuire un certo glorioso potenziale. Giurerei di vederlo pulsare proprio quando…

«Smetti di guardare il mio serpente e parti!» urla Tanner mentre vedo dei flash da qualche parte, nel buio alle nostre spalle.

«Porca puttana» esclamo, guardandomi indietro per vedere se ci sono altre macchine in arrivo. «Tanner, se quelli sono paparazzi e mi scattano una foto sono morta, cazzo!»

«Tu sei morta? Io sono al secondo strike! Se mi beccano, verrò sospeso dalla squadra.»

Inizio a uscire dal parcheggio e ad allontanarmi dai flash, sentendo un brivido mentre premo l'acceleratore. «Non riesco a credere che tu mi abbia coinvolta in questa situazione.»

«Beh, non ho chiesto *a te* di venire, no?» abbaia lui, poggiando la mano sul retro del mio sedile per guardare dietro di noi.

Resto a bocca aperta al suo adirato commento e sollevo la mano per allontanare il suo braccio da me. «Però ti sto salvando il culo.»

«Oh, ricordami di mandarti un cazzo di biglietto di ringraziamento» borbotta lui, guardando fuori dal finestrino dalla parte opposta rispetto a me.

Schiaccio velocemente il pedale dei freni e lui balza in avanti, urtando con la testa contro il telaio della portiera. «Puoi scendere, in questo istante!» strillo, a un volume che mi fa fischiare le orecchie. Guardo con gli occhi socchiusi nello specchietto retrovisore e vedo gli avvoltoi iniziare di nuovo a correre a piedi verso di noi.

«Ryan!» esclama Tanner, voltandosi verso di me con espressione sconvolta e massaggiandosi un punto accanto al sopracciglio. «Sei impazzita, cazzo? Non posso scendere. Vai e basta!»

«No» dico a denti stretti, e lo guardo socchiudendo gli occhi mentre sono a tanto così dal perdere il controllo. «Non sei autorizzato a strofinare il tuo sporco culo nudo sul mio sedile di pelle nuovo e parlarmi a quel modo. Non è così che funziona.»

I flash si stanno avvicinando, mentre il traffico ci sfreccia accanto con qualche scortese colpo di clacson. I suoi occhi azzurro ghiaccio incrociano i miei, socchiudendosi per imitare la mia espressione. Non voglio essere fotografata con lui ma, ancor più di quello, non voglio essere trattata in questo modo.

La sua voce è profonda e autoritaria quando risponde: «Questo non è un cazzo di gioco, Ryan. È della mia vita che stiamo parlando.»

Le sue spalle si alzano e si abbassano con un'intensità che fagocita quel poco di aria che abbiamo ancora nell'auto. Anche io sto ansimando, perché nessuno riesce a colpirmi come il maledetto Tanner Harris. Ci stiamo fissando l'un l'altra, entrambi cercando di dominare l'altro con lo sguardo, mentre i paparazzi si fanno sempre più vicini.

Le sue labbra sporgenti si serrano per la frustrazione e una fossetta gli si forma sulla guancia destra. «Belle Ryan, ti prego, ti prego, con zucchero e ciliegina sopra le tue tette, vuoi aiutarmi ad andarmene da qui e partire, cazzo?»

Gli angoli della mia bocca vorrebbero sollevarsi in un sorriso vittorioso, ma lo trattengo, rivolgo lo sguardo alla strada e premo l'acceleratore a tavoletta, lasciando le sanguisughe e i loro flash ben lontani nella nostra scia.

Dio, mi manda su di giri. Quasi quanto la mia auto. Far correre la mia piccola Mercedes è piuttosto divertente, in effetti. Mi capita molto di rado di avere la possibilità di guidarla in questo modo, soprattutto perché mi piace prendere la metro per far incazzare mio padre. Lui ritiene che i Ryan abbiano un'immagine da mantenere e ciò richiede possedere il meglio di ogni cosa. Anche se ho ventisette anni, insiste a comprarmi un'auto nuova ogni anno. L'ultima l'ha riportata al concessionario che aveva solo settecento chilometri. La faccia che ha fatto quando se ne è reso conto è stata inestimabile. Posso solo immaginare quella che farebbe se dovesse vedermi ora. Forse sto sprecando un'ottima opportunità non godendomi le auto che mi regala. Sfrecciare per strada in questo modo è eccitante. Penso che non sarei niente male durante un inseguimento, se mai 007 dovesse fermarmi in mezzo alla strada per chiedermi di dare assieme la caccia a un criminale.

Tanner espira con forza quando abbiamo finalmente percorso due o tre chilometri. Il mio sguardo si sposta su di lui quando si infila le mani tra i lunghi e disordinati capelli biondi che gli arrivano quasi alle spalle. Fa girare i palmi per grattarsi sotto la barba un paio di volte, ovviamente immerso nei suoi pensieri, e devo sforzarmi per non dare un'altra occhiata di nascosto alla sua dotazione. Se ne sta proprio ferma lì, a fissarmi come un mostro con un occhio solo.

Ho girato senza meta per cinque minuti, senza alcuna indicazione su dove vorrebbe che lo lasciassi. Più rimaniamo in silenzio, più la situazione sembra strana, perciò dico la prima cosa che mi passa per la mente. «La moglie di chi ti sei fatto stavolta?»

Lui aggrotta la fronte. «Nessuno.» Irradia disagio quando si fa ricadere le mani sul pacco, ora che gli è tornato in mente di coprirsi.

Alzo gli occhi al cielo e tengo il volante con una mano in modo da potermi sfilare il cardigan nero con l'altra. Glielo passo senza guardare. Riesco a sentire il suo sguardo su di me, e prego Dio che non si accorga dei miei capezzoli induriti, sotto la canottiera sottile.

«Niente reggiseno?» mi chiede.

Giro di scatto il volante di un minimo facendolo finire un'altra volta contro il telaio del finestrino. La sua testa produce un rumore che mi soddisfa.

«Dovresti mettere la cintura.»

Lui mugola e si massaggia la testa. «Dovresti metterti un'etichetta. Macchinario pericoloso, maneggiare con cautela.»

«Smetti di guardarmi le tette e sarai molto più al sicuro.»

«Disse la donna che mi stava guardando la bistecca tubolare come se non mangiasse da giorni.»

Abbaio una risata incredula. «Questo è disgustoso perfino per te. È così che ti porti a letto tutte quelle sgualdrinelle del calcio? Con parole dolci come *bistecca tubolare*?»

Do un'occhiata e scorgo il suo sorrisino soddisfatto. «No, loro richiedono molto meno sforzo.» Si sporge verso di me e ha la voce calda quando aggiunge: «Tiro fuori i grossi calibri solo con te.»

Mordendomi un labbro, faccio del mio meglio per nascondere il mio ghigno, seccata dal fatto che abbia ancora questo cazzo di fascino su di me. Non è il carisma standard che molti ragazzi hanno. È come un affascinante Pee-wee Herman… senza le accuse di pedopornografia.

Fa un respiro all'improvviso e dice: «Col rischio di rovinare questo momento molto tenero che stiamo vivendo, dobbiamo fare inversione e tornare indietro.»

«Dove?»

«Dove mi hai preso.»

Spalanco gli occhi e lo guardo. Si è messo il mio cardigan sopra il pacco e ha il viso tutto corrugato come se pensasse che stia per dargli un pugno. O magari dipende dai due bernoccoli grossi come uova d'oca che gli si stanno formando sulla testa. Non saprei dirlo.

«Vuoi tornare indietro? In quella follia?» chiedo, la bocca spalancata per l'incredulità.

Lui alza le spalle. «I paparazzi non ci saranno più e non sembra che qualcuno ci stia seguendo.»

«Perché cazzo dobbiamo tornare indietro? Giuro su Dio, Tanner, se mi dici che è per una ragazza, ti farò volare fuori dal parabrezza stavolta.»

«Non si tratta di una ragazza, te lo giuro. Potresti per favore farlo per me, Ryan?»

Vorrei fare una smorfia per come mi si rivolge. Fin da quando mi ha scaricata all'Old George, si rifiuta di chiamarmi Belle, o anche dottoressa Ryan, come faceva flirtando la prima volta che ci siamo incontrati. Mi fa impazzire. Mi tratta come un compagno di squadra.

Lui mi penetra con i grandi occhi indagatori, è chiaro che ha un disperato bisogno che io faccia come dice. È un'espressione che non credo di avergli mai visto, quindi non posso fare a meno di accettare, per pura curiosità. «Meglio che tu abbia una buona ragione» borbotto mentre svolto per tornare verso il circo da cui siamo appena fuggiti.

Mi indirizza di nuovo lungo la strada che abbiamo appena percorso e infine a una cabina telefonica rossa, all'angolo.
«Accosta lì. Più vicina che puoi.»
Con la fronte aggrottata per tutto il tempo, faccio come mi chiede. Quando mi fermo, lui abbassa il finestrino e urla sussurrando: «Sedgwick.»
Ci risponde il silenzio, per cui lui alza il volume. «Sedgwick!»
Sento un fruscio provenire dall'interno della cabina, prima che una testa spunti da terra. È avvolta in uno zuccotto grigio, ma riesco a distinguere la faccia a sufficienza da vedere una barba. La porta rossa si apre e ne emerge la testa di un uomo anziano.
«Tanner?»
«Sedg, sali.»
«Cosa?» strillo quando capisco che Tanner sta invitando un senzatetto a salire sulla mia auto. «Tanner!»
Lui si volta verso di me con uno sguardo implorante. «Ryan, ti prego. Fa' solo questa cosa per me. Non fare domande. Mi farò perdonare in un modo o nell'altro. Qualunque cosa tu voglia. Hai la mia parola.»
«Tanner, non è sicuro!» Guardo oltre la sua spalla e vedo l'uomo che ci osserva con un'espressione curiosa sul volto.
«Ti terrò io al sicuro.» Allunga una mano e mi stringe l'avambraccio in un gesto rassicurante. Ha l'espressione più seria che gli abbia mai visto. È… disarmante. E per qualche ragione a me ignota, mi scopro ad annuire.
Tanner si volta di nuovo verso il finestrino. «Sedgwick, sbrigati e sali prima che tornino. Prendi le tue cose.»
«Non mi farei mai sfuggire un giro in Mercedes» dice lui mentre prende un borsone sporco e ci infila delle cose dentro. Se lo getta sopra la spalla e si avvicina con passo quasi furtivo, come se stesse commettendo un qualche crimine.
«Io… uh… apro il portabagagli» mormoro, premendo il pulsante sotto il cruscotto. Di tutte le cose che pensavo potessero succedere stanotte, aprire il baule della mia costosissima auto per un senzatetto non era mai entrata nella lista.

«Ma guarda. Un baule!» dice Sedgwick mentre butta dentro il borsone e chiude il portabagagli. Si infila dietro Tanner e sgrana gli occhi alla vista degli interni di lusso. «Bel mezzo che ha, signorina.»

«Si chiama dottoressa Ryan» aggiunge Tanner.

Rimango scioccata dall'etichetta che mi dà, ma i miei pensieri vengono interrotti da Sedgwick. «Oh! Una dottoressa. Di che genere?»

Tanner mi guarda accigliandosi, come se si fosse appena reso conto di non averne idea. «Sono un chirurgo» rispondo, voltandomi a guardare Sedgwick.

«Qual è la sua specializzazione?» mi domanda.

Sorrido alla sua domanda. «Beh, prima mi occupavo di medicina d'urgenza, ma di recente sono passata alla chirurgia neonatale.»

«E cos'è?» chiede Tanner, interrompendo la mia concentrazione.

«Operate bambini piccoli prima ancora che nascano?» Il viso di Sedgwick è pieno di ammirazione.

Il mio sorriso si allarga ancora di più. «Esatto.»

Sedgwick ha gli occhi gentili. Il genere di occhi che porta a pensare che vedano solo il bene nel mondo e nulla del male, il che sembra impossibile considerato che stava dormendo in una cabina telefonica fino a pochi secondi fa.

Lui scuote la testa sorpreso e si appoggia allo schienale come se si stesse mettendo comodo. «Che notte che è diventata questa.»

Tanner mi chiede se mi spiace portarlo a Grosvenor Square, una zona piuttosto chic di Londra, e poi mi domanda se può usare il mio cellulare. Ancora non ho idea di cosa stia succedendo, ma non ho la possibilità di chiarire perché Sedgwick mi sta tenendo impegnata, a parlare del mio lavoro e di alcuni dei casi più difficili su cui ho lavorato. Tanner continua a parlare al mio telefono per tutto il tempo. Immagino stia bloccando delle carte di credito o qualcosa di simile, perché non riesco a capire cosa potrebbe mai essere tanto urgente da lasciarmi da sola a occuparmi del nostro interessante ospite. A prescindere da questo, io e Sedgwick scopriamo di avere molte cose in comune, quando mi parla del periodo in cui vendeva attrezzature mediche, negli anni novanta. In effetti, sembra piuttosto erudito nel campo medico in generale.

Dopo aver riattaccato, Tanner mi indica un paio di svolte. Pochi minuti dopo, accostiamo lungo la fila di parcheggiatori del Grosvenor Hotel. C'è un tappeto rosso steso sotto le lampadine calde del tendone, all'ingresso. Sono del tutto confusa quando due uomini in abiti formali si avvicinano al finestrino di Tanner, come se lo stessero aspettando. Lui alza un dito e poi si volta. Sedgwick sembra confuso quanto me.

«Sedg, ti ho preso una stanza qui» dice semplicemente.

Sedgwick sgrana gli occhi. «Ragazzi! No, non posso.»

«Conosco il proprietario. Mi sono già occupato di tutto» risponde fermo Tanner. «Non è rimborsabile.»

«Avresti dovuto chiedermelo. Non è il caso di…»

«Sedgwick, tu mi hai dimostrato cortesia e io sto solo facendo altrettanto. È tutto qui. Restituisco un favore.»

«Un favore? Hai solo usato il mio cellulare. Non hai neanche accettato dei vestiti.» Sedgwick mi guarda come se io fossi un giudice col quale discutere del suo caso. «Ho tentato di dargli dei vestiti, ho tentato davvero. Non li ha accettati. Ha detto che stava avendo quello che si meritava. Penso che al ragazzo farebbe bene un po' di terapia, a essere franco.»

Tanner mi rivolge un'espressione vacua che mi fa tirare le labbra sui denti per nascondere il fatto di essere divertita.

«C'è un ristorante incredibile lì. Ordina il servizio in camera. Ordina il servizio di lavanderia. Va' a fare shopping nei negozi. Metti tutto sul conto della camera. Dico davvero» prosegue Tanner. «Per favore, Sedg. Voglio farlo per te.»

«Non potrei mai.» Lui scuote la testa e incrocia le braccia sul petto.

«Puoi!» aggiungo con un sorriso e un cenno del capo. Sedgwick guarda dritto verso di me come se non riuscisse a credere che sto approvando tutto questo. Ha la fronte talmente aggrottata che si sta ripiegando su se stessa, perciò aggiungo: «Credimi, Tanner è una spina nel fianco il più delle volte. Dovresti davvero goderti una notte offerta da lui.»

Lui brontola con un mezzo sorriso e guarda pensieroso Tanner. «Suppongo che potrei godermela per una notte.»

Tanner sorride a Sedgwick e poi a me. «Perfetto. Ora, ti accompagnerei ma, come puoi vedere, sono un po' a corto di vestiti.»

«No, no, resta dove sei. Ho visto abbastanza di te per una vita intera, ragazzo.»

«Vai, allora» dice Tanner eccitato mentre apro il portabagagli per l'uomo ancora seduto nella mia auto.

Sedgwick caracolla fuori dalla macchina e afferra la sua borsa. Dopo che ha richiuso il portabagagli, Tanner abbassa il finestrino. «Oh, e ho preso la stanza per cinque notti, non una. Passerò a farti visita mentre sei qui.»

Sedgwick resta a bocca spalancata e Tanner mi dà un colpetto sul braccio, dicendomi in silenzio di partire. Quasi mi dispiace vedere Sedg che ci viene dietro per protestare. Abbasso il finestrino e lo saluto allegramente con la mano e con un doppio colpo di clacson, che causa uno scuotimento della sua testa in segno di rimprovero.

Guardo nello specchietto retrovisore il più a lungo possibile e sono felice di vedere che l'usciere si sta occupando di lui. Tanner guarda indietro ancora più a lungo mentre mi immetto sulla strada e mi avvio verso l'est di Londra.

Mi nasce un dolore allo stomaco mentre rifletto su quanto è appena accaduto. Tanner Harris, il disgustoso porco che sono arrivata a detestare, ha fatto qualcosa di umano. Di straordinariamente umano. Neanche in un milione di anni me lo sarei aspettato da lui.

«Perché non hai accettato i suoi vestiti?» gli chiedo, non sapendo bene perché sia proprio questo che voglio sapere dopo tutto ciò che è successo.

Lui fa un pesante sospiro. «Puzzavano di piscio.»

Ed è la prima volta in vita mia che rido con Tanner Harris.

Capitolo 3

Te ne devo uno

Tanner

«Va bene, allora dove ti lascio?» chiede Belle mentre ci avviciniamo a Bethnal Green.

L'ansia mi fa rabbrividire la pelle. O forse è solo l'aria fredda, perché ho lasciato il finestrino abbassato. Lo rialzo e guardo Belle, preparandomi a una nuova discussione. «Senti, Ryan, io, uh… non ho le chiavi di casa né il telefono.»

«Né i vestiti» aggiunge lei.

«Giusto, e, beh, potresti portarmi da mio padre a Chigwell, ma con lui sono nella merda già così. E, nella speranza che questa storia non finisca con me sulle prime pagine dei giornali londinesi domani mattina, sarebbe davvero spettacolare se magari potessi…»

«Cosa, Tanner? Arriva al punto» sbotta lei.

«Posso restare da te?» Mi sforzo di fare un sorriso a trentadue denti, sperando che ricordi il mio attimo di nobiltà d'animo con Sedgwick e non l'ipotetico motivo del casino in cui mi ritrovo.

I suoi occhi scuri si socchiudono, le ciglia nere sono talmente folte che riesco a scorgere solo un minimo di luccichio dietro di esse. Non è facile, però, restare concentrato sui suoi occhi al momento. I lisci capelli neri sono sciolti sulle sue spalle, cosa che porta il mio sguardo al suo petto. La canottiera nera è talmente sottile che, alla luce del cruscotto, riesco a vedere quasi alla perfezione il contorno dei capezzoli. *Cazzo*, devo restare concentrato sul suo viso. Concentrarmi su quella piccola lentiggine, sull'arco destro del suo labbro. Quella che ho notato all'Old George, quando ero talmente vicino a lei da sentire l'odore del suo lucidalabbra alla fragola. Questo mi terrà occupato. Quel piccolo punto tiene in alto il mio sguardo, ma va a finire che ora sto pensando alle sue labbra, a baciare le sue labbra, a dove le sue labbra potrebbero posarsi, a cosa potrebbero stringersi attorno, a quanto in fondo potrebbe prendere…

Cristo, Tanner, smetti di pensare a questo o ti verrà duro sotto il suo cardigan. E te lo rinfaccerebbe per sempre.

«Dimmi come sei finito così e avremo un accordo» dice lei.

Espiro e mi volto a guardare fuori dal finestrino. Proprio quando pensavo di aver guadagnato un po' di terreno con Belle, sto per essere gettato di nuovo nel fango.

«Probabilmente è una delle cose che hai già menzionato.»

«Marito abbandonato?» chiede lei.

Scuoto la testa.

«Ragazzo?»

La scuoto di nuovo.

«Fidanzato, un'altra volta?»

«Un'altra volta?» Aggrotto la fronte.

Lei fa un mezzo sorriso. «L'ho visto su Twitter la settimana scorsa. Facevi tendenza con gli hashtag "Harris in fuga" e "Un altro fiasco per Tanner".»

Appoggio la testa al poggiatesta. Ovvio.

Sapendo che non lascerà perdere, rispondo: «Sua sorella.»

Belle sussulta. «Che schifo! Tipo sorelle incestuose che lo volevano nello stesso momento?»

«No!» esclamo, distogliendo lo sguardo.

«Beh, non escluderei che ne saresti capace. Sembra che i tuoi standard non siano molto elevati riguardo alle donne che scegli.»

«Come se tu potessi saperlo» la derido.

«Tanner, dovrei essere cieca, sorda e stupida per non sapere in che genere di donne hai inzuppato il biscotto nell'ultimo paio di mesi. Sei finito su tutti i social media, i giornali, i blog.»

«Oh, e tu leggi quella spazzatura?» digrigno i denti, infastidito. «Non credere a tutto quello che leggi, va bene?»

«Li leggevo e mi divertivo. Era il mio piacere proibito. Ma tu porti il concetto di calciatore puttaniere a livelli davvero squallidi, togliendomi tutto il gusto.» Scuote la testa e torna a guardare la strada, lasciandomi solo coi miei pensieri.

Il silenzio si allunga, e più tempo passa più la tensione diventa pesante. Capisco che è arrabbiata. Ha le nocche bianche sul volante, ma non è che io sia un suo problema. E poi, neanche tollerare lei è un picnic. Belle Ryan mi fa diventare matto, cazzo. Dice quello che le pare, quando le pare. Non prende mai in considerazione l'idea di trattenersi o mordersi la lingua. È una cazzo di forza della natura, talmente sicura di sé da non farsi problemi a distruggere qualunque cosa sul suo cammino.

«Quindi, cosa è successo? Ancora non l'hai detto» riprende.

Faccio un pesante sospiro. «Ero con una ragazza e sua sorella è tornata a casa, e in precedenza ero stato anche con sua sorella. Ho detto delle cose stupide. Cose di cui mi pento. Cose che non pensavo.»

«Tipo cosa?»

Figuriamoci se non lo chiedeva.

«Stronzate che dico quando mi comporto da Tanner Harris il calciatore.»

Lei rimane confusa a quel commento. «Che altro genere di Tanner Harris esiste?»

Stringo i denti per la frustrazione. Ovvio che non lo sappia. Come potrebbe? Non le ho mai mostrato nessun altro aspetto di me. «Non starci a pensare, va bene? Sappi solo che quei giornali di merda non sanno tutto.»

Lei si infila nello stretto posto auto di fronte al suo edificio. Sono stato all'appartamento di Belle un paio di volte con Cam, dato che ora Indie vive con lei. Lo scorso mese, Cam e Indie si comportavano come se far diventare me e Belle amici fosse diventata la loro missione personale. Immagino di riuscire a comprenderne il motivo. Belle è la migliore amica di Indie. Cam il mio. Ma, ogni volta che io e lei siamo assieme, bisticciamo così tanto che poi devo andare a fare una corsa o impazzirei per l'aggressività repressa.

Belle sfila le chiavi dal quadro e, quando penso che stia per scendere dall'auto, si gira a guardarmi. «Tanner, è chiaro che esiste un altro lato di te. Un lato che hai mostrato con Sedgwick. Solo che non riesco a capire perché pensi che nasconderti dietro Tanner il Calciatore Puttaniere sia una scelta migliore per la tua vita quotidiana.»

Subito mi sento in collera. Non mi piace che si comporti come se mi conoscesse. Non mi piace che pensi di potermi spingere a essere una persona migliore. Non mi serve che qualcun altro mi spinga al momento. Ho bisogno di essere lasciato solo.

«Ryan,» mi sforzo di dire, sporgendomi verso il suo lato dell'auto, «non farlo. Non cercare di essere l'eroina della mia storia. Non cercare di farmi da madre, o di spingermi, o di vedere il meglio di me. Io sono quello che vedi. Sono stato cacciato fuori nudo da un appartamento perché ho detto alla ragazza che stavo scopando che sua sorella succhiava il cazzo meglio di lei.»

I suoi occhi scuri diventano neri, con un alone glaciale. «Sei un porco di merda.» Si butta fuori dall'auto e sale come una furia le scale fino al suo appartamento, lasciandomi solo, con niente altro che il suo minuscolo cardigan a riscaldarmi.

«Ecco qua, Tanner.» Indie mi sorride e mi passa un paio di pantaloni da jogging attraverso la porta del bagno, sistemandosi goffamente gli occhiali. «Credevo che Cam avesse una T-shirt qui da qualche parte, ma sono riuscita a trovare solo questi. Vuoi una delle mie?»

«Va bene così. Grazie, Indie» mormoro chiudendo la porta, riluttante al contatto visivo con lei mentre sono in questo stato.

Mi infilo nel morbido tessuto. È piacevole contro le palle e l'uccello. Un tempo, andarsene in giro nudo come Adamo ed Eva mi sembrava una cosa da duro, ma farlo sul serio è molto meno eccitante.

Mi guardo allo specchio. Sembro stanco. Con la stagione iniziata da un paio di mesi, di solito sono già a letto molto prima di quest'ora. Non è così che tratto il mio corpo durante la stagione. Di norma, la mia routine consiste in allenamenti, incontri con la squadra, mangiare, dormire, giocare le partite. Mescola e ripeti per qualche mese. Nel calcio agonistico, abbiamo due mesi di pausa se la stagione non è stata un granché, ma di solito, anche in quel caso, ci sono le partite di coppa e le amichevoli internazionali a tenerci ancora occupati. Essere un calciatore è estenuante. Stare sveglio fino a tardi e far festa dopo le partite non è quello che ho fatto negli anni precedenti. Ma, senza Cam nella mia squadra, tutto sembra diverso.

Un colpo alla porta mi riscuote dalla mia nebbia. «Tanner, c'è Camden al telefono.»

Parli del diavolo… Abbasso la testa per evitare il contatto visivo con Indie mentre apro la porta e prendo il cellulare. «Ehilà» dico con un sospiro, premendo la schiena contro la porta. Non mi serve un pubblico per questa conversazione.

«Fratello, Indie mi ha appena aggiornato. Che cazzo?»

«Non prendertela con me, va bene? Sono già distrutto così e non mi serve una ramanzina adesso.»

«D'accordo, d'accordo, non lo farò. Ma tu stai… bene?» mi chiede, la voce preoccupata. Questo mi irrita: non mi piace che mi faccia le moine come se fossi suo figlio.

«Sto bene» mento. «Solo un caso sospetto di influenza *aviaria*.» Mi sforzo di ridere alla mia pessima battuta. «Sai di che genere. O, uh… lo sapevi un tempo.»

«Giusto» risponde Camden lento. «Be', ho chiamato Santino. Ha detto che passerà dall'appartamento della tizia, domani verso le sette, con dei soldi per vedere se riesce a farle firmare un accordo di riservatezza e a riprendere la tua roba. Almeno chiavi e documenti. Mi serve solo l'indirizzo e gli mando un messaggio.»

Santino è il nostro avvocato di famiglia, e ha fatto gli straordinari nell'ultimo paio di mesi, per colpa della merda in cui sono andato a infilarmi. Senza esitazione, detto a Cam l'indirizzo e mi sento come se un peso mi venisse tolto dalle spalle, al pensiero che potrebbe riuscire a tirarmi fuori da questa situazione. Domani ho un incontro con la squadra alle otto di mattina, per discutere della strategia. Poi, papà e Booker vengono sempre da me a rivedere i filmati della partita precedente. Sarebbe bello riavere le mie chiavi e il cellulare prima che papà si accorga di qualcosa. Sto tenendo le dita incrociate perché non cerchi di chiamarmi prima di allora. Riesco a immaginare Kat rispondergli con qualcosa di dolce, tipo: «Tanner Harris mi ha attaccato l'herpes.»

«Hanno fatto delle foto?» chiede Cam.

«Non lo so. Forse?»

Lui espira pesantemente e giuro che sento la compressione dei miei polmoni imitare quella dei suoi. Avere un gemello può essere un incubo a volte. C'è un legame tra noi che mi fa sentire come se non fossi mai solo. E poi, i paragoni sono infiniti. È questa la principale ragione per cui ho deciso di tenere capelli e barba lunghi, pure questa stagione. Ho anche aggiunto altri tatuaggi al mio corpo per sentirmi un individuo a sé stante. Non mi ritengo una persona invidiosa, soprattutto quando si tratta di Cam, che c'è sempre per me. Ma quando l'anno scorso si è prima fatto male e poi innamorato, finendo comunque per ottenere il contratto premiership della vita, non sono riuscito a non pensare: *Ma che cazzo?*

Io e Cam siamo stati co-attaccanti del Bethnal Green per anni. Io ero sul lato destro, lui sul sinistro. Riuscivamo a percepire al volo le decisioni l'uno dell'altro, spesso passandoci la palla senza guardare, perché sapevamo istintivamente che l'altro era lì. Ho visto abbastanza filmati di partite da sapere che guardare i gemelli Harris giocare assieme era una cosa meravigliosa.

Poi, lui ha avuto la stagione della vita lo scorso anno, segnando più goal di chiunque altro in campionato e nella Premier League. Era uno spettacolo da ammirare. Tutti parlavano di lui, e quindi era normale che ricevesse un'offerta importante. Se l'era meritata.

Ma, da quando si è innamorato di Indie e ha lasciato la nostra squadra, tutto nello stesso momento, troppe cose sono cambiate anche per me. Il posto di Cam in campo è stato preso da Roan DeWalt, un sudafricano trasferitosi da Città del Capo, e non è la stessa cosa. Non siamo sincronizzati. Non voglio fare lo scemo che si lamenta, ma mi manca mio fratello, cazzo. Non si passa dal condividere un campo e un appartamento con qualcuno, ogni giorno, al vederlo di sfuggita una volta a settimana, se il calendario delle partite lo consente, senza provare un qualche senso di perdita.

Comunque, quando sono nella merda fino al collo, lui è sempre il primo a chiamarmi. E non giudica mai. Non mi fa mai sentire peggio di quanto già non mi senta. Lui… mi aiuta e basta. Perciò, già, le cose positive dell'avere un gemello superano di gran lunga quelle negative.

«Farò sapere a Santino che potrebbero esserci delle foto e vediamo se può limitare i danni, per ridurre l'esposizione al minimo» dice Camden, usando il suo tono serio. Odio quel cazzo di tono da uomo d'affari.

«Sono io il fratello maggiore, non tu.»

Lui ride. «Sei più grande di quattro minuti. Io ero più pesante e questo mi rende più equipaggiato per sollevare grossi pesi.»

«Tu eri più pesante perché mangiavi già come un maiale, rubandomi tutto il cibo. Eri un culone allora e sei un culone adesso.»

«Oink oink, fratello. Ci penso io.»

Annuisco. «Grazie dell'aiuto» mi limito a dire, sapendo che qualunque altra cosa creerebbe imbarazzo.

«A che servono i fratelli?»

«A rendere palese che sono il fratello Harris più bello.»

«Oh, Tanner, le tue illusioni non cessano mai di sorprendermi. Meglio che tu tenga a freno la lingua o farò la spia su di te con Vi.»

«Non oseresti» ansimo, con un sincero sorriso che mi alleggerisce l'umore.

«Lo terrò per me fin quando non potrò essere lì, a vedere la batosta che ti darà.»

Riattacchiamo e sono contento che non abbia cercato di approfondire la ragione della mia ultima cazzata. Non sono pronto a parlarne. Al momento, sono pronto a perdere i sensi per tutto il tempo che la vita reale mi concederà.

Esco dal bagno e mi guardo intorno per vedere se sono solo. L'appartamento di Belle è un ampio loft su due livelli, all'interno di quella che era una fabbrica. Un'intera parete è del tutto coperta di finestre industriali dal primo piano al secondo. Dà una piacevole sensazione di moderno, ma i pavimenti di legno scuro gli conferiscono una nota rustica. I colori sono tutti sul bianco a eccezione delle sedie di plastica attorno al tavolo dal piano in vetro. Ognuna di queste è di una diversa tinta unita e sembrano appartenere a un asilo infantile, non al tavolo da pranzo di un adulto. Ha un enorme divano componibile grigio che occupa l'intera zona giorno, con un tavolo da caffè rosso in legno di recupero proprio al centro. La sua cucina è collegata al salotto e alla sala da pranzo adiacenti mediante una porta e un ritaglio rettangolare nella parete. Le uniche decorazioni degne di nota sono delle tele a colori accesi appese in bella mostra alle varie pareti.

«Vedo che Indie ti ha trovato dei vestiti.»

Mi volto e trovo Belle in piedi, in fondo all'ampia scalinata di legno, con una coperta e un cuscino tra le mani.

«Meglio di niente» rispondo con un'alzata di spalle.

Lo sguardo di Belle scende sul mio petto e si sofferma per un attimo sui pantaloni. È la seconda volta che mi guarda con sfacciataggine. In maniera del tutto impudente. E vorrei davvero che non mi piacesse.

Quando ha terminato la sua ispezione, i suoi occhi scattano di nuovo in alto verso la mia faccia e si socchiudono. «Coperta, cuscino, divano.» Indica il componibile. «È tutto quello che ho, visto che Indie sta nella stanza degli ospiti.»

«Va bene.» Lascia cadere le cose sul tavolino da caffè e si volta per tornare al piano di sopra. Prima che se ne vada, aggiungo: «Grazie ancora per avermi aiutato stanotte.»

Si ferma a metà strada e si gira, stringendo forte la ringhiera con le dita dalle unghie smaltate di nero. «Mi devi un favore, Harris. Uno grosso.» La sua voce è tornata al solito tono di condanna che usa con me da settimane.

Inarco le sopracciglia. «Di' solo una parola e sono tuo.»

Il suo cipiglio muta in confusione e mi si contraggono i muscoli sulla schiena pensando a come quella frase deve esserle sembrata.

«Non intendevo… volevo solo dire…» balbetto.

Lei si affretta a salire il resto delle scale senza guardarsi più indietro.

Capitolo 4

Ossessione notturna

Belle

«Notte» urlo a Indie passando davanti alla sua porta in cima alle scale, mentre mi affretto a svoltare a sinistra verso la mia stanza.

«Aspetta!» risponde lei, saltando fuori dal letto e correndo verso la porta in tutta la sua carineria. Ha i capelli rossi e ricci legati in una coda e sta indossando dei folli occhiali zebrati. «Non ho avuto modo di ringraziarti.»

Aggrotto la fronte. «E per cosa?»

Dà un morso al dolce che ha in mano e poi risponde: «Per essere andata a prendere Tanner. Avrei potuto farlo io. Non eri tenuta.»

«Non è stato niente di che.» *Anche se Tanner Harris mi fa ancora bollire il sangue.* «In effetti, in qualche strano modo, è stato addirittura divertente… a tratti.»

Lei sorride. «Be', lo apprezzo davvero. Sei una coinquilina epica, sai. Se l'avessi saputo, avrei smesso di resistere una vita fa.»

Rido a quel commento. L'unica ragione per cui alla fine Indie ha ceduto e si è trasferita da me è che il suo incarico con il Bethnal Green non paga molto bene e lei si rifiuta di accettare soldi dal suo disgustosamente ricco ragazzo. Il contratto di Camden con l'Arsenal è esagerato. I giornali hanno parlato di centocinquantamila sterline a settimana. Ma non intendo lamentarmi dei suoi principi morali.

Indie è un genio e non ha bisogno di essere mantenuta da nessun uomo. E poi, amo averla qui. Siamo amiche dal primo giorno in cui ci siamo incontrate alla scuola di medicina, ed è quanto di più vicino c'è a quel che ritengo una famiglia normale. In effetti vorrei che fossimo davvero una famiglia. Sarebbe una sorella fantastica, molto più di mio fratello, che è un avvocato, come mio padre. Avendo bisogno di un posto dove stare, trovo perfetto che stia qui con me.

Indie sorride un'altra volta e si volta per tornare nella sua stanza, ma la sorprendo con una forte pacca sul sedere. «Sapevo che era solo questione di tempo prima che soccombessi al tuo disperato amore per me.»

«Oh sì, sono la tua mantenuta e ne vado fiera» dice lei sculettando verso la stanza, mentre ridacchio e mi giro per andarmene.

Mi ci vuole tutta la mia forza di volontà per non guardare oltre la ringhiera, verso il piano inferiore, dove Tanner se ne sta steso a torso nudo sul mio divano. La sua stupida barba e il suo corpo mezzo scoperto, in casa mia, sono come un dolce che mi chiama nella notte, quando sto facendo una delle mie orribili diete.

Magari solo un'occhiatina.

Fanculo, stava guardando verso di me.

Il viso mi avvampa per l'irritazione e mi fiondo nella camera padronale, sbatto la porta alle spalle e mi getto sul letto nella più totale frustrazione. Di solito, non sono il tipo che fugge dalle situazioni, Tanner è l'unica persona dalla quale faccio del mio meglio per stare lontana.

Fisso il ventilatore sul soffitto. Ruota lentamente sopra di me e, invece di rinfrescarmi come si suppone debba fare, non fa che alimentare i pensieri su Tanner, che corrono liberi nella mia mente. Quello che ha fatto per Sedgwick stanotte è stato estremamente generoso. Diceva davvero quando ha parlato di andare a fargli visita? Non riesco a immaginare Tanner Harris che prende il tè con un senzatetto. Proprio non ce la faccio. Non l'ho mai visto fare nulla di caritatevole prima. Se l'avesse fatto, l'avrei letto da qualche parte, di sicuro. L'ha fatto per salvare la faccia davanti a me? No, non può essere stato per quello. Lui mi odia, e il sentimento è reciproco. Forse è stato davvero solo per riconoscenza. Forse dovrei ricordarmelo quando gli chiederò di ripagarmi.

Salto fuori dal letto ed entro nel mio bagno in camera, per lavarmi i denti e prepararmi per andare a dormire. Ho un gran bisogno di sonno. Discutere con Tanner è più stancante di un'operazione di dodici ore in ospedale. Grazie a Dio, non sono reperibile domani.

Il viso mi avvampa quando mi guardo allo specchio e ricordo l'aspetto di Tanner con quei pantaloni da jogging. Cristo, gli stavano così bassi in vita, la parte superiore del pube in bella mostra per me, a richiamare l'attenzione verso un'area che ricordo con estrema chiarezza. Probabile che l'abbia fatto apposta, il bastardo impudente. Ma il danno è fatto. Il cazzo di Tanner Harris è inciso nel caveau dei peni nella mia mente, che mi piaccia o meno. Non poteva averlo storto? O spelacchiato? O traboccante di così tanti peli pubici da non distinguere dove finivano quelli e dove iniziava l'uccello? Invece, ha il genere di pene che merita di essere sventolato. Mi fa infuriare che abbia un aspetto migliore di qualunque altro pene io abbia visto prima.

E ne ho visti parecchi.

Non che io sia una puttana, quello no. D'altro canto, ho molta esperienza. Ho ventisette anni, non ho legami, faccio un lavoro stressante e quando posso mi piace divertirmi. Io e Indie abbiamo una nostra tradizione, chiamata Tequila Sunrise, che abbiamo inaugurato poco tempo dopo aver iniziato a lavorare in ospedale. In breve, implica uscire e festeggiare come pazze, e in genere comporta anche rimorchiare con facilità.

La Tequila Sunrise è iniziata una sera in cui avevamo ricevuto una brutta dose di realtà, al pronto soccorso. Da allora, è diventata la nostra versione del carpe diem, ovvero un modo per superare le brutte giornate che si presentano nella vita di un dottore. Quando capisci che la morte è sempre dietro l'angolo, diventa prioritario cercare di vivere al massimo ogni genere di esperienza. Come risultato, lo stile di vita che maggiormente mi si confà consiste nel rimanere single ma sempre pronta a socializzare, e saper godere di un incontro ravvicinato su base regolare con un pisello soddisfacente.

Non frequento nessuno seriamente, perché non ne avrei il tempo. Il mio lavoro con la dottoressa Miller al Chelsea and Westminster Hospital è sfiancante. La dottoressa Miller è talmente talentuosa e intelligente che sono sempre in tensione, attenta a non lasciarmi sfuggire alcun insegnamento. Lei ha dedicato la sua vita a salvare i bambini in fase prenatale, e io voglio assorbire tutto quello che posso finché sto con lei. È importante per me immaginare di poter avere un impatto su questo mondo, e non riesco a pensare a un modo migliore per farlo.

Mentre mi infilo un top da notte celeste con pantaloncini abbinati, ripeto a me stessa che non li sto indossando perché Tanner è qui. Piuttosto, lo sto facendo nonostante Tanner sia qui. Non cambierò il mio modo di vestire solo perché ho un ragazzo turbolento in casa. No davvero.

Quando mi accoccolo nel letto e mi permetto di scivolare nel sonno, dimentico del tutto il fastidioso uomo al piano di sotto e mi sento di nuovo sicura del mio posto nel mondo. Ma non dormo a lungo perché, come quasi ogni singola notte, mi sveglio senza motivo e guardo il mio orologio digitale segnare le tre. Il mio corpo ha sviluppato un seccante orologio interno che pensa che le tre di notte siano un momento eccellente per uno snack. La mia prozia Doris soffriva della stessa sindrome. Diceva sempre: «Oh, cara, ho lo stesso problema. Sono quei biscotti. Mi chiamano nella notte! E tanto urlano finché non mi alzo a mangiarli.»

Solo che *i miei biscotti* sono in realtà tavolette di cioccolato fondente. Faccio spuntini nel bel mezzo della notte da quando avevo dodici anni. Mia madre mi portò perfino da uno specialista per cercare di farmi perdere l'abitudine. Gli dissi di non ricordare di averlo mangiato, perciò il dottore diagnosticò che ero sonnambula e che non c'era molto che potesse fare.

Ma era una spudorata bugia. Sapevo esattamente cosa facevo quando affondavo i denti nella gloriosa cioccolata amara, che si scioglieva in bocca in un'esplosione di piacere speziato. Le mie indulgenze notturne sono il motivo più evidente per cui ho problemi di peso. Ma il mio *vizietto* sa fare la voce più grossa della mia vanità: il cioccolato vince sempre.

I miei spuntini notturni non sono un incidente occasionale; sono un impegno.

«Me lo merito.» Pronuncio le tre paroline magiche e mi levo di dosso il piumone. Esco dalla camera da letto e guardo oltre la ringhiera, verso un Tanner addormentato ancora steso sul divano. La luce d'emergenza bluastra illumina il suo petto nudo, quanto basta per notare che sta respirando pesantemente. Dopo aver giocato una partita, seguita da tutte le attività extra della notte, deve star dormendo come un sasso.

Scendo le scale in punta di piedi, facendo del mio meglio per evitare i punti che scricchiolano, infine passo di fianco agli addominali scolpiti di Tanner, che mi stanno provocando senza pietà. Supero il tavolo della sala da pranzo e attraverso la porta della cucina senza un suono. Apro il mobile che nasconde la mia scorta segreta di Cadbury e inizio a mordicchiare la barretta di cioccolato fondente. Ha un sapore divino, dolce e cremoso con una nota fruttata, che fa fare le fusa per la soddisfazione alla mia golosona interiore. Non ho mai capito le donne che preferiscono gli snack salati, come le patatine. Sventolatemi davanti agli occhi un pezzo di cioccolato e mi vedrete implorare come una sessuomane in uno strip club. L'unica cosa che può migliorare questa delizia è un sorso di latte. Apro il frigorifero e vi sto frugando dentro in cerca del cartone, quando una voce alle mie spalle dice: «Be', ciao. Ti spiace se do un morso?» Salto dritta verso l'alto e sbatto la testa contro qualcosa di duro a cui fa seguito un gemito di dolore. Mi volto e vedo Tanner barcollare all'indietro, tenendosi con una mano alla porta del frigorifero per restare in equilibrio e reggendosi il mento con l'altra.

«Cavolo, la mia testa» mugugno e mi massaggio il punto sotto la coda che ha urtato contro di lui. «Mi hai spaventata a morte, idiota!» Mi appoggio al bancone accanto al frigo, la mano sul petto mentre cerco di rallentare il battito del cuore. Sta correndo veloce, in parte perché non l'ho sentito, ma soprattutto perché la mia coscienza colpevole si è risvegliata e mi sta rimproverando per aver mangiato di nascosto la cioccolata alle tre del mattino.

«Volevo solo un pezzetto di qualunque cosa tu stia sgranocchiando» dice lui in tono innocente, appoggiando l'avambraccio sopra la porta aperta del frigo. La luce proveniente dall'interno lo investe in pieno, formando ombre intriganti su ogni rilievo dei suoi muscoli.

Distolgo lo sguardo dal suo corpo e rispondo a denti stretti: «E dovevi proprio stenderti sopra di me per chiederlo? Dio, in pratica mi stavi montando!»

Gli angoli della sua bocca tremolano. «Be', mi sono goduto la vista per un po', ma poi ho iniziato a sentirmi un pervertito nel fissarti il culo in quei pantaloncini minuscoli. Ho pensato che fosse meglio palesare la mia presenza, prima di dare un morso al dolcetto sbagliato.» Mi fa l'occhiolino.

Resto a bocca spalancata mentre sposto la mia mano sul posteriore. Stando dritta in piedi, l'orlo dei pantaloncini arriva a stento in fondo al sedere. *Porca puttana, aveva davvero una bella visuale.*

Prima che io abbia la possibilità di elaborare ciò che ha appena detto, la sua voce profonda aggiunge: «Anche se devo dire che la vista frontale non è da meno.»

Inspiro di colpo quando lui chiude il frigorifero e invade il mio spazio vitale poggiando le mani ai due lati sul bancone, dietro di me. Nell'improvvisa oscurità, gli altri miei sensi vanno in iperattività. Lui odora un po' come la mia auto e un po' di quella fragranza muschiata che hanno gli uomini dopo una lunga giornata. È un tocco di deodorante, un lieve residuo di sapone e poi solo… *uomo.* Riesco a sentire i miei capezzoli turgidi strisciare contro il tessuto satinato del top mentre inalo grosse boccate d'aria. La sensazione fa vibrare tutto dentro di me. Sto avendo un sovraccarico sensoriale da Tanner, il che mi rende una persona del tutto diversa nei suoi confronti. «Che stai facendo?» domando, la voce più roca di quanto mi aspettavo, in risposta al fiato caldo di Tanner che mi colpisce la sommità della testa mentre incombe sopra di me.

È alto. Io sono quasi un metro e ottanta e ho un amore spassionato per i tacchi, perciò sono abituata a uscire con uomini della mia stessa altezza. Ma, a piedi nudi entrambi, il mio sguardo gli arriva a stento al mento barbuto. Lui si preme contro di me e quasi gemo quando sento il contorno del suo cazzo semieretto contro un fianco. Almeno credo che sia un po' duro. Se quello è Tanner Harris da moscio, non so cosa pensare della sensazione che darebbe completamente eretto.

Dovrei respingerlo. Dovrei essere disgustata dal fatto che il suo corpo stia toccando il mio, specie quando Dio solo sa cos'altro ha toccato nelle ultime ventiquattr'ore. Ma in questo momento sono schiava dei miei ormoni. E la verità è che c'è un piccolo luogo oscuro di me che ancora muore dalla voglia di sapere come sia scoparsi Tanner Harris. Solo per una volta.

Odio quella parte di me stessa. La odio e la disprezzo. È una grandissima troia.

All'improvviso, il suo fiato caldo nell'orecchio mi provoca un brivido lungo il collo, mentre armeggia in cerca di qualcosa alle mie spalle. Si ritrae con una barretta di cioccolata incartata nella mano.

«Questo sarà un ottimo inizio.» Le sue sopracciglia fremono in modo lascivo quando si volta per andarsene, dicendomi da sopra una spalla: «Forse dovrai trovare un nuovo nascondiglio, Ryan.»

Capitolo 5

Pene invertito

Tanner

La mattina dopo vengo svegliato da Indie, che mi scuote con vigore. «Tanner. Tanner, c'è Camden al telefono.»

«Cosa?» gracchio, la voce roca mentre mi tolgo di dosso la coperta e inizio a mettermi a sedere.

«È Cam» dice lei, facendo un passo indietro e allontanandosi da me. Le gote le diventano rosa e si affretta a spostare lo sguardo sulla finestra.

Inarco le sopracciglia e abbasso lo sguardo, trovando un'erezione completa sotto i pantaloni da jogging. «Mi dispiace. Immagino sia un tipo mattiniero.»

Indie scuote la testa e allunga le mani alla cieca tenendo il telefono.

«La mia ragazza ti ha appena visto con una tenda nei pantaloni?»

«Temo di sì, fratello. Non temere, però. Ha visto di peggio negli spogliatoi. Quei terapeutici bagni di ghiaccio non si versano da soli.»

«Tanner!» ruggisce Cam.

Faccio una smorfia ma, nonostante il buon senso, non cedo le armi. «Spero che questo non crei un complesso tra voi due. Sarai anche stato più grosso alla nascita, ma è perché tutta la mia *grossezza* si è concentrata sul cazzo.»

Mi rivolgo una risata pigra ma fiera dopo il suo secco sibilo.

«Non riderai più quando saprai perché ti sto chiamando.» Mi sento cadere lo stomaco e metto i piedi per terra. «Non ci sono solo delle foto, Tanner. Siete a tutta pagina sui giornali, stamattina.»

«Che significa?» chiedo. «Cosa possono aver da dire su di me a parte stupidi hashtag?»

«Belle» risponde lui.

«Cosa?»

«Belle Ryan. La dottoressa Ryan. La coinquilina e cazzo di migliore amica di Indie.»

«So chi è. Cosa c'entra con questo?» scatto, la tensione che mi si irradia alle tempie. È un po' troppo stress per essere le sette del mattino.

«Hanno cercato la sua targa. Sanno chi è.»

Ancora non mi è chiaro il quadro.

«Tanner, non sai chi è Belle?»

«Che vuoi dire? Ho appena detto che lo so!» La mia voce è davvero acuta. Perché la mia voce è così acuta?

«Intendo, non sai chi è la sua famiglia?»

«Certo che no. Chi cazzo sono? La Famiglia Reale?»

«Ci sei andato molto vicino» risponde Camden. «Suo padre è un Lord e un giudice dell'Alta Corte, Tan. Aspira ad arrivare alla Corte Suprema. La sua famiglia è roba grossa e questo non è il genere di scandalo che saranno disposti a tollerare.»

Mi alzo e la mia erezione mattutina si è in pratica invertita, al momento. «Cazzo.»

«Esatto, cazzo.»

«Quindi, che dice il giornale? Hanno visto tutto?»

«No, sembra che nessuno abbia una foto di te completamente nudo. Hai avuto una cazzo di fortuna che Belle sia arrivata lì in quel momento. Da quello che si vede, potresti essere stato soltanto a torso nudo nella sua auto. È comunque brutto, però. Il giornale ha inserito delle foto di tutte le altre donne con cui sei stato visto di recente, e stanno buttando in mezzo Belle come un'altra delle tue tante *conquiste occasionali*, penso l'abbiano definita così.»

«Cristo» gemo. Non è giusto nei suoi confronti e, visto chi è suo padre, non so cosa significherà. «Papà lo sa?» Una lunga pausa. «Camden, dimmelo e basta.»

«Sì. Papà lo sa.»

Dal tono piatto con cui lo dice, so che c'è qualcosa che mi sta nascondendo. «Sono sospeso, non è vero?»

«Tan…»

«Cazzo!» urlo e mi volto a dare un calcio al divano più forte che posso, schiacciandomi il ditone nel processo. «È tutto un casino.»

«Tanner, lo so, ma calmati. Troveremo una soluzione. Non sei l'unico di cui preoccuparsi al momento. La famiglia di Belle darà fuori di matto. Dobbiamo trovare un modo per indorare la pillola. Per aggiustare le cose. Faremo...»

Continua a parlare, ma non sento altro quando scorgo Belle seduta in fondo alle scale, il cellulare stretto saldamente in mano. Sta fissando fuori dalla finestra come un manichino, del tutto immobile. All'improvviso, tutto ciò di cui mi preoccupavo per me stesso evapora.

«Cam, ti richiamo» affermo, e riattacco senza un'altra parola.

Mi avvicino a lei. «Ryan, ascolta, mi dis...»

«No, no. Non parlare» dice lei in fretta, a una strana supervelocità, mentre scuote la testa avanti e indietro come se soffrisse della sindrome di Tourette.

Mi accovaccio davanti a lei. I suoi occhi neri sono lucidi per le lacrime non versate. Ha i capelli scompigliati dal sonno e raccolti in una coda disordinata. Indossa ancora il pigiama di seta, quello a cui stavo pensando quando Indie mi ha svegliato stamattina. Non so cosa sia quello che è successo in cucina stanotte, se stavamo flirtando o qualcosa di più, ma so che è stato fantastico premermi contro di lei. Mi piaceva così, silenziosa e morbida, del tutto disarmata nel buio. Non aveva la dura corazza di condiscendenza che usa di solito con me.

Ci riprovo. «No, sul serio, Ryan, Sistemerò tutto. Devo...»

«Non dire un'altra parola» scatta lei, poi si alza cosicché ci ritroviamo faccia a faccia. «Non basta che tu abbia mandato a puttane la tua vita, ora ci stai mandando anche la mia.»

«Ascolta, posso risolvere tutto. Troveremo un modo.»

«Non puoi risolvere niente!» strilla lei. «Questa storia è già là fuori. Sono una "Conquista Occasionale di Tanner Harris". È irrisolvibile. A meno che tu non abbia una macchina del tempo, non c'è niente che si possa fare.»

«Lascia che parli con mio padre» dico. «Ci inventeremo qualcosa.»

«Non mi serve il tuo aiuto» ribatte lei. «L'hai detto tu stesso la scorsa notte, Tanner. Mi sono fatta questo da sola. Avrei potuto mandare Indie. Avrei potuto chiamarti un taxi. Ma sono venuta fin lì, esponendomi davanti alla città di Londra. È un mio casino e vedrò io cosa fare.»

«Esponendoti?» domando, pensando sia una strana scelta di parole considerato che quello nudo ero io. Ma vengo zittito di nuovo quando gira lo schermo del cellulare verso di me.

È una foto di noi due nella sua auto. Lei indossa una sottile canottiera, con una spallina scesa lungo la spalla. La mia mano è sul retro del suo sedile, e dal modo in cui ci stiamo sporgendo l'uno verso l'altra sembra che siamo sul punto di scopare come animali.

Lei si volta e ritorna su per le scale. «Belle, per favore» la imploro.

Si ferma in cima e ride. «Adesso mi chiami Belle? Quant'è ironico.»

Sobbalzo quando sbatte la porta della sua camera da letto, un gesto che a tutti gli effetti equivale a darmi un pugno dritto nelle palle.

Capitolo 6

Dottoressa Pecora Nera

Belle

Sei chiamate perse. Sei chiamate perse da mio padre, e sono terrorizzata all'idea di rispondere. Io e mio padre non parliamo mai al telefono. Mai. Mia madre mi chiama per riferirmi qualunque informazione sulla famiglia che, secondo lei, ho bisogno di sapere, e questo è quanto. Non le ho neppure ancora detto del mio nuovo lavoro. Non le importerebbe, tantomeno a mio padre. A lui non importa mai.

La famiglia Ryan discende da una lunga linea di avvocati. Mio nonno è stato giudice della Corte Suprema per anni, facendo ottenere ai Ryan il titolo di cortesia di Lord Ryan. Mio padre si sta muovendo per ottenere il prossimo seggio libero, perciò tutto quello che fa la mia famiglia è stato calcolato e orchestrato da tutta la vita. Tutto quello che faccio *io* viene giudicato, persino il modo in cui porto i capelli o il colore delle mie scarpe a una festa.

Inoltre, ho avuto l'audacia di diventare un dottore, anziché un avvocato come mio fratello maggiore, e questo in sostanza mi ha garantito l'etichetta permanente di pecora nera della famiglia. È ridicolo pensare a una figlia, che sceglie di praticare la professione medica anziché la legge, come a una persona inferiore, ma la mia famiglia vede la medicina come un lavoro di servizio, non all'altezza del nostro ceto sociale. Mio fratello maggiore, Ronald, ha sempre fatto esattamente quello che gli veniva detto. È andato alle scuole giuste, ha ottenuto voti perfetti, ha frequentato ragazze di famiglie appropriate. Non lo ammetterebbe mai, ma anche il suo matrimonio è stato combinato. Avevo sentito mio padre parlare con il padre della sua fidanzata alla festa di fidanzamento e l'intera conversazione mi aveva fatto venir voglia di vomitare.

Mentre crescevamo, vivevamo a Kensington, in un'abitazione enorme con tanto personale, come se fossimo stati giusto un gradino al di sotto della Famiglia Reale. Era ridicolo e non ho mai saputo come fosse sentirmi a mio agio nella mia stessa casa. Venivo anche costantemente presa di mira da mia madre. Ero troppo trasparente. Avevo troppe emozioni, troppe espressioni. Condividevo troppo. Non dovevo parlare finché non venivo interpellata e non riuscivo mai a capirlo.

Ho sempre avuto una voce. Guido la mia vita grazie alle mie emozioni e alle mie opinioni. Mi è stato molto utile nel campo della medicina, mi ha aiutato a empatizzare con i pazienti e a riversare la mia passione nel fare un buon lavoro. Non saprei vivere in nessun altro modo. È questo il motivo per cui mi sono iscritta a medicina anziché a legge. Se c'era qualcosa che potevo fare per allontanarmi dal freddo stile di vita che avevano provato a inculcarmi, ero decisa a farlo. Perciò ho preso la laurea e accettato un lavoro che mi teneva talmente occupata che quasi ogni giorno mi si incrociavano gli occhi. Il mio orario di lavoro era indefinito, ero sempre reperibile o nel mezzo di un'operazione. Era estenuante, ma mi aiutava a sfuggire a quella vita, perché così non mi era possibile partecipare a feste ed eventi in società.

Alla fine i miei genitori avevano smesso di obbligarmi ad andarci. Avevano perfino smesso di richiedere la mia presenza alle piccole riunioni di famiglia. Sapevano che le odiavo tutte. E penso che anche loro si siano sentiti sollevati nel rendersi conto che la loro vita poteva andare avanti senza di me.

La cerchia frequentata dalla mia famiglia è composta da ricchi stronzi politicanti, narcisisti e bigotti. E fino a questo momento sono stata pressoché dimenticata. Ma essere stata fotografata seminuda, assieme a un calciatore con una pessima reputazione, sarà per loro devastante quanto il divorzio tra il Principe Carlo e la Principessa Diana per la Corona.

In due parole sono fottuta.

Capitolo 7

Un Affare di Famiglia Parte Prima

Tanner

Booker viene a prendermi all'appartamento di Belle e Indie trenta minuti dopo. Belle non è più uscita dalla sua stanza. Mi sono rivolto a Indie per avere un consiglio su cosa fare, ma neppure lei aveva la benché minima idea.

Mi ha solo passato in silenzio un sorbetto al limone, per acquietare la mia collera.

«Va tutto bene?» mi chiede Booker, lanciandomi un borsone mentre mi infilo nel furgone che un tempo era mio ma poi è stato sequestrato da lui. I posti per parcheggiare, intorno all'appartamento mio e di Camden, scarseggiano e, dato che lui è così spesso in viaggio e Tower Park è vicino a casa nostra, lascio che lo usi il fratellino.

Apro il borsone e provo un immediato sollievo nel vedere le mie chiavi, il portafogli, il cellulare, le scarpe e i vestiti che indossavo la sera prima. Santino meriterebbe un pompino per questo.

Infilo la maglietta e tiro fuori le scarpe da ginnastica dalla borsa. «Tutto alla grande, Book. Tu come stai?»

Lui fa un pesante sospiro, grattandosi la massa di capelli scuri come se avesse un tic nervoso. «Sto bene. Sono sicuro di non doverti dire che papà è sul piede di guerra.»

Stringo assieme le labbra. «Immaginavo.»

«Che cazzo, Tanner?» Lo sguardo di Booker mi trafigge dal posto di guida.

«Che cazzo, Book?»

«Questo è troppo perfino per te.»

«Non serve che me lo diciate, va bene?»

«Be', qualcuno deve dirtelo. Dopo il casino nello Yorkshire, pensavo ti saresti dato una calmata. Stai già avendo una stagione di merda, perciò non ci sto neppure male per la tua sospensione. Hai bisogno di darti una regolata. Sei molto meglio di così.»

«Ascolta, fratellino, non darmi addosso come se potessi impartirmi chissà quale perla di saggezza alla veneranda età di ventiquattro anni. Non sai cosa sto passando.»

«Anche io ho perso Cam come compagno di squadra. Non sei stato l'unico!» sbotta lui di rimando. «Ora, in aggiunta, sto perdendo anche te. È una vera merda e sono stufo. Non è così che funziona la nostra famiglia.»

«Io sono stufo di te» ribatto, immaturo. «Dove stiamo andando?» gli chiedo mentre superiamo la svolta per il Tower Park. «Lo stadio è da quella parte.»

Lui irrigidisce la mascella.

«Booker?» lo sollecito ancora.

Resta in silenzio, perciò gli do una botta sulla spalla.

«Cazzo! Stiamo andando da Vi, va bene?»

Il cuore mi scende nello stomaco. «No. No, no, no! Non da Vi. Di chi è stata l'idea? Di papà?»

«È stata di Vi. Ha detto che non mi lascerà tenere in braccio la bambina quando nascerà se non ti porto lì.»

Booker è sempre stato un budino nelle mani di nostra sorella. Non che non lo siamo tutti, in una certa misura, ma loro due hanno un legame diverso rispetto al resto di noi. Penso che, dato che è il più piccolo, Vi lo abbia sempre preferito e sia stata più dolce con lui, più gentile. Ma quella dolcezza non influenza il suo gioco. Come portiere della Bethnal Green, Booker è uno dei giocatori più intelligenti e coraggiosi sul campo. Bisogna avere palle d'acciaio per fare il portiere. Deve conoscere il ruolo di tutti sul campo e avere completa fiducia in se stesso quando è bloccato tra quei pali. La sua forza mentale mi ha sempre colpito. Più invecchia, migliore diventa, e meno sembra il piccolino di casa. Non che adesso sembri più tanto piccolino. È alto quasi quanto me, e giurerei che pesa di più ogni volta che lo vedo. Si allena più duramente di chiunque altro nella squadra. Credo che il motivo per cui non ha lasciato la casa di papà sia che è un ottimo posto per allenarsi e concentrarsi solo sul calcio.

Porca puttana, e se papà mi costringesse a tornare a casa?

«Penso sia per la tua protezione.» Le parole di Booker mi liberano dal panico. «Sa che papà non ti scuoierà vivo se c'è lei. Sarebbe troppo preoccupato di mandarla prematuramente in travaglio.»

Annuisco, mordendomi nervoso il labbro inferiore. Penso che preferirei farmi scuoiare vivo da papà che vedere lo sguardo deluso di Vi.

«Devi inventarti un piano, Tanner» aggiunge Booker. «Devi trovare un modo per uscirne. E per far sparire quella merda dai media.»

«E come? È già in bella vista per tutto il cazzo di mondo!»

«Be', prova a cambiare il modo in cui appare. Fai in modo che non sembri tanto brutta... Inventati una storia, qualcosa, non lo so.»

Mi curvo in avanti e mi passo le dita tra i capelli, facendole impigliare in tutti i nodi. Il fatto che mio padre sia il manager della mia squadra è uno schifo in questo genere di scenario, ma so che avrebbe dato il benservito anche a qualunque altro giocatore. È solo più duro da digerire quando proviene da tuo padre. *Vaffanculo a me, mi sento come se fossi stato all'inferno e ritorno, e non è ancora arrivato il peggio.*

Pensando al mio inferno personale, mi colpisce un lampo di ispirazione, e prendo il telefono dal borsone solo per scoprire che è morto. Spero che non sia un brutto segno, intanto che chiedo a Booker di prestarmi il suo. «Hai il numero di Santino in rubrica?»

«Sì, perché?»

«Ho bisogno di parlargli prima che lui parli con papà. Penso di avere un'idea.»

Quando ci sono cinque figli in una famiglia, c'è sempre qualche discussione in corso tra almeno due di loro. Quando Cam era single, litigavamo di continuo per le donne. Lui cercava di soffiarmi le ragazze che conoscevo nei locali, solo per il gusto di farlo. Perciò, dopo qualche tempo, avevamo stabilito la regola del Sandwich al Bacon.

Vi spiego. Da ragazzini, era Vi a prepararci il cibo. La sua specialità erano i pancake svedesi, ma in realtà le riusciva tutto bene, panini compresi. Di conseguenza, i miei fratelli e io, essendo i disgustosi animali che siamo, leccavamo il cibo, per accaparrarcelo in modo che nessun altro lo avrebbe mangiato. Anche se non avevo fame, leccavo i tramezzini cosicché nessuno dei miei fratelli li avrebbe voluti.

Non ne vado fiero.

Alla fine, avevamo applicato la regola del Sandwich al Bacon anche alle donne. Se la leccavo per primo, era mia. Neanche di questo vado fiero. Un anno fa, Vi ha scoperto la nostra regola e ci ha fatto una scenata. Ci ha chiamato puttanieri, donnaioli privi di morale, e ci ha fatti sentire in colpa dicendo che pensava di averci cresciuti meglio di così. Ha solo un anno più di me e di Cam, ma è sempre stata molto più matura di noi. In sostanza, è dovuta diventare adulta dopo la morte di nostra madre. Perciò, al momento, mi sento come un bambino colpevole che sta andando nella stanza della mamma, per affrontare le conseguenze di ciò che ha fatto e ricevere la punizione. Le nostre piccole liti sui sandwich al bacon sembrano cavolate a paragone con l'attuale situazione. È come la peggior passeggiata della vergogna, moltiplicata per un miliardo di volte.

Casa di Vi è in pratica l'Alta Corte degli Harris. È dove io e Camden andiamo per dirimere le nostre discussioni. Lei dà a entrambi una botta sulla testa per inculcarci una dose di realtà. Poi dobbiamo accettare la sua sentenza e chiudere la cosa lì, prima di andarcene.

Perciò il mio scopo, mentre saliamo all'undicesimo piano, fino al suo attico, è escogitare un piano che calmi i suoi nervi all'istante e le porti via tutta l'ansia che starà provando.

C'è mia nipote là dentro, dopotutto.

Quando le porte dell'ascensore si aprono sull'appartamento di Vi e Hayden, io e Booker veniamo accolti da quel pervertito *annusa genitali* di Bruce. Bruce è un enorme San Bernardo che Vi ha ereditato da una vicina, un paio di anni fa. Era la nostra polizza assicurativa per premurarci che lei fosse al sicuro, dopo che si era trasferita da casa di papà in un appartamento tutto suo. Ora che si è fidanzata con Hayden, sono molto meno preoccupato.

«Ehi, Tanner» dice Hayden, avvicinandosi a grandi passi all'ascensore col guinzaglio di Bruce in mano. «Booker.»

Mi guarda come se stessi camminando attraverso il braccio della morte. «È infuriata?»

«Oh, è infuriata eccome» risponde lui con un sorrisino che gli aleggia sulle labbra. «Ma penso di essere riuscito a calmarla abbastanza. È fuori in terrazzo, con tuo padre e Santino.»

«Fanculo» dico espirando. «Speravo di arrivare qui prima di papà.» Hayden mi rivolge un sorriso comprensivo mentre mette il guinzaglio a Bruce, per portarlo a fare una passeggiata. Darei qualunque cosa per poter essere quel cane ora, e poter andare via con lui, con nella mente niente altro che sognare di annusare culi e dare la caccia ai passerotti.

Non che la mia condotta finora sia stata poi molto diversa.

Sapendo di dover affrontare le conseguenze delle mie azioni, mi dirigo verso il terrazzo. Vi è stesa comoda su una delle sdraio, le mani sul ventre prominente, mentre papà e Santino sono in piedi accanto a lei e parlano a bassa voce.

«Tanner» dice Santino, con un tono gioviale che non si addice all'atmosfera. «È un piacere vederti, amico.»

«Abbiamo già visto più di quanto avremmo voluto in quelle foto» aggiunge papà. Lo guardo per un istante, cercando di comprendere quanto sia in collera. Il suo fisico, solitamente ampio e muscoloso, sembra curvo e rattrappito.

Mi sporgo e piazzo un bacio sulla testa di Vi.

«Ehilà, Vi.»

«Ehi, puttaniere.»

Mi lascio cadere sulla sdraio accanto alla sua. «Mi dispiace.»

Lei sorride mesta, i suoi occhi celesti contengono ancora una qualche forma di gentilezza nei miei confronti. «Lo so.»

Booker si mantiene a distanza di sicurezza, rimanendo sulla porta, mentre la voce di papà inizia a tuonare.

«Ti dispiace ogni volta, Tanner, ma a cosa serve? Ora, avrai una sospensione di quattro settimane, che devo per forza applicare o sembrerà che stia facendo dei favoritismi.» Si massaggia aggressivamente la sommità della testa dai capelli grigi, passeggiando avanti e indietro prima di proseguire: «Quattro settimane! Hai giocato male per tutta la stagione. Tu e DeWalt non riuscite a trovare un cazzo di ritmo, e adesso questo. Sei il capitano della squadra, per l'amor di Dio. Non puoi permetterti una pausa di questo genere, eppure eccoci qui.»

«Papà» lo avverte Vi, irradiando il suo potere protettivo come una tipa tosta, nonostante i capelli biondi e gli occhi celesti.

«Non sto urlando, vero?» si difende lui, ma le vene sulle tempie lo smentiscono.

«No, ma ci manca poco.» Alza lo sguardo su di lui socchiudendo gli occhi nonostante il cielo di Londra sia del tutto coperto, rispecchiando il mio umore.

«Santino, hai già spiegato?» chiedo, guardandolo speranzoso.

«No» risponde lui, abbottonandosi il gilet blu. «Stavo aspettando te.»

Santino è in parte italiano ed è un formidabile avvocato sulla trentina che lavora per il Bethnal Green F.C. È forte da morire, ci ha perfino portati fuori a bere in qualche occasione, solo perché lo aiutassimo ad agganciare delle donne. Penso sia l'unico che possa comprendere la mia situazione.

«Tanner mi ha chiamato mentre veniva. Ha avuto un'idea, per aiutare a cambiare l'opinione dei media su quello che pensano di aver visto ieri notte.»

Mio padre sposta lo sguardo da Santino a me.

Deglutisco con forza, all'improvviso terrorizzato che possano ridermi in faccia. «Be', la stampa sta addosso a questa storia perché pensa che la dottoressa Ryan sia solo un'altra delle mie scappatelle, al pari delle altre… indiscrezioni. Ma se non lo fosse?»

«Che vuoi dire?» chiede Vi.

«Se io e Belle ci stessimo frequentando?»

Gli occhi di Vi si spalancano per l'eccitazione. «Voi due vi state frequentando? Tanner, è fantastico! Belle è perfetta per te. È acuta, è divertente, ed è amica di Indie. Non potrebbe essere più adorabile…»

«No, Vi, non ci stiamo davvero frequentando. Sto dicendo, e se fingessimo per i media? Che succederebbe se accettassi la mia sospensione e nel frattempo mostrassi ai media che lei non è una qualunque donna da una botta e via? Che ci tengo davvero a lei? Mi comporterei al mio meglio per aiutare anche la sua famiglia a salvare la faccia, in modo che non sembri una sordida avventura occasionale, ma una storia d'amore.» Quelle parole mi suonano tutte sbagliate mentre mi escono dalla bocca, ma loro sembrano bersele.

«Pensi che i Ryan accetteranno?» Mio padre rivolge la domanda a Santino.

«Hanno già detto di sì.» Questo mi sconvolge. «Hanno detto che se possiamo ottenere un articolo a tutta pagina in una grande rivista, simile a quello che ha organizzato l'Arsenal per Cam e Indie, accetteranno i termini.»

«Aspetta un attimo» obietto, alzandomi dalla sdraio. «Un'intervista? Non ho mai parlato di un'intervista.»

Santino mi mette una mano sulla spalla. «Tanner, andrà tutto bene. Possiamo manipolare tutto, perfino il reporter. Tu lascia fare a me, amico.»

«Ma Belle è d'accordo?» domando, ancora sotto shock per il fatto che stiano davvero prendendo sul serio il mio piano. Belle non è neanche uscita dalla sua stanza prima che me ne andassi. Non posso credere che ora sia favorevole a fingere di frequentarmi in pubblico.

«La sua famiglia ha detto che lo farà, purché firmiamo tutti degli accordi di riservatezza e la verità rimanga in famiglia» risponde Santino in tono colloquiale. «La squadra non deve scoprire che si tratta di un inganno.»

«Concordo!» scatta mio padre.

Gemo, rendendomi conto che la mezza idea che ho avuto potrebbe davvero andare in porto. «Posso parlare prima con Belle? Non voglio che la forzino a fare qualcosa che non le va a genio.»

«Tanner, nessuno di noi è nella posizione di rifiutarsi. E la squadra ha bisogno di sopravvivere a quest'ultimo scandalo.»

Aggrotto la fronte alle parole di mio padre, ma non sono sorpreso. La squadra gli ha salvato la vita. Era ridotto a un guscio vuoto dopo la morte di mia madre. È stato solo quando ha fatto rientrare il calcio nella sua vita che è diventato di nuovo in parte funzionante. Mette sempre il Bethnal davanti a tutto.

«Lasciate solo che provi a parlarle per primo. Penso di poterla convincere, senza che le sembri che la stiano obbligando a… prostituirsi.»

«Hai già fatto abbastanza.» Mio padre mi marcia accanto, diretto all'interno della casa. Mi guarda da sopra una spalla e aggiunge: «Lascia che sia Santino a definire i particolari. Ci vediamo a cena domenica.»

Senza un'altra parola, mi lascia lì in piedi, a sentirmi molto più esposto di quanto non fossi la notte scorsa, quando me ne stavo nudo all'angolo di una strada. Sono sospeso dal calcio per un mese e devo frequentare per finta Belle Ryan… l'unica donna dalla quale avevo giurato di stare lontano. *Che cazzo mi è venuto in mente?*

Capitolo 8

Un Affare di Famiglia Parte Seconda

Belle

«Questa è una cazzo di stronzata! Una merdosa, puzzolente, ridicola, disgustosa stronzata!» urlo, alzandomi in piedi in mezzo al soggiorno e guardando fuori dalla finestra, il tutto mentre sento lo sguardo glaciale di mio padre sulla schiena.

«Bello vedere che il tuo modo di esprimerti è migliorato esponenzialmente dall'ultima volta che abbiamo parlato.»

Mi volto e fisso Lord Jonathan Ryan dritto negli occhi, rimpiangendo il momento in cui gli ho aperto la porta. Un tempo non riuscivo a guardare negli occhi mio padre. Mi ritraevo in sua presenza. Ma a quel tempo mi interessava ciò che pensava di me. Non è più questo il caso.

Se ne sta ritto davanti a me in tutta la sua pretenziosa gloria, con un vestito a tre pezzi nero realizzato su misura e delle scarpe di Gucci che costeranno almeno duemila sterline. È un uomo alto e asciutto, con profonde rughe dovute agli anni di lavoro nel suo studio personale, prima di passare all'Alta Corte. I capelli grigi sono corti e regolari dopo il taglio che si fa fare ogni lunedì mattina, e ha ancora quel fastidioso vizio di giocherellare col suo orologio Cartier quando parla.

«Be', io non riesco a credere che tu pensi davvero che, se io frequentassi *pubblicamente* un calciatore donnaiolo, questo migliorerebbe la tua immagine. Non ha alcun senso!»

Lui mi guarda e spara: «Ha più senso di te che vieni paparazzata e fatta passare per una comune puttana.»

Abbaio una risata. «Oh mio Dio, sei rimasto al Medioevo. È ridicolo. Non lo farò.» Incrocio le braccia sul petto con determinazione.

«Lo farai, Belle» tuona lui. «Questo non è in discussione.»

Resto a bocca spalancata per il coraggio che ha, pensando di poter entrare qui dentro e ordinarmi cosa fare. Questa volta parlo lentamente. «Padre, sono un'adulta. Sono un dottore, per l'amor di Dio! Non vivo più nel tuo mondo. Non partecipo più ai tuoi ricevimenti. E non faccio più parte dell'alta società londinese. Sono sparita, proprio come tutti voi volevate. Non vedo come tu possa pensare di venire qui e dettar legge riguardo a quello che dovrei fare.»

«Belle Ryan,» ruggisce lui, i piccoli occhi che tremolano per il volume del tono, «sei ancora un membro della famiglia Ryan, e farai quello che devi per assicurarti che io non perda il mio posto alla Corte. So che pensi solo a te stessa, ma questo è molto, molto più grande di te e dei tuoi egoistici bisogni. Non ti abbiamo chiesto niente per molti anni, ma in questo caso farai ciò che deve essere fatto. Fine della discussione.»

Gira sui tacchi e marcia fuori del mio appartamento senza mai voltarsi a guardarmi. Ovvio che non si volti. Guardarsi indietro sarebbe un segno di debolezza. Guardarsi indietro significherebbe che gli importa di quello che provo. È allora che mi rendo conto che sto inalando enormi boccate d'aria. Alzo lo sguardo e vedo Indie seduta in cima alle scale con espressione terrorizzata.

«Cazzo, riesci a crederci?» esclamo. «È vergognoso!»

Il suo volto si torce per la comprensione mentre si alza e corre giù per le scale verso di me.

«Non è così che si parla a un altro adulto.» Inizio a camminare avanti e indietro di fronte alla finestra, la mente che galoppa sotto il peso di anni di risentimento a schiacciarmi le spalle. «Non può abbaiarmi ordini come se fossi una sua proprietà o una sua subordinata. Cazzo! Non lo sopporto!» Indie si è appollaiata all'estremità del divano, stringe un cuscino al petto e annuisce in silenzio per solidarietà.

«Frequentare pubblicamente Tanner Harris?» Una risata latrata e collerica esplode da uno strano punto del mio ventre. «È la cosa più insensata che abbia mai sentito.»

«È vero.» Indie sta annuendo su e giù in completo accordo.

«Giusto! Lo è assolutamente. Frequentare per finta Tanner? È un maiale. Un animale. Dovrebbe essere messo in gabbia e vaccinato.

E poi, non mi interessa della mia famiglia o di lui, quindi perché cazzo dovrei fare qualcosa per chiunque di loro? Non lo farò! Mi rifiuto.»

«Dovresti rifiutarti» aggiunge Indie.

«Esatto! Io faccio grandi cose, Indie! Salvo bambini.» Stringo le mani a pugno e maledico il cielo per questa follia. Come può essere questa la vita reale? Lotto tutto il giorno per la sopravvivenza di quei bambini, e dovrei poi tornare a casa per trovarmi in una merda del genere? «E poi lui mi getta in faccia la Corte Suprema e mi fa sentire piccola e irrilevante. Che cazzo! Proprio la scorsa settimana ho aiutato a riparare un'ostruzione nella valvola aortica di un feto di ventiquattro settimane. Perché questo non significa niente per loro?»

«È triste.»

«È triste, proprio così.» Vorrei piangere, ma non lo farò. Mi rifiuto di farlo accadere. La mia famiglia non merita le mie lacrime. Inghiotto la tristezza e la trasformo in collera. «È tutta colpa di Tanner.»

«Lo è. Decisamente lo è...»

La guardo, di colpo ho l'impressione che per tutto il tempo abbia cercato di placarmi. «Perché credo di sentire un *ma* in arrivo?»

Lei si fa piccola e risponde con riluttanza: «Be', sarebbe davvero tanto brutto fare questa cosa, Belle? Insomma, io amo il fratello di Tanner. Voglio bene a Tanner per estensione. È un maiale ed è orribile, ma non è il peggior ragazzo che incontrerai mai, nonostante quello che credi.»

«Hai visto come si sta comportando di recente, Indie. Non dirmi di chiudere un occhio.»

«Quello che vedo io è un uomo allo sbando, in cerca della sua strada senza avere più suo fratello al fianco.»

«Oh smettila» gemo. «Non è un bambino.»

«No, ascolta. Camden e Tanner sono gemelli. Il loro legame è fortissimo. Hanno condiviso l'utero. Sono cresciuti assieme e poi sono andati a vivere assieme. Hanno giocato a calcio assieme fino a pochissimo tempo fa. Si sta solo adattando.»

«Sbattersi mezza Londra è il modo in cui si adatta al passare meno tempo con suo fratello?»

Lei sospira. «Gli Harris sono un tipo particolare di famiglia. Sono molto vicini gli uni agli altri. Quasi dipendenti. Io e te non siamo cresciute in quel modo. Ogni giorno che passo con Camden, sono testimone di quanto dipenda dalla sua famiglia. Porca puttana, a stento riesce a pulirsi il sedere senza farlo sapere a uno dei suo fratelli.»

Arriccio le labbra. «Disgustoso.»

«Eccome. Ma a parte questo, che mi dici del tuo contratto con l'ospedale? Anche per loro questa pubblicità negativa potrebbe essere un problema. Non sei lì da molto e hai detto che stai faticando a tenere il passo con la dottoressa Miller. E se lo venissero a sapere? Hai bisogno di preservare una buona immagine, tanto quanto Tanner e i tuoi genitori.»

«Ti odio» mugolo, e mi getto sul divano accanto a lei, rannicchiata e patetica. Indie è troppo ragionevole. Odio che sia così ragionevole. «Mi piacerebbe darti un pugno, ma la tua maledetta faccia somiglia a quella di un angelo e temo che mi assicurerei un posto all'inferno.»

Lei ride e si sposta più vicina a me. «Sto per dire un'altra cosa che ti farà venire voglia di darmi un pugno.»

«Cosa?» la guardo malissimo con la coda dell'occhio.

«Frequentare Tanner per finta sembra tanto un'opportunità da Tequila Sunrise.»

Spalanco la bocca mentre mi lascio cadere all'indietro per appoggiare la testa sul divano. «Non buttarmi la Tequila Sunrise in faccia, Indie. Quella è la nostra cosa. Tua e mia. Pensavo fosse sacra.»

«È sacra!» esclama lei, e si rannicchia accanto a me, appoggiandomi la testa sulla spalla. «È passato solo qualche mese da quando mi hai spinto tra le braccia di Camden dichiarando che la situazione fosse da Tequila Sunrise. Ricordi?»

«E tu hai mandato tutto a quel paese innamorandoti di lui» mormoro. Mi manca la complicità che avevamo quando eravamo entrambe single. Sono felice per Indie. Davvero. Ma un po' riesco a comprendere quello che sta passando Tanner il Puttaniere.

Indie sorride e in pratica riesco a percepire il luccichio nel suo sguardo.

Dio, è sempre così maledettamente felice.

«Non ti sto dicendo di innamorarti di lui. Ti sto solo consigliando di recitare la parte, di approfittarne per divertirti un po' e conservare il tuo cazzo di lavoro.»

Gemo impotente, seccata dal fatto che finirò per aiutare la mia famiglia e Tanner Testicolo ad andare avanti. Mi piaceva molto di più vivere nell'ombra e odiare tutti schiettamente.

«E sai cos'altro penso che dovresti fare?» Indie si raddrizza a sedere e mi guarda con aria da cospiratrice. «Trovare un modo per incasinare Tanner, a tal punto che le palle gli si avvizziranno e cadranno.»

Guardo la mia amica spaventosamente vendicativa alzando le sopracciglia: non è una cattiva idea. Se devo essere obbligata a frequentare il peggior puttaniere tra i calciatori di Londra, un uomo che oltretutto detesto, nel mentre farò del torturarlo la mia missione.

Capitolo 9

Discorsi Profondi

Tanner

Volevo andare dritto all'appartamento di Belle dopo che avevamo finito da Vi, ma Indie ha detto che stava lavorando e Santino mi ha riferito che con lei aveva già discusso di tutto suo padre. A quell'affermazione sono stato preso dalla paura. Belle già mi odia per motivi che ritengo di meritare abbastanza, ma essere obbligata a frequentarmi per tutto il prossimo mese… Adesso mi vorrà morto, e sembra che la sua famiglia sia di quelle che sanno esattamente dove nascondere un corpo.

Tutto perché ha cercato di aiutarmi. *Dio, sono un tale idiota.*

Perciò, invece di cercare di migliorare le cose con Belle, sono costretto a fare un brunch con Santino, per programmare alcuni eventi a cui io e Belle dovremmo partecipare assieme. *Brunch del cazzo.* È solo un pasto dal nome sofisticato ma, porca puttana, alla fin fine è l'unica cosa decente che mi è successa da giorni.

Mentre mangio e ascolto Santino, che parla e parla di come dovrei comportarmi con lei in pubblico, continuo a pensare che avrei dovuto essere all'incontro della squadra, con papà e Booker. È la prima volta che mi rendo conto di quanto sarà diversa la mia vita quotidiana nel prossimo mese, per via della sospensione. Sarà ancora più insolito, dato che per tutto il tempo dovrò dare l'impressione di avere una ragazza. Non ho mai avuto una ragazza in tutta la mia vita. Sinceramente, l'unica donna di cui mi sia mai davvero importato qualcosa è mia sorella. Io e Camden avevamo tre anni quando nostra madre è morta di cancro, perciò Vi in pratica ci ha cresciuti. L'unico vero ricordo che ho di nostra madre è di lei distesa a letto. Ma Vi ha fatto tutto ciò che poteva per compensare quella perdita, e io l'ho messa su un piedistallo per questo. Lei è gentile, compassionevole, forte, e ha un modo innato di aiutarci a trovare le risposte ai nostri problemi. Nessun'altra donna che abbia mai conosciuto si avvicina alla grandiosità di Vi.

Perciò, piuttosto che avere una ragazza, uso le donne per soddisfare i miei bisogni, lieto di condurre una vita da scapolo. Non c'è mai stata una donna che abbia voluto per più di una notte, e non mi aspetto che questo cambi con Belle Ryan. Dovrò solo trovare il modo di ricavare il meglio dalla nostra situazione.

Santino mi lascia al mio appartamento e dice che mi manderà un'email con l'elenco delle visite e degli eventi, dopo che avrà definito i particolari con la famiglia Ryan.

Sono grato che Camden non sia ancora tornato dalla partita a Liverpool perché oggi non potrei sopportare altri sguardi delusi. E poi, devo prepararmi a eseguire il primo punto nella mia nuova lista di impegni.

Devo portare fuori Belle stasera, cosicché ieri non sembri l'avventura di una notte. Santino ci ha procurato una prenotazione al Barbary a Neal's Yard, Covent Garden, e ha detto che ci saranno un mucchio di paparazzi a seguirci.

A seguire noi, me e lei.

Ho impiegato gli ultimi mesi a fuggire dagli impegni, dalle donne e dai paparazzi. Ora sto per uscire con una ragazza che mi odia e sto facendo in modo di essere fotografato con lei. Se ne verrò fuori con le palle ancora intatte, sarà un miracolo.

Arrivo all'appartamento di Belle e Indie per le diciannove, come mi ha istruito Santino. Devo farmi dare il numero di cellulare da Belle se dobbiamo rendere regolare questa cosa per le prossime settimane. Ma, per ora, sono solo grato che abbia accettato.

Indie apre la porta con occhi brillanti e piena di energia, indossando un paio di occhiali color foglia di tè. «Tanner! Ehi! Speravo fosse Cam, sarà qui da un momento all'altro.»

«È già tornato? Non era a casa nostra.»

Lei abbassa lo sguardo, il rosso le colora le guance. «Già, ha detto che sarebbe venuto direttamente qui dall'aeroporto perché non voleva perdersi te e Belle che, uh… uscivate.»

Alzo gli occhi al cielo. Ovvio che mio fratello voglia un posto in prima fila per lo show. Bastardo. Intende godersi lo spettacolo.

«Penso che sia dolce» balbetta Indie come se dovesse difendere le loro azioni. «Tu e Belle vi divertirete, lo so.»

Inspiro profondamente e rispondo: «Non vedo l'ora che tutto si risolva.»

«Indovina chi ha portato la macchina fotografica!» La voce di Cam mi fa sobbalzare quando spunta dietro di me gettandomi un cameratesco braccio attorno alle spalle. Il suo tono sale di un'ottava quando si lancia nella parodia di una mammina troppo affettuosa. «Il nostro piccino sta uscendo per il suo primo appuntamento!»

«Cam!» esclama Indie, ignorando le frecciatine rivolte a me e lanciandosi verso il suo braccio libero.

«Mi sei mancata, Quattrocchi.» Il nomignolo che le ha dato gli esce quasi come un lamento e, a giudicare dal loro abbraccio, si potrebbe pensare che stia tornando a casa dalla guerra, non da qualche giorno di trasferta per una partita.

Dopo un attimo, le sta tenendo il viso e ha le labbra su quelle di lei. Li fisso con orrore mentre la sua mano libera scende ad afferrarle il sedere. Mi sta ancora tenendo per le spalle, e di riflesso stringe appena la presa.

«A meno che questo sia un modo discreto per chiedermi di unirmi a voi per una cosa a tre, penso che potresti lasciarmi andare prima di iniziare a stuprare la tua ragazza con la lingua» mugolo, scivolando via da sotto il suo braccio pesante e scrollandomi di dosso il disgusto che mi sta attraversando il corpo per questo peculiare incontro ravvicinato.

«Pensavo che le cose a tre fossero proprio nelle tue corde.»

Sposto lo sguardo e vedo Belle in piedi, in fondo alle scale, con una mano sulla ringhiera e l'altra poggiata su un fianco.

«Non con questo duo» mormoro, cercando di cancellare la strana sensazione del tocco di mio fratello. «Con te, d'altra parte…» La guardo dalla testa ai piedi, apprezzando tutto di lei. Indossa dei pantaloni di pelle marroni attillati e scarpe col tacco nere a punta, che slanciano le sue gambe all'infinito. La blusa che indossa sui pantaloni è larga e color crema e nasconde alcune delle qualità che preferisco di lei. Nonostante questo, sta bene da morire. «… Potrei considerare l'idea.»

«Risparmiati le adulazioni. Dobbiamo fare un discorso serio. Adesso.» Guarda Camden e Indie, che hanno trasferito la loro pomiciata dall'ingresso al tavolo della sala da pranzo. Inarcando le sopracciglia con aria d'intesa, si volta e inizia a salire le scale. «Sembra che abbiano bisogno di un minuto. Seguimi.»

Inclino la testa da un lato e guardo il suo corpo formoso affrontare le scale con un'energia che non può essere ignorata. La sua coda nera come l'inchiostro sobbalza a ogni passo, e mi ritrovo a immaginare di piegarla nuda su quelle scale ed entrarle dentro. Essere invitato di sopra in camera sua è una svolta inattesa.

Salgo le scale a due a due e la raggiungo proprio mentre sta varcando la soglia. Incrocio le braccia sul petto e mi appoggio al telaio della porta, lanciandole un sorrisino malizioso. «Forse questo accordo non sarà così brutto dopotutto. Spogliamoci, poi parliamo.»

L'occhiata che mi rivolge mi ricorda quella di chi annusa un cartone di latte andato a male. «Se pensi che ti abbia chiesto di salire qui per scopare, sei più illuso di quanto pensassi.» Il suo tono è deciso e gli occhi scuri sono infiammati da un accenno di collera. «Ti ho portato qui perché devo dirti una cosa e non voglio che Indie mi senta.»

Smontato, entro e chiudo la porta. La sua camera odora di frutta e fiori e profumo e tutte le cose da ragazze. Ho lo strano desiderio di rotolarmici dentro e spalmarmi quegli odori addosso. E poi mi ricordo di dover fare l'uomo: avere pensieri simili non è per niente virile.

Per ogni evenienza, mi tocco le palle.

«Stammi a sentire. Me l'hai messo nel sedere senza vaselina col casino in cui ci troviamo, Tanner Harris. Perciò chiariamo un paio di cose.»

La sua scelta di parole mi induce a fissarle il sedere mentre cammina avanti e indietro di fronte al suo letto. La grande finestra su una delle pareti non ha tendine né tapparelle, e mi domando perché cazzo non abbia le imposte in camera da letto.

«Me ne rendo conto» rispondo, e lei mi rivolge un'occhiata brusca. Come un cane addestrato, mi siedo sulla sedia imbottita color crema, accanto al suo comò.

«Odio questa storia. Odio ogni cosa di questo accordo. A stento parlo con mio padre, figuriamoci vederlo. Poi, oggi, si è presentato qui nel mio appartamento, ad abbaiarmi ordini come se fossi una delle sue segretarie del cazzo.» Smette di camminare e mi trafigge con lo sguardo. «Nessuno può dirmi cosa fare.»

«Allora perché hai accettato?» le chiedo. La mia curiosità è stata solleticata.

«Perché ho un lavoro. Un cazzo di lavoro vero. Non prendo a calci una palla su un campo. Ho bisogno che questo internato vada bene, perché è la specializzazione che voglio prendere. Non posso permettermi uno scandalo. Quindi, devi fare le cose per bene, Tanner Harris. Devi farci sembrare il Re e la Regina in persona. Se domani, al lavoro, il mio strutturato, un chirurgo di fama mondiale, mi guarderà come se fossi una sgualdrina che salta da un letto all'altro, troverò il modo di drogarti, rasarti la testa, trascinare il tuo corpo in uno studio di tatuaggi e poi farti marchiare a vita con qualcosa di così orrendo, così disgustoso, così incredibilmente umiliante che il tuo pisello non sarà più in grado di alzarsi per anni!»

Un soffio d'aria mi esce dalla bocca. «Come sei riuscita a dire tutto questo senza prendere fiato?» Sono impressionato.

«Perché sono Gesù» afferma lei, col volto che non rivela altro se non promesse glaciali, oscure e pericolose.

Mi sforzo di deglutire e mi tocco un'altra volta le palle. Per fortuna sono ancora lì.

«Be', Messia, prometto che non ti deluderò.»

***

Belle

Il viaggio in taxi è silenzioso mentre io e Tanner andiamo verso Covent Garden. Lo guardo accanto a me, che fissa fuori dal finestrino. Sembra un po' un cane bastonato. Non fraintendetemi, è più un segugio sexy. Ha i capelli biondi legati in uno chignon disordinato, con qualche ciuffo che gli ricade attorno al viso. La barba sembra un tantino più ordinata rispetto alla notte scorsa. Suppongo l'abbia spuntata, dato che hanno perso la partita ieri e la sua superstizione, per cui non taglia mai barba e capelli durante una serie di vittorie, non conta più.

Il mio sguardo scende fino al piccolo buco nei jeans sbiaditi, sulla gamba destra. Non è un buco progettato ad arte. È il genere di strappo che un adolescente ottiene scavalcando una recinzione. Vedere la peluria bionda sul suo ginocchio così da vicino me lo fa sembrare molto più umano e… normale, piuttosto che un calciatore famoso.

Poi mi ricordo che non c'è niente di normale in Tanner Harris. È un puttaniere, senza alcun rispetto per i sentimenti altrui. Probabilmente, si è davvero fatto quel buco nei jeans scavalcando una recinzione, per fuggire dalla stanza da letto di un'altra delle sue puttane. Potrà anche essere abituato alle ragazze che gli cadono ai piedi e prendono qualunque avanzo tiri loro, ma io non lo farò. Ho commesso quell'errore una volta, non lo commetterò di nuovo. Questo accordo è solo una questione d'affari.

Certo, posso anche aver passato del tempo in più a occuparmi del mio aspetto, truccandomi con attenzione. Ma i miei occhi sono una delle mie caratteristiche migliori. Sono grandi e a mandorla e, quando sono truccati a dovere, mi sento inarrestabile.

E poi, lo confesso, mi piace l'idea di Indie di dare del filo da torcere a Tanner.

Mi ha respinta una volta, perciò bramo il piacere di restituirgli la gentilezza. Arriviamo a un ristorante che si chiama Barbary. È un locale alla moda, nuovo di zecca, specializzato in cucina nordafricana, che si trova nei vicoli di Neal's Yard. Quest'area trabocca di pub di tendenza e per questo pullula sempre di clienti. Folle di persone se ne stanno fuori, tra i vicoli acciottolati, con bicchieri di birra in mano, a godersi il mite clima autunnale. Da diversi locali proviene della musica, mentre ci facciamo strada tra la folla chiassosa.

Tanner mi mette esitante una mano sulla parte bassa della schiena, per guidarmi attraverso la porta e aggirare la lunga fila di gente in attesa di poter cenare. Il ristorante è uno di quelli in cui si mangia direttamente al banco. Ha un grande bancone a forma di U che circonda la cucina a vista, dove lavora lo staff. Gli chef non stanno dando spettacolo, al momento. Stanno, però, facendo uscire cibi impiattati in maniera favolosa, che sono un vero spettacolo per gli occhi. Nel locale ci sono muri con mattoni a vista, insegne al neon, mattonelle di recupero e una grande parete in fondo, a cassettoni di terracotta. Nel complesso trasmette una bella energia, fino all'aria che odora di carbone, per via del forno a legna. C'è qualcosa di magico nel trovarsi tra londinesi che sbavano dietro all'ultima moda. Perfino i clienti in coda sembrano felici.

La direttrice di sala rivolge un sorriso troppo luminoso a Tanner quando prende i menù e ci dice di seguirla. Veniamo fatti sedere a una estremità del bancone, prossima alla grande vetrina che affaccia sulla strada principale. È il posto migliore, permette di cogliere l'intero ristorante all'interno e il ronzio di eccitazione proveniente dall'esterno. Le luci dalla strada filtrano nel locale, avvolgendo i nostri posti con un'alternanza di colori. È splendido. La direttrice di sala rivolge un'altra occhiata sfacciata a Tanner e infine ci lascia soli.

«Non è così male» dice lui, mettendosi a sedere sullo sgabello e voltandosi verso di me. Stende le lunghe gambe allargate invadendo il mio posto e quasi imprigionandomi.

Mi sposto nervosamente, incrociando le gambe per rendermi piccola e inaccessibile. Mi siedo dritta, però, perché non voglio sembrare intimidita da tutta quella… mascolinità accanto a me.

«Conosco persone che stanno provando da settimane a venire qui.»

«A volte paga essere un Harris.» Il lato della sua bocca si incurva verso l'alto, cosa che mi costringe a distogliere subito lo sguardo.

Ai tempi in cui io e Tanner ci eravamo appena conosciuti ed eravamo a uno stadio della nostra neonata amicizia che definirei di socievole flirt, mi scoprivo a fissargli la bocca. Aveva sempre un sorrisino che contrastava in maniera molto attraente con la sfumatura seria nel suo sguardo. Stasera, quel contrasto mi infastidisce.

«Non sei mai uscito a cena con una ragazza, vero?»

Riesco a percepire il suo sorriso. «In effetti, è la prima volta. Dimmi che non sei fortunata.»

«Oh, sì, ho davvero vinto alla lotteria» mormoro mentre esamino il menù, anche se lascerò che sia la cameriera a consigliarmi il cibo da ordinare.

«Cosa ti piace?» chiede Tanner. «A me quasi tutto.»

Riesco a sentire lo sguardo consapevole dei suoi occhi azzurro ghiaccio su di me, mentre introduce nelle sue parole una nota palesemente sessuale.

«Non mi pare» aggiungo con un tono piatto della voce, rivolgendogli uno sguardo di sfida.

Lui lascia uscire una lieve risata sbuffata. «A te piace il cioccolato più di tutto, direi.»

«Ce ne sono tanti tipi. Sono molto pignola sul cioccolato. Quello fondente è la mia religione.»

Lui posa il menù e mi osserva con apprezzamento. «Quindi ami il cioccolato fondente. Cos'altro ami, Ryan?»

Chiudo gli occhi e faccio del mio meglio per ignorare il modo in cui dice Ryan. Non so perché mi irriti tanto il fatto che mi chiami per cognome. Forse è perché non sopporto la mia famiglia e quella puttanata di titolo che amano sbandierare. O forse è solo perché si tratta di Tanner e la maggioranza delle cose che fa mi irrita.

La cameriera si ferma alla nostra estremità del bancone per farci ordinare da bere. Io le lascio scegliere per me un bicchiere di rosso e Tanner prende una birra.

Non appena i bicchieri ci vengono messi davanti, sto quasi rimpiangendo di non aver ordinato una bottiglia. Lui si sfila il giubbotto grigio e sotto ha una semplice T-shirt; le braccia tatuate, con le vene in evidenza, sono ora in bella mostra. Riesco quasi a sentire il calore del sangue che scorre nelle sue vene. Il suo odore e il profumo del cibo stanno travolgendo i miei sensi.

«Allora Ryan, facciamo un bel *discorso profondo* alla Tanner Harris adesso. Come pensi che andrà questa cosa?» mi domanda lui mentre chiude il menù e beve una lunga sorsata della sua birra.

«Dimmelo tu» rispondo. «Sono curiosa di sentire di chi sia stata questa brillante idea. Mio padre non ha ritenuto di dovermelo dire.»

Lui si rimpicciolisce. «È stata mia, in effetti.»

«Tua?» Scuoto la testa, incredula.

«È così difficile da credere?»

«Che tu te ne sia uscito con l'idea di frequentarmi per finta allo scopo di salvare le nostre reputazioni? Sì, è incredibilmente difficile da credere, Tanner.»

Lui sembra offeso. «E perché?»

«Perché non mi sopporti!» esclamo. Poi abbasso la voce e mi sporgo un po' verso di lui. «Perché la tua missione è sempre stata quella di infastidirmi a morte ogni volta che ne avevi la possibilità. Perché per le prossime quattro settimane dovrai tenere l'uccello a secco! E cosa diranno i tuoi compagni di squadra?»

Lui resta sbalordito. «Tenere l'uccello a secco? E perché mai?»

Spalanco la bocca. «Perché si presume tu abbia una relazione con me. È quello che ci si aspetta da noi. È quello che il tuo avvocato ha detto a mio padre che avremmo dovuto fare.»

«Lo hai detto tu stessa, però. È una relazione finta. Non vedo perché dovrei esserti fedele.» Fa spallucce come se fosse la cosa più ovvia del mondo. Ma quelle che vediamo come ovvie sono due cose molto diverse.

«È una relazione finta, giusto» sottolineo. «Una relazione *monogama* finta.»

«Ma non è reale.» Si sporge verso di me e io mi ritraggo. «Non vedo perché non dovremmo soddisfare le nostre necessità.»

«Non entrerai tra le mie gambe, Tanner Harris!» sibilo.

«Non ho detto che mi sarei scopato *te*, Ryan. Sarebbe un peccato sprecare così la mia prolungata resistenza.»

La sua espressione sdegnosa è tagliente. Ora il suo mezzo sorriso mi appare terrificante quando comprendo cosa sta insinuando. Ma invece di lasciare che le sue parole mi feriscano, trasformo le mie emozioni in collera. Punto tutta quella collera su di lui con tale forza che ogni cosa attorno alla sua faccia diventa sfocata. Riesco a stento a contenere il mio tono aspro in un sussurro.

«Ascolta, Harris. Qui c'è anche la *mia* reputazione a rischio. Non sarò la tua cazzo di *barba* politica mentre continui a fare il puttaniere in giro per Londra, come se tu fossi in vacanza e io la mogliettina patetica che ti aspetta a casa.»

«Dici barba come se fosse una cosa brutta.» Si massaggia il mento, uno sporco luccichio negli occhi. «La maggior parte delle donne gradisce il solletico alle cosce.»

Mi faccio indietro. «Sei disgustoso. Non mi interessa sapere come la tua barba *solletichi* la maggior parte delle donne. Questa è la situazione che dobbiamo affrontare, e non lascerò che tu metta a rischio ciò che stiamo facendo perché non sei capace di tenerti quell'uccello infestato di malattie veneree nei pantaloni, per poche settimane.»

«Senti» mi abbaia lui di rimando, e poi si guarda attorno quando si accorge che stiamo richiamando l'attenzione di chi ci circonda. Si sposta sul bordo dello sgabello, talmente vicino ora che riesco a sentire il calore emanare da lui e l'odore dell'alcool nel suo fiato. «Sono sospeso da tutto. Allenamenti di calcio, incontri della squadra, partita. Tutto quanto. Non posso partecipare, neanche stando seduto in panchina. Quindi, non mi metterai in panchina anche riguardo all'unica cosa da cui posso trarre piacere durante tutto questo casino.»

«Questo è un casino che hai creato tu! Non io!» insisto.

Lui scuote la testa e si gira in modo da guardare di nuovo il bancone. Beve un altro sorso della sua birra, il muscolo della mascella che gli pulsa per l'irritazione. «E comunque, non sono neanche sicuro che la mia squadra ci crederà. Io e te assieme? Non ha senso. E di sicuro non ne vale la pena di rimanere *in castigo* per tutto il tempo.»

Lo sguardo di sdegno che mi rivolge con la coda dell'occhio mi fa esplodere. Prima che mi renda conto di quello che sto facendo, prendo il mio bicchiere di vino e glielo getto in faccia. «Eccoti servito, a questo crederanno.»

Sbatto giù il bicchiere e mi alzo di scatto dallo sgabello, per marciare attraverso la folla di gente quanto più veloce i tacchi a spillo mi consentono. Me ne frego di tutti gli occhi spalancati che ho incollati addosso. Tanner Harris non avrà di nuovo la meglio su di me.

Vaffanculo!

Erompo fuori dalle porte del ristorante e mi si offusca la vista quando i flash iniziano a scattare. Tra la folla di gente accalcata fuori, ci sono almeno tre fotografi con enormi obiettivi. Gli occhi delle persone convergono tutti su di me mentre si domandano il perché di quell'attenzione.

Sento Tanner urlare il mio nome dall'interno, ma questo non mi ferma. Svolto velocemente a sinistra lungo il vicolo pieno di gente, scusandomi quando urto un gruppo di uomini.

«Ryan, fermati!» urla di nuovo lui.

Ora, non sono più solo i fotografi a scattare furiosamente foto, ma le persone hanno sollevato i cellulari per riprendere tutta la scena.

La voce di Tanner sembra più vicina, perciò mi guardo indietro e lo vedo zigzagare tra la folla. Ha gli occhi sgranati e disperati quando vede tutti i cellulari puntati su di lui.

Cerco di accelerare ma è inutile. Io ho i tacchi e lui gli stivali. Una presa salda mi si avvolge al bicipite, bloccandomi sul posto.

«Porca puttana, Belle, ti vuoi fermare?»

Mi fa girare verso di lui, ha uno sguardo implorante negli occhi. Guardandosi intorno con l'irritazione che gli pulsa nella mascella, mi tira verso l'arco di una porta in mattoni, nel vicolo. Non è molto lontano dagli spettatori, ma almeno non siamo più in piena luce.

«Mi dispiace, va bene? Non pensavo quello che ho detto.» Sposta l'altra mano sul mio braccio libero in modo da costringermi a guardarlo. Si è asciugato il vino rosso dal volto, ma riesco ancora a vederne tracce nella barba.

«Certo che lo pensavi!» Strattono via il braccio dalla sua presa, non me ne frega un cazzo se sto urlando. «Io sono un castigo. Le tue parole sono state molto chiare. Il sentimento è reciproco, stronzo.»

Mi giro per andarmene, ma la sua mano rude mi prende gentilmente la guancia, facendomi fermare. L'altra mano si solleva a racchiudere l'altro lato della mia faccia, in modo da forzare il mio sguardo a incrociare il suo. Il suo viso è pericolosamente vicino quando parla. «Non sei tu a essere un castigo. È la situazione. Neanche tu ne sei felice.»

«Dio, no!» esclamo. «Non vorrei essere qui più di quanto lo voglia tu, ma ci siamo. Devi impegnarti in questa cosa, Tanner.»

La folla sembra si stia lentamente chiudendo attorno a noi. Lui deglutisce a fatica, forse vorrebbe obiettare ma sa di dover stare attento a non farsi sentire. Mi irrita. La sua debolezza infiamma ogni fibra del mio essere.

«Sii uomo per una volta nella tua vita!» sbotto. «Prenditi le responsabilità delle tue azioni. Il *minimo* che tu possa fare è comportarti da gentiluomo. So che è un concetto per te del tutto alieno e che le *puttane di Harris* non se lo aspetterebbero mai, ma...»

Bacio.

Mi sta baciando.

Mi sta premendo contro il muro di mattoni e mi sta baciando come se ne andasse della sua vita.

Forse è davvero così.

Ma mi prende di sorpresa. Le mie labbra, inizialmente di pietra, si rilassano per istinto quando inclina la testa e aumenta la pressione sulla mia bocca... con la lingua.

La lingua!

Lo sfacciato bastardo è del tutto fuori controllo, e io sono ancora incazzatissima con lui. La mia adrenalina è ancora alta, la mia collera acuta. Perciò deciso di combattere il fuoco col fuoco.

Lo mordo.

Lui emette un grugnito udibile contro le mie labbra e la sua lingua si ritrae, lasciandomi spazio per affondare i denti nel suo sporgente, attraente, incredibilmente fastidioso labbro inferiore. Questo suscita una reazione diversa da quella che mi ero aspettata. Mi lascia andare il viso e abbassa le mani alla mia vita, per attirare i miei fianchi verso i suoi. Il suo corpo oscilla avanti e indietro contro il mio mentre spinge entrambi verso i mattoni.

Sempre più a fondo nella sua follia.

Alzo le mani e accarezzo la barba umida sulla sua mascella, tirando appena e godendomi la consistenza ruvida sotto i polpastrelli, le labbra e il mento. Il disordine, il bruciore, la selvaggia sensazione quasi animale che mi trasmette sono inebrianti.

Questa follia deve finire.

Sto baciando Tanner Harris in un vicolo affollato di Londra, mentre delle persone attorno a noi ci scattano foto. E il modo in cui muove i fianchi contro i miei fa vibrare ogni parte del mio corpo per il desiderio.

Devo riprendere il controllo della situazione.

Infine, ritrovo me stessa, non più persa nel suo tocco e nel suo bacio. Mi tiro indietro, respirando a fatica sulle sue labbra. «Che cazzo era?» ansimo.

Un lato della sua bocca si arriccia verso l'alto. «Scusa, non sono mai stato un granché come gentiluomo.»

***

Tanner

Afferro la mano di Belle e la trascino tra la folla di persone che sciama attorno a noi. Mentre torniamo al ristorante, sto pregando che i nostri posti non siano già stati occupati. Se lo sono, aspetteremo. Sto morendo di fame e l'antipasto fornito dalle cazzo di labbra di Belle non ha attenuato per nulla il mio appetito.

Semmai, mi ha fatto venire più fame.

Quella che era iniziata come una soluzione semplice, baciarla e farlo sembrare un litigio tra innamorati, si è rapidamente evoluta in: *Porca puttana, devo entrare in questa donna, adesso. E al diavolo tutti gli idioti che ci guardano.*

Questa situazione con Belle sta diventando complicata molto in fretta. Non ho dimenticato le ragioni per cui non l'ho baciata, tre mesi fa. Ma il fatto che siamo obbligati a stare assieme per le prossime settimane sembra scavalcare ogni pensiero logico.

Non è vero?

Anche se non fosse un gran caos, Belle di sicuro non è intenzionata a trasformare questa finta frequentazione nello scenario di un'amicizia con benefici, che mi si adatterebbe molto di più. Perciò, se la monogamia è ciò che mi viene richiesto, diventerò molto intimo con la mia mano, nel prossimo mese.

Quando rientriamo, trovo i nostri posti ad aspettarci e faccio del mio meglio per ignorare le persone che ci guardano a bocca spalancata. Belle mi ha appena gettato un bicchiere di vino rosso in faccia, probabilmente mi fisserei anch'io. Indosso il mio giubbotto e tiro su la cerniera, per nascondere le prove del suo scatto sulla mia T-shirt. Poi, quando la cameriera viene da noi, le dico di portarci un assortimento di qualunque cosa ci consigli.

«Spero vada bene» dico, sentendomi teso e introspettivo mentre guardo imbarazzato Belle.

Lei annuisce in modo legnoso, e solo adesso mi accorgo che ha il rossetto scuro sbavato sulla faccia.

«Tu, uh...» Mi indico le labbra e lei si tocca subito la bocca.

«Puoi scusarmi?»

Annuisco, e lei si alza e va verso i bagni.

Uso quel momento di solitudine per fare a me stesso un breve discorso di incoraggiamento, in modo da potermi togliere dalla testa certi pensieri, una volta per tutte. Ho affrontato questa situazione in modo sbagliato. Ho pensato solo a me stesso, senza prestare ascolto alle necessità di lei. Devo smetterla di comportarmi come il Tanner Harris che sono stato nell'ultimo paio di mesi e iniziare a essere il Tanner Harris che Vi si aspetterebbe da me. Questo accordo è importante anche per il lavoro di Belle, ed è il momento di portarle rispetto.

Quando lei ritorna, fa appena in tempo a sedersi sul suo sgabello che le vomito addosso le parole che mi stavano girando nella mente. «Mi dispiace, Belle. Ho detto delle cose stupide. Cose orrende. Stavo facendo l'idiota e pensavo solo a me stesso, e non te lo meriti. Mi dispiace anche di averti aggredito là fuori, senza preavviso. Ho solo...

sentito che tutti ci stavano circondando e che era l'unica cosa da fare per salvare la serata. Mi dispiace.»

«Mi hai chiamato di nuovo Belle» risponde lei, accigliandosi. Dopo tutto ciò che è successo, mi sorprende che la sua attenzione sia attratta da quello.

«Preferisci che continui a chiamarti Ryan?»

Lei scuote la testa con fermezza. «No, no, notavo che lo fai solo quando non ti stai comportando come lo stronzo arrogante che descrivono i giornali.»

Ingoio un sorso della mia birra ormai calda e rimugino sulla sua osservazione. Immagino di avere iniziato a chiamarla Ryan dopo quella notte all'Old George, quando mi sono reso conto che non avremmo mai potuto essere altro che conoscenti. Forse mi ha aiutato a tracciare dei confini, che al momento sembrano alquanto irrilevanti.

Lei interrompe i miei pensieri. «Anche a me dispiace per... ehm... averti buttato il vino in faccia.»

Sorrido. Non riesco a credere che stia sorridendo. Una pazza mi ha buttato una bevanda in faccia e le sorrido sapendo di essermelo meritato. «Va tutto bene.»

Lei scuote la testa. «Non è vero. Va malissimo. Ho un temperamento suscettibile, che mi mette parecchio nei guai.»

Sollevo le sopracciglia. «Che genere di guai? Dici al lavoro?»

«No, non lì. Quello è l'unico posto in cui sono del tutto equilibrata. Penso che i drammi che mi trovo ad affrontare siano così intensi da non lasciare spazio all'emotività.» La cameriera mette delle bevande fresche tra noi ed entrambi ne beviamo un sorso. «La mia vita familiare, d'altra parte, è tutta un'altra storia.»

«Hai detto che tu e tuo padre non siete legati.»

«No. Non sono legata a nessuno della mia famiglia. Tutto questo» indica la sua faccia e il suo corpo «è un tantino troppo per la loro immagine.» Emette una specie di triste risata autodenigratoria che mi impensierisce.

La guardo obiettivamente per un attimo e non riesco a trovare un solo difetto. «Che significa?»

I suoi occhi scuri mi inchiodano quando accenna a un modo di vivere di cui non ho nessuna idea. «Significa che se avessi gettato il vino in faccia a chiunque, nel *loro* circolo sociale, sarei stata subito cancellata dal testamento.» Si ferma e mi guarda accigliandosi. «Perché tu sei così tollerante, invece?»

«Riguardo al fatto che mi hai buttato addosso del vino in pubblico?» Annuisce.

Mi stringo nelle spalle. «Suppongo di ammirare chi difende con passione le proprie convinzioni, anche se avviene a spese delle mie.»

«Tu non sei altrettanto passionale?»

Scuoto la testa. «No. Io sono piuttosto rilassato, per lo più. Crescere con quattro fratelli, e un padre a cui importa più del calcio che di te, ti porta a esserlo, immagino.»

«Allora siamo una coppia creata in paradiso, Tanner, perché la mia *passione*, come l'hai gentilmente definita tu, di solito mette gli uomini in fuga.» Mi guarda per qualche istante. «Ripensandoci, avevo dimenticato che non sei qui per tua scelta.»

Lo chef dietro il bancone interrompe la nostra conversazione, che sta velocemente virando verso cupe implicazioni, servendoci numerosi assaggi di cibo. Hanno tutti un aspetto e un odore meravigliosi. E poi, sappiamo entrambi che parlare meno e mangiare di più è probabilmente la scelta migliore.

Divoriamo tutto, come se fosse il nostro ultimo pasto. Non so cosa sia la maggior parte del cibo, nonostante la cameriera ci stia spiegando le varie salse e i condimenti, ma non ho bisogno di capire cosa sto mangiando per sapere che è incredibile. Belle sembra apprezzare altrettanto. Questo potrebbe essere il bello di una frequentazione monogama. Ristoranti, buon cibo, buone bevande, compagnia attraente. Riesco a vederne il fascino.

Ma nessun aspetto della serata supera il modo in cui gli occhi di Belle si illuminano quando vede che come dessert ci portano un tartufo con ganache al cioccolato fondente. Sembra un bambino che ha ricevuto un cucciolo la mattina di Natale. È dolce, esilarante e innocente.

Guardarla mentre lo mangia, però, corrisponde alla descrizione diametralmente opposta. Le sue labbra rosse si avvolgono attorno al cucchiaio colmo di cioccolato come se stesse divorando la cosa più sensuale del pianeta. Immagino sia così per lei. Da parte mia, sto immaginando qualcosa dal gusto un po' più salato.

Il mio uccello freme quando ricordo di averla sentita parlare del cioccolato come di una religione. Non riesco a non pensare di stare assistendo a un'esperienza mistica. Mi offre un assaggio in più di un'occasione, ma rifiuto perché non voglio sottrarre un solo boccone allo spettacolo che mi sto godendo più di quanto io sia disposto ad ammettere. È dieci volte meglio di ogni preliminare che abbia mai avuto.

Quando la mia mente perversa inizia a immaginarla succhiare il cioccolato dal mio cazzo, devo scusarmi e andare in bagno, per riprendere il controllo delle mie facoltà mentali. Vaffanculo a me. Come fa questa ragazza a passare dal gettarmi del vino in faccia al farmelo diventare duro come una roccia? È una strega. Una tentatrice. Mi ha catturato col suo folle incantesimo *cioccolatoso*, e ora sono ammaliato.

Ha appena finito il caffè quando esco, perciò mi affretto a pagare il conto e tirarmela dietro, fuori dal ristorante pieno. I fotografi se ne sono andati tutti, cosa che non mi sorprende, perché sono sicuro che non useranno nessuna delle foto di noi che ridiamo e parliamo come adulti civili. No, no. Useranno quelle di me coperto di vino che le urlo contro nel vicolo. I media sono così: stronzi. A nessuno importa leggere di una storia felice. Vogliono lo sporco, vogliono il dramma, vogliono le liti domestiche. Vogliono qualcosa che farà scalpore, e niente fa parlare la gente più di una scenata inaspettata.

Mentre fermo un taxi, do un'occhiata all'ora sul telefono e vedo che non sono neanche le ventuno. «Vorrei fare un'ultima cosa, se sei d'accordo.»

«Di che si tratta?» chiede Belle, sedendosi nel taxi e scivolando sul sedile per farmi spazio.

«Voglio vedere come se la sta cavando Sedgwick.»

Lei sorride, un sorriso sincero, e poi annuisce. «Mi piacerebbe molto.»

Il Grosvenor Hotel è di proprietà di un mio vecchio compagno di scuola, con cui sono cresciuto a Chigwell. Io e Duncan facevamo entrare di nascosto le ragazze nel parco privato dietro la casa di mio padre e le convincevamo a mostrarci le tette. Ora, da adulti, cerchiamo ancora di convincere le ragazze a mostrarci le tette, ma loro non indossano più reggiseni sportivi: portano biancheria sexy mentre stanno sdraiate in eleganti stanze d'albergo. La vita è bella.

Duncan mi manda un messaggio col numero della stanza di Sedgwick e mi fa sapere che stasera era ancora lì. Sono sollevato nell'apprenderlo, perché, dopo la resistenza che ha fatto ieri notte, non ero sicuro che sarebbe rimasto.

A stento riconosco l'uomo che apre la porta.

«Tanner, vecchio mio!» tuona Sedgwick con un gioviale sorriso. «Bello vederti. Entra, entra! C'è la dottoressa Ryan con te?»

«È lei, sì» rispondo, guardando in basso verso i suoi piedi nudi che spuntano dall'accappatoio di spugna bianco.

«Be', è un vero piacere. Vi prego, entrate. Non sono proprio decente,» dice, rimuovendo un asciugamani bianco dalla massa di ricci capelli grigi, «ma dopo tutto quello che abbiamo visto del qui presente signor Harris ieri notte, penso che abbiamo superato il limite del decoro, non credete?»

Belle fa una risatina dietro di me e io alzo gli occhi al cielo. «Per essere un uomo tanto preoccupato delle buone maniere, non ti lasci sfuggire occasione per prendermi in giro.»

Lui ride e fa un passo indietro per lasciarci entrare. La stanza non dà l'idea che qualcuno ci abbia dormito. Il letto è rifatto alla perfezione. Il minibar è ancora del tutto rifornito. Perfino la TV è spenta.

«Come sta stasera, dottoressa Ryan? È un vero piacere rivederla. Non ho avuto modo di ringraziarla adeguatamente per il passaggio ieri notte.»

«Oh, è stato un piacere. Soprattutto considerato che *tu* avevi la decenza di indossare dei vestiti.»

Sedgwick ulula una risata, ma poi stringe le labbra quando rivolgo a entrambi un'occhiataccia.

«Hai dormito nel letto?» gli domando, avvicinandomi e notando che ci sono ancora le caramelle di benvenuto sul cuscino.

Sedg abbassa lo sguardo e si passa una mano tra i capelli umidi. «Io, ehm... mi ci sono seduto, una volta. Non fa per me. Ho problemi alla schiena.» Guarda Belle mentre dice l'ultima frase, come se lei potesse capirlo meglio, essendo un dottore.

«Forse hai problemi alla schiena perché dormi in una cabina telefonica, Sedgwick.» Le mie parole sono taglienti ma non riesco a credere a quello che sto sentendo. Anche il suo borsone sembra non essere stato toccato, men che mai lavato. Mi avvicino al minifrigorifero e guardo dentro, solo per scoprire che non una singola bevanda è stata toccata. «Sedgwick. Ti ho detto di ordinare il servizio in camera. L'hai fatto?»

«Non era necessario.» Inizia a dondolare nervosamente sui piedi.

«Non era necessario?» Gli rivolgo il mio sguardo accusatore.

«Sono andato alla mensa dei poveri. Va bene così.»

Esalo un sospiro esasperato e mi massaggio il mento per la frustrazione. «Non serve che tu vada alla mensa dei poveri mentre stai qui.»

«Be', se non lo faccio, la gente si preoccuperà per me.»

Questo mi dà da pensare. Chiaramente quest'uomo ha una qualche parvenza di famiglia, che si preoccupa per lui. A parte il fatto che è un senzatetto, sembra il genere di uomo che instaura dei legami.

«Non è così che dovrebbe essere, Sedg. Questa per te dovrebbe essere una vacanza. Dovresti godertela, rilassarti, guardare la TV, invitare gli amici…»

«Sedgwick» interviene Belle. «Ho un certo appetito. Ti spiace se uso il tuo telefono?»

«Certamente.» Indica il tavolino su cui si trova il telefono.

Guardo di traverso Belle che si siede, apre il menù e procede a ordinare una montagna di cibo. Come cazzo fa ad avere ancora fame dopo il banchetto che abbiamo appena consumato?

Mi avvicino a Sedg e gli rivolgo uno sguardo implorante. «Sedgwick, significherebbe molto per me se sfruttassi un po' dei lussi che questo albergo ha da offrire. È per quello che ti ho portato qui. Prenditi dei vestiti nuovi, qualunque cosa ti piaccia. Mi hai aiutato davvero ieri notte, e sono felice di fare questa cosa per te.»

Lui sembra a disagio. «Non è così semplice, Tanner.»

«Be', rendiamolo semplice.»

«Oh! Stanno trasmettendo una maratona di Downton Abbey proprio ora!» gracchia Belle, interrompendo di nuovo la nostra discussione.

La guardo e vedo che si è tolta le scarpe e ha tirato indietro le coperte del letto per infilarci sotto i piedi.

«L'hai mai visto, Sedg?»

«Non mi pare» risponde lui, e si sposta per fissare il grande televisore. «Mi piacciono i documentari storici di tanto in tanto, però.»

«Questo è più o meno la stessa cosa» dice Belle, gettandosi in bocca una delle caramelle poste sui cuscini, come se fosse la proprietaria del posto. «Vieni. Siediti. L'adorerai.»

Non riesco a credere ai miei occhi quando vedo Sedgwick e Belle sistemarsi l'uno accanto all'altra per guardare il programma. Lei gli passa distrattamente una caramella e lui la prende senza una parola. Mi lascio cadere sulla sedia davanti alla scrivania, sentendomi quasi di troppo e parecchio abbattuto.

Più tardi, bussano alla porta.

«Puoi aprire tu, Tan?» chiede Belle guardandomi, mentre accorcia il mio nome come fa la mia famiglia.

Scuoto la testa e faccio come mi è stato detto, aprendo la porta a un membro del personale dell'albergo, che spinge un carrello su ruote. Sembra che Belle abbia ordinato cibo per una intera famiglia. Do all'uomo una generosa mancia e porto dentro il carrello. «Qualche posto in particolare, miss?»

Lei alza lo sguardo su di me e sorride, un luccichio malizioso negli occhi. «Quello sembra un buon punto. Vuoi prenderci anche qualcosa da bere, già che sei in piedi?»

Guardo Sedgwick, i cui occhi sono ancora incollati alla TV. Vado al frigo, prendo tre bibite frizzanti e le metto sul carrello. Belle si alza e mi si avvicina, solleva tutti i coperchi e sorride come un gatto che ha mangiato il canarino.

«Come fai ad avere fame?» le chiedo a bassa voce. «Non ti giudico, sono solo incredibilmente colpito.»

«Non ne ho.» Mi fa un ampio sorriso e poi la sua espressione cambia di colpo. «Oh, Tanner, non mi sento bene.» Si massaggia la fronte e mi poggia una mano sul petto per sostenersi. «Ho un po' di nausea e mi sento debole.»

Sedgwick stacca lo sguardo dal programma e lo rivolge verso di noi, preoccupato. «Va tutto bene, cara? Forse hai bisogno di mangiare qualcosa.»

Lei scuote la testa. «Non credo sia quello. La mia coinquilina ha avuto mal di gola un paio di giorni fa. Mi chiedo se mi stia venendo la stessa cosa.» Mi fa l'occhiolino e alla fine capisco l'indizio.

«Oh già, Indie mi ha detto quanto è stata male.» Annuisco comprensivo. «Meglio che ti porti a casa.»

Lei inizia ad avviarsi verso la porta e con nonchalance dice oltre una spalla: «Sedg, puoi mangiare tu un po' di quella roba? Sarebbe un peccato che andasse sprecata.»

Lui si alza dal letto e dà un'occhiata al cibo. Giurerei di sentirlo inspirare a fondo, godendosi il profumo del servizio in camera.

«Sono sicuro di poterci riuscire, cara. Tu prenditi cura di te.»

Gli faccio un cenno col capo, poi aiuto Belle a uscire dalla porta. «Passerò domani e ti farò sapere come sta.»

«Sarebbe carino, Tanner. Prenditi cura di lei. Una bella doccia calda è ottima per il mal di gola.»

«Hai sentito, Belle? Devo farti la doccia.» Sorrido e le do uno sfacciato pizzicotto alla vita. Lei alza gli occhi al cielo e mi rivolge un'occhiata discreta, che non viene notata da Sedgwick.

Quando la porta si chiude alle nostre spalle, non riesco a resistere. Mi sporgo e bacio Belle sulla guancia. «Sei una dea.»

Lei sorride di rimando. «Lo so.»

Capitolo 10

Piccoli Pazienti

Belle

La chirurgia fetale non è una specializzazione su cui ci si possa concentrare alla facoltà di medicina o durante l'internato. Piuttosto, ci si arriva solo dopo aver padroneggiato l'ostetricia e la pediatria. Ci sono pochi dottori abbastanza abili da operare in utero, perciò quelli che lo fanno sono estremamente impegnati, molto richiesti e dei geni a pieno titolo. E non si ha solo bisogno che salvino questi minuscoli bambini ancora nel grembo delle loro madri, ma che trasmettano ad altri il loro talento e le loro conoscenze.

Non solo mediante pubblicazioni e ricerche mediche, ma anche tramite l'addestramento chirurgico diretto.

Perciò, avere ventisette anni e imparare nientemeno che dalla dottoressa Elizabeth Miller, che ha più abbreviazioni nel suo titolo di quante ne credessi possibili, è ciò di cui sono fatti i sogni professionali. Ero certa che sarei stata cacciata dal programma di internato dopo la prima settimana. Ora sono qui, dopo due mesi, ancora a galla.

Con indosso un camice verde, marcio verso l'ufficio della dottoressa Miller, facendomi forza per rimanere calma e concentrata, nonostante il timore che mi abbia chiesto di andare lì per discutere degli eventi degli ultimi due giorni. Le foto che sono comparse su me e Tanner, riguardo a ieri notte, mi preoccupano. Per fortuna non hanno ripreso il momento in cui gli ho gettato il vino in faccia, ma anche le immagini di noi due che litighiamo sono piuttosto mortificanti. Per fortuna, il vicolo era troppo rumoroso perché i video registrassero un qualunque audio credibile della nostra lite, o sarei molto più spaventata di così. L'unica salvezza sono quelle di noi due che ci baciamo. Sembriamo davvero… appassionati.

La dottoressa Miller solleva un dito per dirmi che le serve un altro minuto e mi fa cenno di sedermi. Lavora a Londra da oltre dieci anni, ma il suo accento americano è ancora chiaro come la luce del sole mentre tranquillizza una paziente preoccupata al telefono.

Guardandola obiettivamente, non si penserebbe mai che questa donna fa miracoli di cui l'intero campo medico si stupisce. Ha più un'aria rassicurante e accogliente da pasticciera che quella da salvatrice di bambini e asso della chirurgia. Ha intorno ai sessant'anni e indossa scarpe da ginnastica e gonna a tubino ogni singolo giorno. L'unica caratteristica che la etichetta come dottore è il camice da laboratorio che le tira un po' sulle braccia.

Oltre a sembrare dolce e coccolona, si comporta anche così. Mi aspettavo che fosse dura ed esigente quando ho iniziato a lavorare qui, presumevo che avrebbe abbaiato richieste a cui solo un Einstein avrebbe potuto ottemperare. In questo campo non c'è tempo per la pazienza e lei ha bisogno di passare il testimone a medici capaci. Ma la dottoressa Miller ha un suo modo gentile e calmo di incoraggiare le persone. Ci guida con gentilezza ed è di ispirazione su molti livelli. Riattacca il telefono e i suoi rotondi occhi blu mi scrutano con dolcezza. «Scusa, tesoro. Ho dovuto richiamare quella madre. È molto in ansia.»

Sorrido. «Lo sono quasi tutte.»

Lei alza le sopracciglia. «E con buona ragione. I nostri piccoli pazienti dipendono completamente dalle loro madri. Quindi, per estensione, anche le madri sono nostre pazienti, e si preoccupano.» Ride goffamente e una strana tensione le si forma attorno alla bocca. Il suo sorriso si trasforma in un'espressione corrucciata e un verso strozzato le sfugge dalla gola. In pochi secondi, si porta le mani al viso sembrando in preda a una crisi isterica.

Mi affretto ad andare dal suo lato della scrivania.

«Cosa c'è, dottoressa Miller?» Le metto una mano gentile sulla spalla. «Cosa è successo?»

Lei tira su col naso e poi si schiarisce la gola, fa scivolare via le mani dalla faccia e se le passa sul caschetto nero, tagliato corto sulla nuca. «Niente. Be', ancora niente. Io, ehm… ho delle belle notizie.» Si incolla un sorriso sul volto, ma sembra finto. «Diventerò nonna!»

Resto a bocca aperta e mi sforzo di fare un sorriso, che vien fuori altrettanto incerto, confusa come sono dai suoi occhi umidi. «Be', sono belle notizie! Allora perché le lacrime?» Faccio un passo indietro per lasciarle spazio, e incrocio imbarazzata le braccia sul petto.

Nei due mesi in cui ho lavorato qui, non l'ho mai vista crollare in questo modo, né l'ho mai toccata per confortarla. E questo perfino dopo aver perso uno dei nostri *piccoli pazienti*, come li chiama amorevolmente lei.

«Siediti, per favore. Dobbiamo parlare» mi dice, scuotendo la testa e spostando senza motivo delle carte da una parte all'altra.

Mi dirigo verso la sedia. Quando sollevo di nuovo lo sguardo sul suo viso, la vedo riacquistare la sua consueta risolutezza.

«Ho due argomenti importanti da discutere con te. Il primo è che voglio che tu faccia un'ecografia 4D a mia figlia.»

«Va bene» dico lentamente, pensando che sia una strana richiesta.

«So che qui non siamo più specializzati in ostetricia standard, ma ne ho bisogno.» Deglutisce con forza e si affretta ad aggiungere: «Aspetta tre gemelli ed è terrorizzata.»

«Tre gemelli!» esclamo, emettendo un soffio d'aria che mi esce da dentro con forza. «Wow.» Lei si volta dall'altra parte con gli occhi chiusi, quasi come se la mia reazione le avesse fatto male. Si torce le mani ancora e ancora mentre parla: «È di undici settimane e ha già fatto un'ecografia. Non hanno riscontrato complicazioni, tuttavia, visto che lei è nata da un parto prematuro plurigemellare, quadruplo per la precisione, siamo comunque preoccupate e vorremmo una scansione di livello superiore per assicurarci che non ci siano anomalie o segni iniziali di un qualche problema. Tu sei l'unica di cui mi fidi per farla.»

Resto a bocca aperta. Ho fatto ricerche su questa donna. Ho fatto ricerche su di lei come una pazza. Tutto quello che so è che ha una figlia, un marito defunto molti anni fa, e si è risposata di recente. Come cazzo può essermi sfuggito il fatto che sia madre di quattro gemelli?

Apro la bocca per parlare, ma lei mi interrompe. «Reyna fu l'unica sopravvissuta. Persi gli altri tre in terapia intensiva neonatale.»

Tiro in dentro le labbra e annuisco, incerta se mostrarle comprensione o professionalità. Ho assistito a scene di enorme tristezza in campo medico, ma vedere una dottoressa perdere tre dei suoi bambini deve essere stato straziante.

«Capisco quanto sia importante per lei.»

Lei mi guarda e annuisce lentamente, confortata dalla mia risposta. In questo momento non è più l'asso della chirurgia fetale che il mondo conosce. È una madre. Una madre preoccupata, la cui figlia sta affrontando una gravidanza ad alto rischio.

«Non sarò presente all'ecografia. Reyna non vuole. Perciò ho bisogno che tu la faccia bene, dottoressa Ryan. Devi essere più che scrupolosa.»

Il mento le trema e vorrei allungarmi sopra la scrivania e stringerle la mano. Qualunque sia il motivo per cui sua figlia nega alla dottoressa Miller di assisterla, deve essere qualcosa di grave. Il mio rapporto con mia madre è scadente, ma arriverei a negarle una cosa simile? Non credo.

«Farò il meglio del mio meglio, dottoressa Miller.»

«Grazie. Ora, passiamo al secondo argomento.» Il suo volto torna a essere quello della donna che sono abituata a vedere ogni giorno. «Il dipartimento delle PR mi ha mandato alcune interessanti e recenti foto che ti riguardano.»

Il mio cuore perde un colpo. Sapevo che stava per succedere. I pettegolezzi in ospedale sono sempre forti, ma c'era una parte illusa di me che sperava forse di passare inosservata, considerato che il mondo del calcio e il mondo della medicina sono molto distanti. Non sono così fortunata.

«Sei libera di fare qualunque cosa tu voglia nella tua vita privata, dottoressa Ryan. Non posso impedirtelo. Ma sono tenuta a ricordarti che hai firmato una clausola di moralità nel tuo contratto. Qui operiamo con un codice d'onore a cui dobbiamo attenerci. Il nostro ospedale deve mantenere una buona reputazione. Abbiamo delle famiglie che dipendono da noi. Quando madri e padri entrano dalla nostra porta, è perché hanno esaurito tutte le altre opzioni e vengono da noi alla ricerca di un miracolo. I nostri piccoli pazienti hanno bisogno che ad assisterli ci siano persone mature.»

«Lo so e mi dispiace davvero» tartaglio, sentendomi piccolissima. «I media distorcono le cose. Le rappresentano nel modo peggiore.»

Lei annuisce comprensiva. «Posso capirlo e, anche se non vedessi un così grande potenziale in te, non mi importerebbe. Tuttavia, quando hai una carriera professionale, le tue compagnie possono influenzare tutto ciò per cui hai lavorato.»

Abbasso lo sguardo, mi tiro una pellicina dall'indice e maledico il giorno in cui ho conosciuto Tanner Harris. Sono un dottore da molti anni e ho fatto delle scelte opinabili in merito alle mie compagnie. Era il modo in cui mi scaricavo. Era il modo in cui io e Indie vivevamo il nostro mantra del Tequila Sunrise. Ma non si è mai trasformato in qualcosa di cui dover discutere con il mio superiore. Questo è mortificante.

Proprio quando sono sul punto di rivelare tutto alla dottoressa Miller, lei ricomincia a parlare. «Le tue compagnie, però, possono anche far avanzare la tua carriera.» I suoi occhi si illuminano di un luccichio da cospiratrice. «Contatti, rete, finanziamenti. Tutto ha importanza in questo campo.»

Accigliandomi, le dico: «Non sono certa di capire dove voglia arrivare.»

«Sono sicura che sei al corrente della nostra serata di beneficenza per la Fondazione della Chirurgia Fetale, che ci sarà tra due settimane.» Annuisco. «È l'evento da cui provengono i maggiori fondi per la ricerca e la formazione. I finanziamenti mi aiutano ad assumere persone come te. Sono ciò che contribuisce a far crescere questa specializzazione, in modo da identificare anomalie e creare procedure poco invasive per correggerle. In definitiva, per salvare i bambini, dottoressa Ryan.»

«Certo» rispondo in tono urgente, per il bisogno di comprendere dove voglia andare a parare.

«Trovare dei finanziatori diventa ogni anno più difficile, ma avere un contatto nel mondo del calcio professionistico potrebbe rivelarsi la chiave ideale ad aprire certe porte. L'Inghilterra ama il calcio!»

Le sorrido educatamente mentre il senso tutt'altro che discreto diventa chiaro. Mi ricorda i discorsi che facevano i miei genitori, ogni volta che una famiglia dell'alta società entrava nelle nostre vite.

«Vorrebbe che provassi a convincere qualcuno dei contatti di Tanner a partecipare all'evento.»

Lei serra le labbra. «Trasformeresti i tuoi limoni in limonata, tesoro. E questo aiuterebbe molto il lavoro che facciamo qui.»

Deglutisco una volta, mentre un pessimo presentimento mi investe. «Sono certa di poter organizzare qualcosa.»

Lei fa un sorriso enorme. «Oh, dottoressa Ryan, sarebbe meraviglioso! L'evento di quest'anno sarà di sicuro il migliore che ci sia mai stato!» Si alza e piroetta verso il suo schedario. «Ora, faremmo bene a muoverci. Oggi devi raschiare un'ostruzione del tratto urinario.»

Capitolo 11

La Resistenza è Inutile

Tanner

«Allora sentiamo, come è andata?» mi chiede Camden quando esco dalla mia camera da letto, grattandomi gli addominali e andando dritto verso la brocca del caffè.

«Come è andata cosa?» borbotto scostando la massa disordinata di capelli dal viso.

Portare i capelli lunghi mi ha reso molto più comprensivo verso il tempo impiegato dalle donne per prepararsi. Richiedono una cura maledettamente elevata, e non mi sfugge il fatto che non posso più uscire dal letto e iniziare la giornata così. Ora devo prima domare la criniera, su base quotidiana.

Ma, almeno, non sono più identico a Cam.

«Com'è andata l'altra sera? Sto guardando le foto proprio ora.» Mi verso un caffè ed espiro, spostandomi verso il suo sgabello al bancone della colazione. Senza chiedere, gli sfilo il cellulare dalle mani e lascio cadere i gomiti sul piano, scorrendo pigro le foto. Santino mi ha mandato qualche link ma non ho ancora voluto cliccarci sopra. Sapere che mio fratello sta trollando su internet mi incuriosisce, però.

Sono sollevato nel constatare che non c'è alcuna foto dell'istante in cui Belle mi ha gettato il vino in faccia. E non ci sono foto di noi che entriamo nell'albergo per far visita a Sedgwick. Le foto non sono neppure una brillante rappresentazione della nostra falsa relazione. Siamo evidentemente nel mezzo di una lite, ma il bacio che conclude la litigata in qualche modo sembra redimerci. La foto migliore è stata scattata dopo che siamo tornati al ristorante, mentre lei stava mangiando il dessert. Io sto ridendo per qualcosa e i suoi occhi stanno brillando deliziati mentre mi guarda. Se non ci fosse la prova fotografica, stenterei a credere che ci siamo davvero guardati l'un l'altra in quel modo.

«Harryn?» gemo. «Si sono già inventati un nome di coppia per noi? È ridicolo, cazzo.» Faccio una pausa e provo qualche altra volta la parola nella mia testa. «Harryn è il meglio che siano riusciti a fare?»

«Probabilmente è per i tuoi trascorsi» dice Cam con la bocca piena di cereali, come un dodicenne che si sbrodola lungo il mento. «Che ti aspettavi? Hai scopato in giro per Londra come uno stallone da primo premio negli ultimi mesi e ora vieni visto con la stessa donna, due notti di fila. Ovvio che già sentano suonare le campane a nozze nel tuo prossimo futuro.»

Rido. «Questo accordo sarà la mia morte.»

«Perché dici così? Belle non è tanto male. Pensavo la desiderassi un tempo.»

«Era così. Lo faccio ancora… abbastanza. Ma del genere da una botta e via.»

Gli ripasso il telefono e afferro il mio caffè per confortarmi.

«Capisco.» Camden si alza e si stiracchia, un livido violaceo gli colora l'interno del bicipite proprio sotto il tatuaggio; risultato della sua partita di ieri, ne sono certo.

«Congratulazioni per il goal dell'altro giorno.»

Mi rivolge un piccolo sorriso. Dall'aspetto educato e un tantino a disagio. «Niente di che.»

Mi acciglio, guardandolo girarmi attorno per andare a mettere la sua ciotola nel lavandino. «Non fare il modesto. Questa è la tua prima stagione con l'Arsenal. Stai spaccando, fratello.»

«Già, ma in ogni caso, è solo un gioco.» Solo un gioco? Cos'è, impazzito?

«Perché ti comporti in modo strano adesso?»

«Non mi comporto in modo strano» si difende. «È solo che non penso che dobbiamo parlare di calcio per tutto il tempo.»

«E di che cazzo dovremmo parlare?» Onestamente non ne ho idea. Un tempo parlavamo di donne, ma ora che si è accasato e io ho una palla attaccata al collo con la catena, non rimane in pratica nient'altro che il calcio di cui discutere.

«Potremmo parlare di come te la passi. Magari… dei tuoi… sentimenti.» Sembra rimpiangere quelle parole non appena gli escono dalla bocca. «Dimentica tutto» si affretta a dire.

Esplodo in una risata, il ventre che mi si tende a ogni espirazione. «Non esiste che me lo dimentichi. Mi hai appena chiesto di parlare dei miei sentimenti?» Ridacchio ancora un po', in realtà infastidito dall'intera conversazione. Gli guardo l'inguine socchiudendo gli occhi. «Oh cazzo, Cam! Ti si vede la vagina!»

Lui mi spinge con tanta forza che per poco non mi ribalto all'indietro sul bancone. «Le mie palle sono proprio dove devono essere» dice seccato. «E le ho svuotate ieri notte. Che mi dici delle tue?»

Il mio buonumore si perde con quel colpo basso. «Le mie sono blu e probabilmente avvizziranno e cadranno prima che il mese sia finito.»

Cam mi rivolge un comprensivo cenno del capo, incrocia le braccia e appoggia la schiena alla parete. «Sono sinceramente curioso di vedere come gestirai questa cosa.»

«Non lo so. Vaffanculo a me, non ero pronto per un *discorso profondo* di mattina presto.» Gemo, mi infilo i capelli dietro le orecchie e bevo un sorso di caffè caldo. «Santino mi ha mandato per email l'elenco degli eventi a cui dobbiamo partecipare, e più lo leggo più mi sembra un maledetto cappio che si stringe attorno al mio collo.»

«Ma hai detto che Belle ti piace.»

«È vero, ma non per qualcosa a lungo termine. Quindi non posso farlo. Ferirei Indie.»

Lui aggrotta la fronte. «Che c'entra Indie?»

«È la tua ragazza. Tu sei innamorato di lei, cazzo, per quel che io e il resto del mondo possiamo vedere. Non scoperò la sua migliore amica rendendo le cose complicate per tutti. Mi piace troppo Indie per farlo.»

Lui scuote la testa. «A Indie non fregherebbe niente. Si lagna sempre del fatto che voi due non riuscite ad andare d'accordo. Magari così le cose si sistemerebbero?»

«Be', non sarebbe una sistemazione a lungo termine. È proprio quello il problema.»

Lui sbuffa. «A me sembra che tu stia cercando scuse. Belle non è una giovane, innocente ragazzina di cui ti stai approfittando. La prima notte con Indie, sono andato a prenderla in un locale e lei ha lasciato lì Belle con un tizio conosciuto per caso, come se fosse una cosa normale che succedeva ogni settimana.»

Poggio il caffè cercando di nascondere lo shock. «Davvero?»

«Già, Indie dice che Belle non è favorevole a impegnarsi. Penso sia un po' una festaiola, Tan.» Torna al suo sgabello, accanto alle mie gambe. «Sono sposate con la loro carriera. Anche Indie ha fatto resistenza con me all'inizio, ma in parte è per questo che funzioniamo così bene assieme. Entrambi viaggiamo molto. Le nostre carriere sono importanti e le rispettiamo reciprocamente.»

Non so bene cosa pensare di tutto questo. Quando ripenso alla notte in cui io e Belle abbiamo flirtato all'Old George, devo ammettere che è quella la sensazione che mi aveva trasmesso. Sono piuttosto abituato a valutare se una ragazza mi vede come materiale da matrimonio o come materiale per una scopata. Ma ho sempre timore di starci una seconda volta, perché molte donne dicono di volere qualcosa di occasionale e poi, dopo un paio di scopate, cambiano idea. Le loro vagine sono collegate direttamente al cuore. Il mio uccello è collegato solo al mio uccello, come un simbolo dell'infinito in costante movimento rotatorio. *Scopa e molla. Scopa e molla.*

Però, Belle è un dottore. È tanto intelligente e mille volte più matura delle donne con cui scopo abitualmente. Forse rappresenta una qualche anomalia femminile da cui mi sono tenuto lontano per un errore di valutazione.

«Be', niente di tutto questo ha importanza adesso» rispondo. «Lei mi odia. È stata piuttosto chiara, considerando che me lo ha detto in faccia, usando queste precise parole.»

Camden ride. «Non le manda a dire, eh? Ma puoi biasimarla? In sostanza, l'hai rifiutata e poi hai iniziato a farti qualunque cosa avesse due gambe.»

Lo guardo storto. «Eri proprio come me non molto tempo fa.» Lui ride e scuote la testa, battendomi una mano sulla spalla.

«Lo so. Ma saresti sorpreso di scoprire quant'è bello il sesso regolare con la stessa persona. Ti dà una chance di… sintonizzare bene le cose. Trovare pulsanti nuovi di zecca.» Mi fa l'occhiolino e mi rivolge un'occhiata sconcia che mi costringe a trattenere il vomito che mi risale lungo la gola.

«Non puoi parlarmi di Indie in quel modo. Mai. Lei è… come una sorella per me. Proprio… no.» Lui continua a guardarmi lascivo come un pervertito. «Non sto scherzando. Non possiamo più parlare di ragazze. Mai più.» Mi sporgo verso il basso e lo afferro dal collo della maglietta, alzando la voce con fare teatrale. «Promettimelo, Cam. Promettimelo in questo istante!»

Lui ride. «Te lo prometto, non fare tutta questa scena. Tu però promettimi che ci penserai. Magari, per quando sarò tornato dalla partita di questo fine settimana, tu e Belle avrete trovato un modo di divertirvi un po' con questo accordo.»

È la prima volta che vedo un piccolo barlume di speranza da quando la tempesta Belle mi ha oscurato la vita.

***

Belle

Di solito, le mie docce dopo il lavoro sono assorbite dal pensiero dei casi che stiamo trattando in ospedale. Uso l'attimo di quiete nel mio bagno per decomprimermi mentalmente dalle sfide della giornata. Al momento, ci stiamo preparando per una madre che arriverà la settimana prossima per un'ablazione laser selettiva. È un trattamento usato per la sindrome da trasfusione feto-fetale, o, come alla dottoressa piace chiamarla affettuosamente, Il Ladro e il Donatore. In pratica, su due gemelli, un bambino assorbe più sangue di suo fratello. Con questa tecnica, entriamo nell'utero usando una minuscola telecamera e siamo in grado di separare il flusso sanguigno tra i due bambini per aiutare entrambi a ottenerne una pari quantità. È una procedura affascinante, che dovrebbe assorbire i miei pensieri.

Invece, tutto ciò a cui riesco a pensare, mentre sto in piedi, sotto l'acqua che cade a pioggia, a strofinarmi con forza lo shampoo tra i capelli, sono i messaggi che mi ha mandato Tanner stamattina. Uno stupido sorrisino mi attraversa il volto.

Tanner: *Ti secca se faccio un salto stasera per discutere dell'email di Santino?*

Belle: *Sì.*

Tanner: *Sì ti secca o sì posso passare?*

Belle: *Sì mi secca. Ho appena pulito e non voglio che ti porti dietro la gonorrea.*

Tanner: *Ehi, sono tutto pulito adesso.*
Belle: *Sto per vomitare.*
Tanner: *Oh andiamo, era una battuta.*
Belle: *Le malattie veneree non sono divertenti. Sono un dottore. Lo so. Ti farò vedere delle foto qualche volta.*
Tanner: *Sul serio, porto da mangiare. Qualunque cosa tu voglia.*
Belle: *D'accordo, ma questo non sconta l'enorme favore che mi devi.*
Tanner: *Debitamente annotato.*

Cazzo.

Odio Tanner. Lo odio davvero. Ma soprattutto odio l'attrazione che provo per lui. Quello sciocco sorriso da ragazzino e il modo in cui scuote la testa da un lato all'altro per togliersi i capelli dalla faccia. E quella stupida fascia per il sudore, che gli ho visto mettere attorno alla fronte quando è sul campo, lo fa sembrare un completo bambinone.

Ma *non* sembrava un bambino quando era nudo nella mia auto. E *non* sembrava un bambino quando era premuto contro di me nel vicolo, due sere fa.

Di sicuro bacia come un uomo.

I miei pensieri si incupiscono pensando a quanto di più avremmo potuto fare se fossimo stati da soli. Perciò l'idea di lui che viene nel mio appartamento stasera quando Indie non c'è evoca in me delle *idee.*

Il suggerimento di Indie di torturarlo mentre procediamo con questa farsa sembra una sfida divertente. Però sembro incapace di azzittire la vocina nella mia testa che si sente insicura in sua presenza.

Tanner mi ha spudoratamente rifiutata quella sera all'Old George. Forse la chimica che sentivo con lui era tutta unilaterale? Forse non mi trova neppure attraente? Di sicuro sono diversa dalle donne che si è sbattuto di recente. Sì, è uno squallido puttaniere che si scopa qualunque cosa cammini, ma è anche un famoso calciatore. Ci sono donne stupende che si gettano ai loro piedi, di continuo.

«Porca puttana!» esclamo, uscendo dalla doccia e iniziando ad asciugarmi.

Questo senso di disagio mi ricorda le domeniche mattina da bambina. Mia madre faceva marciare me e mio fratello giù per le scale, per l'ispezione da parte di nostro padre, prima di uscire per andare in chiesa. I nostri vestiti dovevano essere in un certo modo, i capelli adeguati, e il nostro comportamento del tutto privo di qualunque cosa assomigliasse alla spontaneità.

Detestavo la sensazione di essere esaminata e valutata e mi rifiuto di permettere a Tanner Harris di farmi dubitare della mia *idoneità*. Ho bisogno di sapere come mi vede. E se nel farlo riesco a torturarlo un po', tanto meglio.

È il momento di riprendermi il potere.

Capitolo 12

Promesse, Promesse

Tanner

Indie è in viaggio con il Bethnal Green F.C. verso Dio sa dove, perciò sono ben cosciente del fatto che Belle e io avremo la casa tutta per noi stasera. Mi dà un certo brivido perché me la sto già immaginando nuda sul letto, a implorarmi di mostrarle quello che troppo a lungo ho negato a noi due. Spero che Camden abbia ragione e che possiamo trovare un modo per superare questo mese, con delle condizioni migliori dei rigidi appuntamenti programmati e degli eventi noiosi, in cui farsi fotografare.

Premo il pulsante corrispondente al suo appartamento e lei mi apre il portone, poi mi riceve sulla porta indossando niente altro che una lunga camicia da notte di satin nero.

«Gesù, cazzo» mormoro, quasi lasciando cadere il cibo cinese mentre inciampo sull'ultimo scalino.

«Che c'è?» Agita un sopracciglio come se non avesse idea di cosa possa aver causato la mia reazione.

Ghigno. «Questa notte è appena migliorata parecchio, Ryan.»

Lei batte le palpebre e mi guarda riflessiva per qualche secondo, come se stesse cercando di leggere i miei pensieri. Credo di essere facile da decifrare, in genere.

«Questo è un incontro di lavoro, niente di più.» Gira sui tacchi e torna nell'appartamento a grandi passi. Devo affrettarmi ad afferrare la porta prima che si richiuda. Quando entro, lei sta frugando nel frigorifero. I rilievi del suo culo sembrano decisamente commestibili, coperti dal liscio tessuto della camicia da notte. I capelli neri e lunghi le cadono in avanti mentre si tende verso il cassetto inferiore. Poi si volta con due bottiglie marroni nelle mani.

«Birra?» mi chiede, le bottiglie premute contro le punte dei seni. Il mio uccello sobbalza per l'eccitazione quando poggio il cibo sul bancone.

Allungo una mano e gliene prendo una, godendomi la vista del suo capezzolo sodo che viene rivelato dal passaggio di proprietà. Vaffanculo a me, è favolosa. Prende un apribottiglie attaccato al frigo, toglie il tappo alla sua birra e poi entra nel mio spazio vitale per fare lo stesso con la mia. Odora di otto tipi diversi di fragranze femminili, tutte mescolate in un bouquet da far venire l'acquolina in bocca. Le mie labbra fremono per il desiderio di assaggiarla.

«Mi piace questo aspetto di te, Ryan.» A stento contengo il mio sorriso sghembo mentre bevo un sorso dalla bottiglia per rinfrescarmi, desiderando di avere le labbra strette attorno a qualcos'altro.

«E quale aspetto sarebbe?» mi chiede, restandomi tanto vicina da riuscire a sentire il suo respiro sulla spalla.

«L'aspetto che include morbide camicie da notte.»

Allungo una mano e seguo con il dorso delle dita le sue costole. Lei fa una secca inspirazione come se non si aspettasse di venire toccata. Non si allontana, però. Rimane ferma lì. Il suo corpo vibra sotto il tessuto, il calore si irradia lungo la scia tracciata dal mio tocco.

Si schiarisce la gola, un sorprendente rossore le colora le guance. «Be', è quasi l'ora in cui vado a letto e devo lavorare domani, perciò non so cosa ti aspettassi.»

Afferra il sacchetto del cibo e danza fuori dalla porta della cucina verso la sala da pranzo. La guardo attraverso l'apertura nella parete, implorando il mio uccello di stare giù. Non abbiamo ancora mangiato. *Non è il caso di metterti in imbarazzo, Tanner.*

Quando esco e mi siedo sulla sedia accanto a lei, sembra che stia rimuginando su qualcosa.

«Tutto a posto?» le chiedo mentre apre i cartoni e scambia le bacchette con delle forchette.

La sua testa scatta verso l'alto per guardarmi. «Tutto bene.»

Mi chiede che cosa preferisco mangiare per iniziare. È solo il mio secondo pasto con Belle, ma ho già notato che mangia di tutto.

«Molte ragazze sono schizzinose riguardo al cibo» dico, intingendo un involtino primavera in una coppetta di plastica piena di salsa agrodolce.

«Molte ragazze non hanno il mio aspetto.» Lo dice in tono talmente pragmatico che non sono certo di cosa voglia intendere.

«Ah no?»

Lei smette di mangiare e mi guarda socchiudendo gli occhi. «Non fingere di non notarlo.»

«Notare cosa?» le chiedo con la bocca piena di cavoli. Lei sbuffa. «Che c'è?» la incalzo.

«Tanner, non sono una taglia quarantadue. Sono una quarantotto. E questo nei mesi in cui non mangio il mio peso in cioccolato. Smetti di girarci attorno. È offensivo.»

Le sue parole mi stordiscono. La pensa davvero così? Deglutisco. «A essere offensivo è il modo in cui ti vedi. È incasinato, se vuoi saperlo.»

«Sei uno stronzo» ribatte lei, infilzando il cibo nel cartone come se stesse immaginando le palle dei miei occhi al posto del delizioso pollo Kung Pao.

«Perché sarei uno stronzo?» Lascio cadere rumorosamente la forchetta e mi drizzo a sedere, incrociando le braccia sul petto in impaziente attesa della sua risposta.

Lei mi trafigge con uno sguardo. «Ho visto le donne che ti scopi.»

«E questo cosa dovrebbe significare?»

«Sono magre, Tanner!» getta la testa all'indietro. «Io no. Io sono quella sulla foto "prima della dieta". Non me ne vergogno, ma non apprezzo che ti comporti come se non fosse la realtà.»

Spingo da parte il mio cibo, l'irritazione mi pulsa nelle vene. Pensa davvero questo di se stessa? Non può essere. Non ci credo.

«Non può essere davvero così che vedi te stessa. Se questa è la tua maniera di andare a caccia di complimenti…»

«Andare a caccia di complimenti?» urla lei, e giurerei che vorrebbe lanciarmisi addosso e picchiarmi. «Perché cazzo dovrebbe importarmi di quello che pensi *tu*? Non mi importa di essere grassa. E sicuro come la morte non mi servono le tue rassicurazioni per stare bene con me stessa. So esattamente quello che pensi di me.»

«Che sarebbe?» ruggisco, quasi ribollendo per il fatto che abbia usato la parola grassa riferendosi a sé stessa.

«Che vado bene per farti una risata e nulla più.» La sua espressione è mortalmente seria mentre sto seduto davanti a lei, ridotto al silenzio dallo stupore.

Belle appare così piena di fiducia in se stessa. Così sicura. Non fa mai un passo falso e, se succede, si riprende grazie alla sua lingua tagliente, recuperando così il completo controllo. Aggiungete il fatto che è bella da morire e otterrete una gelida, folle, cazzo di stronzata, che è quella in cui mi trovo nel mezzo.

«Sei fuori di testa?» le chiedo, ritrovando la voce. «No davvero. Voglio saperlo. Il tuo pigiama è scappato via insieme alla tua sanità mentale, lasciandoti con un grosso buco in testa e una camicia da notte striminzita che dovrebbe… cosa, provocarmi? È di questo che si tratta? Stai cercando di vendicarti, Belle?»

«Questo è ciò che indosso per dormire.» La sua scrollata di spalle è debole e riesco a vederci attraverso. Ancora non capisco se quello sfogo sia il sintomo di una crepa nell'armatura dalla prodigiosa fattura che indossa sempre, o se in realtà sia più pazza di quanto avessi mai immaginato.

«Oh, piantala. Sapevi che sarei passato.» Mi alzo dalla sedia e mi sporgo sopra il tavolo. La mia voce è roca e calda contro il suo viso. «Ti sei presentata così per prendermi alla sprovvista e non farmi pensare con chiarezza. Beh, vedo tutto molto chiaramente ora, *Belle*.» Il mio sguardo le ricade sulle labbra.

Il suo sale verso i miei occhi e guardo le sue pupille dilatarsi. «Cos'è che vedi, brillante superstar Tanner Harris?»

Mi tiro indietro, interrompendo il crepitio cosmico tra di noi prima di arrendermi a quello che il mio corpo sta implorando e a quello per cui il mio uccello sta pulsando per il desiderio.

«Vedo che è stato un bene che non ti abbia scopata quella notte all'Old George. Perché sei un caso patologico, con più problemi di quanti un uomo possa gestire.»

Torno a sedermi con uno sbuffo, già esausto a causa di questa conversazione. Lei ride. Una risata di pancia. Il timbro mi fa fare una smorfia perché mi ricorda il suono degli pneumatici che stridono appena prima di un tremendo incidente.

Attraverso uno spaventoso, forzato sorriso a denti stretti, mi risponde: «Io potrò anche essere un caso patologico, ma è il tuo cazzo affettato come un salame quello che comparirà in una pessima ricerca su Google.»

Questo mi fa ridere. «Il mio cazzo è la perfezione, donna. Proprio come nelle tue fantasie.»

Lei mi deride. «Sì, grazie, Tanner. Hai reso perfettamente chiaro che non vorresti mai che il tuo uccello e tutto *questo*» si alza indicando il suo corpo «facessero conoscenza, nella realtà.»

Ringhio come un matto e mi passo le mani tra i capelli per quella totale e completa assurdità. Incrocio il suo sguardo con un'occhiata fredda e calcolata. «Le cose che potrei fare al tuo corpo sono infinite, Belle Ryan. Sei maledettamente perfetta e lo sai. Il problema è che sei il genere di donna che i maschi sposano, non una di quelle da scopare e lasciare!»

Il silenzio si estende tra noi mentre le mie parole vengono assimilate. Ho rivelato più di quanto intendevo, ma è la verità. Ho un'erezione solo per aver litigato con lei. Vorrei mostrarle che mi piace tantissimo, ma non posso, devo essere razionale.

«Allora è per questo che mi hai scaricata quella notte?» mi chiede con una sonora risata.

Sospiro. «Per questo e perché non volevo causare problemi con Indie o Cam, visto che tendo a sparire dopo.»

«Che genere di problemi?»

«Il genere che si verificano quando una ragazza vuole più di una notte.» E ora la verità affiora tra noi.

«Be', fortunatamente per te, non sono tipo da matrimonio.» Incrocia le braccia sul petto e i suoi seni vengono premuti assieme, attirando il mio sguardo sullo splendido avvallamento, che sale e scende a ogni suo respiro. La sua voce furente trema quando aggiunge: «In effetti, veloce e occasionale è ciò che preferisco.»

I miei occhi scattano di nuovo verso i suoi in cerca di una prova che stia dicendo la verità. I suoi denti scendono sul carnoso labbro inferiore, in pratica mettendolo in risalto per me, perché lo prenda.

«Cos'è che mi stai dicendo?» Spiccico le parole come se fossi a un istante dal perdere la testa.

Lei espira. «Sto dicendo che nessuno di noi può farlo con altri, quindi perché non farlo l'uno con l'altra?»

Quando la sua voce si interrompe all'improvviso e l'unico suono rimasto nella stanza sono i nostri respiri affannosi, so esattamente quello che sta per succedere. È davanti a me, chiaro come il giorno. Il suo mento è abbassato. I suoi occhi sono quasi neri. Le sue mani afferrano l'estremità del tavolo come se si stesse aggrappando a un filo sottile sul punto di spezzarsi.

Sesso.

Sesso, sesso, sesso, sesso, sesso.

È tutto quello che riesco a vedere, annusare, assaporare e sentire, non appena la richiesta rotola fuori dalla sua bocca.

Non si torna più indietro.

In un lampo, allungo una mano e afferro la sua, tirandomela in grembo. I nostri corpi si incastrano come due magneti che prima si respingevano e ora vengono invertiti.

Le sue gambe mi si stringono attorno e il calore del suo centro mi riscalda, mentre l'uccello prende vita nei pantaloni. La seta della sua camicia da notte si solleva, ammucchiandosi intorno alle cosce, mentre mi passa rude le mani tra i capelli, impigliandole in qualche nodo. Mi afferra come se fossi una sua proprietà e stesse per reclamarmi. Le mie mani le prendono la nuca e tirano giù con forza la sua faccia verso la mia, portando le nostre labbra a contatto.

Mi fa infuriare così tanto. È così chiassosa e impudente e assillante, cazzo!

Voglio disperatamente placare l'ira scopando.

Come riesca a definirsi grassa è inconcepibile. Incomprensibile. Inimmaginabile. Ha il corpo più bello che io abbia mai visto. Ho fantasticato di violarlo in circa ottanta posizioni diverse.

«Non sarà una sola notte» ansima, la fronte premuta contro la mia, le labbra arrossate a causa della mia barba. «Dobbiamo passare assieme ancora delle settimane, Tanner. Diventerà complicato.»

«Godiamocelo finché dura e basta» mormoro, sentendo il lieve rumore del tessuto che si lacera quando tiro le sottili bretelline dalle spalle. «Una notte. Quattro settimane. Che differenza fa se siamo d'accordo sul concetto?»

Lei annuisce e sfila le braccia dalle bretelline, permettendo alla camicia da notte di scivolarle giù dal petto e svelare il più sexy set di bocce che abbia mai visto. Non avevo mai sentito la parola "bocce" per riferirsi alle tette prima, meno che mai usata in una frase, finché un mio compagno di squadra americano l'ha detta una volta in un locale. Per qualche ragione a me sconosciuta, ora che fisso i seni nudi di Belle davanti a me, "bocce" sembra il sostantivo perfetto.

«Cazzo» impreco, e affondo il viso nel suo petto, che al momento è ad altezza occhi. «Cazzo, sono morto e sono finito nel paradiso delle tette.»

«Dio, come sei stupido» geme lei, muovendo i fianchi contro la mia erezione che è appena cresciuta di un paio di centimetri rispetto a quanto sia mai stata prima. Tutto a causa di queste gloriose bocce.

«Voglio vivere qui» mormoro contro la sua pelle, prendendole tra le mani i lati dei seni per aumentarne la pressione contro la mia faccia. «Voglio aprire una piccola attività in cui il mio lavoro quotidiano sarà strofinarmi su queste gloriose creature per tutto il giorno.»

«Sta' zitto e scopami!» intima lei, abbassando le mani tra di noi per toccarsi.

Niente biancheria. Era del tutto nuda sotto quello scampolo di tessuto, intenzionata a provocarmi senza pietà.

Si sporge all'indietro per avere migliore accesso alla sua fica e sono diviso tra il godermi la sua gloriosa prestazione o affondare io stesso dentro di lei. Mimo i movimenti attraverso i pantaloni qualche altra volta, l'uccello che si strofina malamente contro la cerniera dei jeans. Il dolore è terribilmente erotico. Tento di cullare il suo culo avanti e indietro con le mani mentre sono spaccato a metà per l'indecisione, tra il piacere di proseguire ancora un po' così e l'istinto di possederla subito.

Infine, afferrandola da sotto le gambe, mi alzo e la sollevo sul tavolo di vetro. Lei urla: «È gelido! Tanner, cazzo!»

«Il cazzo è proprio quello che intendo usare» ringhio, carezzando con le dita il suo centro bagnato prima di introdurle nel suo corpo. Dio, è fradicia. Litigare con me fa eccitare anche lei. «Cazzo, sei perfetta.»

Lei geme forte. Capisco che vorrebbe urlarmi ancora contro, ma è troppo occupata a cavalcarmi le dita come un ottovolante. Le afferro un capezzolo con la mano libera e strizzo il bocciolo indurito tra le dita. Così dritto, così grande, così perfetto. Il suo corpo è in piena vista per me, con solo una striscia della camicia da notte a coprirle pochi centimetri del busto. Ha braccia lisce e scolpite, tette grandi e floride e gambe che dovranno circondare la mia faccia prima che la serata abbia termine.

«Dio, sei tremendamente bella» proclamo. «Il tuo corpo è così sexy, cazzo.»

«Tanner» geme lei. «Smettila.»

«Smettere cosa?» chiedo, fermando le dita. «Smettere di fare questo?» Ricomincio a penetrarla, avanti e indietro.

Lei spalanca gli occhi e alza lo sguardo verso di me. «No, non smettere quello!» Abbassa le mani e afferra la mia, spronandomi a continuare. «Smetti di parlare del mio corpo.»

Mi sporgo sopra di lei e le do un umido bacio sull'addome liscio. È formoso e morbido e accogliente, ideale per il mio stato di eccitazione.

«Non finché non ammetterai che sei bellissima» mormoro contro la sua pelle.

Non so perché questa cosa mi dia tanto fastidio, ma lo fa. Belle proietta all'esterno tutta la sicurezza del mondo, ma a volte proprio le donne più estroverse sono quelle che nascondono le loro debolezze.

«Non farlo, Tanner» mi implora, la voce ridotta a un mugolio mentre sento il suo climax arrivare, e so di avere tutto il potere in questo momento. Provo giusto un po' di rimorso per questa specie di ricatto, ma dentro di me so che è abbastanza forte da sopportarlo.

«Per favore, Belle?» le chiedo, coprendola di baci a bocca aperta sui seni. «Dillo solo una volta.»

Il suo respiro affannoso rallenta e lei si morde un labbro, mentre lo sguardo si schianta contro il mio. Vedo la sua gola muoversi prima che finalmente risponda: «Sono bellissima.»

L'angolo della mia bocca si solleva. «Cazzo, sì, lo sei. E lo urlerò nell'istante in cui svuoterò le palle dentro di te.»

Capitolo 13

L'Avvocato del Diavolo

Belle

In pochi secondi, Tanner ha indossato un preservativo. In un altro secondo, le mie gambe sono sulle sue spalle e lui è tanto in profondità dentro di me che posso sentirlo nel cuore. O forse quella sensazione al petto è dovuta alle parole che mi ha estorto.

Sono bellissima.

Che sfacciato bastardo, pensa di poter entrare nel mio appartamento e iniziare ad abbaiarmi ordini.

Ma li ha abbaiati. E, come un cagnolino obbediente, sono stesa qui a implorarne altri.

Non amo fissarmi tanto sul mio aspetto. A me piace il mio corpo. Penso davvero di essere bellissima, *la maggior parte del tempo.* Certo, c'è un po' di carne mobile di troppo, che vorrei davvero non esistesse. E ci sono abiti che non mi posso permettere, come quelli a tessuti stampati. Se li indosso, finisco per sembrare il cuscino di un divano piuttosto che un'icona della moda.

Ma se la scelta è tra eliminare il cioccolato dalla mia vita o avere un atterraggio più morbido col sedere, sceglierò l'atterraggio morbido ogni giorno, e due volte la domenica.

Forse cercavo solo di trovare un motivo per cui Tanner mi aveva respinta in quel modo. Ma se quello che sta succedendo ora è il risultato di aver sopportato un paio di mesi di castità, ho tre parole da dire.

Valeva. La. Pena.

Tanner tra le mie gambe è così sexy, del genere "gorilla cavernicolo". Il modo in cui mi ha sollevata, come se non pesassi nulla, e depositata sul tavolo, come un banchetto che voleva disperatamente divorare... *Mettetemi in lista per un secondo pasto, grazie.*

Odio ammetterlo, perché ho scelto di disprezzarlo da qui all'eternità, ma per tutto il tempo in cui il suo corpo teso e rigido pompa nel mio a un ritmo infernale, non riesco a non pensare che è passata una vita dall'ultima volta in cui mi hanno scopata così bene. Forse è per via di tutta l'aggressività che si è accumulata tra noi. O forse è il fatto che l'ultima mia grande scopata risale a quattro anni fa, con la mia vecchia fiamma della facoltà di medicina. Ci usavamo a vicenda su base regolare per scaricare lo stress. Non c'era assolutamente alcuna chimica tra noi durante il giorno, ma di notte ci aiutavamo l'un l'altro per imparare quali bottoni dovevano essere premuti per ottenere il massimo piacere. Affrontavamo la nostra vita sessuale nello stesso modo in cui affrontavamo un'operazione chirurgica: con attenta precisione e ricerche da manuale.

Tanner è l'opposto in ogni senso.

È selvaggio, disordinato e sporco. Anche i lunghi capelli annodati sulla testa mi fanno eccitare. La sua mascella dritta è rigida mentre i suoi occhi mi inchiodano esprimendo un completo possesso. Dice e fa tutto quello che gli viene in mente senza neanche pensare di trattenersi. Insomma, per l'amor di Dio, stiamo scopando sul tavolo della mia sala da pranzo, accanto alla cena cinese lasciata a metà. Se Indie decidesse di tornare a casa in questo momento, probabilmente sverrebbe per lo shock germofobico.

Magari compro un tavolo nuovo domani.

Nonostante questo, mi sto godendo la cavalcata più di quanto dovrei. Dopo che Tanner mi fa raggiungere un secondo folle orgasmo, mi accorgo che la gola mi duole per tutte le urla e i respiri affannati. Lui mi segue con un verso gutturale, gemendo le parole che ha promesso e compromettendo in parte l'odio che provo per lui.

Ma non confonderò le cose. Stiamo scopando. Non è fare l'amore. Siamo solo due persone che soddisfano un bisogno reciproco, alimentato dalla necessità di lavorare assieme a stretto contatto. Come me e il mio partner della facoltà di medicina.

Pochi secondi dopo, esce da me e si ributta sulla sedia che occupava prima. Nonostante il respiro pesante di entrambi, riesco a sentire il rumore di lui che si sfila il preservativo appiccicoso.

«Non stavi scherzando sulla tua prolungata resistenza» mormoro, la voce resa roca dal folle picco di adrenalina.

Una bassa risata romba da qualche parte nel profondo dentro di lui. «Non scherzerei mai su quella.» Si alza. «Faccio un salto in bagno.»

Va verso il bagno più vicino mentre io riesco a staccarmi dal tavolo e mi risistemo alla meglio la camicia da notte. Una delle bretelline è distrutta e l'altra è appesa a un filo. Sapevo che indossarla lo avrebbe eccitato, ma onestamente non mi aspettavo tutto questo.

Quando esce dal bagno e i nostri sguardi si incrociano, sto spruzzando il tavolo con un detergente disinfettante.

«Fame?» gli chiedo ridendo, poggiando la bottiglia del detergente accanto al cibo cinese.

«Di cibo o ancora di te?»

Il suo sguardo rovente mi inchioda sul posto. Non ero sicura se saremmo tornati a odiarci o se il sesso avrebbe fornito una base comune. Un trattato di pace, o una tregua, per così dire. Lo guardo pensierosa per un attimo e in silenzio ci scambiamo una serie di domande. Domande per cui non credo che nessuno di noi abbia ancora delle risposte.

«Iniziamo col cinese, poi vediamo» rispondo.

Lui fa un sorrisino e l'ombra di una fossetta gli si forma a un lato delle labbra. *Quella bocca sarà la mia rovina.*

Torniamo a sederci e iniziamo a mangiare come se non fosse successo nulla. Eppure, non è un silenzio imbarazzante. Sto cercando di mettere ordine nella mia mente ma, per essere onesta, non riesco a pensare ad altro che al delizioso dolore tra le gambe e a quanto mi senta soddisfatta.

Mentre bevo un sorso di birra, vedo lo sguardo di Tanner saettare verso il punto su cui ero stesa pochi minuti fa. Immagino che la sua mente sia bloccata sulle stesse immagini richiamate dalla mia, finché non si volta con un'espressione seria.

«Pensi che Cam e Indie abbiano scopato su questo tavolo?»

Sputo liquido ovunque, inclusa la faccia di Tanner. Lui sussulta, stringendo gli occhi. Poi, si asciuga le gocce e li riapre lentamente.

«È un no? O un sì?»

«È un…»

«Aspetta» allunga una mano calda e mi afferra con fermezza un braccio. «Mentimi.»

Rido. Rido davvero. Non riesco a credere che questo sia lo stesso uomo che mi stava facendo urlare prima, all'inizio per la collera e poi per il piacere.

«Non hanno mai toccato questo tavolo.»

Lui espira per il sollievo e mi fa ridacchiare con un altro boccone di cibo in bocca. Indie mi ha detto quanto si siano avvicinati lei e Tanner, e la sua reazione in questo istante mi conferma la cosa.

Dopo che abbiamo finito di mangiare e pulire, marcio in soggiorno e mi lascio cadere sul divano, intenzionata a ignorare l'elefante nella stanza.

«Dovremmo discutere di quell'email?»

Tanner annuisce, mi raggiunge e prende il cellulare dalla tasca dei jeans. Sembra delizioso con i jeans consumati e una semplice maglietta, le braccia tatuate di nero in vista. O forse mi sembra più delizioso ora che ho avuto il suo cazzo dentro di me.

«Non è del tutto orribile come temevo» dice, scorrendo sul telefono mentre si siede accanto a me. Cerco di non prendere il suo commento sul personale, ma ho bisogno di ricordarmi e aggrapparmi al fatto che, nonostante tutto quello che ha detto prima di scoparmi fino a farmi perdere i sensi, Tanner erige ancora dei muri quando si tratta di me. «Dobbiamo andare al London Eye per un'uscita a quattro con Cam e Indie. Sarà la prossima mossa. Quando si parla di cliché e cose da turisti.»

Questo è l'unico evento che mi interessa davvero. «Non sono mai stata al London Eye.»

«Cosa?» esclama Tanner. «Sei cresciuta a Londra. I tuoi genitori non ti ci hanno mai portata? Non ci sei andata neppure in gita scolastica?»

«No» rispondo con una scrollata di spalle. «Mai. Avevamo una tata crescendo, ma il London Eye non era nella lista dei luoghi approvati da visitare.»

Lui espelle l'aria. «È un peccato. Vi ci portava lì su base regolare quando eravamo piccoli. Sapevamo perfino quali erano le ore migliori per evitare lunghe code.»

Sentir parlare della vita familiare di Tanner e Camden è strano. Sembrano tutti così legati nonostante abbiano perso la madre in tenera età. Forse quella tragedia li ha solo uniti di più. Io non ho mai avuto questo rapporto con mio fratello. Avevamo interessi del tutto diversi, e la sua costante necessità di compiacere nostro padre era talmente sgradevole che a stento riuscivo a sopportarlo.

«Comunque, che altro c'è?»

«Il Bethnal Green ha una partita in casa tra due settimane, e vogliono che ci andiamo come… spettatori.» Macina le parole come se fossero dolorose da pronunciare. «Poi un paio di cene in coppia. Cose piuttosto classiche.»

Inarco le sopracciglia. Non dovremo vederci poi così tanto, a giudicare dalla lista. Non riesco a non chiedermi come l'essere stati a letto assieme cambierà le cose. Ciononostante, devo fare la mia parte in questa storia e tornare nelle grazie della dottoressa Miller.

«Ho bisogno di aggiungere un evento alla lista. Potrebbe essere una seccatura per te.» Lui mi guarda incuriosito. «Il mio strutturato… il mio capo mi ha avanzato una richiesta stamattina. Vuole che porti te e qualcuno dei tuoi amici calciatori a una serata di beneficenza che l'ospedale organizza ogni anno per raccogliere fondi per la ricerca.»

Lui sembra sorpreso ma non seccato. «Va bene. Sono sicuro di poter convincere almeno i miei fratelli. Di che genere di ricerca si tratta?»

«Di tecniche per salvare i bambini. Per rendere possibile quello che faccio.»

Lui si gira, tira su una gamba sul divano in modo da essere rivolto verso di me. I suoi occhi azzurro ghiaccio sono seri. «Non credo di essermi reso conto di quello che fai di preciso fino a quando non lo hai spiegato a Sedgwick. Sembra… pesante.»

Espiro dal naso. «È pesante. È difficile e doloroso e a volte è terribile, ma la ricompensa quando funziona è…»

«Fenomenale?» L'angolo della sua bocca si alza.

«Già.» Sorrido. «Il mio capo ha migliaia di foto di bambini disseminate in tutto l'ufficio, tutti i piccoli pazienti che ha salvato. Bambini che probabilmente non sarebbero neanche nati se non fosse stato per lei.»

«Cosa ti ha spinto a scegliere questo campo?» mi chiede, guardandomi con curiosità sincera e genuina.

Appoggio i piedi sul tavolino da caffè. «È di nuovo un *discorso profondo* da Tanner Harris?»

«Lo è se vuoi che lo sia.» Attende la mia risposta.

Forse farebbe bene a Tanner sentire un po' di cose spaventose che avvengono nel mondo reale. Socchiudo gli occhi preparandomi a parlarne. «Hai sentito me e Indie parlare delle nostre uscite Tequila Sunrise, vero?»

Lo guardo e lui annuisce. «Mah, onestamente mi sembrano una scusa per sbronzarsi» risponde, mettendo un braccio sullo schienale del divano. Le sue dita mi sfiorano accidentalmente i capelli e la sensazione mi fa chiudere gli occhi.

«Più o meno sì, ma c'è molto altro.» Mi scrollo di dosso il calore del suo tocco, che rischia di occupare la mia mente. «La ragione per cui abbiamo dato il via alla tradizione è la medesima ragione per cui ho scelto questa specializzazione. Durante il nostro internato in ospedale, il primo decesso a cui abbiamo assistito è stato quello di una neonata, morta di SIDS.»

Aggrotta la fronte. «Cos'è la SIDS?»

«Sindrome della morte improvvisa del lattante, conosciuta anche come sindrome della morte in culla» spiego, lasciandolo assorbire quelle parole pesanti prima di spiegare meglio. «La sua causa è sconosciuta, i dottori non riescono a correlarla a niente di specifico. È solo… casuale.»

Guardo verso la finestra. Ho bisogno di allontanarmi mentalmente da Tanner prima di poter continuare. All'istante vengo trasportata di nuovo a quella notte. Quella fredda, buia notte in cui la vita mi ha preso a schiaffi sul mio volto ingenuo. All'epoca, il mio più grande problema era avere a che fare coi miei genitori, che si lagnavano di me perché non mi ero iscritta a legge, come avrebbero voluto.

Vidi portare la neonata in ospedale, così piccola su una barella da adulti. Le manine inerti. Il volto rilassato. Riuscivo solo a pensare a sua madre che, a casa, la prendeva tra le braccia cercando di svegliarla. Non sapevo cosa avesse che non andava, ma guardandola meglio capii che era morta. Il familiare nodo mi si forma ancora in gola e mi fa male un'altra volta.

Guardo Tanner. «Ne rimasi così sconvolta quando la vidi che finii per sentirmi male in bagno. Era come se il mio corpo stesse tentando di espellere con forza il dolore. Odiai la sensazione che provavo. Ero impotente, capisci? Quella bambina era così piccola e indifesa, e io ero andata a scuola e mi ero formata e avevo studiato e avevo cercato di diventare un'ottima dottoressa. Ma in quel momento niente di tutto ciò aveva importanza. Non c'era niente che potessi fare.»

«Cristo, Belle.» Tanner scuote la testa, il volto segnato da un misto di comprensione e orrore.

Continuo a parlare attraverso il dolore. «Non riuscivo a credere che la vita potesse essere così crudele. La bimba aveva solo quattro mesi. Aveva ancora la fontanella sulla testa.»

Le dita hanno uno spasmo al ricordo di averla toccata nella sala visite dopo che i genitori erano stati allontanati dal nostro consulente per l'elaborazione del lutto. Avevo dovuto farlo. Dovevo sapere che era reale. Che non era un qualche incubo orrendo. Avevo toccato decine e decine di cadaveri durante la mia formazione chirurgica.

Ma nessun bambino.

Guardo verso Tanner e lo vedo a testa china. All'istante vorrei non avergli scaricato addosso tutto questo. «Scusa.»

Lui scuote la testa, gli occhi bordati di rosso quando incrocia il mio sguardo. Non vedo la tristezza che pensavo avrei trovato, però. Vedo… soggezione. Ha la voce impastata quando dice: «Non scusarti.»

Deglutisco e scuoto la testa, nervosa. «Ho reso i *discorsi profondi* troppo profondi. Deve essere stata la birra.» Mi allungo a prendere la bottiglia dal tavolino da caffè.

«Te l'ho chiesto io.» Si schiarisce rumorosamente la gola e mi guarda con la fronte aggrottata. «Allora è così che hai scelto la specializzazione.»

«Sì, è così. Pensavo di voler fare pediatria, ma poi vedendo quello che fa la dottoressa Miller, il modo in cui salva un bambino quando è ancora dentro sua madre… Ti senti quasi come se stessi riportando in terra un angelo dal paradiso, esigendo che Dio gli permetta di vivere.»

Lui sorride e gli spunta una sorta di luccichio negli occhi. È ammirazione? «Quindi cosa sei? Il loro rappresentante legale presso il divino?»

Rido a quel concetto e penso a quanto sia ironica la sua scelta di parole considerato quello che fa la mia famiglia per vivere. «Lascio l'avvocatura alla mia famiglia.» Poi un pensiero cupo mi attraversa la mente. «Mi potrei definire più un avvocato del diavolo.»

Riesco a sentire il suo sguardo accigliato e confuso su di me. «Sembra una strana scelta di termini quando ti sei appena riferita a loro chiamandoli angeli.»

Mi bruciano gli occhi quando un flash della mia infanzia mi colpisce sbucando dal nulla. Avevo undici anni e indossavo uno stupendo vestito a festa. Mia madre e mio padre stavano accogliendo delle persone sulla porta di casa nostra. C'erano un mucchio di sorrisi, fluenti conversazioni e cibo e bevande incredibili. Tutto era entusiasmante ed eccitante per una ragazzina, ma ero di cattivo umore… perché avevo a disposizione solo un certo numero di parole. Uno specifico numero di parole che potevo pronunciare prima di dover andare a letto. Undici, pari alla mia età. Non appena avessi raggiunto le undici parole, avrei dovuto scusarmi e andare nella mia stanza per il resto della serata.

Guardo Tanner, che mi sta ancora scrutando con curiosità, in attesa della mia risposta. «Nella mia famiglia si presumeva che i bambini dovessero essere visti, ma non sentiti. Forse, quando dico avvocato del diavolo, riaffiora un po' il modo in cui sono stata cresciuta.» L'espressione comprensiva sul suo volto mi addolora, quindi balbetto subito: «Non è così che io vedo i bambini, però. Niente affatto. Il mio lavoro dà a quei bambini privi di voce una possibilità di farsi sentire, e ne vado fiera.» Esalo un respiro tremante, sentendo di essere diventata logorroica e di dovermi fermare, in questo preciso istante. «Sai, non ne ho mai parlato tanto prima, neanche con Indie. I *discorsi profondi* di Tanner Harris sono intensi.»

Alzo lo sguardo su di lui con un sorriso forzato e sono mortificata quando una lacrima solitaria mi scivola lungo il viso. Non l'avevo neppure sentita arrivare. Ma quello che mi sorprende di più è la tenerezza che riveste l'espressione di Tanner.

Allunga una mano e mi passa le nocche lungo la guancia. «Provocano bruciore agli occhi.» Mi fa l'occhiolino e mi rivolge un sorriso gentile.

È troppo. Troppo intimo. Troppa condivisione. È il momento di tornare al programma.

«Allora» abbaio a voce alta, facendo del mio meglio per infrangere il momento. «Pensi che i tuoi fratelli saranno disposti a venire all'evento, con le tasche piene?»

Lui sbuffa. «Ritengo di poterci riuscire.»

Capitolo 14

London Eye

Tanner

Passare i giorni successivi nel mio appartamento da solo mi fa venire voglia di arrampicarmi sulle pareti. Mi alleno nella nostra palestra casalinga più di quanto dovrei, affaticando i muscoli finché a stento riesco a raddrizzarmi da seduto per prendere il telecomando della TV. Corro attorno all'isolato, passando oltre un Tower Park vuoto, dato che la mia squadra sta giocando da un'altra parte. *Senza di me.* Spasimo per tornare nello stadio e sul campo, ad allenarmi con la mia squadra, invece di correre qui fuori come un lupo solitario. Ciononostante, è questo che devo fare. Potrò anche essere sospeso dalla squadra, ma mi rifiuto di restare indietro per questo motivo. E quando arriverà il momento so che mio padre si assicurerà che mi guadagni di nuovo il mio posto in campo.

Mi è stata, però, concessa una breve visita tra le sacre mura del Tower Park per parlare con il direttore del personale dello stadio e trovare a Sedgwick un lavoro: raccogliere i rifiuti sulle tribune dopo le partite. Non è quello che volevo per lui, ma era tutto ciò che avevano a disposizione. Quando gli ho dato la notizia, ha fatto quello che sta facendo fin dal momento in cui l'ho calpestato in quella cabina telefonica. Mi ha sorpreso.

Sedgwick si siede subito sul letto dell'albergo, battendo le palpebre e assorbendo ciò che gli ho appena detto. Appoggia i gomiti alle ginocchia e si tiene la testa tra le mani per diversi lunghi, snervanti minuti.

«Lo so che non è chissà che, Sedg, ma dicono che il modo migliore per trovare un lavoro sia iniziare ad avere un lavoro» tartaglio. «E be', questo è un lavoro. So che non ti interessa il calcio, ma la paga non è male. C'è un ostello lì vicino, dove potrai restare finché non avrai messo un po' di soldi da parte. Anche se apprezzerei davvero se mi lasciassi versare per te una caparra per un appartamento. È qualcosa che voglio davvero fare.»

Le mie parole vengono interrotte da un grido confuso. «Non me lo merito.»

«È un lavoro onesto. Certo che te lo meriti.»

«Ma ci sono così tanti altri là fuori...» La sua voce si spegne mentre guarda fuori dalla finestra.

Mi passo le mani tra i capelli, la fronte aggrottata. Lo inchiodo con uno sguardo serio. «Tu accetta questo lavoro e vedrò cosa posso fare per gli altri.»

Sedg sorride. «Sei molto più di quello che sembri, Tanner Harris.»

«Potrei dire la stessa cosa di te.»

E poi arriva il momento della nostra uscita a quattro con Camden e Indie al London Eye. Per allora, sono più che pronto a divorare con gli occhi la donna che ho steso nuda su un tavolo, pochi giorni prima.

Belle entra nel mio appartamento con Indie e subito si respira un'aria pesante fra noi... diversa da quanto mi aspettavo.

Dopo quella notte a casa sua, in effetti mi sono chiesto se avessi gestito in modo appropriato la mia uscita di scena. Non ero certo di cosa fare. Non sono il tipo che si trattiene nell'appartamento di una ragazza dopo una scopata epica, perciò, dopo che abbiamo definito i nostri impegni, me ne sono andato.

«Ciao Tan, addio Tan» dice Indie facendo uno scatto in direzione della stanza di Camden. Cristo, sono stati divisi per pochi giorni e si penserebbe che stiano morendo per l'ansia da separazione.

Sposto lo sguardo e vedo Belle ancora in piedi sulla porta. Ha le braccia incrociate sul petto e una postura decisamente rigida. Indico il punto del soggiorno in cui mi trovo. «Puoi entrare, Ryan. Non è che tu non sia mai stata qui, prima.»

Lei alza gli occhi al cielo e si appoggia alla parete accanto alla porta, incrociando un piede dotato di tacco sopra la caviglia. «Sto bene qui.»

Aggrotto la fronte e indico il corridoio dove è appena scomparsa Indie. «Quei due staranno già scopando là dentro per quel che ne sappiamo. Tanto vale che entri e ti metti comoda.»

«Non intendo mettermi affatto comoda, non preoccuparti. Sono pronta a farla finita con questa uscita a quattro.» La smorfia sul suo volto è inconfondibile.

«Mi sta sfuggendo qualcosa?» le chiedo, guardandomi attorno. «Hai preso la tua pillola da stronza glaciale prima di venire qui stasera, solo per il mio piacere?»

«Cazzo, ma mi prendi in giro?» sbotta lei, raddrizzandosi e stringendo le mani lungo i fianchi come se fosse necessario che qualcuno la trattenga.

«Be', l'ultima volta mi hai accolto in camicia da notte. Stasera sembri in tenuta da battaglia.»

Abbasso lo sguardo sulla sua mise completamente nera. Jeans strappati neri, top nero, maglione largo di lana nero e stivali cammello con tacchi rinforzati, dall'aria pericolosa.

«Non temere. Non accadrà più niente del genere.» Mi trafigge con uno sguardo. «La situazione è del tutto diversa ora.»

Faccio un sorrisino. «È perché ti ho vista nuda?»

Lei spalanca gli occhi mentre guarda lungo il corridoio. «Non l'ho detto a Indie e spero proprio che tu non l'abbia detto a Camden» sibila.

«Detto a Cam cosa? Che hai una camicia da notte sexy o che abbiamo fatto sesso a causa di quella camicia da notte sexy?» Agito le sopracciglia con fare lascivo verso di lei.

«Entrambe le cose» sbotta, ignorando del tutto il mio fascino Harris da ragazzino, che mi aiuta sempre. Sono offeso.

«E perché cazzo no? Pensavo fossimo una bella squadra.»

«Anche io!» esclama.

«E allora quale cazzo è il problema?» mi passo le dita tra i capelli, lieto di averli lasciati sciolti stasera, perché momenti come questi sembrano molto frequenti con Belle Ryan.

«Sei tu il problema! Non hai chiamato, non mi hai mandato un messaggio. Ho dovuto farmi dare ora e dettagli da Indie per stasera. Di che cazzo parliamo?» Si mette le mani sui fianchi come una madre arrabbiata. Mi ricorda Vi in questo momento.

Ho gli occhi sgranati e confusi. «Cosa avresti voluto che facessi?»

«Chiamare! Messaggiare! Mi hai solo scopata e te ne sei andato. Scrivere un messaggio sarebbe stato letteralmente il minimo che potessi fare.»

«Pensavo che fossimo d'accordo nel tenere le cose informali» rispondo, sentendomi in una puntata di *Ai Confini della Realtà*. «Mi hai detto che preferivi incontri occasionali, e so che questo potrebbe sconvolgerti ma… ti stavo ascoltando!»

Lei ringhia, ringhia letteralmente. «Queste circostanze sono eccezionali.»

«Concordo.»

«Be', quindi cosa intendiamo fare?» Le sue spalle sobbalzano per i pesanti respiri.

«Be', io un'idea ce l'ho, ma me lo stai davvero chiedendo? Perché sarei felice di condurre la cosa, ma sembra che tu abbia un problema a cedere il controllo.»

«Oh, vaffanculo, Tanner.» Si tira indietro e incrocia le braccia mentre mi volta le spalle.

L'oscurità mi offusca la vista. Ne ho abbastanza di questa stronzata. Non lascerò più che mi controlli. Non se questo la trasforma in una arcigna, lunatica, testarda stronza. Ha usato un pigiama sexy per mostrare il suo potere su di me, l'ultima volta. Questo gioco si può fare in due.

Lei si volta sentendo che mi avvicino. Non mi fermo finché non è indietreggiata del tutto contro il muro. Le sue labbra dipinte di rosso implorano di essere baciate e riesco a sentire l'odore dello shampoo nei capelli che porta sciolti sulle spalle. La ingabbio con una mano sulla parete accanto alla sua testa e l'altra stretta fermamente sul suo fianco.

«Che ne dici di questo?» le sussurro nell'orecchio, e la sento tremare al mio tocco. «Stanotte, dopo che avremo finito con questa farsa, ti riporto a casa tua e ti scopo.»

Lei apre la bocca per obiettare ma la interrompo. «Fammi finire o ti bacerò via le parole dalla bocca. Non me ne fotte niente se Indie e Cam escono.»

Chiude la bocca e deglutisce.

Inclino la testa e le scruto pensieroso tutto il viso, memorizzando ogni singola lentiggine. «Poi domani ti manderò un messaggio per sapere quando potremo scopare di nuovo perché, credimi quando te lo dico, Belle, in questi ultimi giorni sei stata l'unica cosa a cui sono riuscito a pensare. Nuda. Ansimante. E così terribilmente bagnata.» Tiro il suo fianco verso di me e lei si inarca avida al mio tocco. «Quindi, se una telefonata è tutto quel che serve per rimetterti in quella posizione, baby, meglio che tu tenga d'occhio il telefono perché te lo farò esplodere, cazzo.»

Le mie labbra sono a pochi centimetri dalle sue, perciò riesco ad assaporare il suo udibile ansito per la mia promessa.

«Pensi che verrò da te come niente fosse?»

Faccio un mezzo sorriso. «Con quello che ho pensato per te... Sì, Belle. Sì, penso che *verrai*. Come. Niente. Fosse.»

Le do un morbido bacio sulle labbra e lei infrange del tutto la sua maschera con una risata divertita. Mi spinge via giocosamente e inspiro a fondo con un sorriso orgoglioso. Vedo qualcosa con la coda dell'occhio e mi volto, trovando Indie e Cam che ci fissano dal corridoio.

«Oh cazzo» mormora Belle dietro di me.

Mi volto indietro a guardarla con un sorriso imbarazzato. «Avrei dovuto dirtelo che non si può nascondere un cazzo nella mia famiglia.»

***

Belle

«Quindi voi due siete andati a letto assieme?» Le guance di Indie arrossiscono mentre lei e Cam sono seduti di fronte a noi sul retro di un taxi.

«Sì» rispondo.

«E adesso questo che significa?» Sposta lo sguardo dall'uno all'altra.

«Significa che abbiamo fatto sesso» risponde Tanner, e io gli do una gomitata nelle costole. «Ma del tipo molto rispettoso.»

Indie alza gli occhi al cielo. «So cosa significa *quello*, ma cosa significa davvero?» Mi guarda.

«Niente. Non è diversa da qualunque altra avventura da Tequila Sunrise.» Lo dico in termini che so comprenderà.

Tanner sorride orgoglioso e stende un braccio sul retro del sedile. «Sono un'avventura, fratello. Non sei fiero di me? È un passo avanti rispetto a una botta e via.»

Camden scuote la testa e trae più vicina a sé una confusa Indie. Usando la sua tipica intonazione da Regina d'Inghilterra, risponde: «I due piccioncini stanno iniziando il loro viaggio per trovare il più sincero amore.»

Indie lo spinge. «Be', se siete entrambi felici, sono felice anch'io.»

Espiro a fondo mentre lei ci guarda accigliata come se fossimo la coppia più strana del mondo, il che probabilmente è vero. Tra me e Tanner non ha visto altro che liti in questi mesi. Questo è di certo un grosso cambiamento, ma spero davvero non lo stia idealizzando in qualcosa che non è.

Tanner si sporge in avanti e le dà una pacca sul ginocchio. «Non pensarci su troppo, Indie. Andrà bene. Te lo prometto. Concentriamoci sul divertimento stanotte, va bene?»

Sono quasi le venti quando il taxi ci lascia davanti al London Eye. Ho gli occhi sgranati ed eccitati mentre osservo la sua grandiosità e tutte le luci della città che gli occhieggiano attorno. Capisco perché è considerato il posto perfetto per un appuntamento.

Ci mettiamo in fila per i biglietti e Camden e Tanner li comprano per un'intera cabina così non dovremo dividerla con nessun altro. Indie cerca di obiettare che non vale la spesa, ma nessuno di loro ci pensa due volte.

Riesco a sentire gli sguardi della gente su di noi mentre ci mettiamo in fila per il giro. Forse non riconoscono subito Camden e Tanner, ma capiscono che sono personaggi importanti. Sono entrambi così alti e muscolosi e affascinanti. Sembrano quasi inumani, come déi greci che camminano tra i mortali. E con i suoi estesi tatuaggi e i lunghi capelli biondi, Tanner spicca ancora di più.

I miei genitori devono odiare il fatto di vedermi in tutti i notiziari, in pose romantiche assieme a un calciatore tatuato. Non riesco a credere che siano d'accordo con tutto questo. Di sicuro, ne ricaveranno qualcosa di più alla fine. È solo che ancora non so cosa. Squadro Tanner per un attimo, per decidere se lui lo sappia. Mi guarda con un sorriso e subito boccio l'idea.

Mentre aspettiamo in fila, Indie e Camden stanno tutti appiccicati e questo fa sembrare me e Tanner degli stronzi noiosi al confronto. Li fissiamo entrambi per un po' e poi ci guardiamo l'un l'altra. Espirando all'unisono, ci avviciniamo. La sua mano si insinua attorno alla mia vita; la mia si solleva per aggrapparglisi al braccio.

«Perché stai ridendo come un pervertito?» gli chiedo.

«Pensavo fosse un sorriso sexy.»

«Se per sexy intendi il genere di sorriso che mi rivolge mio zio Morty, allora continua pure così.»

Lui resta deluso, ma poi si riprende e sorride di nuovo. «Sto solo pensando a tutte le cose sporche che ti farò stanotte.»

Sollevo le sopracciglia. «Dimmi.»

«Preferisco lasciarti con la suspense.»

Si china e mi dà un bacio sulle labbra come se fosse la cosa più normale del mondo. È al tempo stesso sorprendente e piacevole.

«Com'era?» mi chiede con una strizzata d'occhio.

Aggrotto la fronte. «Com'era cosa?»

Lui si china per sussurrarmi all'orecchio. «C'è un fotografo a ore dieci.»

Sento la mia allegria precipitare. Vorrei ritrarmi, ma so che devo smetterla di essere una tale martire lagnosa. Piuttosto decido di alzare la posta.

Mi sollevo e lo attiro verso le mie labbra, gemendo di soddisfazione quando riesco ad afferrargli il labbro inferiore. Lo sento ridacchiare contro la mia bocca e poi la sua lingua vi si tuffa dentro, in modo dominante. Si ritrae e mormora: «Stai cercando di ottenere un'anteprima di quello che ti farà la mia lingua dopo?»

Faccio un sorrisino. «Oddio, spero sia una promessa, Harris.»

«Sai che lo è, Ryan.»

Sto sorridendo felice quando mi rigiro tra le sue braccia per avanzare nella fila. Lui continua a tenermi da dietro mentre ci avviciniamo alla cabina. Quando vedo che queste non si fermano per farci salire, divento subito nervosa. Mi fermo a metà di un passo e Tanner mi investe.

«Che succede?»

«Non si ferma» rispondo, la paura che mi fa rizzare i capelli in testa. «Non penso di potercela fare. Ho paura delle altezze.»

«Paura delle altezze? Perché non hai detto nulla?»

«Non sapevo che questa maledetta cosa non si fermasse per farci salire! Pensavo sarebbe stata ferma!» Questo non è davvero un momento da Tequila Sunrise, come pensavo sarebbe stato.

Lui si passa una mano tra i capelli. «Siamo stati in fila per secoli.»

«Mi dispiace, va bene? Andate senza di me.» Cerco di allontanarlo. Lui mi guarda male.

«Non essere stupida.»

«Non essere te stesso!»

Lui allarga le narici per la mia frecciatina, ma non mi importa.

«Cazzo, vieni qui.» Allunga le mani verso di me.

«No!»

«Tu... fidati solo di me, va bene? Vieni qui.»

La sua intimazione è ferma ma sincera, perciò gli prendo la mano. Veniamo indirizzati alla cabina, mentre Indie e Cam sono ancora troppo occupati a sorridersi a vicenda per accorgersi che io sono nel mezzo di un attacco di panico in piena regola.

«Non so quale sia il tuo piano, ma non salirò su quella cosa.» Il mio corpo è rigido come un'asse di legno.

«Tu fa' silenzio e fidati di me, donna» ringhia lui.

«Non credo che mi piaccia il tuo tono.»

«È buffo. A me non piace mai il tuo tono.»

«Sai, Tanner, questo tono mi viene fuori solo in tua presenza. Nella vita di tutti i giorni sono adorabile.»

Mi volto e osservo la cabina avvicinarsi, quando all'improvviso Tanner si china su di me e mi prende tra le braccia come una bambina.

«Non osare!» gli batto un pugno sul petto. «Ti farai male!»

«Farò male a te se non stai zitta.» Sale con decisione nella cabina, tenendomi tra le braccia come se fosse la cosa più semplice del mondo. Mi mette giù con la stessa rapidità con cui mi ha sollevata, e sono scioccata nello scoprire di esservi arrivata sana e salva.

La cabina è più grande di quanto mi fossi aspettata, delle dimensioni di una piccola stanza da letto. È una grossa palla di vetro rotonda con una lunga panca nel mezzo.

Gli sorrido. «Non sono morta.»

Lui combatte una vana battaglia contro il tentativo di lanciarmi un'altra occhiataccia. «Non sei morta.»

«Mi hai appena caricata qui sopra come se fosse il tuo lavoro.»

Alza gli occhi al cielo. «Sei il mio solo lavoro per le prossime settimane, per cui suppongo di dovermi assicurare che tu veda Londra come si deve, fintanto che ci sono.»

Sorrido e lo fisso per un istante. «Grazie.»

Lui corruga per un attimo la fronte. «Di nulla.»

«Belle, guarda!» dice Indie, distogliendo il mio sguardo da Tanner.

Mi guardo attorno e vedo che ci stiamo innalzando lentamente sopra il Tamigi: le luci della città gettano un bagliore dorato su tutti noi, con spicchi di ombra che si muovono al di sopra, provenienti dalle cabine più in alto mentre saliamo. È favoloso. Mi muovo lentamente verso il bordo e afferro la ringhiera; mi sento un po' sbilanciata ma sempre più a mio agio a ogni secondo che passa. Fisso la città e mi sorprendo di quanto sia incredibile Londra vista dall'alto. Delle braccia calde mi si stringono attorno, racchiudendomi contro la ringhiera.

«Ti piace il panorama?» mi sussurra all'orecchio Tanner, appoggiandomi la testa sulla spalla.

Annuisco. «Lo amo. Possiamo fare due giri?»

Sento il suo petto vibrare per le risate. «Torneremo un'altra volta.»

Mi acciglio per la promessa vuota, ma lascio stare perché non voglio rovinare questa esperienza.

«È altrettanto bella la vista durante il giorno?»

Lui annuisce. «È bella in modo diverso. Puoi vedere più lontano se il cielo non è troppo coperto, perciò ti fai un'idea della grandiosità di Londra. Di notte, però, ne cogli la magia.»

Le sue parole mi fanno sorridere. «Lasceresti mai Londra?»

«In che senso?»

«Se ricevessi un'offerta per giocare da qualche altra parte?»

Lui sospira. «I calciatori vanno dove ottengono i contratti, soprattutto se non sono sposati e con figli. Non c'è niente che mi leghi, perciò sì, suppongo che lascerei Londra.»

Le sue parole mi feriscono perché contengono anche una parte delle mie verità. Io ho Indie e siamo incredibilmente legate, ma non c'è altro. È un'esistenza alquanto solitaria, se ci si pensa.

Mi giro tra le sue braccia e gli passo le dita tra i capelli. «Non dimenticare che ci sono io a legarti per il prossimo mese.»

Lui mi fissa le labbra e agita le sopracciglia. «Spero che tu intenda alla testiera del tuo letto.»

Rido e abbasso il viso sul suo petto. «Non c'è niente che mi piacerebbe di più.»

Lui mi bacia sulla testa e in quel momento sento lo scatto dell'otturatore di una macchina fotografica. Mi giro e vedo Indie col telefono alzato, che ci sta facendo una foto. Quel semplice effetto sonoro mi riporta alla realtà.

Capitolo 15

La mia faccia è la tua sedia

Tanner

«Siediti sulla mia faccia» ordino, seduto ai piedi del letto di Belle coi piedi nudi per terra, nudo come la notte in cui è venuta a prendermi.

«Cosa?» Le sue sopracciglia si increspano mentre esce dal bagno in camera, imitando sfrontata la mia nudità. *Dio, è sexy.*

L'abbiamo fatto come conigli fin dal momento in cui abbiamo lasciato Cam e Indie. Mi piacerebbe poter dire che sono riuscito a trattenermi finché non siamo saliti nella sua camera da letto, ma devo confessare di essermi fatto andar bene le scale per il primo round. Riesco ancora a visualizzare il suo braccio scolpito che si allunga e afferra la ringhiera di ferro mentre pompo dentro di lei con tutta la velocità consentita dalle mie gambe da calciatore.

Il secondo round è avvenuto sul suo letto, dove ha tenuto fede alla sua promessa e mi ha legato con delle sciarpe, arrivando fino a bendarmi e dominarmi come la selvaggia tentatrice che è.

«Siediti sulla mia faccia» ripeto.

Lei incrocia le braccia e si appoggia allo stipite della porta. «Tanner, questo è stupido. Apprezzo che tu voglia "cenare sotto il ponte", ma perché non posso stendermi sul letto come un normale essere umano?»

«Perché ho voglia di assaggiarti da sempre, ma mi risulta difficile trattenermi dallo scoparti. Perciò, voglio che la tua dolce fica usi la mia faccia come sedia finché non implorerò per respirare.»

«Dio, sei malato.» Ride.

«Smetti di comportarti come se non ti stessi eccitando.» Le colpisco il culo nudo con la mano quando mi passa accanto e si stende sul letto.

Sul fare sesso una seconda volta, Camden aveva ragione.

Non è male finora.

Le mani di Belle sono allungate sopra la sua testa e faccio un sorrisino guardando il segno dei denti che le ho lasciato all'interno del bicipite. «È strano che mi piaccia il mio marchio su di te?»

Lei si guarda il braccio e alza gli occhi al cielo. «Sulla lista delle perversioni con cui mi hai sbalordita stasera, questo sembra quasi adolescenziale al confronto.»

Risalgo sul letto, sospeso sopra di lei. Ha le guance colorate di rosso per i nostri sforzi, ma sono lieto di constatare che ha abbandonato tutte le idee preconcette che aveva sul suo corpo. Ogni centimetro di lei è favoloso, fino alla bocca saccente.

Le mordo un capezzolo finché non urla. «La tua bocca del cazzo ti mette in un sacco di guai, non è vero?»

Lei mi afferra i capelli e mi solleva la testa per guardarmi negli occhi. «Mai quanto il tuo cazzo mette nei guai te.»

Touché, Belle Ryan. Touché.

Abbandono ogni finzione. «Ora, sbrigati a salire sulla mia faccia prima che decida di legarti io stavolta.»

Ho passato la notte con una donna per la prima volta in tutta la mia vita e non sono morto.

Mi sono svegliato, il lunedì mattina, ancora in possesso di tutte le mie facoltà e con tutti gli arti intatti. In verità, il mio uccello è un po' consumato, perciò posso immaginare come si stia sentendo Belle, civetta insaziabile che non è altro.

Dopo la nostra epica scopo-maratona di ieri notte, intendevo tornare a casa. Volevo farlo davvero. Ma scoparmi Belle Ryan per gran parte della notte è stato più stancante di un allenamento di due giorni con il Bethnal Green. E credetemi, non mi sto lamentando.

Quando, alla fine, raccolgo l'energia per mettermi a sedere, vedo Belle uscire a grandi passi dal bagno con indosso un camice verde. Ha gli occhi luminosi e attenti, i capelli neri raccolti in un alto chignon e una borsa sulla spalla. Intimidisce.

«Giorno» dice con un piccolo sorriso.

«Vai già a lavorare?» le chiedo, sentendomi uno stronzo pigrone.

Lei annuisce e si morde un labbro. «Ho una paziente speciale in arrivo stamattina e devo uscire presto per preparare tutto.»

«Devi… ehm… operare?» All'improvviso mi sento un po' a disagio per averla scopata come un animale ieri notte, quando lei sta per andare a salvare la vita di un bambino o qualcosa del genere.

«No, è solo un appuntamento per un'ecografia, nessuna operazione in programma.»

Annuisco. «Bene. A me… ehm… dispiace un po' averti tenuta sveglia fino a tardi. Dimentico che non sei sospesa dal lavoro.»

Lei obietta: «Se avessi avuto bisogno di dormire di più, te lo avrei detto. Ti risulta che mi sia mai trattenuta con te?»

Questo mi fa fare un sorrisino. «No, sicuramente no.»

«Starò bene.» Inizia a frugare nella borsa e ne estrae un mazzo di chiavi. «Ma magari potresti chiudere quando te ne vai? Insomma, non che voglia farti sbrigare, solo che… ehm… non ho altro modo di chiudere l'appartamento. Oppure, se vuoi, posso darti un passaggio a casa.»

«Mi vesto.» Faccio per alzarmi dal letto.

«Non volevo metterti fretta.»

«No, va bene. Devo allenarmi comunque.» Mi alzo e mi stiracchio, mentre la mia erezione mattutina si produce in un alzabandiera di tutto rispetto. Guardo Belle e agito le sopracciglia.

«Datti una cazzo di mossa, Tan» borbotta lei, marciando fuori dalla porta. Rido. Ecco la mia ragazza.

Capitolo 16

Triplo Premio

Belle

Non sapevo che aspetto avesse la figlia della dottoressa Miller, ma di sicuro non mi sarei mai immaginata la donna seduta sul lettino da visita, davanti a me.

Reyna è una brunetta bassa e formosa, con occhi profondi ed espressivi che ti tormentano se li fissi troppo a lungo. Come se il suo viso non fosse già abbastanza straordinario, le braccia tatuate ad arte spuntano dalle maniche del camice celeste dell'ospedale. Non ho mai visto della body art così… calzante. Pur senza sapere niente di lei, si intuisce che quei tatuaggi rappresentano la storia della sua vita, dall'orologio da polso al bouquet di girasoli, con tutto quel che c'è nel mezzo.

Suo marito, seduto accanto a lei, è un tipo molto più tradizionale. Liam è bello ma ha un aspetto più pulito, senza nessun genere di deriva alternativa. Ma il modo in cui il suo sguardo resta puntato su Reyna, anche mentre mi presento, mi fa cedere le ginocchia. È uno sguardo di pura e completa devozione.

«Quindi, sei di undici settimane e due giorni?» chiedo, prendendo la sonda e coprendola con la pellicola. Reyna annuisce e deglutisce nervosamente mentre segue le mie azioni. Allungo la mano e le tocco un braccio. «Fai qualche respiro profondo e cerca di rilassarti.»

«Più facile a dirsi che a farsi» mormora lei, e Liam si china a sussurrarle qualcosa all'orecchio. Qualunque cosa le abbia detto, sembra confortarla. Lui le bacia una tempia e lei mi guarda con un sorriso incerto. «Ci proverò.»

Ricambio il sorriso mentre spremo un po' di gel sulla punta della sonda. «La tua ultima ecografia è stata transvaginale, corretto?»

Lei annuisce e si stende sulla schiena, infilando i piedi nei sostegni e spingendosi verso l'estremità del lettino. «So esattamente dove infilerà quel lungo affare.»

Questo fa ridacchiare sia me sia Liam.

«Tutto a posto allora» rispondo. «La transvaginale ci dà le migliori immagini a questo stadio iniziale della gravidanza.» Posiziono la sonda tra le sue gambe. «Pronta?»

Reyna mi rivolge un secco cenno del capo e io inserisco la sonda lentamente. Lo schermo è un insieme confuso di macchie fino a quando non la giro e metto a fuoco tre piccole figure. Reyna e Liam premono assieme le fronti, gli occhi serrati, quasi come se si stessero preparando a ricevere brutte notizie. Lascio loro vivere il momento mentre confermo quello che speravo di vedere.

«Avete già sentito il loro battito?» Mi mordo un labbro quando Reyna mi guarda scuotendo la testa, con le lacrime che le scendono lungo le guance.

«Hanno detto che era troppo presto prima» aggiunge Liam. Ha gli occhi spalancati e seri, che vanno avanti e indietro tra me e lo schermo.

Sposto velocemente la mano libera dalla tastiera al monitor e giro la manopola dell'audio fino a quando un suono non erompe nella stanza.

Un suono simile a quello di un cavallo al galoppo.

«Questi sono i vostri bambini.» Sorrido e poi aggiungo: «Be', uno di loro al momento, ma riesco a vedere tutti i loro cuori tamburellare.» Giro lo schermo in modo che possano vederlo anche loro e indico i minuscoli punti che si contraggono e si espandono ad elevata velocità. «Proprio lì, lì e lì. Tre bambini, tre battiti.»

«Ci sono ancora tutti e tre?» gracchia la voce di Reyna.

Mi si spezza il cuore per la disperazione che avverto nel suo tono, ma inspiro a fondo e le trasmetto tutta la sicurezza che riesco a raccogliere. «Sì, ci sono tutti e tre. Devo ancora prendere le misure, ma a una prima occhiata sembrano essere tutti delle stesse dimensioni, il che è un buon segno.»

Liam mi guarda preoccupato. «È normale che i battiti siano così veloci?»

Annuisco. «Il ritmo fetale in genere raggiunge il picco intorno alle dieci settimane e poi rallenta entrando nel secondo trimestre.»

«Ci sono ancora tutti.» La voce di Reyna è ansimante e il suo mento inizia a tremolare. Alza lo sguardo su Liam e le lacrime le cadono lungo il viso una dopo l'altra. Il suo ventre si agita quando aggiunge: «So che abbiamo ancora molta strada da fare, ma ci sono ancora tutti. Riesco a stento a crederci.»

Liam la bacia con forza sulle labbra, tenendole il viso con reverenza e accarezzandola coi pollici lungo la scia delle lacrime. Poi mormora: «Io ci credo.»

Mi sento imbarazzata nel guardarli, ma non riesco a distogliere lo sguardo. Lei sorride come solo una donna che anela al ruolo di madre può farlo. È d'ispirazione. Iniziano a bruciarmi gli occhi e sono un po' mortificata quando Reyna si volta a guardarmi.

«Le dispiacerebbe farmi un favore?» Il tono di Reyna sembra urgente. «Può chiamare mia madre sul cercapersone e dirle di venire qui?»

Sorrido tra le emozioni. «Con molto piacere.»

Quando lascio l'ospedale sono su di giri come non mi capitava da mesi. Le immagini che ho salvato per la figlia della dottoressa Miller e suo genero sono alcune delle migliori immagini 4D che abbia mai visto, figurarsi prodotto io stessa. L'orgoglio nello sguardo della dottoressa Miller quando mi ha ringraziata e l'espressione sui volti di Reyna e Liam… mi hanno dato una botta di vita!

Prendo il cellulare e chiamo Indie.

«Pronto, Belle» mi risponde al secondo squillo.

«Indie, cara. Ho avuto la giornata più bella mai vissuta. Dobbiamo festeggiare, in stile Tequila Sunrise.»

«Oh… ehm… sì. Penso si possa fare! Ma tu non devi lavorare domani?»

Percepisco che la sua esitazione ha qualcosa a che fare con Camden, ma mi fa piacere che sia disposta a metterlo da parte per una sera e a farmi da spalla.

«Sono riuscita a prendermi un giorno di ferie per domani. Mi mancano le nostre uscite tra ragazze.»

Lei sospira. «Anche a me. Ottimo, allora, non vedo l'ora.»
«Ci vediamo a casa?» chiedo.
«Ci vediamo a casa.»
Mi fermo al negozio per prendere il necessario per i nostri drink. È una ricetta che ci diede il pediatra di turno, la notte in cui quella bambina arrivò in ospedale già morta.

Tequila Sunrise:
1 parte Granatina
3 parti Tequila
6 parti Succo d'arancia
Non mescolare.

La ricetta era una metafora della vita, che cambiò il mio punto di vista su tutto. Le semplici parole che quel dottore disse a me e a Indie risuonano ancora così vere dentro la mia anima. *«Il sole c'è sempre al di sopra delle nubi, signore. Celebratelo.»*
Spero che anche quando saremo anziane io e Indie festeggeremo ancora la vita assieme, perché, a volte, può dare così tanto.

Reyna, Liam e i loro tre bambini mi rimangono in mente per tutto il tempo, mentre mi preparo per la serata. La speranza e la possibilità che ho visto nei loro occhi… la trasformazione da una pura e assoluta paura alla totale felicità è stata magica.
«Può andare bene?» chiede Indie, mentre con la bocca succhia una sorsata del drink colorato dopo essersi materializzata sulla porta del mio bagno.
Sono seduta a gambe incrociate sul piano laterale del lavabo, quanto più vicina possibile allo specchio, con addosso nient'altro che reggiseno e mutandine. Interrompo l'applicazione del mascara per valutare la mia migliore amica. Ha i capelli sciolti in un tripudio di indomiti ricci rossi che solo lei si può permettere. Indossa una tuta nera con una profonda scollatura sul seno.
«Sei sexy, cazzo. Mettiti le mie Stuart Weitzman e sei a posto.»
«Oh! Quelle coi laccetti!» Si volta per correre verso il mio armadio e io mi affretto a finire con il trucco.
Una volta completato, salto giù dal mobile e prendo il mio semplice vestito nero di jersey che ho steso su uno scalda-asciugamani.

Ha le maniche lunghe e magari è troppo corto ma, quando lo abbino con gli stivali Chanel di pelle, che mi arrivano sopra il ginocchio, mi faccio notare, da uomini e donne.

«Sì!» canticchia Indie quando esco col mio drink in mano, pronta e ansiosa di andare.

«Sono gli stivali» rispondo consapevole. Le scarpe sono un'indulgenza di cui non riesco a liberarmi. «Pronta per il Club Taint?» chiedo.

«Prontissima.»

Sono le ventitré quando arriviamo al Club Taint, e già ci sentiamo davvero fantastiche mentre ci facciamo strada tra la folla per raggiungere la pista da ballo. Il ritmo della musica mi chiama come una droga. Una droga che vuole che mi perda per ore.

Tiro Indie con me e balliamo e balliamo e balliamo, gettandoci in movimenti talmente piacevoli che non vorrei finissero mai. Le ore passano, le bevande si susseguono, le risate si moltiplicano, i compagni di ballo vanno e vengono, e per tutto il tempo lascio che la musica alimenti la mia energia. Tutto questo mi aiuta a dimenticare ogni cosa brutta che c'è al mondo. Tutta la merda, la tristezza, le vite perse, i genitori assenti, i fratelli stronzi, i bambini che muoiono… tutto quanto, scomparso. Evaporato con la vorticante nebbia rosa del club.

Indie sorride, incrocia il mio sguardo, mentre un'espressione di euforia e sublime felicità le si spande sui lineamenti. Mi attira a sé per un abbraccio. «Mi manchi, Belle.»

Mi bruciano gli occhi a quelle parole. «Anche tu mi manchi, cara.»

«Mi manca lavorare con te.»

Mi faccio indietro e la guardo negli occhi. «A me manca lavorare con te!»

«Odio non poterci più vedere nella sala dei medici.»

«Io odio non poter vedere *te* nella sala dei medici.»

«Lo so che adesso viviamo assieme.»

«È vero.» Annuisco, la vista mi si sfoca e apro di più gli occhi per metterla meglio a fuoco.

«Ma è diverso adesso.»

«È molto diverso.» La mia espressione si incupisce per la tristezza.

«Amo Cam.»

Faccio un sorriso triste e annuisco. «Ami Cam.»
«Ma ti voglio ancora bene.»
«Anch'io!»
«Facciamolo più spesso.»
«Assolutamente, cazzo! Tequila Sunrise!» Brindo con lei con la mia birra e butto giù quello che ne è rimasto. Lascio la bottiglia e inizio a far roteare Indie in un girotondo infantile che ci manda a volare in direzioni differenti prima di crollare in terra. Mani calde e sudate mi si stringono attorno e mi rimettono in piedi.
«Grazie, buon samaritano» biascico, voltandomi a guardare il mio galante salvatore.
Quando alzo lo sguardo e metto a fuoco, resto sbalordita dalla visione barbuta davanti a me. «Assomigli a uno che conosco!»
Lui mi stringe forte le mani attorno alla vita e mi tiene a sé. «Tu assomigli a una ragazza che voglio conoscere.»
Rido con poca convinzione e cerco di allontanarmi.
«Stai cercando di lasciarmi, piccola?» mi biascica lui nell'orecchio.
Aggrotto la fronte e mi oscilla la testa. «Come potrei lasciarti, Gesù? Sei il figlio di Dio… Sei ovunque.» Apro con forza le braccia per sottolineare il mio "ovunque" e tento di barcollare via.
Lui mi afferra di nuovo, stavolta con le mani che scendono verso il mio culo. Il mio buonumore evapora all'istante. «Ehi!» urlo. «Bada a dove metti quelle cazzo di mani!»
Cerco di spingerlo via, ma sembra una di quelle porte che spingi quando avresti dovuto tirare. Non si muove. Si avvicina e mi sussurra all'orecchio: «Mi piacerebbe mettere le mani sulla tua…»
Proprio quando sto per dare un pugno sulla lurida bocca a quella macchia di sperma, quasi mi ribalto a causa di una strana inerzia che mi fa rotolare via. Le mani dell'uomo non mi stanno più abbrancando. Ora sono abilmente bloccate dietro la sua schiena da nientemeno che…
«Tanner?» esclamo con un sussulto, coprendomi la bocca con le mani per lo shock della scena che ho davanti.
«Fila via, idiota disgustoso, prima che trasformi il tuo polso in un pretzel.» Tanner lo spinge contro un tavolo vicino e lui quasi ci si ribalta sopra, ma riacquista in tempo l'equilibrio e si affretta ad andarsene, senza guardarsi indietro.

Furenti occhi blu deviano su di me. «Ryan» ringhia Tanner, passandosi una mano tra i capelli per scostarli dalla faccia. «Ti ho mandato almeno venti messaggi.»

«Io… Io… Non guardo il cellulare da un po'.»

«Cazzo, ma non mi dire.» La sua mascella barbuta è tesa per la collera. «Ti porto a casa.»

Allunga una mano per prendermi il braccio ma lo strattono via. «No, non lo farai.»

Le sue spalle si alzano e si abbassano per un profondo respiro. «Ti porto a casa. Sei completamente ubriaca.»

Socchiudo gli occhi. «Certo che lo sono. È una Tequila Sunrise night.»

«Non me ne frega un cazzo» sbotta lui. «Andiamo.»

Gli lancio uno sguardo omicida ma poi una voce mi interrompe. «Io ho la mia. Tu hai la tua?» Mi volto e vedo Camden che tiene una Indie dall'aria addormentata appoggiata a sé.

Tanner imprime un tono deciso alla propria voce. «Ce l'ho.»

Mi giro a guardarlo, barcollando un po' mentre gli agito un dito davanti alla faccia. «Ehi, io *non* sono tua!» All'improvviso, lui si china e in un istante sto volando, per poi atterrare pesantemente sopra la sua spalla. «Mi prendi per il culo, Harris?» Inizio a battergli sulla schiena, ma senza risultato. «Indosso un vestito. Il mio culo è in bella vista per tutta l'Inghilterra!»

«Il tuo culo era già in bella vista, quando eri stesa sul pavimento un minuto fa. Ti porto a casa, Ryan. Anche se scalci e urli.»

«Sei uno stronzo arrogante!» Le mie mani interrompono l'assalto alla sua schiena passando a coprirmi il didietro. Questa cosa è mortificante. Chino la testa e lascio che i capelli mi nascondano il viso, pregando intensamente di non incrociare nessuno che conosco. «Non posso credere che stia succedendo.»

«Credici, donna.» Tanner si ferma sulla porta e ruota il corpo in modo che la mia testa sia rivolta in un'altra direzione. «Ora, di' a questo brav'uomo che non sono uno stupratore.»

Un tipo con l'aria del buttafuori gira la testa sottosopra per entrare in contatto visivo con me. Borbotto: «Non è uno stupratore. È solo un morto che cammina.» Mi raddrizzo un po' e le mia urla vanno in crescendo. Il buttafuori fa una risata di cuore che mi getta braci ardenti nella bocca dello stomaco. *Non è davvero la reazione che cercavo.*

Si sposta per lasciarci passare, poi Tanner mi rimette in piedi davanti a un taxi. Stringo le mani a pugno e lo colpisco un paio di volte. «Non sono una bambina petulante, animale.»

Lui non batte neppure ciglio.

Espiro arrendendomi e mi siedo all'interno, dopo Indie e Camden. Quando siamo entrati tutti e il taxi inizia a muoversi, Tanner rompe il silenzio con un tono sorprendentemente gioviale. «Be', vi siete divertite stasera?»

Capitolo 17

Vomito McGee

Tanner

Quando accostiamo davanti al suo appartamento, Belle sembra molto meno arrabbiata, ma chiaramente messa male.

«Riporto Indie a casa nostra» mormora Camden, guardando Indie che gli dorme su una spalla. «Parto per Manchester alla fine della settimana, perciò...»

Non finisce la frase e sento un vuoto nello stomaco quando menziona Manchester. In tutta la follia della scorsa settimana, avevo dimenticato che questo è il fine settimana in cui l'Arsenal gioca contro il Man U. I miei due fratelli si affronteranno. Oltretutto, Gareth è un primo difensore e Camden un attaccante. Questo sarà un fine settimana pesante per la mia famiglia.

Belle annuisce e singhiozza. «Prenditi cura di lei. Assicurati che prenda un'aspirina prima di perdere i sensi. Il Tequila Sunrise le causa un enorme mal di testa.»

Si muove per uscire dal taxi e non mi piace l'aspetto che ha. In una frazione di secondo, decido che i miei affari di famiglia possono aspettare e scendo dietro di lei.

«Che stai facendo?» gracchia, cercando di spingermi di nuovo dentro.

«Vengo con te.» Allontano da me le sue mani. Mi ricordano falene svolazzanti.

«No, non lo farai.» Batte i piedi e cerca di nuovo di spingermi.

«Sì, invece. Sei ubriaca e non mi fido che tu possa prenderti cura di te.»

«Porca puttana, come sei soffocante!» esclama lei, e poi spalanca gli occhi quando mi avvicino. Si copre la bocca con la mano per una frazione di secondo prima di vomitare su tutto il marciapiedi. Strilla patetica: «Ho del vomito sulle mani.»

Faccio una smorfia e mi allontano dalla chiazza. «Come ho detto, vengo dentro.»

Aiuto Belle a salire al suo appartamento e apro la porta per lei. Lei arranca dritta verso le scale, senza neanche preoccuparsi di togliersi gli stivali da urlo che sta indossando. Le dico che arriverò subito e faccio un salto nella sua cucina per prenderle un bicchier d'acqua.

Mentre sono al lavandino, tiro fuori il cellulare per rileggere i venti messaggi che le ho sparato questa sera, in preda a un panico cieco. Indie aveva scritto a Camden due ore prima, dicendogli che lei e Belle erano del tutto ubriache e che voleva che lui andasse a ballare con lei così non avrebbe dovuto ballare con nessun altro. Camden è un po' un idiota possessivo, quindi le ha risposto immediatamente chiedendole dove fosse.

E lei non ha mai risposto. Perciò lui mi ha chiesto di scrivere a Belle per scoprire dove si trovassero. Non volendo sembrare troppo appiccicoso, all'inizio mi sono tenuto leggero.

Tanner: *Cosa indossi? Vuoi che venga a controllare?*
Tanner: *Ti serve un compagno di ballo? Sai che mi muovo alla grande.*

Dopo un'ora senza ricevere risposta, i messaggi sono diventati meno carini…

Tanner: *Dove siete voi due?*
Tanner: *Camden è preoccupato per Indie. Rispondimi.*

All'approssimarsi della seconda ora dell'*Operazione Trova Belle e Indie*, i miei messaggi erano diventati tipo:

Tanner: *Mi chiedi di messaggiarti e poi mi ignori. Molto matura.*
Tanner: *Belle, sono il tuo cazzo di ragazzo. Finto o no, il minimo che potresti fare è rispondermi.*
Tanner: *DIMMI DOVE SEI. ORA.*

Per fortuna, Camden aveva un'idea dei posti da cui iniziare la nostra ricerca, e siamo stati fortunati al Club Taint. Però, vedere quel fallito con le mani addosso a Belle non mi è piaciuto. Lei era chiaramente ubriaca e lui se ne stava approfittando. Dite quello che volete della mia storia con le donne, ma io non me ne sarei *mai* approfittato in una situazione come quella. Meno male che sono arrivato in tempo, cazzo. E poi, lei ha avuto il coraggio di ribellarsi quando le ho detto che ce ne saremmo andati. Non sono affatto contento.

Prima di uscire dalla cucina, mi volto e prendo un paio di barrette di cioccolato dal suo nascondiglio. Posso anche essere infuriato, ma non sono un mostro.

Quando vado di sopra per dirgliene quattro, la trovo piegata sopra la tazza con la testa appoggiata sulle braccia. Le lunghe gambe con gli stivali sono ripiegate sotto di lei, e il vestito si è alzato al punto che riesco a vedere il sedere sporgere nel perizoma. Sarebbe sexy… se non fosse per tutto quel vomito.

«Perché sei ancora qui?» geme, e inizia ad avere conati a vuoto, i capelli che le sfuggono dalla tenue presa.

Poggio il bicchiere con l'acqua e prendo un elastico per capelli dal ripiano. «Perché mi piacerebbe assicurarmi che tu sopravviva alla nottata.»

Lei alza al cielo gli occhi sbavati di mascara. «Sono ubriaca Tanner, non morente.»

Liquido la sua obiezione e mi chino per allontanarle i capelli dalla tazza.

«Lasciami stare i capelli» mugugna. «Non sai che stai facendo.»

«Shh» la rimprovero. «Non hai visto la mia favolosa criniera? Sono un esperto.» Le appallottolo i capelli nero inchiostro in uno chignon disordinato e li lego proprio quando ricomincia a vomitare.

Mi inginocchio accanto a lei, massaggiandole la schiena in piccoli cerchi, sentendo il movimento di ogni suo respiro. La sento piangere un po' tra i conati, perciò sollevo anche l'altra mano.

Dio, vomitare è la cosa peggiore che ci sia. Il vomito autoinflitto è due volte peggiore. Dopo un po' senza che le torni su altro, lei inspira a fondo e tira di nuovo lo sciacquone del bagno. Mi muovo con lei quando ricade su un fianco e scivola accanto a me contro il muro. Allungo le braccia sopra le sue spalle e mi si rannicchia contro con un tremito. «Mi puzza il fiato.»

«No, non è vero» mormoro, e prendo una barretta di cioccolato dalla tasca.

«Sei un bugiardo e un ladro» mormora lei, scartandola abilmente.

Il mio petto rimbomba di una risata silenziosa. «Non farti un nodo alle mutandine. Le ho prese per te.»

«Non hai alcun potere sulle mie mutandine, Tan.»

Alza lo sguardo su di me, sbocconcellando il dolce. Le sue labbra sono vicine, ed è una strana sensazione volerla baciare dopo che ha vomitato per gli ultimi venti minuti. Le bacio la fronte, invece.

Lei mi appoggia di nuovo la testa al petto. «Grazie di prenderti cura di me.»

«Non è niente di che» rispondo, rendendomi conto che in un certo modo mi piace prendermi cura di lei.

«E scusa per averti attaccato in quel modo. Stavi solo cercando di aiutarmi.»

Sollevo le sopracciglia, sorpreso dal fatto che le scuse siano giunte così facilmente. Pensavo che avrei dovuto lottare per averle. «Dovevo essere certo che stessi bene. Non eri al sicuro in quella situazione.»

«Lo so» geme lei. «È solo che… mi manca Indie e credo di essermi lasciata trasportare.»

Uno sguardo di comprensione mi increspa la fronte. «Anche a lei manchi. Parla di te tutto il tempo, lo sai?»

Lei alza lo sguardo con un sorriso infantile. «Davvero?»

Annuisco. «Siamo spesso in viaggio assieme, e c'è un mucchio di tempo per parlare. Tesse incessantemente le tue lodi. Sul lavoro, come amica, qualunque cosa. È da pazzi se ci pensi, perché siete coinquiline ma vi comportate come se viveste a nazioni di distanza.»

Lei sospira. «Siamo migliori amiche.»

Annuisco. «Lo capisco.»

«Camden è il tuo migliore amico? Voi due sembrate essere naturalmente inseparabili.»

Sbuffo. «Immagino di sì. Ma è diverso per i fratelli, credo. E con lui all'Arsenal e io al Bethnal… le cose stanno cambiando.»

Belle ridacchia. «Dio, siamo due patetici lagnosi, non è vero? Ci lamentiamo di chi ci manca, senza che neppure facciamo sesso con loro.»

Questo mi fa ridere. «A me non dispiacerebbe vedere te e Indie darvi da fare.»

«Che schifo!» esclama lei. «Meglio, dateci dentro tu e Camden. Riesco già a immaginare *Gemello Carissimo* sfondare come nuovo romanzo erotico.»

«Dio, sei disgustosa» ridacchio.

«Però ti piaccio.»

La stringo a me e le passo la mano lungo la schiena in gentili movimenti di conforto. Ci assestiamo in un genere di silenzio naturale e confortante, sul pavimento del bagno, accanto alla tazza. È peculiare, ma alcune cose sembrano giuste a modo loro.

«Penso che andrò a letto adesso.» La voce di Belle interrompe le mie riflessioni.

Annuisco e mi alzo per aiutarla a tirarsi su. La guardo mentre si lava i denti, dando un'occhiata alla borsetta sul pavimento del bagno, mentre ne usciamo. Si infila nell'armadio e si cambia, indossando una lunga T-shirt di cotone. Mi spoglio fino a restare in boxer e le dico che ho bisogno di usare a mia volta il bagno, prima che andiamo a letto.

Mi ci chiudo dentro e frugo nella sua borsa finché non trovo il cellulare. Trascino lo schermo, lieto che non ci sia nessun blocco, apro i miei messaggi e cancello tutti quelli in cui sembro impazzito.

Quando mi infilo nel letto, lei mi si rannicchia accanto come se fosse la cosa più naturale del mondo. La lascio fare perché, nonostante tutto, questa non è la notte peggiore della mia vita.

Capitolo 18

Rivali

Belle

Il martedì mattina, mi sveglio e trovo Tanner intento a esaminare gli scaffali della mia libreria a parete. È in piedi nella luce del mattino, con addosso niente altro che la biancheria: un tatuato, muscoloso e stropicciato sogno erotico. Quella vista fa meraviglie per un doposbornia, lasciatevelo dire.

Prende uno dei tanti piccoli disegni che ho impilato uno accanto l'altro, in modo simile ai miei libri. Ho tantissimi disegni, li faccio fin da quando avevo cinque anni. Era un hobby che mia madre e mio padre mi avevano testardamente convinto a coltivare. Penso fosse soprattutto perché li facevo stando in silenzio, e una Belle in silenzio rendeva felici la mamma e il papà.

Un sorrisino compare sulle labbra di Tanner mente ne fissa uno più a lungo degli altri.

«Qual è?» gracchio, con voce roca.

Lui salta e i suoi occhi scattano verso i miei. Con un'imbarazzata scrollata di spalle, lo gira verso di me. È un autoritratto di quando avevo quattordici anni, ma l'ho profanato aggiungendo corna da diavolo, un forcone e dei baffi arricciati.

«È il preferito dei miei genitori.»

Lui ridacchia. «Fatico a crederlo. Eri piuttosto carina, nonostante la bocca da drago sputafuoco. È una salopette quella che avevi addosso?»

«Ehi, erano di moda a quei tempi!» strillo, sentendo un po' di mal di testa adesso.

Tanner indica il comodino. «Ci sono acqua e aspirina proprio lì.»

Mi volto e le afferro, portandole subito alla bocca. «Ti sei messo a tuo agio? Frugando nel mio mobiletto delle medicine?»

Lui alza le sopracciglia. «Non ti ho sentita lamentarti quando hai inghiottito le pillole.»

«Va bene, va bene, tranquillizzati. Non sono neanche le nove.»

«A questo proposito, non devi lavorare?» mi chiede.

«Ho preso un giorno di ferie.»

«Bene. Che ne farai?»

Il mio sguardo scende lungo il corpo di Tanner. «Dopo una doccia per lavare via la puzza, sono sicura che riuscirò a pensare a un paio di cose.»

Tanner mi lancia uno sguardo di finta sorpresa. «Cielo, dottoressa Ryan, ci sta provando con me?»

Una suoneria mi impedisce di rispondere. Tanner va ai suoi jeans, ammucchiati sul pavimento, e ne estrae il cellulare.

«Ehilà, Vi» dice, tornando alla libreria per rimettere a posto il disegno. «Sì, mi ricordo che la partita è questo fine settimana… No, non gliene ho parlato ancora… Non lo so. Sembrava a posto ieri notte. No, Gareth non ha chiamato. Gareth non chiama mai… Sono d'accordo con Hayden. Non dovresti andare, è troppo lontano… Certo, passo più tardi… Va bene, ciao.»

«Problemi di famiglia?» chiedo.

Lui scuote la testa da una parte all'altra. «Una specie. Camden e nostro fratello maggiore, Gareth, giocheranno l'uno contro l'altro, sabato.»

«Oh, è vero! La rivalità tra Arsenal e Man U è piuttosto epica.»

Tanner alza le sopracciglia. «Già, Vi è preoccupata. Vuole andarci, ma è troppo incinta per viaggiare fino a lì. Sta solo facendo la mamma chioccia con loro, come fa sempre.»

Sospira e si lascia cadere sul letto accanto a me a fissare il soffitto, chiaramente immerso nei pensieri.

Non sapendo bene come aiutarlo, dico la prima cosa che mi viene in mente: «Aiuterebbe se ci andassi tu?»

Lui si acciglia e mi guarda di traverso. «Non serve che io vada.»

«Perché no? Sei libero. Ai tuoi fratelli potrebbe servire un po' di sostegno. È il momento perfetto per andare.»

«Dovrei vedere se Gareth ha già ceduto i suoi biglietti, poi trovare un albergo. Scommetto che i treni sono tutti pieni. Ci saranno cani e porci a quella partita.»

«Non puoi stare da tuo fratello?»

«Già.» Si stringe sgarbatamente nelle spalle. «Suppongo.»

«Allora è deciso. Guido io.»

Si volta a guardarmi. «Vuoi andare alla partita?»

«Arsenal contro Man U? Cazzo, sì. Sono una fan dei Devils fino all'osso. Pensavo lo sapessi!»

Mi rivolge uno sguardo come se avessi appena commesso un tradimento, ma poi lo abbassa sul mio seno e i suoi pensieri cambiano direzione. «Facciamoci quella doccia.»

Capitolo 19

MANTIDE RELIGIOSA

TANNER

«Guido io» dico a Belle, andando verso la sua auto mentre posteggia a lato della strada vicino al mio appartamento. Ha il finestrino abbassato e mi guarda come se fossi uno squilibrato, mentre getto la valigia sul sedile posteriore e faccio per aprire la sua portiera.

Ha la bocca spalancata. «È la mia cazzo di auto. Non guiderai tu!» Chiude la portiera.

«Non ti farò guidare al buio per cinque ore, donna. Fine.» La riapro.

«Be', sei tu quello che ha cambiato i piani, anticipando la partenza a stasera. A me andava benissimo partire domani mattina presto.»

Sospiro. Tutto con Belle è una discussione. Proprio non riesce a seguire le istruzioni più semplici.

«Voglio evitare il traffico e riposare un po' domani. Non hai mai visto la casa di Gareth. Fidati di me, mi ringrazierai per questo.» Le faccio cenno con la testa di scendere.

«Be', posso comunque guidare! Non sono una debole femminuccia che non riesce ad affrontare le pericolose autostrade. Vaffanculo, guido io.» Richiude la portiera.

Scuotendo la testa, la riapro con forza, le slaccio la cintura di sicurezza e la tiro fuori. Faccio del mio meglio per ignorare le parole odiose che le escono dalla bocca mentre la faccio camminare fino al lato del passeggero. Quando sta ancora lamentandosi di che idiota arrogante io sia, la giro sui tacchi e le spingo indietro i fianchi finché non ha il culo premuto contro la portiera. Le mie dita affondano nell'arco del suo bacino, inchiodandola al veicolo. Abbasso la bocca verso il suo respiro e lei ancora non la smette.

Con un fischio frustrato, unisco le labbra alle sue. Lei emette un mugolio di sorpresa, ma si riprende in fretta e ricambia il bacio con vigore. La mia lingua rotea in profondità tra le sue labbra, smaniosa di assaggiare ben più che la sua bocca, ma sapendo che questo dovrà bastare per adesso. Lei mi tira a sé in modo che i nostri corpi siano schiacciati assieme. Giurerei che i nostri battiti si sincronizzino, perché il ronzio del traffico attorno a noi si zittisce e non riesco a sentire altro che il martellare del mio cuore dentro al petto.

Un sorriso mi stuzzica l'angolo della bocca quando un piacevole mormorio rimbomba da un qualche punto in profondità dentro di lei. In pratica spinge il pube contro di me quando le mie mani scivolano in su lungo i lati del suo seno. Le passo i pollici sui capezzoli e quasi mi sciolgo quando li sento irrigidirsi al mio tocco.

Nessun. Cazzo. Di. Reggiseno.

E in un batter d'occhio mi sta nuovamente dominando dal basso.

Mi piace pensare di aver capito Belle, ormai. Il suo giorno di ferie è volato via, per la maggior parte del tempo, con noi nel suo letto. Nella sua doccia. Perfino in cucina, a un certo punto. Perciò dire che mi è familiare il modo in cui il corpo di Belle Ryan risponde ai miei stimoli sarebbe un eufemismo. Ma in qualche modo trova ancora la maniera di rendere le cose interessanti. Di agitare le acque. Di mettermi in moto. Di sorprendermi. E qualcosa di semplice come non indossare un reggiseno è il perfetto esempio del controllo che riesce a esercitare su di me.

Sto diventando dipendente.

Per fortuna aveva una grossa operazione, programmata per il fine settimana, su cui aveva bisogno di concentrarsi, perciò siamo stati costretti a separarci da mercoledì mattina fino a questa sera. Alla mia mente e al mio cazzo serviva una pausa. Questo mi ha anche dato la possibilità di chiamare Santino ieri, per farmi sentire e vedere come stiamo andando. Ha detto che ha parlato con il padre di Belle, il quale era soddisfatto di come stavano andando le cose fino a quel momento. Gli ho detto che ci serviva un'aggiunta ai nostri appuntamenti programmati per questo fine settimana, ed è sembrato contento che fossimo diretti per una minivacanza a Manchester. Ha risposto che lo avrebbe fatto sapere alla stampa e che se lo sarebbero bevuto come cani assetati, specie trattandosi di una partita così seguita a livello nazionale.

Finora questi finti appuntamenti non sono stati affatto difficili. Belle è un po' da manicomio di tanto in tanto, ma niente che un bel bastoncino da cocktail non possa sistemare. Inoltre, una buona quantità di sesso tiene entrambi di buon umore.

A quanto pare, però, non ne ho avuto abbastanza, perché il rigonfiamento premuto contro il suo ventre sembra dotato di una sua memoria muscolare.

«D'accordo, puoi guidare» mi ansima Belle contro le labbra mentre si tira indietro. È senza fiato quando abbassa lo sguardo tra di noi. «Ma solo perché quell'affare lì non può prendersi cura di sé da solo.»

La Mercedes di Belle non è il più virile dei veicoli, ma è da un po' che non guido ed è bello stare di nuovo dietro al volante. Il viaggio fino a Manchester è lento e piatto, per il traffico congestionato, ma il chiacchiericcio di Belle accanto a me aiuta a far passare il tempo in fretta. È divertente quando racconta aneddoti. I suoi occhi diventano così grandi alla luce blu del cruscotto, quando si infervora con le sue storie. Le piace anche fare un mucchio di domande, come: «E poi sai cos'è successo?» È quasi adorabile.

Il suo attuale entusiasmo è dovuto ai gemelli che hanno separato nel ventre della madre, questa mattina. Mi dice che ha partecipato all'operazione, che la dottoressa Miller sta finalmente iniziando a fidarsi di più di lei. Mi sbalordisce il fatto che abbia trascorso il giorno con le mani nel ventre di una donna incinta, a salvare dei bambini che pesano meno di mezzo chilo l'uno. La maggior parte delle persone stanno sedute davanti a un computer in un noioso ufficio. Lei tocca l'intoccabile. Lei gioca a fare Dio.

La passione che mette nel lavoro si irradia da lei e mi fa riconsiderare la mia posizione. Essere un atleta professionista è incredibile, ma ha anche dei momenti difficili. Lo stress fisico e mentale è estenuante. Non vieni pagato solo per giocare a calcio. Vieni pagato per vincere. E ai tuoi fan sembra di possedere un pezzo di te. La tua vittoria è la loro vittoria. La tua sconfitta è la loro sconfitta. Quando le tue prestazioni non sono all'altezza dei loro standard, ti si rivoltano contro piuttosto in fretta.

Però, quando il tuo gioco è al massimo, quando la folla canta il tuo nome e fa il tifo per te e te soltanto, ti senti della stessa materia di cui sono fatti gli dèi.

«Va bene» riprende Belle, interrompendo i miei pensieri e appoggiando un piede nudo sul cruscotto. «Ho condiviso un po' di *discorsi profondi*, ora è il tuo turno.» Sguscia un pistacchio e me lo passa. «Pensi che assistere alla partita domani sarà dura?»

La guardo accigliandomi, getto il pistacchio in bocca e lo mastico pensieroso. «Perché credi che potrebbe essere difficile?»

Lei alza le sopracciglia. «Immagino che tu frema per tornare in campo. Vedere i tuoi due fratelli giocare nelle loro squadre dei sogni mentre tu sei bloccato con me mi sembra un po' indigesto.»

Ci penso per un minuto. Amerei giocare di nuovo ma, per qualche ragione, non mi sento pronto. Per quanto sia stata dura questa interruzione, sento che è arrivata al momento giusto. Magari un po' di tempo lontano dal campo è proprio quello che mi serve per rimettermi in sesto.

«Anzitutto, ora che posso restare bloccato *dentro* di te, questa finta frequentazione non è così male.» Le lancio un'occhiata lasciva.

«Oh, quanto sei romantico.» Mi fa l'occhiolino e mi passa un altro pistacchio.

«Seconda cosa, guardare i miei fratelli giocare domani sarà un lusso che non riesco a concedermi spesso. I nostri calendari di gioco sono sempre in conflitto, perciò sono emozionato all'idea di sedermi e tifare per loro.»

«Non sarà dura vedere Camden in un'altra squadra, però? Voi due avete giocato assieme e vicini per molto tempo.»

Mi si forma della tensione nelle spalle, ma la scrollo via e rispondo a denti stretti: «Il sostegno della famiglia Harris non vacilla mai.»

Riesco a sentirla guardarmi mentre insiste: «Ma di sicuro le cose sono cambiate da quando ha iniziato a giocare nell'Arsenal.»

«È così» rispondo, sentendo un fastidioso prurito alla nuca. «Ma non penso che avrà importanza a lungo termine. I miei fratelli sono la massima priorità… sempre.»

«Ma che succederà quando tutti metteranno su una loro famiglia? Tua sorella sta per avere un figlio. Camden e Indie stanno sempre appiccicati. Insomma, tutti stanno più o meno andando avanti, giusto? Anche se… alla fine ci ritroviamo tutti da soli.»

Le sue ultime parole sono mormorate al finestrino e mi sconvolgono più di ogni altra cosa che ha detto. «Tu salvi famiglie dalla disperazione ogni giorno. Di sicuro non sei così cinica.»

«Le salvo in ambito medico» mi corregge. «Non ho idea di come siano le loro vite quando tornano a casa.»

«Be', non passa giorno senza che io parli con uno dei miei fratelli. Mio padre ha gestito tutta la mia carriera. Vi supporta tutto ciò che faccio. Siamo pappa e ciccia. Potremo anche sembrare un circo, ma siamo coinvolti nelle decisioni quotidiane di tutti gli altri, e non credo che questo cambierà mai.»

Ora la vedo corrugare la fronte nel buio mentre rimugina su quello che ho appena detto, come se stesse combattendo con qualcosa. I suoi occhi sono talmente espressivi che bisognerebbe essere ciechi per non accorgersene.

«A cosa stai pensando?» le chiedo, e il suo sguardo scatta verso di me come se si fosse dimenticata che c'ero.

«A niente.» Sorride ma in modo strano. «Basta coi *discorsi profondi*. Facciamo qualcosa di divertente.» Poggia il sacchetto di pistacchi sul cruscotto.

«Cos'hai in mente?»

Mi rivolge un sorriso discreto e malizioso. «Più che in mente, vorrei averlo in *gola*.»

Il mio sguardo devia verso di lei, che agita le sopracciglia, mentre i suoi occhi scendono verso i miei pantaloni. Quando si succhia il labbro inferiore nella bocca e i denti mordono la carne morbida, dimentico tutto quello di cui stavamo parlando. Onestamente, credo di aver dimenticato il mio stesso nome.

«Smettila di guardarmi in quel modo, a meno che tu non intenda entrare in azione» la avverto.

Il suo sorriso si ingrandisce. «Che genere di azione, nello specifico?»

I miei fianchi pulsano per il desiderio e faccio un respiro profondo quando il mio uccello preme contro la lampo. «Del genere che continui a cibarti, ma non di pistacchi.»

Lei ridacchia e si sporge sul sedile per sussurrarmi all'orecchio: «Bene, ho ancora fame.»

Allunga una mano e prende la mia, portandosela alla bocca per un bacio casto prima di mettersi il mio indice tra le labbra. Lo succhia con forza e lo morde dolcemente. Devo urlare mentalmente a me stesso di tenere gli occhi sulla strada.

La sua voce è l'epitome della sensualità quando dice: «Hai un buon sapore, Harris.» Lascia andare la mia mano e si allunga ad afferrare il mio inguine fasciato dai jeans. Le sue dita si stringono attorno alla sagoma della mia erezione visibile attraverso i pantaloni, come un serpente sotto una coperta. Emette un gemito ansante mentre la massaggia con decisione. «E sei anche piacevole al tatto.»

Lascio ricadere la testa contro il sedile e concentro lo sguardo sulla strada. «Che cazzo, Ryan.»

«Chiamami Belle quando te lo sto succhiando» mi intima.

Annuisco senza guardarla. La chiamerò come cazzo preferisce.

Mi sbottona i jeans, poi abbassa la cerniera.

Il suono erotico nell'auto è assordante.

«La prima volta che ho visto il tuo cazzo, quando sono venuta a prenderti con la mia auto,» mi dice, armeggiando per liberarmi, «mi è venuta voglia di succhiartelo.»

Gemo quando l'aria mi tocca la cappella. «Davvero? Pensavo ti fosse venuta voglia di uccidermi.»

La sua mano si stringe forte sulla mia asta. «Infatti. Ma solo dopo averti assaggiato.» La sua testa mi ricade in grembo.

Calore.

Una calda, appassionata, umida e risucchiante perfezione avvolge la mia erezione. *Credo di essere morto e andato in paradiso.* La vista mi si offusca per un istante prima che scuota la testa e guardi la strada con maggiore attenzione.

Lei allontana la bocca da me mentre la sua mano continua a lavorarmi in su e in giù. «Magari sono una mantide religiosa» mormora, guardando il movimento che esegue sul mio uccello. «Prima di ucciderti volevo scoparti.»

Quando cala di nuovo la bocca su di me, mi lascio andare a una risata nervosa. «Dio, sei pazza.»

Lei succhia più forte per un minuto e lo rilascia, sfregando la pelle bagnata con la mano. «Pazza ti piace.»

Sollevo le sopracciglia mentre abbasso una mano e le afferro i capelli, accompagnando il movimento della sua testa sul mio cazzo. «Cazzo se mi piace.»

Lei si ferma di nuovo, il soffio caldo della sua voce mette a dura prova la mia sanità mentale. «Ma lo sapevi che non tutte le mantidi femmina staccano a morsi la testa dei loro compagni? Ci sono studi che dimostrano che alcune li lasciano in vita.»

Scende di nuovo e fa roteare la lingua attorno al liquido preseminale che sento gocciolare, leccandolo come fosse il suo ultimo pasto. Le sue labbra, stavolta, si stringono più forte attorno a me, mentre mi prende fino in fondo ancora e ancora. Il mio uccello colpisce il retro della sua gola, portandomi dritto al limite. Dritto all'orlo. Dritto a…

«Belle, sto per venire.»

«Bene» ringhia lei. «Sei proprio dove ti voglio.»

Succhia così forte che perdo ogni controllo e supero il limite raggiungendo un intenso, spasmodico orgasmo. Con le mani aperte sulle mie cosce, continua a succhiare, inghiottendo ogni goccia di me.

Quando ho finito, mi lascia andare. Le sue guance sono rosse mentre si pulisce la parte inferiore del labbro con la mano.

Fatico a riprendere fiato. L'auto all'improvviso è troppo calda. L'aria all'improvviso troppo umida. Il bisogno che provo di accostare e scoparla, finché nessuno di noi sarà più in grado di vederci bene, è talmente forte che non sono sicuro di essere in grado di resistere. La afferro per la mascella e la attiro a me per un rapido, casto bacio di ringraziamento. Con i miei occhi famelici di nuovo sulla strada, mormoro: «Tu mi farai morire.»

***

Belle

Nonostante il mio giretto su Tanner, arriviamo in buon orario. La casa di Gareth è ad Astbury, un paese fuori Manchester, e quando percorriamo il lungo vialetto privato ricoperto di ghiaia mi sento un po' come se stessi tornando a casa.

Però, quando la sua abitazione è finalmente in vista, sono lieta di vedere che è molto più moderna di quella in cui sono cresciuta. Non penso che avrei potuto sopportare di entrare in un'altra vecchia, polverosa villa vittoriana.

Tanner prende i nostri bagagli e saliamo le scale fino al portico anteriore. Vedo del movimento attraverso i grandi pannelli in vetro inseriti nella porta in quercia, prima che questa si apra.

«Tanner!» esclama la voce profonda di Gareth mentre lui esce sul portico di mattoni. Sembra un po' in disordine. Ha i capelli neri spettinati in cima alla testa, e i suoi occhi nocciola saettano tra Tanner e qualunque cosa ci sia dietro di lui, all'interno della casa. Dà l'impressione di non sapere che saremmo arrivati. Ha la voce tesa quando aggiunge: «Sono sorpreso di vederti stasera.»

Guardo storto Tanner. «Non gli avevi detto che abbiamo deciso di venire prima?»

Tanner fa spallucce. «Non mi è venuto in mente.»

Guardo Gareth, pronta a esprimere le mie scuse, ma una donna esce sulla porta dietro di lui. È vestita tutta di nero, e ha i capelli castani legati in una coda sulla nuca.

«Va tutto bene. Abbiamo finito qui.» Il suo accento americano è morbido e sicuro mentre si getta una borsa porta abiti su una spalla.

«Lei chi è?» chiede malizioso Tanner, un'espressione di shock e curiosità sul viso.

«Non è nessuno» sbotta Gareth. «Cioè, ovvio che sia qualcuno, ma… Sloan è la mia personal shopper.»

«Personal shopper?» Il tono di Tanner non è convinto.

«Preferisco stilista per VIP» afferma Sloan, la voce pulita e inflessibile mentre ci passa oltre. Guardo gli occhi di Gareth osservarla con un'espressione addolorata sul volto. «E devo davvero andare. Sono venuta così tardi solo a titolo di favore. Buona fortuna per il suo evento di domani, signor Harris.»

Senza gettarsi un'occhiata indietro, Sloan procede a grandi passi verso la sua auto parcheggiata davanti al garage. Aggrotto la fronte quando vedo la sua coda arruffata come una sorta di nido, in fondo alla schiena.

«Chi cazzo è davvero?» chiede Tanner, mettendo una mano sulla spalla di Gareth. «Io e Cam pensavamo che tu fossi casto, cazzo!»

Gareth lo scrolla via. «Non essere stupido. Non è nessuno.» Guarda me. «Mi dispiace che tu debba sopportare questo cretino. Vi mi ha spiegato i dettagli di quello che voi due state passando e, conoscendo Tanner, sono certo che tu sia pronta per uccidere qualcuno. Sono Gareth. È un piacere conoscerti ufficialmente. Cam e Indie parlano molto bene di te.»

Mi tende una mano e stringe la mia. Vedo un barlume di somiglianza tra lui e Tanner nella forma degli occhi, ma finisce lì. Gareth è un tipo alto, scuro e bello, mentre Tanner è più nella categoria degli sporchi, biondi e sexy. Però entrambi torreggiano su di me in una sorta di postura atletica. Del genere che rende complicato camminare in corridoio.

Seguiamo Gareth attraverso il soggiorno e nella cucina moderna e luminosa, dove prende per entrambi una bottiglietta d'acqua dal frigo.

«Mi dispiace, niente alcolici in casa. Non bevo durante la stagione.»

Mi rigiro la bottiglia tra le mani. «Non è un problema.»

Tanner mi getta pigramente un braccio attorno alle spalle. «Già, questa qui si è sfondata qualche sera fa e forse ne sta ancora sentendo gli effetti.»

Sbuffo. «Non è vero. E ti spiace chiudere quella cazzo di bocca?»

Gareth esplode in una sonora risata. «Sì! Finalmente! Una donna che non ha paura di rimetterti al tuo posto.»

Tanner socchiude gli occhi mentre si prepara a lanciare una frecciatina. «Anche io glielo metto in qualche posto.»

Resto a bocca spalancata. «Meglio che tu faccia attenzione, o l'unico posto in cui finirai stanotte è sotto una doccia fredda.»

Questo lo zittisce mentre le spalle di Gareth tremano per una silenziosa risata.

«Allora, come mai siete venuti stasera? Pensavo non sareste arrivati prima di domani.»

Tanner mi dà un pizzicotto sul sedere, solo per infastidirmi, poi dice: «Avevo bisogno di andarmene da quella cazzo di Londra. Mi sembra una boccia per pesci ultimamente.»

Annuisco, sentendomi allo stesso modo. Non me la sento nemmeno di dire a Tanner che i nostri baci prima, fuori da casa sua, sono stati fotografati. «Gli avvoltoi sono ovunque.»

Gareth scuote la testa. «Non vi invidio, ragazzi. È per questo che mi piace qui. È privato. È silenzioso. La vita notturna di Londra non fa per me. Già Manchester è abbastanza brutta a volte.»

«Sto iniziando a capirne il fascino.» Tanner si guarda attorno nella cucina come se la stesse valutando da un diverso punto di vista.

«Be', odio mollarvi così ma ho bisogno di dormire. C'è la partita domani e tutto il resto.» Si rivolge a Tanner. «Tutte le stanze per gli ospiti sono pronte, scegli quella che preferisci. Io andrò via presto, quindi è probabile che non vi vedrò fino a dopo la partita. Possiamo bere qualcosa al volo, ma poi ho un evento a cui devo partecipare.»

«Nessun problema. Penso che Cam si unirà a noi.»

Lui fa un mezzo sorriso. «Sì, Camden.» Un'aria sorpresa compare sui suoi lineamenti e scuote la testa. «Non riesco ancora a capacitarmi del fatto che sarò in difesa contro di lui, domani. Sono passati anni da quando abbiamo giocato sullo stesso campo.»

«Non sapevo che anche tu avessi giocato per il Bethnal Green» affermo.

«Già, per due anni, poi ho ricevuto un'offerta dal Man U che non potevo rifiutare.»

«Che non volevi rifiutare, piuttosto» aggiunge Tanner. «Volevi disperatamente allontanarti da papà.»

«Non direi che fossi disperato.» Gareth sposta il peso da un piede all'altro.

«Oh sì. E non è stato molto saggio, visto che hai firmato per la sua vecchia squadra.»

Un'espressione cupa attraversa il volto di Gareth. «Avevo le mie ragioni.»

Tanner alza le mani in segno di resa. «Non sto dicendo che non le avessi. È solo che sarà strano per te vivere nella sua ombra al Man U. Ogni volta che vieni intervistato, dopo una partita, rievocano i suoi giorni di gloria.»

Gareth sbuffa. «I media cercano una storia. Qualcosa di sensazionale perché diventi virale. Spero che domani sarete voi due al centro della loro attenzione, e non io.»

Alzo gli occhi al cielo. «Non vedo l'ora!»

Gareth sorride. «Be', sei stoica nel fare tutto questo. Tanner ti dovrà un favore enorme quando tutto sarà finito.»

«Oh sì» replico con un sorrisino. «Tanner mi ripagherà per parecchie cose.»

Il tono di Tanner è di avvertimento quando dice: «Belle, ti si vede la vena di pazzia.»

«Questo perché voglio che si veda» sussurro strizzandogli l'occhio.

Gareth ridacchia. «Non ho mai visto Tanner agitarsi così. Sei davvero perfetta per lui.»

Il suo commento mi porta a ridimensionare il mio atteggiamento malizioso. «È quello che stiamo cercando di far credere a tutti.»

Quando Gareth se ne va, Tanner mi porta di sopra, nella stanza degli ospiti più lontana da quella di suo fratello. È subdolo all'incirca quanto un mattone volante. È una stanza enorme e lussuosa, con uno splendido letto e un bagno all'interno. Mi sento immediatamente felice di essere venuta stasera anziché domani. Il letto sembra il paradiso e sono secoli che non mi faccio una bella nottata di sonno.

«Hai messo il costume da bagno in valigia?» mi chiede Tanner, posando il mio bagaglio sul comò e aprendolo.

«Sì.» Mi affretto a raggiungerlo e lo scaccio dai miei effetti personali. «Togli le mani dalle mie cose.»

«Mai» risponde lui, afferrando un paio delle mie mutandine e infilandosele in tasca.

«Dio, sei un caso clinico.»

«Mettiti il costume.» Mi strizza l'occhio e scompare nel bagno.

Quando esce, mi sono già coperta con un prendisole di cotone. Mi tiene per mano mentre scendiamo le scale verso l'altra ala della casa. Dopo aver attraversato un'impressionante sala multimediale e una palestra professionale completamente attrezzata, arriviamo a una splendida piscina interna che luccica di blu nel buio. È tutta circondata di vetro, e la luce della piscina si riflette su ogni superficie. Fuori, la casa è circondata da una gran quantità di alberi, che trasmettono un senso di isolamento e privacy.

Tanner mi fa un sorrisino e non perde un istante a sfilarsi la maglietta dalla testa. Devo fermarmi e ammirare la bellezza davanti a me. Sembra proprio un tipo da spiaggia quando si mette i lunghi ciuffi biondi dietro le orecchie. La sua pelle abbronzata è liscia e in rilievo in tutti i punti giusti. La barba accorciata e i tatuaggi aggiungono una nota mascolina che fa davvero venire l'acquolina in bocca.

Agita le sopracciglia, risucchiandomi di nuovo nella realtà. Il suo sguardo scende. «Ti ho mostrato il mio, ora mostrami il tuo.»

La sua sfacciataggine mi fa sentire un po' spudorata. Do un'occhiata alla porta. «C'è qualche possibilità che tuo fratello scenda qui?»

Lui aggrotta la fronte. «Ti sei già stancata di me, Ryan?»

Rido e scuoto la testa. «Neanche lontanamente, Harris.» Mi acciglio quando mi rendo conto che lo penso davvero.

Lui socchiude gli occhi. «Gareth è un calciatore disciplinato. Niente gli impedirà di farsi le sue otto ore di sonno. Dovremmo essere al sicuro.»

Mordendomi un labbro, infilo le mani sotto il prendisole, mi sfilo la parte di sotto del bikini nero e gliela lancio. Lui la prende abilmente con una mano e se la porta al viso, inspirando a fondo.

Rido e scuoto la testa. «Animale.»

«Civetta» risponde lui, con gli occhi che gli diventano davvero ferini.

Faccio la stessa cosa col reggiseno e, prima di perdere il coraggio, lascio scivolare verso il basso il prendisole, che si raccoglie ai miei piedi. Ora sono in piedi davanti a lui, con indosso niente di niente. Lo sguardo che mi rivolge mi fa tremare le ginocchia. È uno sguardo di completa e totale attrazione animalesca. Beve ogni centimetro di me, per nulla timido, per nulla educato. Mi squadra come se fossi fatta per lui.

E io glielo lascio fare.

Resisto a tutte le mie precedenti insicurezze sul mio corpo.

Non mi sono mai sentita così a mio agio con un uomo, prima d'ora. Forse ha a che fare con la nostra prima volta assieme. O forse è il fatto che abbiamo fatto sesso più di una decina di volte in un breve lasso di tempo. Tutta questa intimità e così tanta esplorazione di certo aiutano una persona a mettersi a suo agio. O forse è il fatto che ogni volta che sono nuda con lui ha quell'aria di chi subisce un restringimento del campo visivo, come se non esistesse niente altro al mondo a parte me e lui, e quello che vorrebbe farmi.

Mi muovo per passargli oltre e andare verso l'acqua, ma lui mi cattura il polso con una mano, bloccandomi. Poi lo torce senza farmi male ma facendomi cadere contro di lui, coi seni che gli sfiorano il petto.

«Sei davvero stupenda» afferma con un basso ringhio, e si impadronisce delle mie labbra con un bacio sorprendente e possessivo. Le sue mani scivolano giù lungo la mia schiena e mi spingono contro la sua erezione.

Mi ritraggo con una secca inspirazione e sussurro: «Butta i pantaloncini. Nuotiamo a pelle.»

Lascia che scivoli via dalla sua presa e subito mi tuffo in acqua, aspettandomi che rinfreschi l'inferno ruggente che mi si agita nel ventre. Sono sbalordita nello scoprire che è calda, come un fantastico bagno. Faccio emergere la testa con un sorriso.

«È una piscina riscaldata!» esclamo. «Oh mio Dio, è meravigliosa. Vieni dentro.»

Lui si scrolla lo sguardo acceso dagli occhi e fa per togliersi i pantaloncini, mostrando una completa erezione. «Guarda cosa mi fai, donna.» Scuotendo la testa, si lascia cadere in acqua proprio accanto a me.

Allunga subito le mani, traendomi a sé. Ci teniamo a galla assieme nella parte più profonda, le gambe che si intrecciano mentre ci scambiamo risatine e baci e strofiniamo contro le nostre parti più sensibili. C'è un che di delizioso nel nuotare nudi che mi fa sentire come una dea del sesso. E nuotare nudi in una piscina riscaldata è erotico senza mezzi termini, specie quando Tanner mi guarda nel modo in cui lo sta facendo adesso. I suoi occhi blu sono sbalorditivi vicini all'acqua. Mi rendono nervosa.

«Dimmi una cosa, Belle Ryan» mi dice, il respiro irregolare mentre nuota verso la parte meno profonda vicina alla scaletta. «Perché non hai un ragazzo?»

La sua domanda mi fa aggrottare la fronte. «Perché tu non hai una ragazza?»

Si siede su uno scalino in modo che l'acqua gli arrivi al petto. Con un'alzata di spalle, si appoggia all'indietro e mette un gomito sullo scalino alle sue spalle. «Facile. Non ne voglio una.»

«Idem» rispondo, nuotando accanto a lui. Appoggio le braccia sul bordo della piscina, il seno nudo che tocca le piastrelle lisce.

Lui si strofina la faccia bagnata con una mano. «Perché non ne vuoi uno?»

Ci penso per un attimo. «Immagino di voler concentrare tutte le mie energie sul lavoro.»

Lui alza le sopracciglia. «Beh, riesci a sostenere bene una finta relazione con me.»

«È diverso» rispondo.

«Come?»

«Perché non sono in gioco le mie emozioni. Devo darti solo un po' del mio tempo e… il mio corpo.» Ghigno.

Lui socchiude gli occhi pensieroso alla mia risposta. «E se intervenissero le emozioni? Cosa cambierebbe?»

«Beh, tutto.» Asciugo l'acqua che mi sta colando lungo i capelli e sul viso. «Ora dici che sono pazza. Aspetta di vedermi quando tengo davvero a qualcuno. Se *provo* troppo, mi trasformo in una che rovina la vita altrui. Indie è l'unica amica che sia mai riuscita a tenermi, forse perché siamo fatte allo stesso modo.»

Lui aggrotta la fronte. «In che senso?»

«I suoi genitori non vogliono avere niente a che fare con lei. I miei non vogliono avere niente a che fare con me.»

«Sono certo che non è vero. Sei un dottore. Dovrebbero essere fieri di te. Cazzo, io sono fiero di te.»

Il suo commento mi attraversa come un fulmine che cerca di scaldare il mio cuore ghiacciato. «Grazie, ma è diverso. Immagina se tu non giocassi a calcio. Cosa pensi avrebbe fatto tuo padre?»

Si acciglia. «Onestamente non lo so. Mi piace pensare che mi avrebbe sostenuto comunque.»

«I miei genitori non sono così. Avevano delle aspettative. Ho scelto di fare medicina anziché legge e, per loro, è stato come sputare sullo stemma di famiglia.»

«Cristo» sbuffa lui, ma vado avanti perché ora sono partita.

«Tu vai d'accordo con la tua famiglia perché siete così selvaggi e diretti e dite quello che provate e vi volete bene, qualunque cosa accada. Beh, la mia non è così. Amavano la casellina spuntata alla mia nascita. Ma nell'istante in cui sono uscita dal quadretto di figlia obbediente, hanno iniziato a considerarmi più un male che un bene. E dal loro punto di vista non hanno tutti i torti. Hai visto uno scorcio della mia pazzia. Immagina di vederla a piena carica.»

Si acciglia. «Non mi fai paura, Belle.»

«Allora appartieni a una minoranza. Sono solo realistica.» Mi volto e premo la schiena contro la parete. «La mia famiglia mette al primo posto la loro vita di società. Sono arrampicatori politici e sociali. Feste continue, cene continue, eventi benefici continui, socializzazione, bevute, incontri. Sempre per fini egoistici. Mio fratello è perfetto per quella vita. Fa quello che gli viene detto. Dice le cose giuste. Per loro è come se io fossi… un cavo scoperto in cui hanno il terrore di inciampare. Sarebbe meglio se non esistessi. O se fossi invisibile.»

Il silenzio si estende tra noi e temo di aver condiviso troppo. Di essere scesa troppo nel personale. Ho appena ammesso di non voler diventare emotiva con gli uomini ed eccomi qua, ad aprirmi come una fontana del cazzo.

Tanner allunga una mano e mi attira nel suo spazio, abbassando le ginocchia in modo che io possa scivolare sul suo corpo e mettermi a cavalcioni del suo grembo. Gli avvolgo le braccia attorno al collo mentre tento di nascondere la nuda vulnerabilità che risale da un luogo oscuro dentro di me, che non visito spesso. Fin da quando ho conosciuto Indie e abbiamo iniziato la nostra tradizione del Tequila Sunrise, non ho più lasciato che la mia famiglia mi facesse soffrire. So che la vita è molto più grande delle pretenziose aspettative a cui vorrebbero che mi attenessi, per aiutarli ad avanzare. Salvare vite, aiutare i bambini… È questo il modo di vivere una vita degna.

Tanner mi scosta un ciuffo di capelli bagnati dalla faccia. «Se i tuoi genitori non vedono il lavoro incredibile che fai, sono degli imbecilli.»

Sbuffo una patetica risata e inchiodo lo sguardo al suo con decisione, non volendo apparire debole. «Non ho più bisogno della loro approvazione. Ci ho rinunciato molto tempo fa.»

Lui abbassa lo sguardo, riflettendo su quel commento. «Fa schifo lo stesso, però.» È vero. Nel profondo del mio cuore in realtà fa male. Guardo fuori, nell'oscurità tutta attorno a noi, puntando lo sguardo verso il lucernario in cerca di qualche segno della presenza di stelle, qualunque cosa che possa ricordarmi che il mondo è più grande dei miei drammi.

Le mie parole sono calme quando do di nuovo loro voce. «È stato un sollievo quando hanno smesso di aspettarsi che partecipassi ai loro eventi. Smettere di far parte della farsa. Non sono mai riuscita ad adattarmi allo stampo al quale volevano che mi confacessi. Onestamente, ciò che sto facendo con te è la loro prima richiesta da anni. In parte è per questo che non mi sono opposta più di tanto.» Guardo Tanner dritto negli occhi. «Ma sai qual è la parte peggiore?»

«Quale?» mi domanda, un'espressione seria sul volto, dalla quale intuisco che mi sta ascoltando davvero.

«Anche se non vorrei mai più partecipare a una delle loro feste finché avrò vita, vorrei ancora essere invitata.»

Un'espressione tenera gli cala sul viso, e prego Dio che non riesca a capire che la goccia che mi sta scendendo sulla guancia è una lacrima. Sono mortificata per ciò di cui ho blaterato, vorrei quasi riavvolgere il tempo per tenere chiusa questa cazzo di bocca.

Attendo che Tanner faccia qualche pesante battuta, un commento salace, o dica qualcosa di sciocco per alleggerire l'atmosfera. Invece mi prende la faccia tra le mani e mi accarezza le guance coi pollici. Teneramente mi sposta i ciuffi neri dietro le orecchie e inclina la testa per sfiorare la mia bocca con la sua.

Le sue labbra sono morbide e confortanti all'inizio. Un tocco leggero, di sostegno e comprensione. Ma le sue mani si muovono lente dal mio viso alla schiena e al collo, finché avvolge entrambe le braccia attorno a me in un abbraccio così stretto che il mio respiro deve sincronizzarsi col suo.

I nostri corpi sono un tutt'uno, neanche uno spiraglio di spazio tra essi mentre le nostre labbra non smettono di muoversi. Continua ad abbracciarmi e baciarmi, la lingua calda e appassionata mentre mantiene il completo controllo su di me. È come se stesse cercando di strizzarmi fuori il dolore, facendolo passare da me a lui.

Ansimiamo entrambi quando ci separiamo, sovrastati dallo scambio emotivo presente nel nostro abbraccio. Gli occhi di Tanner restano nei miei quando le sue mani si immergono nell'acqua per posizionarmi sopra la sua erezione. Agita un sopracciglio in una silenziosa domanda. Gli concedo il permesso, fidandomi del fatto che non me lo chiederebbe se pensasse che non è sicuro. Mi fa scendere sopra di lui. L'acqua non rende l'entrata fluida, ma una volta che è dentro fremo di desiderio. L'intensità del suo sguardo e il crudo, carnale bisogno che mi sta mostrando sono troppo. Mi muovo contro di lui, il respiro pesante mentre si infila sempre più a fondo. Mugolo e getto la testa all'indietro intanto che il mio desiderio diventa quasi insopportabile.

«No, Belle. Gli occhi su di me.» Mi spinge il viso verso di lui. «Ti vedo.»

Abbasso il mento e annuisco. I nostri sguardi si fissano l'uno nell'altro. Ci teniamo in ostaggio a vicenda mentre i nostri corpi si tendono, e noi ci perdiamo in una sorta di universo alternativo in cui i nostri occhi si tramutano in finestre sulle nostre anime e rivelano ogni cosa. Giuro che, se anche il suo uccello non fosse dentro di me, lo sguardo nei suoi occhi sarebbe sufficiente a spingermi oltre il limite.

Continuiamo a muoverci una contro l'altro, i suoi fianchi che spingono verso l'alto mentre mi tiene ferma sopra di lui. Onde calde ci lambiscono a ogni pulsazione. I miei versi di piacere echeggiano sulle pareti della stanza, come il tripudio di luci riflesse. Quando si avvicina il mio climax, l'emozione prende il sopravvento e devo distogliere lo sguardo mentre vengo o potrei non sopravvivere. Urlo il suo nome e lui abbassa il viso sul mio petto, dondolando la fronte sopra il mio cuore. Lo stringo a me, muovendo le mani tra i suoi capelli, cavalcando l'onda di ritorno del mio intenso orgasmo. Un orgasmo così forte che giuro di sentirmi spaccare in due.

«Belle!» La voce di Tanner è gutturale quando sento il suo calore bagnato esplodere dentro di me. Afferro il suo viso e lo guardo negli occhi. All'inizio sono vuoti per lo shock, poi si chiudono di botto quando preme la fronte contro la mia. «Oh mio Dio, Belle.» Ha la voce roca e incredula mentre lotta per riprendere fiato.

Ci teniamo l'un l'altra, nudi e ansimanti, tornando entrambi da qualunque posto nel quale siamo scomparsi per un breve lasso di tempo. Quando si ritrae da me, penso che stia per scusarsi, ma tutto ciò che fa è baciarmi. Mi bacia e credo di sentirlo sussurrare un "grazie."

Per cosa, non ne sono davvero sicura.

Capitolo 20

Old Trafford

Tanner

La forma a clessidra di una donna è stata creata per una cosa e una cosa sola. La posizione a cucchiaio.

Sono quasi le dieci del mattino e ho trascorso tutta la notte a stringere Belle Ryan, dentro al letto. Non penso che mi sia mai piaciuta così tanto la sensazione del corpo di una donna premuto contro il mio. Forse è perché l'ho scopata così tante volte ormai, e anche quella è un'esperienza del tutto nuova per me. A prescindere da questo, me la godo finché dura.

Sento Belle muoversi tra le mie braccia e di riflesso rafforzo la mia presa su di lei, con l'erezione mattutina che preme contro il suo sedere sodo.

«Se tenti del sesso anale accidentale ti becchi un pugno in gola.» La voce di Belle al mattino è profonda e gutturale.

Vibro per le risate. «Non sto cercando di fare del sesso anale, giuro. Me ne sto solo steso qui, a riflettere sul fatto che non avevo idea di quanto fosse fantastica la posizione a cucchiaio. Sono stato convertito. Il modo in cui il tuo sedere poggia perfettamente sul mio uccello e il mio braccio riposa comodo nell'incavo della tua vita... Il tuo calore contro il mio calore. Cazzo, è proprio il paradiso. La gente dovrebbe parlarne di più. Nutre l'anima o giù di lì.»

«Da quanto sei sveglio?»

«Un'ora forse?»

«E intendevi dire ad alta voce quello che hai appena detto?»

«Sì, perché?»

«Va bene, be', magari solo... non farlo.» Ridacchia incredula. «Chi sei tu e cosa ne hai fatto di Tanner Harris?»

Ignoro la frecciatina e le do un colpetto sul collo col naso. «È ancora qui, donna. Vuoi giocare a nascondi la salsiccia?» Fletto i fianchi contro la sua schiena.

«Porca puttana, mi sono appena svegliata, con te che non smetti di mugolare su come la posizione a cucchiaio nutre la tua anima. Cosa si potrebbe mai chiedere di più alla vita?»

«Ho anche bisogno che tu nutra la bestia.» Le mordicchio l'orecchio e aggiungo: «La bestia è il mio cazzo.»

La sua risata è l'unico suono che si sente finché non sono dentro di lei fino alle palle e il suo risolino si trasforma in versi di una sensuale perfezione.

Mentre mi vesto per la partita, non posso fare a meno di domandarmi quale fosse la vita di mia madre e mio padre quando vivevano qui a Manchester con tutti noi. Papà era un difensore del Man U. Mamma stava a casa a crescere noi cinque, in un appartamento di lusso in cui vivevamo per gran parte della stagione, ma avevamo anche una villetta a Chigwell, appena fuori London. Gareth una volta mi ha detto che mamma preferiva Londra, perciò si rifiutava di rendere Manchester la nostra dimora permanente. Onestamente, è una delle poche cose che io sia mai riuscito a ottenere da Gareth su nostra madre. Né lui né papà parlano di lei. Vi ne sa qualcosa perché ha trovato delle scatole con le sue vecchie poesie e le ha lette tutte, regalandone poi alcune a noi nel periodo in cui ha iniziato a uscire con Hayden. Ci ha aiutato ad aprire una finestra su chi lei fosse, ma ho ancora un milione di domande.

Avevo tre anni quando si ammalò. Non ricordo molto di quello che successe. L'unica cosa che so è che nostro padre chiuse immediatamente il contratto con il Man U, vendette l'appartamento di Manchester e ci riportò tutti a Chigwell. Fu una cosa grossa per la stampa, perché era una grande perdita per lo United.

Gareth aveva otto anni quando ci trasferimmo. Booker uno e Vi quattro. Il periodo che seguì alla morte di nostra madre fu orrendo. Nostro padre non stette bene per molti anni, e rifiutava qualsiasi aiuto da chiunque. Era contento di starsene rintanato in quella casa, da cui ci faceva uscire solo per portarci a scuola e niente altro.

Ma in qualche modo il Bethnal Green F.C. bussò alla porta e fu allora che le cose iniziarono a cambiare direzione per la nostra famiglia. Inutile dirlo, un apprezzamento per lo sport del calcio è fortemente desiderato nel mio mondo. Ha riportato serenità nella nostra famiglia, ci ha tenuto uniti e ci ha resi quelli che siamo oggi. Dio solo sa cosa sarebbe potuto succederci altrimenti.

Belle esce dal bagno con indosso un'aderente maglietta sbiadita del Man U. Evidenzia le sue grandi tette, ma sembra comunque abbastanza comoda per fare un po' di tifo serio.

Do una sonora pacca al suo culo infilato nei jeans. «Stai benissimo.»

«Tu resti neutrale, vedo» afferma guardando la mia T-shirt grigia e i jeans.

«È una mossa astuta. Non posso mostrare favoritismi. Una faida in famiglia tra calciatori finisce sempre nel sangue.»

«Vado bene con questa? Non avevo neppure pensato alle foto in cui potremmo finire oggi.»

Annuisco. «Se sei una tifosa dello United, non vedo perché dovresti nasconderlo, neppure per il tuo finto ragazzo.»

Lei socchiude impercettibilmente gli occhi e mi chiedo se ho detto qualcosa di sbagliato. O forse si sta stancando del circo che sono diventate le nostre vite.

«Ti ho ringraziato di recente per tutto quello che stai facendo?»

Lei alza gli occhi al cielo. «Non lo faccio solo per te, Tanner. Ne ho bisogno anch'io.»

«Giusto» rispondo aggrottando la fronte. «Continuo a dimenticare quella parte. Allora andiamo?»

L'Old Trafford è uno stadio imponente in cui si respira un'atmosfera storica. Non è il Tower Park, ma quelli di Manchester in pratica se la fanno sotto, una volta entrati. Settantacinquemila tifosi, tutti ammassati assieme, ubriachi, chiassosi e fieri, che li incitano per tutto il tempo.

Io e Belle troviamo i nostri posti in una delle sezioni sponsorizzate più in alto, assieme a diverse altre WAG, ovvero mogli e fidanzate dei giocatori. Non è dove avrei preferito sedermi, ma c'è il tutto esaurito per la partita e questi sono i posti che Gareth ci ha potuto fornire.

«Tanner Harris?» Una donna pronuncia il mio nome a mò di cantilena. Mi volto e vedo una bionda WAG tutta tette, seduta dietro di me con diverse altre donne dal viso simile. «Ciao! Sono Sasha, la moglie di Benny. Signore, questo è un altro di quei fratelli Harris. Quello di cui vi ho parlato.»

«Oh mio Dio, sono uno più sexy dell'altro. Com'è possibile?» canticchia una donna accanto a Sasha. «Io sono la ragazza di Billy. Siamo vicini di casa di Gareth.»

Un'altra donna si inserisce: «Gareth ci ha preannunciato che saresti venuto con la tua amica a vedere la partita. Bello che tu ce l'abbia fatta.» La donna allunga una mano e mi tocca la spalla, senza altra ragione apparente che per tastarne la circonferenza.

Sento Belle sbuffare accanto a me e subito le metto un braccio attorno, inserendola tra me e le signore. «Questa è la mia ragazza, la dottoressa Belle Ryan. Lei salva i bambini.»

Tutte le donne abbassano lo sguardo su Belle, ispezionando il suo abbigliamento. È nella perfetta tenuta di una tifosa di calcio. Ha i capelli neri raccolti in una coda alta e un finto tatuaggio dei Devils su una guancia, comprato da una bancarella qui fuori. Le WAG sembra siano state vestite dalla personal shopper di Gareth, un bel po' di soldi investiti in stilisti le ricoprono.

Belle ridacchia accanto a me e mi mormora all'orecchio: «Davvero discreto, Harris.»

«Potete chiamarmi Belle.» Sorride educatamente, ma le donne a stento la guardano.

«Ma dottoressa Ryan è più rispettoso» aggiungo. «Godetevi la partita.»

Mi volto e tiro giù Belle al suo posto, avvolgendola nel mio braccio protettivo.

«Stronze WAG, non riescono a gestire la carne fresca in arrivo?» mi domanda lei.

«Ti guardano con sospetto, come farebbero con una qualsiasi aspirante WAG» rispondo. «Colpa mia. La mia reputazione ti dipinge un bersaglio sulla schiena.»

Lei mi scruta con gli occhi scuri. «E come sarai quando tutto questo sarà finito?»

«Che vuoi dire?» le chiedo.

«Voglio dire, quando io e te avremo finito, tornerai a essere com'eri prima?»

Aggrotto la fronte. Non ci ho pensato molto. «Immagino una versione di com'ero, sì. Non brutta come prima, ovviamente. Il mio contratto non lo permetterebbe.»

Solleva le sopracciglia. «Capisco.» Si volta verso il campo e si alza quando l'inno della squadra inizia a suonare.

«Tutto bene?» le chiedo all'orecchio.

Lei annuisce e canta a voce alta con un brillante sorriso a trentadue denti sul volto per tutto il tempo.

Accigliandomi, mi rivolgo al campo e ascolto con attenzione quando entrambi i nomi dei miei fratelli vengono annunciati. Mi viene la pelle d'oca quando sento la folla cantilenare il nome Harris a un volume assordante. Questo è lo stadio in cui gioca in casa Gareth, che è un buon difensore per la sua squadra, da parecchio tempo ormai. Se lo merita.

Cam e Gareth si trovano sul campo prima del calcio d'inizio. Camden dice qualcosa all'orecchio di Gareth e lui ride e gli dà un pugno scherzoso nel ventre. I due si allontanano con grandi sorrisi. Cam è un attaccante, Gareth un difensore. È quasi certo che entreranno in collisione prima della fine della partita, ma niente può portar via l'immenso senso di orgoglio che provo guardandoli là sotto proprio ora.

Un cameraman si presenta nella nostra sezione, senza dubbio imbeccato da Santino sul fatto che io e Belle siamo quassù. Quando risulta chiaro che sta riprendendo noi, getto un braccio attorno alle spalle di Belle e faccio il tifo assieme a lei, anche se la nostra sezione sembra un tantino addormentata.

Belle sembra ignara del cameraman mentre urla qualcosa di spregevole all'arbitro. Rido di cuore, pensando che potrei anche essere seduto accanto a Vi. La sua voce si sente più di quella di mio padre durante le nostre partite al Tower Park. È come se le mie orecchie fossero sintonizzate sulle sue grida.

Dopo aver ammirato l'entusiasmo di Belle per parecchi minuti, mi sporgo verso il suo orecchio. «Devo fare di te una tifosa del Bethnal prima che tutto questo finisca.»

Lei mi guarda accigliata come se avessi parlato in una lingua straniera. «Lo sono già! Sono stata a parecchie delle vostre partite. Il mio amore per il calcio è generale.» Ride e torna a puntare lo sguardo sul campo.

«Quindi mi hai visto giocare?» le chiedo, non volendo lasciar cadere l'argomento.

«Certo! Vivo a Bethnal Green. Come avrei potuto non venire al Tower Park?»

Questo mi sconvolge. «E cosa ne pensi?» chiedo. Ho bisogno della sua approvazione prima di consentire a entrambi di goderci la partita.

Lei tiene lo sguardo puntato sul campo, ma socchiude gli occhi, apparentemente immersa nei pensieri. Dopo qualche secondo, si sporge verso di me per urlare dall'angolo della bocca: «Penso sia un cazzo di peccato che tuo fratello se ne sia andato. Voi due ballavate là fuori sul campo, quando eravate assieme. Eravate più che attaccanti. Eravate marcatori che lavoravano in tandem. Non era niente che avessi mai visto. Il giorno in cui ti deciderai a digerire la sua assenza e ritroverai le palle, potrai ottenere quello stesso ritmo con DeWalt. Non è bravo come Camden, ma è più veloce di quello che sembra ed è chirurgico nei passaggi. Puoi sfruttare quello. Sei il miglior marcatore che il Bethnal abbia mai avuto. Sei migliore di Camden, ma ti taglierò le palle se mai gli dovessi rivelare che l'ho detto.»

Sono senza parole. Del tutto senza parole. Non avevo idea che fosse nemmeno lontanamente interessata al calcio fino a questo momento. Non mi aveva fornito alcun segnale, a parte dire di essere una tifosa dello United. Ma sentirla parlare con tanta cognizione di causa non solo dello sport che amo, ma della squadra che è la mia gioia e il mio orgoglio, mi fa venir voglia di mettermi in ginocchio e sposarla in questo preciso istante.

Le afferro il braccio finché non si volta a guardarmi. «Non sei affatto come mi aspettavo, Belle Ryan.»

Mi rivolge un sorrisino furtivo. «Le pazze sono sempre capaci di sorprendere.»

Mi fa l'occhiolino e non riesco a resistere. Le afferro il viso e premo le labbra sulle sue in un bacio appassionato quanto inappropriato, per la presenza del pubblico.

Lei si ritrae ridendo. «Santo cielo, Harris! Controllati.»

«Mai» urlo, e me la tiro sotto il braccio, per poi darle un bacio sopra la testa e tornare a guardare il campo. «Andiamo, Harris! Muovete quei culi flaccidi e smettete di gironzolare per il campo come delle ballerine del cazzo!»

Belle ride e mi dà il cinque, e torniamo al presente.

I discorsi pre-partita vedevano il Man U vincere sull'Arsenal per tre a uno. Ci avevano preso in pieno. Camden ha messo a segno un lungo tiro nell'angolino in alto a sinistra, contro il difensore sinistro del Man U, solo tre minuti dopo l'inizio della partita. Questo ha fatto agitare i Red Devils, ma ho sorriso con orgoglio quando ho visto Gareth dargli una pacca sulla spalla mentre si passavano accanto. Per quanto sia stato bello quel momento tra loro, mi ha sconfortato non essere là fuori io stesso.

Posso chiudere gli occhi e pensare ad almeno venti volte differenti in cui io e Camden ci siamo abbracciati dopo un goal. Se lo avevo segnato io, Cam mi arruffava i capelli e mi incasinava la fascia contro il sudore. Io lo spingevo via e ci spintonavamo l'un l'altro finché la cosa non si trasformava in un pacchiano abbraccio fraterno. Se segnava lui, di solito cercavo di dargli una pacca sul sedere o pizzicargli un capezzolo, qualunque cosa pur di metterlo in imbarazzo come solo un gemello può fare.

Ma questa partita era diversa. Qui due fratelli giocavano uno contro l'altro. In due squadre rivali. La posta in gioco era alta. Perciò, vederli congratularsi l'un l'altro ha dimostrato che mettono l'orgoglio di far parte della famiglia Harris avanti al calcio, ed è stato un momento bellissimo.

L'esaltazione dell'Arsenal per il goal di Cam ha avuto vita breve. Il Man U si è scrollato di dosso la difesa dei Gunners infilando due goal a quarantaquattro secondi uno dall'altro. Hanno fatto una figura migliore dopo l'intervallo, con delle grandi parate del loro portiere, ma una corsa finale del centrocampista dello United ha lasciato l'Arsenal sotto di due, alla fine della partita.

È stata una partita secca e pulita. Splendido calcio dall'inizio alla fine, cosa che mi ha reso felice. Non importa quanto sia frustrante una sconfitta, non fa mai infuriare quanto un gioco sporco o delle errate decisioni arbitrali. Sono contento che i miei fratelli non abbiano dovuto subire quel genere di stress. Non per il loro primo scontro.

Ci dirigiamo all'ingresso della curva sud mentre i giocatori escono, per poter incontrare Camden e Gareth. Il nostro piano è prenderci una pinta al volo tutti assieme, prima che Gareth debba andarsene. La stampa sta sciamando nell'area e finisco per essere trascinato anch'io in tre interviste, in cui mi chiedono come penso siano andati i miei fratelli. Proprio quando inizio a pensare di essermela cavata, una giornalista coi denti troppo bianchi reclama la mia attenzione.

«Tanner, è piaciuta la partita a te e Belle Ryan?»

Belle è vicina alle transenne, ma alza la testa quando sente il suo nome.

«Sì. È stata una grande e pulita partita di calcio.»

«Vedo che Belle è una tifosa del Man U. Cosa ne pensi?»

Sorrido consapevole. «È una tifosa di calcio. Per me è sufficiente.»

«Voi due state passando molto tempo assieme, sembrerebbe. Ora, anche una piccola vacanza in trasferta. Spuntano vostri avvistamenti ovunque. Significa che sta diventando una cosa seria?»

La domanda mi fa ridere, ma ormai sono abituato ai reporter insistenti. Non è peggio di quando mi interrogano dopo una sconfitta.

«Penso che la dottoressa Ryan sia adorabile.» Faccio l'occhiolino alla reporter, cercando di affascinarla un po' mentre mi allontano.

«È vero che suo padre sta progettando di usare i suoi legami con il Bethnal Green football club per farsi eleggere alla Corte Suprema?»

Questo mi dà da pensare. «Cosa?»

«Si dice in giro che uno dei membri della commissione di selezione sia titolare di un abbonamento al Tower Park, e Lord Ryan è il primo nella lista per prendere il posto vacante alla corte. Puoi confermarlo?»

«No, non posso confermarlo. Ma c'è un mucchio di persone a cui piace il calcio in Inghilterra, per cui non sono sorpreso. Devo andare.»

Mi dirigo a grandi passi verso Belle, che mi sta guardando con la fronte aggrottata per la confusione. La prendo gentilmente per la curva del gomito e la allontano dalla folla, verso un'area più tranquilla.

«Qualche idea di cosa fosse quella storia?»

«No, cosa ha detto di preciso?»

«Che tuo padre sta usando un qualche contatto al Bethnal per entrare nella Corte Suprema. Cosa cazzo c'entra la legge con il calcio?»

«Non ne ho la benché minima idea» risponde lei con uno sbuffo. «Ma conoscendo mio padre, userà ogni mezzo possibile per raggiungere il suo obiettivo.»

Alzo gli occhi al cielo e le do un bacio sulle labbra. «Non lasciamo che ci rovini la serata.»

Dopo che Cam e Gareth hanno finito con le interviste, ci dirigiamo tutti e quattro al Sam Platt's Pub per una pinta al volo. Hanno una sezione VIP per i calciatori, per aiutarli a evitare la folla di tifosi che si ammassano nel locale. La città di Manchester mostra un'energia incredibile dopo una vittoria dello United.

Ordiniamo un giro di birre e Belle manda in visibilio Cam e Gareth discutendo con loro dei punti salienti della partita, facendo riferimento a diversi giocatori e a partite passate, che i ragazzi conoscono fin troppo bene. Entrambi si scambiano più volte degli sguardi come se non riuscissero a credere che lei sia vera. E io concordo con loro.

«Non è grandiosa?» Gareth rivolge la domanda a Camden, che guarda dritto verso Belle.

«La conosco da un po'.» Camden le fa l'occhiolino e quel gesto mi irrita.

«Ti spiace dirmi cosa significa il tuo sfacciato occhiolino?» abbaio, seccato da quel piccolo scambio e sentendo una tensione nel collo che non mi piace affatto.

Belle ride. «Calma, ragazzo, sono solo colpiti dalle mie incredibili conoscenze in ambito calcistico. Camden è sempre troppo occupato a pomiciare con Indie per fare una conversazione come si deve con me.»

«Se avessi saputo tutto questo, lo avrei trovato il tempo! Indie cerca di tenerti tutta per sé» scherza Camden.

«Be', tu stai facendo un bel lavoro nel tenere lei tutta per te, e approvo pienamente l'impegno che ci metti. La rendi felice ed è questa la cosa più importante.»

Camden assume un'espressione sognante quando Belle menziona Indie, ma Gareth non sembra notarlo. Gli dà di gomito e aggiunge: «Dicevo, Belle non è grandiosa per Tanner? Non ho mai visto una ragazza spremergli le palle in questo modo. È davvero impressionante.»

«Le palle di Tan the Man sono una pappa a prescindere» interviene Belle storcendo il naso, e Camden e Gareth scoppiano a ridere. Di nuovo.

Tutto questo sta iniziando a farmi sentire a disagio. Fin quando c'eravamo solo io e Belle, come in piscina stanotte e alla partita oggi, la cosa era gestibile. Potevo permettermi di godermela. Ora, vedendola invadere la mia vita familiare con tanta facilità, in sintonia con i miei fratelli, mi sento del tutto disarmato.

Pochi minuti dopo, Gareth mormora qualcosa sul dover andar via. Si alza e ci sorprende tutti attirando Belle in un abbraccio. «Belle, è stato un piacere. Rivaleggi con Vi e non è affatto una cosa comune. Spero di rivederti presto.»

Belle arrossisce per la sorpresa. Anche il mio volto avvampa. Il complimento mi scende lungo la gola come vetro rotto. È la forma di apprezzamento più elevata che un fratello Harris potrebbe mai concedere, ed è troppo.

Mi trasmette una sensazione di pesantezza alla bocca dello stomaco. Una sensazione che non accolgo con piacere. Non mi riconosco più. Mi manca la mia routine: calcio e famiglia. Tutto qui. Tra la sospensione e aver perso Camden dalla squadra, si è tutto scombussolato per me. I nuovi eventi mi hanno costretto a guardarmi dentro e vedere me stesso... vedere che sono solo io, non uno dei gemelli Harris.

Ho bisogno di tornare a essere il Tanner Harris che ero un tempo. Leggero. Spensierato. Il Tanner Harris che ha senso per me. Qualunque cosa mi stia accadendo in questi giorni non ha senso.

Camden si congeda poco dopo che Gareth se ne è andato, perciò io e Belle torniamo a casa di quest'ultimo. Riesco a sentire il suo sguardo interrogativo su di me mentre ci mettiamo a letto ma, per qualche ragione, non insiste. È la prima volta che Belle Ryan si trattiene.

È stata una lunga giornata e, dato che partiremo presto domani mattina, andiamo subito a dormire. Ed è la prima volta in vita mia che vado a letto con una donna e faccio solo quello. Dormire.

Capitolo 21

Non Invitata

Belle

«Ciao!» la voce di Indie è acuta ed eccitata quando entra nel nostro appartamento, domenica pomeriggio, con ben tre borsoni.

«Indie! Mi sei mancata, cara!» Mi alzo e corro ad abbracciarla, sapendo di risultare troppo teatrale, ma sono sul punto di esplodere per la voglia di parlare con lei.

Ho lasciato Tanner al suo appartamento circa tre ore fa e non mi sono seduta un attimo da allora. Ho perfino messo su un DVD di allenamento e ho resistito dieci minuti interi prima di rinunciare e prendere del cioccolato. La stronza in video continuava a dire: «Ve lo dovrete meritare!»

L'ho mandata a quel paese cacciandomi tre cioccolatini in bocca. Ma cazzo, avevo bisogno di qualcosa per distrarre i miei pensieri fino a quando Indie non fosse tornata a casa.

Lei lascia tutte le sue cose in fondo alle scale da cui si accede al piano notte, mentre vado in cucina e prendo delle bottigliette d'acqua. Gliene passo una quando si accoccola sul divano.

«Come è stata la partita del Bethnal? Ho visto che hanno perso.»

«Già, è stata terribile. Mendes si è storto una caviglia e la radiografia ha mostrato una lacerazione della cartilagine. Probabilmente sarà fuori per qualche settimana.»

«Oh, cazzo.» Faccio una smorfia. «Hai fatto tu l'esame?»

«Sì, il dottor Nabours si stava occupando di DeWalt.»

«Si è fatto male anche lui?»

«No, pensano fosse disidratato. È un festaiolo. Se lo guardi capisci perché. Assomiglia a Shemar Moore e si muove come Beckham.»

«Oh, è comunque uno schifo.»

«Già, ma basta parlare di me e del mio lavoro. Sto morendo dalla curiosità di sapere di te. Dimmi tutto. Non riesco a credere che tu sia andata a Manchester con Tanner! Com'è andata?»

Espiro pesantemente. «È andata!» Mi sforzo di fare un grande sorriso. I suoi occhi castani sono spalancati e in attesa. «Non lo so, Indie. È stato tutto perfetto. È stato divertente. Siamo anche usciti con Gareth e Cam per un po' e sono due grandi. Tanner è stato sorprendente, ma anche molto… Tanner. E… ugh!» Getto la testa all'indietro per la frustrazione e mi copro la faccia con un braccio.

«Cos'era quell'ugh?» indaga Indie.

«È perché è Tanner! Ed è un porco e un puttaniere, e un momento mi rende felice e il momento successivo mi rende furiosa!»

«Cos'ha fatto per farti incazzare?»

«È diventato strano alla fine! Stava andando così bene. Venerdì notte è stato incredibile. Sabato è stato favoloso, ma poi sabato sera lui ha… spento l'interruttore. Non ha neanche litigato con me, come fa di solito. Ha fatto un totale dietrofront.»

«È successo qualcosa?»

Mi stringo nelle spalle. «È stato con me per tutto il tempo. Non è successo niente. Forse sono io che ne sto facendo un dramma.»

«Oh, non dire così» mi rimprovera Indie. «Il dramma è passione, e la passione è la seconda natura di un calciatore!»

«Ma non mi spiego il cambio di copione. Insomma, lo so che quello che stiamo facendo è finto, ma pensavo che ci stessimo godendo questo viaggio assieme.» Bevo un grosso sorso d'acqua, cercando di calmare l'ansia che mi sta montando nel ventre.

«Cosa vuoi che succeda tra voi?» mi chiede lei, guardandomi pensierosa.

«Non lo so. Immagino che vorrei solo che continuassimo come stiamo facendo. Il sesso è incredibile. Rido così tanto. Sì, litighiamo, ma non sembra infastidire nessuno dei due. Non voglio niente di serio e credo che neanche Tanner lo voglia. Pensavo solo che potessimo continuare a divertirci e vedere cosa succede.»

Sbucate dal nulla, le lacrime mi fanno bruciare gli occhi e ricadono lungo le guance, come se fossero dotate di una loro volontà. Mi indico la faccia con un'espressione di orrore puro e totale. «Guarda che merda! Sono ridicola. Tanner Harris mi ha resa completamente ridicola.»

Indie ridacchia. «Non sei ridicola.»

«Mia madre direbbe: "Andiamo, Belle, chiudi quei rubinetti."» Tiro su col naso una volta e mi strofino le guance.

«Tua madre è una fredda vacca insensibile» afferma Indie secca.

«Brava!» esclamo con un sorriso. Indie che si scalda è proprio ciò di cui ho bisogno.

Si impunta: «Be', da quando hai iniziato a vivere la vita in base ai suoi standard?»

«Da mai.» Sporgo la bottiglia d'acqua verso Indie per brindare. Lei ricambia accigliandosi un po', ancora rimuginando su ogni cosa che ho detto.

Mi guarda a fondo negli occhi. «Belle, tu sei un dottore forte e sicuro. Tieni il mondo per le palle. Non lasciare che la stupidità di Tanner ti faccia crollare. Probabilmente sta solo rimuginando nella sua testa. Sono sicura che la pensa proprio come te. Sei favolosa.»

Sospiro. «Non mi sento per nulla favolosa oggi. Forse per via dei tre cioccolatini che ho mangiato, mentre guardavo Jillian Michaels che mi urlava di muovermi.» Appoggio i piedi sul tavolino da caffè e domando: «Che fai stasera? Magari possiamo andare a vedere un film o noleggiarlo e ordinare da mangiare?»

Fa un'espressione delusa. «Be', io, ehm... vado a Chigwell per la cena domenicale, non appena Camden viene qui a prendermi.»

«Cos'è la cena domenicale?»

«Vi cucina a casa di Vaughn. Vengono tutti i ragazzi, perfino Gareth quando ci riesce.»

Schegge roventi di irritazione mi attraversano.

«Vuoi venire?» mi domanda Indie, sembrando terribilmente a disagio.

«Stai scherzando?» esclamo. «A una cena di famiglia a casa degli Harris? Sembra divertente quanto un vibratore scarico.»

Lei mi guarda preoccupata. «Sembri ferita.»

«Non sono ferita!» scatto, alzandomi e sopprimendo una smorfia. «Vado solo a prendere una bottiglia di vino e a fare un lungo bagno caldo. Sarà una serata perfetta.»

«Mi farebbe davvero piacere se venissi con me.»

«Indie, vai, per favore.» La mia voce è più aspra di quanto vorrei. «Devo comunque studiare per una grossa operazione in settimana.»

«Va bene, ma davvero...»

«Vai!»

Solo dopo aver sentito il leggero scatto della serratura dell'appartamento, lascio che i rubinetti si aprano del tutto.

***

Tanner

«Sei un idiota» mi dice Indie, entrando nella cucina di papà e colpendomi sulla testa.

«Ahia! Per cosa cazzo era stavolta?» Mi massaggio il punto in cui mi ha colpito, chiedendomi come faccia una persona così minuta a picchiare così forte.

«Non potevi invitare Belle a cena stasera?» Si mette le mani sui fianchi, assomigliando tremendamente a Vi.

«Tanner!» esclama Vi, tirando fuori un pollo arrosto dal forno e poggiandolo sul ripiano. Si massaggia il ventre con piccole rotazioni della mano, come se stesse cercando di calmare la bambina dentro di lei. «Che c'è che non va in te?»

Spalanco del tutto gli occhi mentre guardo dall'una all'altra. «Perché avrei dovuto invitarla?»

«Perché voi due vi state frequentando!» risponde Indie.

«Per finta!» esclamo, la voce che sale in uno strano acuto in risposta al senso di urgenza nella sua espressione.

«Ma sapevi che sarei venuta con Camden e che lei sarebbe rimasta a casa da sola. Sei stato scortese, Tanner.» Ora l'espressione di Indie è più dolce, il che mi fa sentire peggio.

«Davvero scortese» sottolinea Vi.

Sono come una coppia di calciatori che si allena sui passaggi.

Mi passo una mano tra i capelli. «Come scortese? Ho appena trascorso l'intero fine settimana con lei.»

«Appunto. Che sarebbe mai stato un altro pasto?» chiede Indie.

«Non ha bisogno di assistere a tutto questo.» Faccio un gesto che include la casa e il giardino, in cui si trovano Gareth, Booker e Hayden.

Gareth in effetti ci ha messo meno tempo di me e Belle per arrivare a Londra, stamattina. Prendere il treno con lui sarebbe stato meno imbarazzante del silenzio in auto durante il nostro viaggio di ritorno, questo è certo.

«Ma guardali!» esclamo. Gareth al momento ha tirato la maglietta sopra la testa di Booker e lo trattiene in una stretta. Hayden rimane da parte a ridere a crepapelle e a lanciare un bastoncino al cane di Vi, Bruce.

Lo sguardo di Indie si colma di delusione e mi fa male quasi quanto quello di Vi. Si volta per andarsene.

«Indie…» Faccio per alzarmi, ma lei agita una mano come se non volesse sentire neanche un'altra parola e va fuori per unirsi ai ragazzi.

Camden si muove a disagio sulla porta.

«Non avevi niente da dire?» gli chiedo.

Lui sgrana gli occhi. «Cosa avrei dovuto fare?»

«Difendermi! Dire alla tua donna cosa c'è tra me e Belle. Avevo detto a Indie di non farsi strane idee. È così maledettamente sensibile.»

Cam scuote la testa. «Belle è meravigliosa. E tu sei uno stronzo.» Poi anche lui mi lascia.

Vi mi guarda male e, senza un'altra parola, esce per riunirsi a tutti gli altri.

«Be', che cazzo?» mormoro tra me.

Poi papà arriva a grandi passi da fuori. «Che hai fatto stavolta, Tanner? Indie sembra sul punto di liberare il kraken dalla testa rossa.» Ride per la sua stupida battuta.

«Papà, non ho fatto niente! Letteralmente niente! Non ho invitato Belle a cena e questo secondo loro mi rende un uomo di merda. Ma che cazzo? È una relazione finta. Non è reale. Devono cacciarselo tutti in quelle teste dure.»

Allungo una mano e prendo una mela dal cestino della frutta, sul bancone, schiacciandola frustrato finché non si annerisce. Mi fa sentire meglio.

Lui mi guarda e scuote la testa. «Chi stai cercando di convincere, Tan?»

Sbatto la mela sul bancone. «In che senso?»

Lui spalanca gli occhi. «Ho visto le notizie su voi due. Santino mi manda tutto. Non sembra finta. Sembra… naturale. Mi ricorda…»

Fa una pausa e deglutisce. «Mi ricorda il modo in cui guardavo tua madre quando abbiamo iniziato a uscire. E be', hai visto come è andata a finire.» Guarda Gareth come se avesse "figlio inatteso" stampato in fronte.

Le sue parole mi colpiscono dritto al cuore. È raro che papà parli di mamma, e la volta che lo fa la paragona a Belle? Non ce la faccio. Sto per esplodere.

«Volete lasciarmi tutti un po' di spazio?» mormoro, e mi alzo per andare al piano di sopra, nella stanza in cui vivevo quando le cose erano semplici… quando Booker, Camden e io giocavamo tutti per la stessa squadra e il calcio era l'unica cosa che importasse.

Quando entro, di colpo tutto sembra diverso. Il letto sembra più piccolo. Lo spazio più stretto. Perfino i miei mobili sembrano essere invecchiati davvero male. Abbasso lo sguardo nei pantaloni per assicurarmi che il mio cazzo non si sia ristretto di nuovo allo stadio preadolescenziale. Emetto un sospiro di sollievo vedendo che è ancora nella sua gloria adulta.

Ma questa realizzazione non mi dà la pace. Rende solo più ovvio il fatto che io sia cambiato. Non sono più la persona che ero, adesso lo capisco. E il senso di colpa, che Vi e Indie stavano provando a risvegliare in me, mi colpisce come una tonnellata di mattoni.

Non ho invitato qui Belle perché pensavo che non fosse cambiato niente tra noi. Ma guardandomi attorno ora, mi rendo conto che tutto è cambiato. Anche la mia cazzo di camera.

Non è passato molto tempo da quando vivevo qui. Camden aveva la sua stanza di fronte. Booker in fondo al corridoio. Siamo rimasti tutti qui per più tempo del normale da adulti, perché il calcio e la famiglia erano tutto ciò che avevamo nelle nostre vite. Ci siamo lasciati assorbire al punto da diventare codipendenti gli uni dagli altri, senza permettere a niente altro di penetrare quel campo di forza.

Be', Belle l'ha penetrato. Di brutto. E non importa quanto mi piaccia questa penetrazione, che è di un genere diverso rispetto a quelle a cui sono abituato.

E, per quanto il pensiero mi spaventi… per quanto voglia combatterlo, mi spaventa anche l'idea di perderla.

Capitolo 22

Una Possibilità su Quattromila

Belle

Mentre mi trovo in una sala operatoria buia con la dottoressa Miller, altri due colleghi e parecchio personale di supporto chirurgico, i miei occhi sono concentrati come rasoi su uno schermo luminoso e sul pannello di controllo sotto di esso.

Oggi stiamo lavorando per correggere un'anomalia fetale chiamata ernia diaframmatica congenita, con una procedura innovativa. Questa patologia si verifica su circa un bambino ogni quattromila. Succede quando si presenta un'apertura nel loro diaframma. Se non curata, i polmoni non avranno sufficiente spazio per svilupparsi, compressi dagli organi che di norma dovrebbero stare nell'addome, comportando al bambino gravi problemi respiratori alla nascita, a volte fatali.

La voce della dottoressa Miller è forte e chiara quando parla agli spettatori alla finestra della galleria, sopra di noi. «Oggi stiamo tentando di eseguire un'occlusione tracheale fetoscopica. Questo tipo di operazione verrà finanziato dalle donazioni di quest'anno, per far sì che questa condizione sia curabile nella maggior parte dei casi.» Fa una pausa per toccare la madre distesa sulla schiena e del tutto sveglia, mentre attendiamo che l'anestesia epidurale faccia effetto.

La madre mi guarda con gli occhi spalancati e lucidi, perciò le rivolgo con la testa un cenno di incoraggiamento, che sembra apprezzare.

La dottoressa Miller prosegue: «Inserirò un palloncino di latex in miniatura attraverso la parete uterina e fin dentro la bocca del nostro piccolo paziente. Una volta posizionato sul diaframma, passando attraverso la trachea, lo gonfierò. Il pallone fungerà da piccolo tappo, fino al momento in cui la nostra madre arriverà al termine della gestazione. Questo aiuterà i polmoni del bambino a svilupparsi e aumenterà il tasso di sopravvivenza del trentacinque per cento, dopo la nascita. Qualche domanda?»

Io ne ho un milione ma mi sto mordendo la lingua, mentre faccio del mio meglio per assorbire tutto.

«Allora iniziamo.»

Riesco a sentire lo sguardo della dottoressa Miller su di me mentre torno a guardare lo schermo. «Dottoressa Ryan, sono rimasta molto colpita da te la scorsa settimana quando abbiamo lavorato su quei gemelli con la TTTS.»

La mascherina le impedisce di vedere la mia bocca che si spalanca. «Grazie, dottoressa Miller» balbetto.

«Mi piacerebbe che inserissi il fetoscopio.» Socchiude gli occhi e abbassa lo sguardo su un lato del ventre della madre, da dove la telecamera verrà inserita nell'utero.

«Sì, dottoressa Miller» rispondo, desiderando di poterla ringraziare per l'opportunità, ma sapendo che mostrare sicurezza è tutto ciò che devo fare quando abbiamo una madre cosciente sul tavolo.

Le mie mani sono salde come roccia quando mi muovo per prendere il posto della dottoressa Miller e iniziare a vivere un'esperienza di quelle che si fanno una volta nella vita. È questo che apprezzo della mia specializzazione. Posso toccare l'intoccabile. Ho la possibilità di salvare chi definiscono non salvabile. Tutto ciò che si trova al di fuori di questa stanza scompare. Gli attimi di chiarezza, che mi investono mentre sto operando, riempiono le mie vene di scopo e significato. È a questo posto che appartengo.

Questo è il vero significato della vita. Nient'altro sarà mai grande quanto salvare una vita così piccola.

Mentre guido verso casa, dopo una lunga giornata in sala operatoria, sento il disperato bisogno di un drink e di stendermi. Nella mia mente vortica tutto quello che è successo oggi, non solo per la famiglia, che ha avuto una seconda possibilità con il figlio, ma per la mia carriera. È stata una giornata memorabile.

È solo quando parcheggio davanti al mio appartamento che afferro il telefono e vedo diversi messaggi. Esco dall'auto e inizio ad aprire il primo, quando sento qualcuno schiarirsi la gola.

Salto dalla sorpresa, quando vedo Tanner seduto sui gradini di cemento che portano al mio edificio.

«Tanner, mi hai quasi spaventata a morte! Che cosa ci fai lì, a spiarmi nel buio come un pervertito?»

«Non ti sto spiando, sto solo... aspettando» farfuglia lui, un'espressione imbarazzata sul volto mentre si alza e si infila le mani in tasca. «Ti ho mandato dei messaggi.»

Sospiro, ammirando la sua sagoma alta e larga, il suo stupido chignon e la barba disordinata. L'insieme mi rende triste.

«Stavo guardando il telefono ora, per la prima volta in tutta la giornata.»

«E ieri?» Ha la fronte aggrottata mentre aspetta la mia risposta. Sembra molto più giovane dei suoi ventisei anni.

«Ero occupata a prepararmi per l'operazione che ho eseguito oggi» mento.

«Come è andata?» Sembra sinceramente interessato.

Il mio sorriso è stanco ma sincero. «Sorprendente. È stata... sorprendente.» Mi metto a sedere nel punto che ha liberato sugli scalini. Sento le gambe come se stessero per cedere dopo tutto il tempo che ho passato in piedi in sala operatoria, oggi. «Ho raggiunto un punto di svolta con la dottoressa Miller. Mi ha detto che se continuo così mi offrirà il posto a tempo indeterminato, l'anno prossimo.»

«È incredibile.» Sbuffa una risata di ammirazione. «Sul serio, sono davvero felice per te.»

«Grazie» rispondo, sentendomi all'improvviso molto stanca. «Allora, che dicevano i tuoi messaggi? Non li ho ancora letti.»

La sua felicità cala. «Riguardavano il nostro prossimo appuntamento.»

Un inarcarsi speranzoso delle sue sopracciglia mi fa annuire rigidamente. «Ah sì, ci serve un'altra apparizione pubblica, immagino. È passato qualche giorno. Che penserà la gente?» Agito la testa aggiungendo un tocco di teatralità alla fine, ma non sembra divertito.

Si gratta la nuca. «C'è questa cosa che fanno al Welly's Pub venerdì sera con la squadra del Bethnal. Non hanno nessuna partita fino a mercoledì prossimo, perciò sarà un'uscita di squadra. Per legare e tutto il resto. Ci sarà anche Indie. Non vedo nessuno di loro dall'ultima partita e mi piacerebbe se venissi con me. I ragazzi hanno prenotato tutto il locale, perciò non ci sarà nessun giornalista.»

Questo mi confonde. «Be', e quale sarebbe lo scopo se non veniamo fotografati?» domando.

Lui fa spallucce e parla lentamente. «Sarebbe solo per divertirsi.»

Lo guardo per un attimo, cercando di interpretarlo. Tanner Harris è di fronte a me a chiedermi di uscire e non sta facendo nessuna allusione sessuale. In testa mi risuonano tanti campanelli d'allarme.

«Indie ti ha detto qualcosa?»

«No.» Sembra colpevole e sbuffo per l'irritazione. «Forse» aggiunge.

Mi arruffo la coda disordinata. «Maledizione a Indie.»

«Non andare a scuoiarla» si difende lui, muovendosi per avvicinarsi a me. Tanto vicino che mi arriva un alito del suo profumo, e rievoca ricordi indesiderati.

«Beh, dovrei» ribatto. «Erano discorsi privati tra ragazze. Non qualcosa che avresti dovuto sapere.»

«Se ti ho ferita, voglio saperlo. Così posso scusarmi e umiliarmi e... non so... fare quello che fanno gli uomini per rimediare a una cazzata. Mi dispiace, Belle. Ho solo pensato... Ho solo pensato...»

«Tu non hai pensato affatto!» esclamo, alzandomi e perdendo il controllo delle mie emozioni. Inizio a camminare avanti e indietro sul marciapiede, una rinnovata sensazione di energia attraversa le mie vene roventi e infuriate. «Mi ero letteralmente *appena* aperta con te su quanto i miei parenti mi ferissero non invitandomi ai loro eventi. Poi ti volti e fai lo stesso, alla prima occasione che ti capita.»

«Cristo, Belle, non l'ho vista in quel modo.» Fa per toccarmi, perciò piroetto via da lui, tendendo in avanti le mani per fermarlo.

«Non farlo, va bene? Non voglio impazzire per questo, Tanner! Non voglio perdere la testa a causa tua, in questo momento.»

«Dovresti!» esclama lui, il panico nello sguardo. «Colpiscimi. Me lo merito. Sono stato un coglione. Ma parlami.»

«No, non lo farò. Perché per uno stupido istante ho pensato che fossi davvero umano. E ho pensato che fossimo diventati amici.

Avevo dimenticato che sei costretto a fare tutto questo. Che ridicola che sono stata!»

«Siamo diventati amici» tuona lui, la mascella irrigidita per la collera. «Fanculo, Belle, io ci tengo a te!»

«Allora capisci da te che il modo in cui hai gestito il nostro fine settimana a Manchester non è il modo in cui si tratta un'amica! Non sei così stupido. Puoi sembrarlo, ma so che non lo sei.»

«È più complicata di così, Ryan» ringhia lui, scalciando l'asfalto con un piede.

«Vedi? Perché mi chiami Ryan ora?» Lo sfido con un piccolo sorriso sadico, perché so già la risposta.

«Che vuoi dire?» Alza gli occhi al cielo. «Ti chiamo sempre Ryan.»

«Non sempre. Solo quando stai cercando di prendere le distanze.»

«Non fare la maniaca. Non mi serve essere psicanalizzato» sbotta lui.

Devo ridere. Non posso fare altro a questo punto. «Non ho neanche iniziato con tutte le altre stronzate che potrei menzionare. Potrei farti un *discorso profondo* così potente che non sapresti mai cosa ti ha colpito.»

«Risparmiatelo, va bene?» mi urla, vibrando di collera. «Non vuoi venire venerdì? Non farlo. Non vuoi più fare questa cosa con me? Allora non farla. Non me ne starò seduto qui, a lasciare che tu mi faccia sentire uno stronzo, per essermi attenuto a un accordo che *tu* hai siglato.»

«L'accordo includeva che mi scopassi senza protezione nella piscina di tuo fratello?» grido, e il suo viso si contorce in qualcosa che assomiglia a una terrorizzata comprensione. I miei occhi si restringono a fessura. «Immaginavo che la risposta fosse no.»

Potrei spingerlo con forza adesso. Potrei superare il limite e sbattergli in faccia tutto quello che non vuole dire. Ma a che scopo? Niente di tutto questo è reale. E lui non è cambiato abbastanza, neanche da ammettere la verità a se stesso, figurarsi a me. Il *discorso profondo* è una barzelletta.

«Torna a casa e basta, Tanner» aggiungo con uno sbuffo, e mi volto per salire gli scalini.

«Belle» gracchia lui, correndomi dietro e mettendomi le braccia attorno alla vita.

Lotto contro la sua presa per un po', tentando di spingerlo via da me. Gli pizzico le braccia come una bambina e lui grugnisce di dolore ma si rifiuta di lasciarmi andare, stringendomi solo più forte.

Smetto per un attimo, rabbrividendo per il suo fiato caldo sulla spalla. Non dovrei fare altro che girare la testa verso di lui e so cosa succederebbe. Mi bacerebbe. Mi consumerebbe. Mi farebbe dimenticare. Inciamperemmo l'uno nell'altra nel camminare all'indietro verso il mio appartamento, senza mai lasciar andare le labbra dell'altro. Andremmo a letto. Scoperemmo o magari faremmo perfino l'amore. Mi darebbe così tanto piacere che dimenticherei tutto ciò che mi ferisce di lui.

Invece, lascio ricadere le braccia lungo i fianchi, imponendo loro di smettere di lottare… Le trasformo in noodles privi di vita, che non gli resistono più ma neppure lo abbracciano. Vorrei piangere per il dolore dell'inerzia che mi impongo. Mi sembra così maledettamente sbagliata. Combattere Tanner è più nel mio stile, ma è tutto diverso adesso. Riconoscere questo mi dà la forza di dire di no alla sua domanda successiva.

«Posso salire?»

Mi bruciano gli occhi quando rispondo: «No, Tanner. Non puoi.» Con uno sbuffo, mi lascia andare.

Non mi guardo indietro mentre entro nel mio appartamento, mi chiudo la porta alle spalle e appoggio la schiena alla parete per riprendere fiato. Masochista dall'inizio alla fine, prendo il cellulare e leggo uno dei messaggi che mi aveva mandato.

Tanner: *Mi manchi.*

Capitolo 23

Bene, Bene, Bene

Tanner

Ho passato l'ultima settimana a comportarmi come una cazzo di ragazzina isterica a causa di Belle Ryan e della sua reazione dolorosamente fredda. So di essermi estraniato dopo Manchester, ma avevo bisogno di tempo per pensare. Non so che cazzo sto facendo con questa donna e questo mi sta facendo impazzire del tutto.

Dopo che ha rifiutato il mio invito da Welly's, le ho mandato un messaggio per sapere se avremmo comunque portato a termine il nostro accordo o se voleva fermarsi. Ha risposto che avrebbe partecipato agli eventi elencati nell'email e che sperava che avrei ancora onorato la mia parte, presenziando all'evento di beneficenza dell'ospedale.

Mi sono sentito come se mi avesse dato un pugno nelle palle.

Il modo in cui siamo passati dallo scopare come animali, discutere come una vecchia coppia di sposi e ridere come amici a questo conciso e formale scambio di messaggi da estranei mi fa infuriare. Mi fa venire voglia di chiudermi nel mio appartamento e nascondermi finché la sospensione non sarà finita.

Ma poi ho trovato un appunto di mia madre, in una scatola di ricordi che mi ha dato Vi l'anno scorso. Quando l'ho letto, qualcosa è scattato dentro di me. L'appunto mi ha fatto capire che starmene fermo e seduto non mi avrebbe portato da nessuna parte.

Belle va a lavorare e salva bambini. È una donna fuori dall'ordinario. Io gioco a calcio, ma intendo essere di più che un semplice calciatore. Voglio trovare un mio modo personale di cambiare delle vite, partendo dall'andare da Welly's stasera e ricostruire la fiducia della mia squadra in me, cattivo umore o meno.

«Ehi, Tan, sei pronto?» gracchia Booker, entrando nel mio appartamento e avanzando nel corridoio verso la mia stanza, dove sono seduto. «Arriveremo tardi da Welly's se non partiamo adesso. Sarei venuto a prenderti prima, ma mi avevi detto che non volevi venire.» Ho appena finito di spingere un piede nello stivale quando arriva sulla mia porta.

«Sono pronto» rispondo, poi prendo il dito di whiskey dal comodino e lo butto giù come uno shottino.

Lui guarda il bicchiere che ho in mano. «Non riuscivi ad aspettare fino al pub?»

Respiro, nonostante il bruciore in gola. «No.»

Lui alza le sopracciglia quando mi asciugo la bocca col dorso della mano. «Cosa ti ha fatto cambiare idea e decidere di venire?»

Lo guardo male. «È ancora la mia squadra, non è così?»

Lui sgrana gli occhi. «Cristo, sei un idiota lunatico. Vuoi parlarne?»

«No» ringhio alzandomi, afferrando il giubbotto e indossandolo. «È solo...» attacco, ma poi mi fermo. «No, non lo farò.»

Passo oltre Booker e attraverso il corridoio verso la porta, fermandomi sui miei passi prima di uscire. Il whiskey che mi brucia nella gola non sta facendo niente per calmare l'inferno che mi ribolle nel corpo. Lo sta solo alimentando.

La mia presa sulla maniglia diventa letale quando sbotto: «Sai, non lo avevo chiesto a *lei.*» Guardo Booker da sopra una spalla. Mi sta osservando tutto timido e nervoso dal corridoio, come se fossi un qualche genere di animale selvatico e lui non sapesse bene cosa fare. «Non avevo chiesto che fosse Belle Ryan a venirmi a prendere quella notte. Sicuro come la morte non volevo dover fingere di frequentarla. L'ho fatto per essere un cazzo di gentiluomo. Per cercare di aiutarla a trovare un modo di uscire da questo casino, così la sua famiglia si sarebbe tolta dai piedi.»

Booker fa per aprire bocca ma lo interrompo. «E la sua famiglia è davvero incasinata» continuo mentre mi giro e mi appoggio alla porta. «Non sono affatto come noi, cosa che la rende una maledetta anomalia, impossibile da capire. Un attimo è divertente e allegra e mi sta facendo drizzare l'uccello, con tutti i suoi discorsi sexy sul calcio. Quello dopo è cupa e pensierosa e il suo temperamento... Cristo, il temperamento di Belle è irascibile. Se arrivi a farla scattare, tira fuori una lingua affilata come un rasoio, che ti fa ritirare i testicoli nel corpo.»

Apro la porta e mi dirigo con impeto verso l'ascensore, iniziando a premere e ripremere e ripremere il bottone. Quel maledetto affare non resta mai fermo al quarto piano. Mi volto di nuovo e vedo Booker che si chiude la porta alle spalle, perciò proseguo: «Sai com'è lei, Book? È come una droga. Quando la guardo da fuori, sembra pazza e fuori controllo. E mi dico che farei meglio a starne lontano. Ma quando sono dentro di lei, con lei, e la sto respirando, è come se non ci fosse altra realtà al mondo che abbia importanza.» Sbatto il pugno contro il bottone e questo mi fa sentire bene.

«Tanner, riprendi il controllo» dice Booker in tono piatto. «Sono preoccupato per te.»

«Ci sto provando!» ruggisco, passandomi con forza la mano tra i capelli. «Ma se non è lei a farmi sentire una merda, è Vi. E se non è Vi, adesso ho anche la maledetta Indie attaccata al culo. Queste donne mi stanno rovinando la vita.»

Booker ride apertamente e mi fa venire voglia di placcarlo a terra. Come osa prendersi gioco del mio dolore? «Hai istinti suicidi?»

«No.» Ride di nuovo. «Penso solo che sia divertente. Stai incolpando le donne presenti nella tua vita dei tuoi problemi, ma la verità è che sei stato un cretino per tanto tempo e finalmente la tua coscienza non ti permette più di cavartela così a buon mercato. Si è rivoltata contro di te e ti ha trasformato in...» fa una pausa, guardandomi dalla testa ai piedi come se fossi un cazzo di alieno «...un essere umano.»

«Vaffanculo» ringhio, ed entro nell'ascensore. Immaturamente tento di chiudere le porte prima che lui sia entrato, e Booker mi guarda come fossi un deficiente.

Ed è così che mi sento.

Si appoggia alla parete mentre iniziamo la discesa. «Ti restano solo quante? Altre due occasioni in cui devi vederla? La partita di mercoledì e poi la raccolta fondi a cui andremo tutti, giusto?»

«E la stupida intervista per la rivista» mormoro a denti stretti.

«Bene allora. Tre volte e poi sei libero. Tu concentrati solo sul premio. Stasera è importante. Devi riconnetterti alla squadra. Ci manchi. Sei il nostro capitano e non ti abbiamo con noi da tre settimane ormai. Hai bisogno di riprenderti, di fare l'uomo ed essere un leader. Fa' sapere loro che sei pronto a tornare, a muovere le gambe.»

Tiro su col naso e annuisco. «Hai ragione. Grazie, Book.»

«Non c'è di che.» Mi guarda un'ultima volta mentre le porte dell'ascensore si aprono. Si volta e inizia ad allontanarsi da me a marcia indietro. «E, ehi, qualunque cosa accada, credo che se col calcio non dovesse funzionare, potresti sempre fare l'attore di teatro. Quel piccolo sproloquio, prima, era una cazzo di performance epica. Mi hai fatto pensare a... *I Monologhi della Vagina*.»

Fa un segno di vittoria attorno alle sue labbra e la lingua gli saetta tra le dita. La sua risata si trasforma in uno squittio da ragazzina quando mi lancio verso di lui, correndogli dietro nell'atrio.

Cazzo. Per essere un portiere, è maledettamente veloce.

***

Belle

«Non hai scelta!» esclama Indie mentre sfreccia avanti e indietro tra il mio armadio e il mio letto, disponendovi varie opzioni di vestiario. «Non sono più qui nei fine settimana. Non abbiamo avuto una vera occasione di fare pace da quando mi hai urlato contro per aver detto a Tanner che è uno stronzo, anche se lo è. Verrai con me da Welly's.»

«No, non ci vengo» gemo.

«Sì, ci vieni!» Batte un piede. «Belle, non abbiamo avuto la possibilità di festeggiare il tuo successo con la dottoressa Miller. Non è da noi. Festeggiamo i risultati in questa famiglia.»

La guardo scuotendo la testa. «Be', sorella, non me la sento di andare in un pub pieno di maledetti calciatori. Ne ho avuto abbastanza di calciatori al momento. Tanner penserà che sia andata per lui, e dovrò recitare la parte della fidanzata devota.»

«No, non dovrai. Booker ha detto che Tanner non verrà.»

La mia testa scatta sull'attenti. «Non viene?»

Lei scuote la testa. «No. Non so perché, ma non ci sarà.»

«Interessante» mormoro, mordendomi un labbro.
«Non resteremo a lungo.» Lancia delle scarpe sul letto e si sistema gli occhiali per guardarmi di nuovo. «Voglio solo presentarti a un paio dei miei ragazzi preferiti e poi possiamo andare a farci due risate da qualche altra parte.»
Gemo.
«Per favore per favore?» si lagna lei.
«D'accordo. Maledizione a te e alla tua faccia d'angelo. Se tu e Camden avrete mai dei bambini, sarete fottuti.»
Lei ride e c'è un luccichio da sogno a occhi aperti nei suoi occhi che mi fa venire da vomitare.

Indie sceglie il paio di pantaloni più sexy che possiedo, aderenti in pelle nera, con doppie cerniere su ogni lato. Mi passa un maglioncino ai ferri leggero che scende in modo teatrale su una spalla e mi urla contro quando cerco di metterci sotto un reggiseno.
«Hai dei seni stupendi, grossi e sodi. Goditeli finché puoi.»
Alzo gli occhi al cielo e completo il tutto con un paio di sandali col tacco e un rossetto viola scuro, sentendomi tutto sommato bene, considerando che sto per entrare in una tana di leoni.
Usciamo, ma chiedo a Indie di fare una sosta a un wine bar per un paio di bicchieri, prima di dirigerci da Welly's in Brick Lane. Non riesco a sopportare l'idea di arrivare lì completamente sobria e ritrovarmi in mezzo a un mucchio di uomini che si comportano come Tanner Harris.
Per fortuna, Indie rallegra il mio umore con le sue storie, come un caso di infezione da piede d'atleta all'uccello. A quanto pare succede anche questo. Perché lei voglia una carriera nella medicina sportiva è al di là della mia comprensione.
Quando il taxi ci lascia davanti al Welly's Pub, il mio umore è leggermente migliorato rispetto a prima. Welly's è un classico pub inglese. Ci sono già stata perché fanno un buon *fish and chips*. Ha le tipiche luci basse, la moquette usurata e dei consunti divanetti in pelle rossa. Di solito ha anche della buona musica e il personale è decente. È un ben noto luogo di ritrovo degli Harris, ma considerato che Booker sarà l'unico a partecipare, penso di poterlo sopportare.
Entriamo senza essere notate e penso che sia il modo in cui Dio mi sta facilitando questa farsa. So che gli Harris hanno taciuto con

la squadra in merito al piano di finta frequentazione tra me e Tanner, ma non posso evitare di chiedermi se tutti qui sanno chi sono e se si domandano che cazzo ci faccia un ragazzo come Tanner con una ragazza come me.

Tutte le mie antiche insicurezze sono tornate, il che rende necessario bere qualcosa di forte.

Il mio sguardo esamina il locale in cerca di Tanner e torna a mani vuote, quindi posso finalmente tirare il fiato. Non vedo altro che calciatori, aspiranti WAG, e magari un paio di WAG effettive.

«Sediamoci al bar e prendiamo un drink» canticchia Indie, facendo un cenno con la mano a uno dei calciatori, impegnato in una conversazione con un altro.

«Ehilà, Doc» dice un altro ragazzo dal bancone.

«Ciao, James!» Indie sorride e poi guarda il ragazzo accanto a lui. «Ehi, Tau, come va il ginocchio?»

«Meglio» risponde lui. «Sto mettendo il ghiaccio, non preoccuparti.»

«Bene» approva lei.

Scuoto la testa mentre ci mettiamo a sedere su due sgabelli e ordiniamo i nostri drink.

«Dio, non mi meraviglia che Camden sia un idiota geloso» mormoro.

Indie si acciglia e beve un sorso del suo vino bianco non appena il bartender ce lo mette davanti. «Perché dici così?»

«Sei una fantasia per questi ragazzi. Una carota intoccabile coi tuoi occhioni da cerbiatta, i fluenti capelli rossi e il tuo contorto cervello geniale. Lo sai che metà di loro si fa le seghe pensando a te, vero?»

«Smettila!» tuona Indie con un'espressione inorridita dietro gli occhiali leopardati.

Rido. «È vero. Te lo garantisco.» Do uno sguardo a un ragazzo che ci sta osservando. «Lui lo fa.» Un altro ragazzo proprio accanto a lui ci guarda. «Anche lui lo fa.» Altri due ci adocchiano quando entrano. «Anche quei due sciacalli si menano l'uccello immaginando la loro dottoressa sexy.»

«Ti ucciderò» dice Indie a denti stretti. «Bevi il tuo vino e chiudi il becco.»

Le spalle mi tremano mentre rido in silenzio, bevo un sorso e mi guardo attorno nel pub. Quando i miei occhi atterrano su qualcuno, mi fermo a metà del bicchiere e lo abbasso.

Tanner sbuca da dietro l'angolo in cui si trovano i bagni e c'è una ragazza al suo braccio. Sta chiacchierando con lui come se fosse la cosa più bella dopo il pane appena sfornato. I capelli biondi, i centimetri di seno scoperto e le unghie finte urlano *puttana di Harris*.

Potrei ucciderla con una mano sola.

Sento gravarmi sulle spalle il peso di un migliaio di calciatori. Giro sullo sgabello e guardo la parete di bottiglie di liquori, dietro il bancone. «Possiamo avere un paio di shot qui?» abbaio senza gentilezza.

Indie mi guarda accigliandosi. «Shot?»

«Già, tequila per favore» aggiungo quando il bartender attende che mi spieghi meglio.

«Forse dovremmo passare ai Tequila Sunrise. Con quelli è più facile reggere il ritmo.»

«Non mi sento molto solare al momento, tesoro.» Faccio scattare la testa in direzione di Tanner mentre bevo un'altra sorsata di vino.

Lo sguardo di Indie segue la pista e capisco all'istante quando lo vede.

«Oh no...» La sua voce è profonda e si ferma a metà della frase mentre i suoi occhi guardano più attentamente. «Oh no, no, no. Così non va bene.»

Fa per alzarsi dallo sgabello, ma le afferro il braccio e la tiro giù accanto a me. «Non sapeva che sarei venuta.»

«Non me ne frega un cazzo!» sibila lei. «E da quando tu resti in silenzio?»

«Da adesso.» Prendo lo shot dal bartender e lo butto giù in un solo sorso. Passo a Indie il suo e faccio segno di portarne altri due.

Indie lo beve, rifiutandosi di staccare gli occhi da Tanner, che ora è circondato da altre ragazze e da qualche compagno di squadra.

Questa serata è stata una cattiva idea.

«Salute, signore» dice una voce bassa dall'altro lato del mio sgabello, irrompendo nel mio inferno.

Mi volto e sono sorpresa di vedere il compagno attaccante di Tanner, Roan DeWalt, appropriarsi del posto accanto a me. L'ho visto giocare solo una volta da quando è entrato nel Bethnal, ma è uno di quei calciatori che non puoi non riconoscere. Ha l'aspetto di una star del cinema, con la pelle color caramello e gli occhi castani chiarissimi che ti risucchiano.

Mi sorride gentile. «Come va?»

«Ciao, Roan» Indie in pratica gli ringhia sopra la spalla, ancora fissando Tanner come un guardone pervertito, mentre butta giù il vino come fosse acqua.

«Ehi, Doc.» Indica il ragazzo in piedi accanto a lui. «Lui è Adam, un amico in visita da casa.»

«Ciao, Adam» dico, allungando una mano per stringere quelle di entrambi, perché Indie sembra aver perso del tutto le buone maniere.

Roan me la stringe per più tempo del necessario, mentre lo sguardo gli cade sulla mia spalla nuda, dove beve ogni neo che mi punteggia la pelle.

Finalmente mi lascia andare la mano e aggrotta la fronte guardando Indie, che è ancora terribilmente distratta. «Tutto a posto, Doc?»

Lei devia gli occhi a mandorla verso di lui. «Potrebbe non esserlo, Roan.»

«Posso rendermi utile in qualche modo?» Mi guarda.

Il mio sguardo scatta verso il suo con feroce intensità. Allungo una mano e gli afferro una spalla. «Io sono brava col bisturi. Tu come te la cavi con la pala?»

«Cosa?» Mi guarda confuso, la pelle perfetta che forma un'unica ruga tra le sopracciglia.

«Oh, lascia stare.» Gli giro le spalle, prendo il nuovo shot che mi è stato gentilmente consegnato e lo mando giù come una campionessa.

«Perciò sei amica della nostra adorabile dottoressa?» chiede Roan. La sua voce, fin troppo bassa e dolce, raggiunge luoghi dentro di me che non vengono toccati fin da quando Tanner è tornato lo stronzo di sempre.

Rispondo in modo breve e conciso, cercando di placare la bestia dentro di me. «Già, dalla facoltà di medicina.»

«Sei un dottore anche tu?»

«Lei salva i bambini» aggiunge Indie, afferrando il suo shot, bevendolo e puntando di nuovo lo sguardo su Tanner, che io non ho il coraggio di guardare di nuovo.

«Vorrei davvero che la gente smettesse di dirlo in quel modo.» Indie dovrebbe saperlo.

«È questo che fai?» Riesco a sentire lo sguardo di Roan su di me. È lo stesso sguardo che fanno tutti gli uomini, la prima volta che scoprono la mia professione, quando le loro fantasie affiorano in primo piano nelle loro menti.

Rivolgo gli occhi semichiusi verso Roan, che mi sta ostentatamente squadrando. Faccio un sorriso malizioso. «Lasciami indovinare, stai immaginando una scena con un'infermiera sporcacciona?»

Lui quasi si strozza con la Lager. «Come hai fatto a indovinare?»

Faccio spallucce. «Chiamalo intuito femminile.»

«Mi sta bene anche una dottoressa sporcacciona.» Agita le sopracciglia dritto verso di me.

È piacevole. Questo scambio. Questo sintetico battibecco. È ciò in cui eccello. Io e Indie passavamo le nostre serate Tequila Sunrise a ballare nei locali e non ho mai avuto problemi ad attrarre i ragazzi. Era facile come respirare. È esattamente quello di cui ho bisogno per dimenticare Tanner e le *puttane di Harris* con le quali starà parlando delle sue scimmiesche banalità.

Mi mordo un labbro e chiedo a bassa voce: «Vorresti essere il mio paziente cattivone?»

Il suo sorriso è sesso puro. «Sarò qualunque cosa tu voglia, baby.»

Alzo gli occhi al cielo. Odio la sua risposta.

«Belle!» Indie urla il mio nome come se lo stesse ripetendo da un po'. Ruoto la testa per guardarla e quasi cado dallo sgabello quando trovo un Tanner fumante a un metro da me, naso a naso con una piccola ma spaventosa Indie. Be', più petto a naso.

«Di cosa hai bisogno, Tanner?» chiede Indie, incrociando le piccole braccia sul petto come se fosse una guardia del corpo di due metri e dieci.

«Ero solo venuto a salutare.» La voce di Tanner è profonda e minacciosa mentre il suo sguardo mi passa oltre per atterrare su Roan e poi torna su di me. «Sorpreso di vederti qui, Ryan.»

Roan mi guarda. «Tu sei Belle Ryan?» Annuisco e colgo l'attimo in cui l'illuminazione scende su di lui. Alza le mani come per dire che non mi ha toccata. Guarda Tanner e dice: «Non lo sapevo.» Si alza e scivola via coi suoi amici al seguito, ripetendo un'altra volta: «Davvero, non lo sapevo.»

Alzo gli occhi al cielo e mi giro sullo sgabello, volgendomi verso Tanner e notando i suoi pugni stretti lungo i fianchi. La tensione che si irradia dalle sue spalle è palpabile.

Fa per scavalcare Indie, ma lei gli salta davanti per fermarlo. «Puoi restare dove sei o tornare dai tuoi compagni. Noi stiamo bene qui.»

Tanner socchiude gli occhi mentre guarda Indie inclinando la testa. «*Tu quoque, Brute?*»

Lei sbuffa per il riferimento a Giulio Cesare e poi scuote la testa. «Be', sembravi piuttosto occupato laggiù!» Il suo tentativo di apparire cattiva viene fuori più come il gesto coraggioso di un tenero uccellino, ma so che ci sta provando per me. Credo sia sulla buona strada per essere del tutto ubriaca, dopo il nostro affrettato consumo di vino e shot.

Il bartender mi mette davanti un'altra serie di shot e sento Tanner ringhiare mentre ne butto giù uno.

«Belle, dobbiamo parlare. Richiama la tua guardia e vieni con me.»

Mi giro a inchiodarlo col mio sguardo tenebroso. La collera e la disperazione che emanano da lui mi fanno tremare la voce. «Indie sta agendo di sua volontà, Tanner. Al contrario di te.»

Lui alza gli occhi al cielo. «Una parola. Ora.» Un muscolo gli palpita sotto la mascella barbuta, e riesco a sentire il mio lato teatrale far pressione perché gli risponda. Vorrei prendere il mio vino e gettarglielo in faccia, come reazione al suo credere di potermi abbaiare ordini. Ma l'ultima volta che l'ho fatto è finita con lui che mi baciava fino a farmi perdere i sensi. Perciò, anziché con la mia versione pazza, provo con quella matura e logica.

Espiro e mi alzo, passando accanto a Indie e sentendomi un po' più instabile sui piedi rispetto a quando siamo arrivate. Indie non sembra stare molto meglio quando mi rivolge un ubriaco cenno di solidarietà col capo.

«Sarò proprio qui» mi dice bevendo una grossa sorsata di vino, mentre Tanner mi afferra per la vita come un Neanderthal.

«Sono perfettamente in grado di camminare senza le tue zampe addosso» gli sibilo a bassa voce nell'orecchio, non volendo dare agli spettatori la soddisfazione di una scenata.

«Sono pronto a sculacciarti davanti a tutti, quindi chiudi il becco e continua a camminare» ringhia lui, guidandomi in direzione dei bagni.

Che coraggio! «Sarà meglio che tu non mi stia portando nello stesso posto in cui hai portato quell'altra ragazza» sibilo, la mano che gli morde l'avambraccio con tale forza che le nocche mi diventano bianche. «Bella preda, a proposito. Sembra un Tesco ambulante. Economica, allegra e aperta a tutte le ore.»

Un borbottio gli risale dalle profondità del petto mentre svoltiamo l'angolo e lui prosegue oltre i bagni fino all'uscita sul retro. Sbatte con forza la mano sulla porta, aprendola su un piccolo vicolo male illuminato, dove sono parcheggiate un paio di auto. La fresca aria autunnale mi sta ripulendo le cellule cerebrali intrise di tequila.

Tanner mi fa camminare all'indietro finché la mia schiena non si ritrova premuta contro il muro di mattoni. La gialla lampadina fa luce quanto basta perché lo veda leccarsi le labbra. Senza una parola, mi cattura il viso e sbatte la bocca sulla mia.

Shock e dolore sono le prime reazioni del mio corpo. Poi, desiderio e bisogno risalgono come nebbia nella notte. Il suo sapore è familiare, anche con quello pungente del whiskey sulla sua lingua e della tequila sulla mia. È inebriante e forte e sento la brama del mio corpo di perdersi in lui.

Ma non lo farò. Sono più forte di così. Lo spingo via con un ben meritato ceffone in faccia, al quale non reagisce neppure.

«Che cazzo, Tanner?» Tocco il punto sensibile del mio labbro dove i suoi denti mi hanno morso. «Cosa credevi di fare?»

Lui scuote la testa e si avvicina di nuovo, facendomi scivolare le mani lungo il corpo fino a prendermi saldamente alla vita. Espira pesantemente mentre abbassa lo sguardo sullo spazio tra i nostri petti. La sua voce è come carta vetrata quando dice: «C'è molto che voglio fare e dire, ma prima dobbiamo chiarire una cosa.» I suoi occhi di acciaio mi penetrano. «Tu sei mia, Belle. In qualunque modo incasinato stia andando questa cosa, tu sei *mia*.»

Le sue parole mi colpiscono con pesantezza al petto.

«Sai che è tutta una bugia!»

A quanto pare non è la risposta che si aspettava. I suoi occhi si riducono a fessure e si stacca da me. Inizia a camminare avanti e indietro nel vicolo con aria aggressiva, simile a un gorilla che batte il terreno davanti alla sua caverna. Lieta dello spazio riacquistato, faccio un profondo respiro e tento di rallentare il battito del mio cuore, prima che schizzi fuori dal petto.

«Allora è per quello che flirtavi con DeWalt?» Mi rivolge uno sguardo velenoso, spingendosi i capelli dietro le orecchie. «Perché tra noi è tutta una bugia e stai cercando qualcosa di vero da scoparti?»

«No!» rispondo con uno sprezzante latrato. «DeWalt non mi interessa.»

«Bene, allora che cosa vuoi?» ruggisce.

«Non lo so.»

«Io credo che tu lo sappia.»

«Oh, ti prego, illuminami» ringhio.

All'improvviso, si avvicina di nuovo a me, e mi torreggia. Ha una mano premuta sul muro accanto alla mia testa mentre l'altra scorre lungo tutto il mio corpo senza mai toccarmi davvero. Ogni profonda inspirazione che faccio mi porta più vicina alla sua mano, ma lui ne regola di continuo la posizione in modo da non poggiare mai un dito su di me.

«Tu vuoi *me*, Belle.»

Rido e distolgo lo sguardo. «Come potrei? Ti comporti come un cazzo di maniaco.»

«*Per te.*» La sua voce è rauca e non posso fare a meno di incrociare il suo sguardo. I suoi occhi sono così blu e penetranti che riesco a stento a respirare. «Mi comporto come un maniaco per te. Abbiamo dei problemi, ma al di là di questi c'è il fatto che io voglio te e tu vuoi me.»

Sporgo la mascella con aria di sfida, scuotendo la testa in una silenziosa negazione, ma sentendo un'allarmante sensazione di solletico sulla scapola.

«Dille quelle parole, Belle» mi implora, abbassando il viso verso il mio.

Riesco a sentire il suo odore. Il suo sapore. Le sue labbra sono a un solo centimetro dalle mie, talmente vicine che potrei sporgere la lingua e toccarle se volessi.

Il suo respiro trema quando aggiunge: «Di' solo che mi vuoi.»

Tiro su col naso, incapace di trovare le parole con i suoi occhi addolorati su di me.

Lui sposta la bocca sul mio orecchio e sussurra: «È tutto quello che devi fare.» Inspira a fondo. «Perché *io sono già tuo*.»

Si ritrae e mi guarda negli occhi con totale e assoluto desiderio. Come un faro nella notte, la sua presenza è la luce rotante che mi attrae a sé dalle oscurità del mare. La sua vulnerabilità è troppo scoperta. Il suo bisogno è troppo inebriante. Lo sguardo mi si inumidisce mentre il mio corpo si inarca contro il suo.

Certo che lo voglio. Lo volevo anche quando mi ha respinta. Lo volevo anche quando lo odiavo. Lo voglio anche quando mi ferisce. E so di non potermi trattenere un istante di più. La mia resistenza si è disgregata.

Perciò nutro la bestia.

«Ti voglio» sussurro, e uno strano suono mi nasce dal fondo della gola mentre sfioro con le labbra tremanti le sue. Un tocco delle nostre bocche, leggero come una piuma, che sento in tutto il corpo.

Lui si ritrae e chiude gli occhi, espellendo col fiato il peso del mondo dai suoi polmoni. I suoi occhi si aprono solo per una frazione di secondo prima che le sue labbra si approprino delle mie in un bacio che sa di conquista. Un bacio bagnato e possessivo che, pur essendo tanto, non si avvicina neppure a essere abbastanza.

Ci muoviamo in un caos di arti che afferrano e stringono, premendo i nostri corpi assieme e arrendendoci alla bestia del bisogno che ruggisce tra di noi. Il mio petto ansima di desiderio contro il suo. I miei seni smaniano per essere toccati. Il mio corpo brama di essere riempito. Il bacio non è sufficiente. La disperazione di volerci riunire nel modo più carnale possibile si fa urgente.

Tanner ci fa allontanare dal muro verso l'oscurità nel vicolo. La mia schiena urta contro qualcosa di duro e freddo, e interrompo il nostro bacio per accorgermi che sono premuta contro un furgone.

La sua voce è profonda e gutturale mentre preme la sua erezione contro di me. «Ti scoperò proprio qui, e proprio ora. Non posso aspettare.»

Inizia a frugarsi frettolosamente in tasca e sento il suono più bello di sempre. Il bip di una chiave elettronica.

Apre la portiera e mi carica al posto di guida, strisciando dietro di me e spingendomi sulla panca. Do un'occhiata al vicolo, sapendo che è da pazzi scopare in una stradina fuori da un pub, con tutta la sua squadra all'interno.

Ma è quello che siamo. Siamo pazzi.

Dopo che ha superato la leva del cambio, mi sporgo verso di lui e armeggio freneticamente con i suoi jeans, abbasso la cerniera e afferro la sua asta turgida con la mano. Spremo la pelle di seta con tutta la collera che ancora mi scorre nelle vene. Rabbia e frustrazione alimentano questo folle atto sessuale.

Tanner getta via le mie scarpe senza cerimonie e mi strappa di dosso i pantaloni e le mutandine. Mi lascia il lungo maglioncino mentre mi mette con forza a cavalcioni sopra di lui. I suoi occhi sono scuri sopra di me quando il glande spinge contro la mia apertura. Uso il tettuccio per sostenermi e gemo ad alta voce, già impregnata dallo sfacciato desiderio di essere riempita.

Come se il mio grido fosse il colpo di pistola che dà il via alla gara, lui mi tira giù per i fianchi e mi invade con una forte spinta verso l'alto, impalandomi con una ferocia che mi fa vedere le stelle.

Un confuso urlo di sollievo gli sfugge dalla gola, come se essere dentro di me impedisse a una parte di lui di rompersi del tutto. La sua presa sulle mie cosce è tale da causarmi dei lividi mentre mi muovo implorandolo di fare altrettanto.

Lui mi abbassa la testa sul petto e geme: «Non mi piace che flirti con altri ragazzi.»

I suoi fianchi riprendono a pompare dentro di me, e la mia eccitazione si intensifica al tono possessivo della sua voce. Mi mordo un labbro e scivolo su e giù sul suo uccello. «Non stavo flirtando» ribatto senza fiato, rendendomi conto che il sesso non risolverà tutti i nostri problemi.

«Oh, davvero? Allora dimmi, ti piace quando io flirto con altre ragazze?» La sua voce è lagnosa, ma continua a spingere con forza dentro di me, ancora e ancora.

«Non me ne frega un cazzo» mento, mentre lui tira giù il mio maglione e prende un capezzolo duro in bocca. Quando lo morde, le mani mi ricadono dal tettuccio per artigliare le sue spalle con le unghie, con tale forza che sono certa di aver strappato il tessuto della sua maglietta.

Il dolore aumenta la mia eccitazione.

«Stronzate» ringhia lui, gli occhi decisi spalancati nei miei. «Ti conosco, Belle.»

Ruota i fianchi in modo da toccare un punto in profondità che non credo sia mai stato toccato prima. Riconoscendo il modo in cui rispondo, inizia a spingere velocemente, colpendo di nuovo quel punto. Artiglio e graffio tutto ciò che riesco a trovare. I suoi capelli, il suo viso. Gli mordo perfino la spalla a un certo punto, cercando disperatamente di riprendere il controllo su questa dolorosa scalata.

Proprio quando penso che sto per esplodere come una supernova, lui blocca ogni movimento e dice: «Ammettilo.»

Ringhio, lo sguardo infuocato che saetta verso il suo. «D'accordo, mi importa! Vorrei cavare gli occhi a quella ragazza. Ora sei contento?»

Lui mi tira giù verso il suo viso e sento il suo sorriso trionfante quando cattura le mie labbra. Tirandosi indietro, mormora: «La ragazza con cui stavo parlando là dentro… e anche le altre donne… Non ho parlato altro che di te e di quanto tu sia incredibile e di quanto sia meraviglioso il tuo lavoro. Ho perfino detto loro della tua cazzo di serata di beneficenza per l'ospedale.»

Ho il respiro pesante mentre elaboro le sue parole, ma non ho la possibilità di rispondere perché di colpo riprende il suo ritmo dentro di me. Le mie mani cercano un appiglio, ma si allungano verso l'ignoto, si agitano tra le ombre, confidando nel fatto che Tanner non mi lascerà mai andare.

L'orgasmo, intenso e veloce, mi attraversa del tutto alla sprovvista, in tutta la sua Tannerificante gloria. Potrei cantare per il formicolio elettrico che si espande sul mio corpo, di cui avevo un tale disperato bisogno dopo tutta la rabbia e la collera provata fino a pochi istanti fa.

Tanner mi segue poco dopo. Restiamo entrambi fermi, ansimanti e scivolosi per il sudore, prima che io rotoli giù da lui. Poi lui si muove per tirarsi su i jeans, che aveva abbassato a metà coscia.

Sento il suo sperma gocciolarmi tra le gambe. «Non hai un fazzolettino qui dentro, vero?»

Lui fa una smorfia e mi guarda le gambe. «Non ce l'ho… ma… tieni.» Si mette una mano in tasca e ne estrae un mio paio di mutandine. Non quelle che avevo addosso stasera, ma quelle che ha rubato dalla mia valigia a Manchester.

Mi rivolge uno sguardo lascivo. Uno sguardo che mi riporta al punto in cui eravamo prima. Un po' folle, ma felice. Lui fa spallucce e io rido. Sembro una pazza ma non me ne frega un cazzo.

Uso le mutandine per pulirmi e poi le getto dal finestrino verso il cassonetto. Tanner mi guarda di traverso.

«Oh, volevi tenerle?»

«Non finché posso averne altre della medesima proprietaria.» Mi fa l'occhiolino.

Sospiro e mi infilo di nuovo nei vestiti, lisciandomi i capelli in modo da non rendere ovvio al resto del mondo che sono appena stata scopata con rabbia in un vicolo. «E adesso?» chiedo.

«Faremo così» dice lui con semplicità mentre mette un braccio sullo schienale del sedile dietro di me e gioca con un ciuffo dei miei capelli. Il suo sguardo è serio. Il respiro è calmo e regolare. Il furioso luccichio maniacale che c'era prima nei suoi occhi è scomparso. Mi passa il dorso di un dito lungo una guancia e aggiunge: «Niente più false frequentazioni. Niente più stronzate. Tu sei mia. Io sono tuo. Rientriamo là dentro e ci comportiamo di conseguenza. E stavolta, non è una recita.»

Il mio cuore perde un colpo, perciò decido che l'elusione sia la miglior risposta. «Smetti di abbaiarmi ordini, demonio.»

Lui si sporge sul sedile e mi bacia con una tenerezza che sembra perfetta per questo momento. «Donna, di' che sei mia.»

Sospiro contro le sue labbra. «Perché hai questo assoluto bisogno di sentirlo?»

«Perché ho rovinato tutto una volta e non lo farò di nuovo.» Si ritrae e le sue mani iniziano a tremare mentre se ne passa nervosamente una tra i capelli.

«Cosa c'è che non va?» gli chiedo, percependo l'improvviso cambiamento in lui. Scivolo lungo la panca e mi aggrappo al suo braccio.

Deglutisce e guarda fuori dal finestrino mentre parla. «Mia madre è morta quando avevo tre anni e non so molto di lei, a parte ciò che si è lasciata dietro.» Si gira e mi trafigge con uno sguardo serio. «Avevo questo suo appunto in cui mi sono sempre rispecchiato. Oggi l'ho ritrovato, e rileggendolo ho capito il mio errore.»

«Cosa dice?» chiedo, cercando nei suoi occhi e trovandovi una vulnerabilità che non mi ha mai rivelato prima.

«*Quando non sai cosa fare, resta seduto e fermo.*» Sospira pesantemente mentre la comprensione si fa strada sui suoi lineamenti. «Sono stato seduto e fermo per un po', Belle, ma adesso basta. Questo è un territorio nuovo per me, ma ti sto chiedendo di muoverti… insieme a me.»

Sorrido per la sua sincerità e gli prendo la mano con la mia, dandogli un bacio sul dorso prima di rispondere: «Allora, mettiamo in moto i nostri culi.»

***

Tanner

Un orgoglio possessivo mi scorre nelle vene mentre tengo la mano di Belle e rientro nel Welly's Pub. La volevo con me ancora prima di sapere che volevo stare con lei ufficialmente. È semplice. Averla accanto a me, a respirare la stessa mia aria, mi rende felice.

L'idea di presentarla ad alcuni dei miei compagni di squadra stasera mi dà un brivido. Mi hanno tutti preso in giro per gran parte della serata per essermi "ammogliato", come dicono loro. A essere onesto, ho fatto la stessa cosa con Cam.

Le ragazze con cui stavo parlando prima erano alcune delle più gentili tra le WAG dei miei compagni, ed erano davvero curiose su Belle e ciò che fa in ospedale. Non mi hanno mai visto fare seriamente con nessuna, e avevano gli occhi sgranati per la meraviglia quando ho detto loro dell'operazione che mi ha descritto in dettaglio. Mi sono sentito fiero di lei prima ancora di poter asserire che fosse mia.

Non lo era ancora.

Ora tutto è cambiato. Niente più finti appuntamenti. Niente più farsa. Io e Belle saremo solo noi stessi, che è più o meno quello che abbiamo fatto finora, in effetti.

Quando svoltiamo l'angolo, dopo i bagni, sento cantare in modo chiassoso e cacofonico, con una voce che batte tutte le altre.

«Indie!» sussulta Belle. La sua mano libera sale a coprirle l'espressione sbalordita quando la rumorosa scena ci diviene del tutto visibile.

Indie è in piedi sul bancone e sta guidando tutta la squadra e alcune delle WAG a cantare il Bethnal Green Pride song. Ha i ricci capelli rossi in un enorme e disordinato chignon sulla cima della testa, i jeans bagnati da qualcosa che sembra essersi versata addosso, e gli occhiali storti sul viso.

Ma ha un sorriso più grande di lei.

«Belle!» gracchia quando entriamo nel suo campo visivo. Abbassa lo sguardo sulle nostre mani, strette l'una nell'altra. «Avete fatto pace!» Lo sciocco sorriso sul suo volto cresce, facendomi ridere.

Una mano si alza verso di lei, ma la scaccia e poi cerca di sferrare un calcio da ninja. Il bartender si piazza dietro di lei a mani alzate come se fosse pronto ad afferrarla al volo, ma lei si raddrizza. Dopo che entrambi i piedi sono di nuovo stabili, getta le braccia al cielo in segno di vittoria.

La squadra tutta inneggia assieme a lei.

Un Booker dall'aria disperata è il proprietario della mano che si era allungata.

Guarda me e Belle oltre una spalla. «Un po' d'aiuto qui!»

Facciamo tutto il possibile per soffocare le risate mentre convinciamo Indie a scendere dal bancone. Lei cade tra le braccia di Booker ma non smette di mandare sorrisi da me e Belle.

«Sta succedendo sul serio, vero?» biascica.

Ghigno e le spingo gli occhiali sul naso. «Sei contenta, Indie?»

I suoi occhi, già dilatati, si spalancano. «Tanner, non potrei essere più felice se voi due vi steste sposando.»

Ridiamo tutti. Poi, Booker e Belle aiutano Indie a uscire nel vicolo verso il nostro furgone. Noi quattro ci stringiamo fianco a fianco nella cabina mentre Booker raggiunge l'appartamento di Belle e Indie.

Si offre di aiutarci a portare dentro una Indie ora addormentata, ma lo congedo con un cenno della mano, dicendogli di tornare al pub e divertirsi un po'. Mi rivolge un cenno del capo e un sorriso, uno scambio di parole senza suoni.

Una volta che abbiamo messo Indie a letto e Belle ha lasciato acqua e aspirina sul suo comodino, la fissiamo entrambi per un attimo.

«Pensi che ricorderà qualcosa domani?» chiedo.

«Ne dubito» replica Belle.

«Sarò felice di aiutarla a rammentare» mormoro, appoggiando la testa sul collo di Belle e facendole scivolare una mano attorno alla vita.

Lei emette un mezzo gemito e la faccio uscire a marcia indietro dalla stanza di Indie. Le mie labbra viaggiano lungo la sua spalla nuda fino all'orecchio mentre camminiamo in corridoio fino alla sua stanza, chiudendoci poi la porta alle spalle con un calcio. Quando il retro delle sue gambe colpisce il letto, mi fermo.

Lentamente, le sfilo il maglioncino da sopra la testa e le passo le mani lungo i fianchi finché i suoi capezzoli si induriscono come piccoli boccioli. Mi prendo tempo per sbottonarle i pantaloni, facendo una pausa per infilarle la mano nelle mutandine. Lei si protende ad afferrarmi la testa per sostenersi. Le sue dita mi stringono i capelli mentre la accarezzo, godendomi il suo evidente desiderio.

«Non mi stancherò mai di questo corpo» dico con voce roca, fissando la sua nudità mentre le faccio scivolare via i pantaloni e la distendo sul letto. «Ogni curva è assoluta perfezione.» La guardo per un attimo, meravigliandomi del fatto che sia davvero mia.

«Smetti di fissarmi in quel modo» gracchia lei, tirando su le gambe come scudo. «Lo fai sembrare strano.»

Mi rifiuto di lasciare che lo trasformi in uno scherzo. Mi sfilo la maglietta da sopra la testa e gattono verso di lei sul letto. Posizionandomi tra le sue cosce, le blocco i polsi accanto alla testa in modo che non possa far altro che guardarmi negli occhi. «Belle. Ora ti vedo e non riesco a guardare altrove.» Lei batte lentamente le palpebre, con una dolcezza nello sguardo che mi consuma. «Fai sembrare le altre donne piatte e noiose in confronto. Sei davvero incredibile.» La bacio profondamente, inspirando il suo sussulto.

«La mia bellissima.» *Bacio.* «Pazza.» *Bacio.* «Selvaggia.» *Bacio.* «Donna.»

Lei geme sonoramente, sollevando i fianchi contro i miei. «Ho bisogno di averti dentro di me, Tanner. Ora.»

Annuisco e le libero le mani perché facciano ciò che vogliono, sapendo nel profondo di avere bisogno di molto più di questo. Me lo farò bastare. Per ora.

Capitolo 24

Cuore di Harris

Tanner

«Be', eccoci qui» dico, guardando Belle mentre attraversiamo la porta d'ingresso della casa di mio padre a Chigwell, carichi e pronti per la cena domenicale.

Dopo Welly's, abbiamo passato il resto del fine settimana a fare cose normali e ordinarie. Shopping, brunch, risate, scopate. E perfino liti sul film da noleggiare, che ha vinto lei.

Però, portarla a casa di mio padre oggi mi sembra tutto tranne che ordinario. Sembra importante. Le cose tra me e Belle stanno accadendo a velocità folle, ma sembra giusto così. Onestamente, sono sempre stato fatto così. Una volta che decido qualcosa, vado avanti tutta e non lascio che nulla si metta sulla mia strada. Quello che mi è successo dopo Manchester è stato un episodio di cecità temporanea. Pensavo che al cuore non potesse mancare ciò che non poteva vedere, ma era una cazzata. Mi mancava Belle. Il nostro momento a casa di Gareth era stato speciale e reale, qualcosa che non dimenticherò mai. Perciò, oggi, portandola con me, mi sto aprendo ancora di più con lei. Questo non è più un gioco.

«Allora è qui che sono cresciuti i famigerati fratelli Harris?» chiede Belle, facendo un giro nell'ingresso, fermandosi davanti alla grande scalinata in legno che porta alle camere da letto. Ghigna. «Scommetto che hai fatto molte cose cattive lassù, vero?»

Sollevo le sopracciglia mentre il ricordo di una ragazza a caso del vicinato mi riaffiora nella mente, come il flash di una macchina fotografica. Non era niente di importante, ma è esistita.

«Preferirei non parlarne» mormoro, afferrando la mano di Belle e tirandola via dalle scale.

«Non sentirti in imbarazzo, Tanner» afferma lei, i tacchi che ticchettano sul pavimento di marmo bianco mentre la guido lungo il corridoio. «So che sei stato con altre donne. E io sono stata con altri uomini! Va bene. Abbiamo entrambi un passato.»

«Di cui non abbiamo bisogno di discutere» borbotto, il viso che mi si torce per il disgusto mentre rifletto su quanto risulterebbe difficile uccidere ogni altro uomo che abbia mai toccato Belle Ryan.

Lei si ferma di colpo e mi attira a sé. Alza le mani per catturarmi il viso mentre dice: «Dobbiamo solo crearci dei nuovi ricordi. Sconci, magari.»

Mi bacia dandomi un morsetto alle labbra, ed espiro. Tenere così tanto a qualcuno è una sensazione strana e mi mette a disagio. Solo un mese fa, scopare donne era uno sport per me. È tutto quello a cui io e i miei compagni di squadra pensavamo, a parte il calcio. Ma una volta che hai qualcuno che non vuoi lasciar andare, ti fa desiderare di non aver mai stretto nessun'altra.

Le do un pizzico al sedere e la tiro verso la cucina. Voltando le spalle alla porta, la guardo inarcando un sopracciglio. «Contrariamente a quanto potresti credere riguardo alla mia camera, è questo il posto in cui trascorrevamo la maggior parte del nostro tempo.»

Indietreggio attraverso la doppia porta e mi volto, vedendo papà e Booker appoggiati all'alta isola parallela alla cucina da chef. Vi è al lavello, il grembiule che le pende sopra il pallone da calcio che le ha invaso il ventre.

«Salve» dice papà, alzandosi e spingendo da parte le bottiglie dei condimenti. Si protende a stringere la mano di Belle, chinando imbarazzato la testa. «Tu devi essere Belle.»

«Sono io. Piacere di conoscerla, signor Harris.»

«Ti prego, chiamami Vaughn.»

Do uno sguardo al libretto con gli schemi di gioco. «Ripassate la tattica?»

Lui si acciglia e agita le mani. «Solo qualche manovra che voglio che Booker conosca per mercoledì. Il Middlesbrough ha degli schemi di attacco folli, perciò dobbiamo stare attenti. Ma niente che non possiamo gestire.» Guarda Belle e gli si forma una tensione attorno agli occhi. «Io, ehm… so che questa storia tra te e Tanner non è stata il massimo nelle ultime settimane, ma apprezzo davvero che tu faccia questo per la squadra.»

Belle si volta verso di me con un luccichio sexy negli occhi. «Non è stato così male.»

«Ciao, Belle.» Vi sorride, avvicinandosi a lei e dandole un goffo abbraccio col sedere in fuori. «Benvenuta in questa casa di matti.»

Belle ride. «Sono sicura che ci starò alla perfezione.»

«Cam e Indie sono fuori sul retro» dice Booker, indicando le porte a vetri che conducono al patio. «Stanno litigando riguardo alla performance di Indie di venerdì sul bancone, davanti a tutta la squadra.»

Inarco le sopracciglia. «Oh, meeeeerda. Gareth sta arbitrando?»

«No, è in trasferta» risponde Booker. «C'è Hayden là fuori.»

«Ancora non riesco a credere che Indie abbia ballato sul bancone di un bar!» dice papà con un pizzico di umiliazione. «È così professionale agli allenamenti e durante le partite. Ed è così silenziosa quando viene qui.»

«Questo perché è difficile riuscire a prendere la parola da queste parti» si inserisce Vi, tornando in cucina proprio mentre Hayden entra ridendo dalla porta. Si copre la bocca con una mano e Vi fa un'espressione cupa. «Quanto è brutta?»

«È più comica che brutta.» Hayden si tiene un fianco, gli occhi arricciati dal divertimento. «Si sono ufficialmente sfidati a vicenda a una partita di calcetto. Sono qui per fare reclutamento.»

Rido e guardo Belle. «Tu ci stai?»

«Certo!» esclama lei. «Ero lì ad assistere, dopotutto. Era molto più simile a una commedia alla Kristen Wiig che a una provocazione alla Coyote Ugly. Camden deve prendersi un po' meno sul serio.»

Vi ride. «Giustissimo! Dio, avrei voluto esserci.»

«Credimi, non avresti voluto» mormora Booker, un'espressione infastidita sul viso.

«Oh, ma ho i tacchi.» Belle si guarda i piedi con rimpianto.

«Provati le mie scarpe da giardinaggio, vicino alla porta. È chiaro che io non sono nelle condizioni di giocare.» Vi si indica il ventre.

Hayden va da lei e le bacia una tempia, le mani che le reggono il ventre come se fosse il posto più naturale in cui appoggiarle. «Io resto qui con te» mormora, spiluccando un pezzetto di formaggio dal bancone.

«No!» esclama Vi. «Vai a giocare, davvero.» Lui si acciglia, ma lei non vuole saperne. «Può restare dentro Tanner con me. Con troppi Harris là fuori finirebbe di sicuro in un infortunio. Tu prendi Belle e assicuratevi che tutti giochino pulito. Camden sa essere un baro coglione.»

Mi assicuro che a Belle la cosa stia bene. Andare contro Vi non sarebbe facile, ma combatterei per la causa se Belle mi volesse là fuori. Lei mi assicura che va bene, però, perciò faccio come dice mia sorella e rimango indietro.

Mi avvicino all'isola e guardo Vi prendere un blocco di formaggio dal frigo. «Non sei esausta?» le chiedo, guardandola aggirarsi a passo pesante nella cucina. È minuta e sembra che la bambina stia prendendo il sopravvento.

«Mi sono sentita distrutta per un mucchio di tempo, ma in queste ultime due settimane mi sento alla grande!» Infila una mano in un cassetto e prende una grattugia. «Non riesco a credere che manchino solo due settimane al termine.»

«Avete già deciso un nome? Tanner per una bambina suona bene.»

Lei fa una pausa per accarezzarsi il ventre, ignorando del tutto il mio suggerimento. «Lo sapremo quando la vedremo.» Il luccichio nei suoi occhi richiama un film della Disney.

«Sembri felice» affermo, incapace di nascondere il mio sorriso. La sua aura è contagiosa.

«Lo sono, Tan.» Le trema il mento e sbuffa come se si fosse resa ridicola. Riprende la sua attività. «Quindi, tu e Belle?»

Alzo gli occhi al cielo. «È stato Booker ad aggiornarti?»

Rivolge lo sguardo su di me. «Certo. Sai che non si può nascondere niente in questa famiglia.»

«Non lo stavo nascondendo» esalo, giocherellando con l'etichetta della senape. «Ho solo pensato che mi sarebbe piaciuto essere io stesso a dirtelo per una volta. Che sciocco.»

Lei inizia a grattugiare il formaggio. «Non c'è voluto molto.» Punta lo sguardo indagatore proprio su di me.

Inarco le sopracciglia. «Mi sembra ci siano voluti secoli. La settimana scorsa è stata un massacro, a partire da quando eravamo proprio qui.»

«Be', puoi biasimarci?»

Aggrotto la fronte. «No, ma preferisco capire le cose da solo.»

Lei riflette su quel concetto. «Questo è vero. Anche quando sembrava che facessi fatica a scuola, non stavi davvero arrancando. Avevi solo i tuoi tempi.»

«Visto? Alla fine ci arrivo.»

«Quindi, ti piace davvero? Voglio dire, dovrebbe. È la prima ragazza che tu abbia mai portato qui senza farla entrare di nascosto dalla veranda, solo per sbattertela.»

Resto a bocca aperta. «Lo sapevi? Pensavo di essere stato discreto.»

Lei serra le labbra. «Missione fallita. Tutta Chigwell lo sapeva.» Abbassa di nuovo lo sguardo. «Belle deve essere diversa.»

«Lo è di sicuro.» Faccio un profondo respiro, prendo una bottiglia di salsa di pomodoro e inizio a giocherellarci. Quell'azione spensierata mi aiuta a schiarirmi la mente. «È divertente e selvaggia e un po' pazza, il che è sexy in un certo senso perché non so mai cosa aspettarmi. Ed è così intelligente, cazzo, Vi. Sta spaccando nel suo lavoro, ed è così appassionata che mi fa venir voglia di *fare anch'io di più*. Non so.» La mia voce si va spegnendo.

Vi si mette una mano sul fianco. «Di più in che senso?»

Faccio spallucce. «Tipo, creare una mia fondazione benefica o qualcosa del genere.»

Faccio una smorfia ora che ho pronunciato quelle parole a voce alta. Di solito nella mia famiglia io sono l'incarnazione dello scherzo, della battuta, la spalla comica, carica e pronta per quando le cose si fanno troppo serie. Ora sto rimettendo qualcosa di molto serio al giudizio che considero primario, il che mi fa stringere il buco del culo.

Alzo lo sguardo e vedo gli occhi lucidi di Vi fissi nei miei. «Dici sul serio?»

«Già, credo di sì. C'era un senzatetto che mi ha aiutato la notte in cui sono stato beccato dai paparazzi nella macchina di Belle, e in qualche modo gli ho restituito il favore. Ma non mi è sembrato abbastanza dargli un letto caldo e una doccia, perciò ho finito per trovargli un lavoro con il personale di terra al Tower Park.»

«Davvero?» Vi è a bocca aperta.

«Già. Niente di che. Per lo più ci ha pensato papà. Il suo nome è Sedgwick e continua a parlare di questi suoi amici per strada. Non riesco a non pensare che potrei fare qualcosa anche per loro.»

Alzo gli occhi e Vi mi sta fissando con un umido sguardo meravigliato. «Puoi assolutamente farlo, Tan. Puoi fare qualunque cosa tu ti metta in testa! Belle ti ha ispirato tutto questo?»

Faccio spallucce. «Voglio solo essere alla sua altezza, capisci?»

Lei allunga una mano sopra il bancone e prende la mia. «Eri alla sua altezza anche prima.» Faccio un mezzo sorriso e lei si ritira, riprendendo a grattugiare il formaggio. «Sono fiera di te, Tanner.»

«Grazie» mormoro, sentendomi di nuovo un bambino perché ambisco ancora all'approvazione di Vi.

Siamo tutti cambiati crescendo, eppure siamo ancora gli stessi. Ancora cinque fratelli che affrontano la vita assieme, un passo alla volta. Vi è fidanzata e sta per avere una figlia. Camden è innamorato di Indie. Io sto con Belle. Forse Booker o Gareth saranno i prossimi. Perfino papà sembra di umore migliore di questi tempi. Sono ancora sbalordito che abbia parlato con me di mamma la scorsa settimana. Non lo avrebbe mai fatto prima.

Una domanda improvvisa mi cade dalla punta della lingua. «Come hai capito di esserti innamorata di Hayden?»

Vi alza lo sguardo su di me con un ghigno e dà un'occhiata fuori dalla finestra, per osservare l'azione in giardino, prima di rispondere. «Non lo so. Insomma, non è stato affatto amore a prima vista. Abbiamo avuto una connessione immediata, quello sì. Ma penso che sia stato solo dopo che mi ha raccontato di tutti gli angoli bui del suo passato che mi sono innamorata.»

Mi acciglio, ricordando il poco che mi ha detto Vi sul fatto che Hayden abbia cercato di togliersi la vita dopo la morte di sua sorella. Il suicidio non è mai la soluzione, ma se mai accadesse qualcosa a Vi non so cosa farei di me stesso.

«Temi mai che possa riprovarci?» Socchiudo gli occhi in attesa della risposta, ma lei scuote subito la testa.

«Nemmeno un po'.» Posa la grattugia e appoggia le braccia sul piano di lavoro, inspirando ed espirando a fondo. Chiude gli occhi, e sono sorpreso quando due lacrime scivolano fuori dalle sue ciglia.

«Vi, mi dispiace molto.» Faccio per alzarmi, ma lei solleva le mani per fermarmi.

«Va tutto bene» dice, sorridendo e stringendosi il ventre. «Piango per qualunque cosa di questi tempi. Sono gli ormoni. Ma per rispondere alla tua domanda, no, non sono più preoccupata per Hayden. Questa bambina ci sta legando così tanto. Nel profondo, *so* che qualunque cosa ci accadrà la supereremo assieme.»

Abbasso lo sguardo sulle mie mani intrecciate perché è difficile guardarla in faccia quando si mostra così aperta. Mi arde il petto di commozione per la sua palese dimostrazione di amore puro e vulnerabilità. Mia sorella e Hayden si sono messi a nudo l'una con l'altro. Hanno giocato tutte le loro carte senza trattenere nulla. E piuttosto che sentirsi esposti e suscettibili a un attacco, questo li fa sentire… al sicuro.

Mi schiarisco la gola, riscuotendomi dalle mie riflessioni, e trovo Vi che mi sta fissando con una strana espressione sul volto.

Lascio andare una risata. «Che c'è?»

Lei scuote la testa e deglutisce, rivolgendomi un tremulo sorriso. «Niente. Io… ehm… Perché non dici a tutti che la cena è pronta?»

Capitolo 25

Bethnal, Baby!

Belle

La dottoressa Miller ha accettato di farmi uscire prima mercoledì per la grande partita del Bethnal Green. È stata particolarmente amabile quando le ho detto che Tanner aveva reclutato parecchi suoi compagni di squadra e anche delle WAG per partecipare al nostro evento di beneficenza, la prossima settimana. Evento che ora sto attendendo con impazienza.

Negli ultimi due giorni, Tanner è rimasto da me, dicendo che lo preferiva perché era più lontano dal Tower Park. Ha detto che il modo in cui il cioccolato fondente chiama me nella notte è lo stesso con cui il Tower Park chiama lui. Teme che rimanere soltanto a guardare la partita stasera, senza poter andare a bordocampo con la sua squadra, gli distruggerà l'anima.

È un tantino melodrammatico.

Sperando di risollevargli l'umore, esco dal lavoro prima, per andare a prendere un regalo che ho ordinato per lui. È solo una cosa sciocca che spero possa distogliere la sua mente dal fatto che non indosserà la sua maglietta stasera.

Sto entrando nel negozio, quando il mio cellulare si illumina per una telefonata di mio padre. Al di là di qualche email, breve e concisa, non gli parlo dal giorno in cui gli ho urlato contro nel mio appartamento.

«Pronto?» rispondo, guardandomi attorno con sospetto, come se fosse lì da qualche parte a osservarmi.

«Belle, sono tuo padre.»

«Sì, padre. Come stai?» La mia voce sembra diversa, torna al tono impostato che uso solo con la mia famiglia.

«Sto bene. E tu?»

«Non mi posso lamentare.»

«Bene. Volevo farti sapere che hai fatto un buon lavoro con quell'Harris nelle ultime settimane.»

«Davvero?»

«Sì, dopo le prime foto, le cose sono apparse, be', adeguate per qualcuno come te. Quindi ben fatto.»

«Qualcuno come me» ripeto lentamente.

«Sì, giovane, socievole, spensierata.» *Selvaggia, imprevedibile, imbarazzante.*

Irrigidisco la mascella «Grazie.» Per quanto il suo complimento sia solo abbozzato, non riesco a ricordare un momento in cui mio padre mi abbia mai detto "ben fatto".

«Ascolta, tesoro, so che non ci vediamo spesso. E so che hai scelto una strada diversa per la tua vita, ma è bello sapere che, al bisogno, sei in grado di fare ciò che è giusto per la famiglia.»

Scuoto la testa anche se lui non può vedermi. «Ho sempre voluto ciò che è giusto per la famiglia, padre. Solo che non potevo farlo nel modo in cui lo volevate, e il nostro rapporto ne ha sofferto.»

«Sì, be', ti sei opposta a tradizioni che si tramandano da generazioni, Belle. Era presumibile che ci saremmo alterati quando ti sei allontanata dalla strada maestra.»

«Me ne sono allontanata per diventare un dottore. *Un dottore.* Non pulisco padelle. Anche se, al posto tuo, sarei comunque fiero di una figlia che svolge un lavoro onesto, qualunque esso sia.»

«Avevamo un piano» abbaia lui. «Era tutto spianato perché tu diventassi un avvocato. Tu e tuo fratello mi sareste subentrati allo studio, in modo che io potessi concentrarmi sul raggiungere la Corte Suprema. Il denaro c'era. Lo status. I contatti. Per conto tuo, non potrai mai ottenere neppure la metà di questo con la *medicina.*»

Il suo tono è tinto di sdegno.

«Io salvo bambini, padre! Sono la specializzanda di un chirurgo fetale di fama mondiale. Opero all'interno dell'utero delle madri in attesa. Cosa mi importa del denaro!»

«Solo le persone che hanno i soldi dicono cose del genere. E tu, mia cara, ce li hai. Potranno anche non essere in forma cartacea, ma quell'appartamento bohémien in cui vivi? La tua auto? La mia professione e i miei contatti ti forniscono il lusso che dai per scontato.»

«Darei subito via quei lussi se in cambio tu rispettassi quello che sto facendo!» esclamo, mentre un nodo mi si forma in gola.

«Non diventare emotiva» sbuffa lui. «Ho chiamato per un motivo. Stasera, alla partita, ci sarà una persona importante che ho bisogno tu vada a salutare.»

«Chi?»

«Ricordi Lord Sanbury? Lui e sua moglie hanno una figlia all'incirca della tua età.»

«Juliet Sanbury?»

«Sì, be', suo padre ha fatto un investimento piuttosto cospicuo nel Bethnal Green football club, perciò ho bisogno che tu vada a salutarlo. Se puoi portare con te quell'Harris, ancora meglio.»

«Perché devo andare a salutarlo?»

Lui fa un pesante sospiro, più che altro perché ho avuto il coraggio di fare una domanda invece di seguire semplicemente gli ordini. «Perché si è reso vacante un posto nella Corte Suprema due mesi fa e Lord Sanbury fa parte del comitato di selezione. Il voto è la settimana prossima, e una bella visita educata da parte tua e di quel ragazzo potrebbe assicurarmi il suo voto.»

Sorrido e scuoto la testa. «Ecco cosa ottieni da questa storia.»

«Cosa intendi?»

«Mi sono chiesta per tutto questo tempo cosa potesse mai motivarti a spingermi tra le braccia di un calciatore.» Rido mentre l'illuminazione scende su di me. «Hai detto che non volevi che venissi percepita come una banale puttana, ma quello che non riesci a riconoscere, padre, è che mi hai sfruttata come una puttana per il tuo egoistico guadagno.»

«Io non ho mai…»

«L'hai fatto!» urlo, ribollente di collera. «E non andrò a salutare il tuo amico snob Lord Salsiccia. E non reciterò più alcuno spettacolo per te. Perché… indovina una cosa, padre. Non sto più fingendo con Tanner. Abbiamo davvero una relazione.»

«Non essere ridicola. Non è possibile che quel ragazzo voglia tenerselo nei pantaloni per te. È un calciatore, Belle. Può avere qualunque donna, una ragazza diversa ogni notte, volendo, e scommetto che vuole. Se pensi di avere una possibilità con quell'uomo, sei più stupida di quanto credessi.»

Le sue parole mi trafiggono. Creano piccoli tagli nella mia anima ed evidenziano le crepe già presenti nel mio cuore, che tento costantemente di nascondere.

«Be', per fortuna non sono un tuo problema.»

Gli chiudo il telefono in faccia e respiro per calmarmi, mentre l'emozione mi ribolle in profondità.

Non devo lasciare che le sue parole mi feriscano. Non posso dar loro importanza. Farlo significherebbe lasciarlo vincere, e sono più forte di così. Tanner ci tiene davvero a me. Non mi tradirebbe. Cazzo, sa che lo ucciderei se lo facesse. *Possiamo farla funzionare.*

Stringo la mascella e raddrizzo le spalle, entrando nel negozio con ritrovata forza, a cui quasi credo davvero.

«È stupida?» chiedo, appollaiata all'estremità del mio divano a guardare la reazione di Tanner al mio regalo. «È stupida. Non siamo obbligati a metterle. Pensavo sarebbero state divertenti per le foto nei media e che ti avrebbero aiutato a distrarti dal fatto che non potrai indossare la tua maglia. Magari a farti una risata. Ma non temere, non dobbiamo metterle per forza. Era solo uno scherzo.»

Sfilo la t-shirt dalle mani di Tanner assieme alla confezione regalo che conteneva il set. Mi alzo per andare di sopra, ma ancora prima di riuscire a fare due passi vengo strattonata di nuovo in braccio a lui.

«Perché stai portando via il mio regalo?» mi mormora all'orecchio.

«Perché era solo uno scherzo» mento, il calore che mi sale alle guance.

«Ce n'è una anche per te, giusto?» mi chiede, mordicchiandomi l'orecchio e affondando il mento peloso nel mio collo.

«Sì» rispondo debolmente.

«Cazzo, facciamolo. Le adoro.» Mi mordicchia giocosamente ed emetto un risolino per quanto mi piace.

Qualche momento dopo, siamo in piedi davanti allo specchio del mio bagno, a fissarci l'un l'altra nelle nostre t-shirts coordinate verde quadrifoglio, il colore ufficiale del Bethnal.

«Siamo ridicoli» gracchio.

«Siamo favolosi!» esclama lui.

Giro gli occhi verso di lui, esaminando intensamente tutto il suo corpo. I suoi jeans sono scoloriti ad arte e gli fasciano le cosce spesse. Il suo biondo chignon da uomo e la barba folta sono ben pettinati. E gli addominali scolpiti risaltano alla perfezione sotto il tessuto sottile con la scritta "CUCCHIAIONE" in alto.

«Vuoi davvero entrare al Tower Park con addosso una maglietta con scritto sopra cucchiaione?» gli chiedo, mettendomi una mano su un fianco.

L'allegria sul suo volto è contagiosa.

«Solo se tu indossi la tua maglietta "cucchiaino". Altrimenti, sarei ridicolo!» sbuffa con un tono serio che mi fa quasi ridere fino alle lacrime.

Lui guarda l'orologio. «Merda. Dobbiamo andare. Vieni, Cucchiaino.»

Arriviamo al Tower Park e Tanner viene fermato quasi venti volte fuori dallo stadio, per parlare con tifosi e persone che conosce. Questa è la sua casa e non ha la protezione dell'ingresso dei calciatori, oggi. È come un re tra i suoi sudditi, che affascina a destra e a sinistra, autografando magliette e lasciandosi scattare selfie. Perfino a me viene chiesto di apparire in qualche scatto.

La parte migliore è che *tutti* ridono per le nostre magliette. Perfino le guardie di sicurezza. Il sorriso di Tanner è genuino per tutto il tempo mentre ride assieme agli altri, indicando la scritta "CUCCHIAIONE" sul suo petto. Mi sento bene per il fatto che il mio piccolo regalo scherzoso abbia funzionato. È la distrazione perfetta per lui, che è abbastanza folle da averlo accettato.

Quando infine superiamo la biglietteria, Tanner non si dirige ai nostri posti, in prima fila dietro il bordocampo della sua squadra. Sta andando invece verso i corridoi di cemento del Tower Park. È solo quando vedo un viso familiare che comprendo.

«Sedgwick!» esclamo, notando la sua divisa ufficiale dello staff del Tower Park e il grande bidone dell'immondizia su ruote, che sta svuotando in un cassonetto.

«Dottoressa Ryan, che bellezza.» Si toglie i guanti e mi porge la mano, che stringo con piacere.

«Come stai?» gli chiedo, sbalordita che si trovi lì davanti a me.

«Me la cavo molto bene, grazie a lui.» Sorride orgoglioso a Tanner. «Questo lavoro mi si adatta perfettamente. Niente uniformi ingessate. Aria fresca da respirare. Non ho nulla di cui lamentarmi.»

Ho gli occhi spalancati e umidi quando li rivolgo verso Tanner, per porgergli la domanda muta: «Sei stato tu a fare questo?»

Lui ha quel mezzo sorriso consapevole sul volto, quello che fa vorticare qualcosa in profondità nel mio ventre e mi rende difficile pensare.

Scuoto la testa e guardo di nuovo Sedgwick. «Sono davvero felice per te.»

Lui annuisce con entusiasmo. «Chi avrebbe creduto che le buffe circostanze di quella notte avrebbero finito per aiutare non soltanto me?»

«Non soltanto te?» chiedo, guardando accigliata Tanner per avere chiarimenti.

«Be', per la fondazione a cui stiamo lavorando, ovviamente» risponde Sedgwick, ma fa una smorfia quando il suo sguardo incrocia quello di Tanner. «Non avrei dovuto dirlo?»

«Stavo per parlartene» risponde tranquillo Tanner, e la calma sicurezza nel suo tono mi conforta. «È un progetto nato solo nell'ultimo paio di giorni. Io e Sedgwick abbiamo pensato a un nome soltanto ieri.»

«Che genere di fondazione?»

Sedgwick risponde. «Si chiamerà *Tutto Quel Che Ho*. È una no-profit che Tanner sta avviando per aiutare a dare da mangiare alle persone bisognose e trovare loro rifugio, vestiti e lavoro.» Indica se stesso come primo esempio. «Il Tower Park è in società con noi.»

Potreste mettermi al tappeto con una piuma in questo momento. Mi si stringe la gola e annuisco legnosamente, sconvolta dalle nuove informazioni. Alla fine gracchio: «Be', è davvero emozionante. Dovete lasciare che vi aiuti in qualche modo.»

Do un'occhiata a Tanner, che sorride e mi bacia una tempia. «Mi piacerebbe molto.»

Gli occhi di Sedgwick luccicano. «Be', andate. La partita sta per cominciare. Vi rivedrò entrambi molto presto, ne sono sicuro.»

Salutiamo Sedgwick e iniziamo a cercare i nostri posti, zigzagando tra la folla di persone che bevono birra e mangiano cibo.

Più camminiamo, più vengo sopraffatta. Sono sbalordita da ciò che Tanner ha ottenuto, nel breve periodo in cui l'ho conosciuto. È passato da calciatore puttaniere che si sabotava da solo a uomo adulto in una relazione che sta per avviare una fondazione benefica. È qualcosa che… rende umili.

Fermo il nostro movimento e Tanner si volta a guardarmi, con la preoccupazione incisa sugli splendidi lineamenti.

«Belle, va tutto bene?»

Annuisco. Sorrido. E lo bacio come non l'ho mai baciato prima. Proprio nel bel mezzo della gente che ci ronza attorno. Con addosso le nostre stupide t-shirt.

Quando mi sento soddisfatta, mi ritraggo e gli mormoro contro le labbra: «Sei forte da impazzire, Cucchiaione.»

Lui mi ridacchia contro la guancia. «Anche tu sei forte da impazzire, Cucchiaino. Ora controllati, donna. Siamo in pubblico, per l'amor di Dio.»

Mi guardo attorno e vedo numerosi cellulari puntati su di noi e neanche mi importa.

Quando troviamo i nostri posti, sono sorpresa dalla coppia familiare che vedo seduta sulle sedie accanto alle nostre.

«Vi?» esclama Tanner, lanciando uno sguardo serio a Hayden. «Cosa ci fai qui? Non dovresti essere qui, ma a casa con i piedi sollevati.»

Tanner mi guida accanto a Vi e i due uomini si posizionano ai due lati esterni.

La coda bionda di Vi sobbalza quando alza gli occhi al cielo e si massaggia il ventre. «Oh, piantala. Non potevo perdermi questa partita.»

«Non volevi perderti questa partita, piuttosto. Ho tentato di dissuaderla» si difende Hayden, gli occhi stanchi per l'evidente stress di essere lì con lei. «Ho provato di tutto, tranne stendermi davanti al taxi. Dovevo scegliere tra venire alla partita con lei o morire. E non posso morire, amico. Stiamo per avere una bambina.»

Soffoco la mia risatina perché l'espressione di Tanner è ancora seria. «Vi, non è intelligente» dice, scuotendo la testa.

Lei gli sorride dolcemente. «Dovevo essere qui per te. So che è dura oggi.»

Il cuore mi sobbalza per le sue dolci parole, e riesco a vedere la tattica manipolatoria che sta usando con Tanner, proprio davanti a me. Il volto di lui si addolcisce e le rivolge un sorriso di gratitudine. Oh, è brava. È così che tiene i fratelli Harris in pugno. Devo farmi insegnare tutto quanto.

I begli occhi blu di Vi ricadono sulle nostre magliette, registrandole per la prima volta. «Diamine! Avessi saputo che avreste indossato quelle, mi sarei fatta fare una t-shirt anche io!»

Mi acciglio e chiedo: «E che ci avresti fatto scrivere?»

Mi guarda come se fossi stupida. «Cucchiaino Baby, ovviamente!»

Ridiamo tutti. Perfino gli occhi dello stressato Hayden si illuminano per il divertimento.

Le mette un braccio attorno. «Ricorda, non si urla all'arbitro o ai giocatori, o ti porterò fuori di qui come una bambina. Dico sul serio.»

Vi annuisce solenne e sporge le labbra verso Hayden finché lui non si china a baciarla. Sono così dolci che potrei morire.

E poi, ci siamo io e Tanner con le nostre stupide t-shirt del cazzo.

Tanner mi pizzica eccitato i fianchi quando inizia il Bethnal Green Pride Song e la squadra arriva correndo sul campo con l'energia di un migliaio di cavalli al galoppo. La folla impazzisce mentre i nostri uomini in verde e bianco si allineano a bordocampo per la lettura della formazione.

Quando il suo nome viene annunciato dagli altoparlanti, Booker avanza con la sua colorata maglia da portiere e agita una mano guantata verso la folla. Il suo sguardo esamina le tribune finché non ci trova. Con un sorriso sciocco, viene dritto verso di noi. Tutti lo guardano incuriositi mentre salta un paio di transenne e viene a mettersi davanti alla nostra fila. Alza il pugno verso di noi e Tanner si sporge oltre la ringhiera per battere le nocche con lui. Orgoglio e sincera felicità sprizzano da ogni fibra del suo corpo.

La folla urla ancora più forte quando Booker manda un bacio volante a Vi, che guarda con commozione il tenero scambio tra i due fratelli. Due compagni di squadra. Una famiglia legata attraverso il calcio.

Lui si volta e torna di corsa a riunirsi alla squadra mentre la folla inizia a cantilenare: «*Harris, Harris, Harris.*»

Mi viene la pelle d'oca dalla testa ai piedi per il momento incredibile che stiamo vivendo al Tower Park.

A Tanner tremola il mento quando si volta e rivolge un breve cenno della mano alla folla, alimentandone ulteriormente il tifo. Quando si gira di nuovo verso il campo, vedo la sua mascella pulsare mentre si sforza di tenere le emozioni sotto controllo. Vi emette un singulto strozzato quando Tanner mi avvolge con un braccio e preme la fronte sui miei capelli, sopraffatto da tutto quanto.

All'improvviso vediamo Vaughn Harris emergere davanti a noi a bordocampo, cartelletta in mano e un piccolo sorriso sulle labbra. Si mette le mani a coppa attorno alla bocca e compita sulle labbra: «Ci vediamo la prossima settimana.»

Tanner annuisce, socchiudendo gli occhi con intensa determinazione. E dopo quell'unico, solitario sguardo, so che è pronto a tornare al lavoro e trovare di nuovo il suo ritmo.

Il commentatore prosegue ad annunciare la formazione della squadra ospite quando, di punto in bianco, vedo Vi accasciarsi in avanti.

Mi chino accanto a lei. «Vi, va tutto bene?»

Ha gli occhi serrati mentre annuisce. «Sì, solo uno strano crampo. Contrazioni di Braxton Hicks, ne sono certa. Ne ho già avute parecchie.»

«Ne sei sicura?» la voce di Hayden è tinta di preoccupazione mentre si fa più vicino a lei. «Maledizione, Vi, non mi piace.»

«Sto bene!» gracchia lei, raddrizzandosi e poi bloccandosi di colpo.

Allunga le mani e afferra l'avambraccio mio e quello di Hayden.

«Belle, puoi farmi un favore e dirmi se sto sanguinando?» La voce le trema per la paura e l'ansia, e la sua stretta su di me si rafforza.

Gli occhi di Hayden trovano i miei e costringo i miei lineamenti a sembrare calmi, tranquilli e rilassati. Mi piego velocemente e vedo del bagnato su tutto il cavallo dei suoi jeans. Per fortuna il liquido è chiaro.

«Niente sangue, Vi.» Alzo lo sguardo su di lei e aggiungo: «Ma ti si sono appena rotte le acque.»

«Oh cazzo!» dicono Hayden e Tanner all'unisono, quest'ultimo rendendosi conto solo adesso di cosa sta accadendo.

«Fanculo, fanculo, fanculo!» gracchia Vi. «Mi perderò la partita.»

«Al diavolo la partita, Vi. Stai per avere la nostra bambina!» ruggisce Hayden.

Lei annuisce, modellando i suoi lineamenti in modalità *niente panico*. «Va bene, ce ne andiamo.» Fa per superarci e dice: «Voi ragazzi, divertitevi. Ci vediamo dopo.»

«Dopo?» abbaia Tanner. «Che significa? Vengo con te!»

«Oh, piantala! Non serve che tu lo faccia, Tan. Potrebbero volerci ore. Giusto, Belle?»

Mi stringo inutilmente nelle spalle perché non ne ho la minima idea, tutto dipende da quanto frequenti sono le sue contrazioni. È un problema comune quando sei un dottore. La gente si aspetta di ricevere da te delle risposte, anche senza una visita adeguata.

«Non me ne frega un cazzo» abbaia Tanner. «Non andrete in ospedale su un taxi, Vi.»

«Be', tu non hai una macchina!» obietta lei.

Tanner si fruga nelle tasche e ne estrae una chiave elettronica. «Ho le chiavi di scorta del mio furgone. Booker è arrivato con quello, perciò sarà nel parcheggio dei calciatori. Lo prenderemo.»

«Splendido!» Vi fa una smorfia per quella che posso solo supporre sia un'altra contrazione. «Una grande famiglia felice.»

Hayden e Tanner conducono Vi per le scale fino a quando non usciamo dalla porta.

«Tu resta con Vi mentre io vado a prendere il furgone.» Tanner mi passa il braccio della sorella e corre via lungo il marciapiede, veloce come un fulmine.

«Ma quante probabilità c'erano?» gracchia Vi, lasciandosi cadere su una panchina e prendendosi il ventre tondo con le mani. «Insomma, porca puttana, porto a spasso Bruce quasi ogni giorno e niente. Un momento strappalacrime coi miei fratelli e BAM! La bambina sta arrivando!»

Rido. «Ti senti bene?»

Espira. «Le contrazioni vanno e vengono, ma sto bene.»

«Quanto spesso arrivano?» le chiedo, prendendo il telefono per poterle cronometrare.

«Non lo so» gracchia. «È troppo intenso per capirlo.»

Sgrano gli occhi e li punto su Hayden, che sembra altrettanto preoccupato.

Tanner accosta proprio quando un'altra contrazione la colpisce. Entriamo in fila nel furgone, io vicino a Tanner, poi Hayden. Vi è seduta accanto alla portiera del passeggero, a stringere la maniglia posta sul tetto del veicolo.

Mi sporgo per sussurrare all'orecchio di Tanner: «Non voglio allarmare tua sorella, ma le sue contrazioni sono solo a due minuti di distanza. Devi premere quell'acceleratore.»

Gli occhi di Tanner si spalancano di botto e lui preme il pedale, guidando come un demone fuggito dall'inferno. Per fortuna, il Royal London Hospital è proprio in fondo alla strada. Ho smesso di lavorare lì solo qualche mese fa e lo conosco meglio di qualunque altro ospedale. Prendo il cellulare e li chiamo per avvisarli che stiamo arrivando e che probabilmente sarà un parto veloce.

«Cristo, Tanner!» tuona Vi mentre lui schiaccia i freni di fronte all'ingresso del pronto soccorso. «Stai guidando come un completo idiota.»

«Scusami per non essere molto esperto nel portare mia sorella in ospedale durante il suo cazzo di travaglio» ruggisce lui, e gli metto una mano sulla coscia per calmarlo.

«Quanto sei teatrale» mormora Vi mentre apre la portiera ed esce lentamente dal veicolo.

Un'infermiera dal viso familiare esce a passo svelto con una sedia a rotelle mentre giro attorno al furgone. «Salve, dottoressa Ryan! Bello rivederla. Ci manca da queste parti!»

«Oh, ciao, Liz.» Le rivolgo un cenno della mano mentre Hayden e Tanner aiutano Vi a sedersi sulla sedia a rotelle. Lei mugola appena per un'altra contrazione. «Sono davvero contenta che tu sia di turno in ostetricia oggi. Penso che andrà molto velocemente. Sono certa che ti prenderai buona cura di queste persone. Sono… importanti, per me.»

Liz mi mostra un allegro pollice in su e inizia a spingere all'interno la sedia a rotelle. Hayden si blocca tra me e Tanner, un'espressione di puro terrore sul viso.

«Puoi farcela, Hayden» affermo, prendendogli il braccio per incoraggiarlo. «Tu la ami. Lei ti ama. È tutto quello che vi serve.»

Lui si sforza di deglutire e annuisce. Prima di correrle dietro, si volta e crolla addosso a me e Tanner in un goffo, strozzato abbraccio.

«Grazie, ragazzi» gracchia, e poi parte per prendersi cura della sua famiglia.

***

Tanner

Sullo sterile pavimento di piastrelle, guardo gli scarpini di Booker, con fili d'erba e terriccio infilati tra i tacchetti. È ancora in divisa, i guanti da portiere sfilati che si passa da una mano all'altra mentre rimaniamo seduti nella sala d'attesa dell'ospedale.

Accanto a lui c'è papà, anche lui ancora con la polo ufficiale del Bethnal Green. Accanto a papà c'è Gareth, arrivato in treno solo cinque minuti fa. Camden e Indie sono seduti accanto a me e Belle. E contro l'altra parete c'è la famiglia di Hayden, i Clark: sua madre, suo padre, la sorella minore, il fratello maggiore e la moglie di lui. La figlia di un anno dorme profondamente nel passeggino.

Abbiamo incontrato per la prima volta i Clark alla festa di fidanzamento di Vi e Hayden. È stata la stessa sera in cui Vi ha scoperto di essere incinta. Ha finito col dirlo a tutti noi, Cam, Gareth, Booker e me, nel suo bagno. Potremmo averglielo estorto un po', ma stava per avere un crollo ed era necessario farla allontanare dal cornicione.

So che Vi e Hayden non avevano programmato di avere un figlio a questo punto delle loro vite, ma vederli abbracciare questa avventura assieme e diventare più forti è stato di ispirazione.

Oggi siamo di nuovo riuniti, a riempire una grande sala d'attesa, in silenzio e ansiosi di ricevere qualunque minima notizia.

Booker sbuffa: «Cristo, Hayden poteva scriverci un messaggio. Qualcosa!» La frustrazione si irradia dalle sue spalle mentre guarda le doppie porte che conducono alla sala parto.

La voce di Camden risuona dopo la sua. «Che starà succedendo là dentro, Indie? Sono le ventitré passate, sono trascorse ore.»

Indie e Belle si guardano nervose l'un l'altra e riesco a percepire i Clark fissarle in ansia.

«Cosa non ci state dicendo, ragazze?» La voce di papà tuona autoritaria.

«Papà, calmati» scatto. Non mi piace il tono con cui si è rivolto a Belle e Indie.

«Non intendo calmarmi!» Si alza e inizia a camminare avanti e indietro. «Cristo, perché Hayden non ha scritto qualcosa a qualcuno? Qualunque cosa. È ridicolo.» Sposta lo sguardo su Belle. «Hai detto che mancava poco quando è arrivata, quasi cinque ore fa. Vado, devono darci delle risposte.»

Gareth si alza, fermandolo sui suoi passi. «Vado io, papà.»

Proprio mentre sta per dirigersi al banco delle infermiere, le porte si aprono e Hayden ne esce a grandi passi, coperto da un camice e una cuffietta chirurgica blu.

Ci alziamo tutti, trattenendo il respiro nelle spalle mentre si toglie la mascherina dalla faccia. Senza fiato, conferma: «Stanno tutti bene. Vi e la bambina sono meravigliose. Sono...» Gli si rompe la voce, gli occhi scaricano lacrime inattese lungo il viso. «Sono così belle.»

Gareth è il più vicino a Hayden, perciò gli mette una mano salda sulla schiena e lo attira a sé in un abbraccio. Lui perde del tutto il controllo. È chiaro che era appeso a un filo prima. Ora che ha avuto il tempo di pensare, ciò che ha vissuto lo sta colpendo tutto in una volta.

Suo fratello, Theo, si fa strada per stargli accanto. Quando gli dà una pacca sulla schiena, Hayden lascia andare Gareth e si schiarisce rumorosamente la gola, facendo un cenno del capo al fratello per dirgli che sta bene. Aspettiamo mentre ricaccia indietro le emozioni e riprende il controllo di sé.

«Il battito della bambina continuava a scendere ogni volta che Vi iniziava a spingere, perciò le hanno fatto un'ecografia e hanno scoperto che si era girata ed era podalica.»

Mi volto quando sento Belle inspirare con un sibilo.

«L'hanno portata di corsa in sala operatoria per un cesareo di emergenza. È successo tutto a una velocità folle. Poi, quando l'hanno estratta, la bambina aveva uno strano colore. È stato terrificante, ma i dottori l'hanno portata immediatamente in terapia intensiva neonatale. Avrei voluto restare con Vi, ma lei mi ha urlato di andare con la bambina e così ho fatto.» Il volto di Hayden si disfa in altre lacrime, e Belle inizia a tremare accanto a me. Le prendo la mano e me la stringo forte al petto.

«Hanno fatto salire i livelli di ossigeno della bambina e hanno detto che sembrava stare davvero bene. Che la terapia intensiva era solo una precauzione e avrebbero potuto portarla a conoscere sua madre. Ma poi...» Si schiarisce la gola irritata. «Poi è entrata un'infermiera e mi ha detto che c'era una lacerazione nella parete uterina di Vi e stava perdendo molto sangue. Hanno dovuto riportarla sotto i ferri. Ma ora sta bene.»

La mamma di Hayden lascia andare un basso singulto quando suo figlio si copre la faccia con una mano, l'intero corpo squassato dal pianto. «Mi dispiace. Stanno tutti bene ora. Vi è sveglia e ha appena visto la bambina, per la prima volta. Stanno spostando entrambe in una stanza adesso.»

Alla fine Hayden alza lo sguardo, gli occhi sgranati e pieni di lacrime. Guarda i suoi fratelli e aggiunge: «Non riesco a credere a quanto sia andato vicino a perdere entrambe in un colpo solo.»

Papà si mette davanti a tutti noi e afferra Hayden per le spalle. «Non le hai perse. Stanno bene, figliolo.»

Hayden si asciuga il viso e tira su col naso. «Ma pensare che Vi stava sanguinando in quel modo e io l'ho lasciata. Doveva essere così spaventata.»

«Ti sei preso cura di mia nipote. Hai fatto quello che deve fare un buon padre. Hai fatto quello che voleva Vi. Stanno tutti bene ora.» La voce di papà è strozzata dall'emozione, ma le sue parole sembrano essere d'aiuto.

Hayden annuisce rigidamente e si toglie la cuffietta dalla testa. «Le hanno portate in una stanza grande, ma dovrò farvi entrare un po' alla volta.»

La mamma di Hayden parla, guardando dritta verso papà. «Vai prima tu. Vai a vedere tua figlia.»

Capitolo 26

Ti si vede la pazzia

Belle

Da quando sono diventata un chirurgo, soffro di questo formicolio dietro la scapola ogni volta che una situazione medica sta per andare a rotoli. È come un piccolo impulso elettrico che mi trasmette una sensazione di inquietudine. Non so se si tratti di intuito o sia solo un caso, ma si verifica sempre appena prima che le cose stiano per precipitare.

Quindi, ogni volta che sento quel formicolio, ho imparato a fermarmi e aspettare.

Aspettare. Aspettare. Aspettare.

E poi succede. I monitor iniziano a suonare, si scatena un'emorragia, la pressione crolla. E allora inizia la corsa a risolvere il problema, per rimettere a posto quello che è andato storto, somministrare i medicinali giusti, fermare l'emorragia o mandare il paziente in chirurgia d'emergenza.

Purtroppo non finisce sempre bene. Ricordo tutti i pazienti che ho perso. E con la chirurgia fetale non ricordo solo i bambini, ma anche le loro madri. Soprattutto perché, se il bambino muore sotto i ferri, la madre poi deve comunque partorirlo. Morto.

È la parte peggiore del mio lavoro.

Ma, senza la chirurgia, il bambino ha poche o nessuna chance di sopravvivenza. Perciò, la ricompensa di un bambino sano supera i rischi di un'operazione pericolosa. È solo così che supero i casi che vanno male. Le perdite.

Diamo a chi è condannato una possibilità di salvezza.

Con Vi, ho sentito il formicolio non appena siamo usciti dal Tower Park. Tutto è successo troppo in fretta. Le sue contrazioni si moltiplicavano, sovrapponendosi l'una all'altra. A quello è seguito il non sapere niente per ore. Io e Indie abbiamo continuato a scambiarci occhiate preoccupate, ma non potevamo dire niente. Eravamo dal lato sbagliato delle porte.

Ma tutto avrebbe potuto andare molto peggio. E se non fossimo arrivati in ospedale in tempo? Ci sarebbe ancora stata una bambina? Ci sarebbe ancora stata Vi? All'improvviso, mi domando se le ricompense valgano il rischio. Quando si parla di una persona che conosci e a cui tieni, e non solo di un nome su un foglio, tutto sembra diverso. Sento la mia guardia alzarsi, mentre cammino in fila indiana nel corridoio assieme al clan Harris. Assieme ai nodi nello stomaco e la pesantezza al petto, mi sta salendo quel formicolio alla schiena. Si arrampica a intorpidirmi la mente e a spingermi indietro, a distanza di sicurezza.

Sono un'estranea in questo gruppo. Sono stata tra loro a stento per un mese, e non hanno idea del fatto che io non sia come loro. Io non parlo mai con mio fratello. Mia madre è una melensa regina di ghiaccio senza sentimenti, che umilia le emozioni. Mio padre mi ha in pratica detto che non esiste alcuna realtà in questo mondo nella quale Tanner Harris potrebbe mai impegnarsi con me, meno che mai amarmi.

Gli Harris si appoggiano tutti gli uni agli altri, parlano tra loro o si scambiano conversazioni silenziose con un semplice sguardo. Esternano pubblicamente il loro affetto, in una sala d'attesa che trabocca di persone care.

Non io. Questa non è la mia gente. La mia gente è come Indie, che capisce i miei occhi da pazza e le occhiate in tralice e le esplosioni emotive.

Siamo uguali noi due. O lo eravamo, prima che lei trovasse Camden.

In apparenza, abbiamo storie diverse, nel senso che lei è cresciuta nei collegi e non ha mai conosciuto i suoi genitori, mentre io ho vissuto a casa con i miei. Ma i nostri passati si equivalgono. Le equazioni erano diverse, ma fornivano entrambe lo stesso risultato.

Le nostre famiglie non stanno sedute nelle sale d'attesa.

E ora, potrei avere anch'io qualcosa di diverso, è proprio lì sulla punta delle mie dita. Posso afferrarlo, come Indie con Camden. Una vita diversa. Un'equazione diversa. Un risultato diverso.

Eppure, sento di nuovo questo maledetto formicolio alle scapole.

Raggiungiamo la porta della stanza di Vi. Esito in corridoio, mentre tutti gli altri si spostano all'interno come se quello fosse il loro posto, inclusa Indie.

Tanner si ferma quando si rende conto che non sono più accanto a lui. «Cosa c'è?»

Gli faccio un sorriso radioso. Troppo radioso. «Io... non entro» balbetto. «Tu vai.»

Si avvicina di più a me. «Perché non vuoi entrare?»

Sbuffo a disagio. «Penso sia inappropriato. La tua famiglia mi conosce a stento. Vi è appena stata operata. Non le serve un'estranea là dentro.»

Lui aggrotta la fronte. «Sanno che sei importante per me. Che altro c'è da sapere?»

«Lo so, ma io, lo sai, non sono parte della famiglia.»

«E allora? Neanche Indie lo è, ed è là dentro.»

Alzo gli occhi al cielo. «Indie e Camden sono diversi.»

«Diversi da cosa?» mi chiede lui, un'espressione seria nello sguardo. «Diversi da te e me?»

Resto a bocca aperta per lo shock che vedo impresso sul suo viso, come se quello che sto dicendo sia ridicolo. «Non essere stupido, Tanner. Sai che è vero. Tornerò a casa in taxi. Chiamami domani.»

Faccio per baciarlo sulla guancia ma lui si ritrae di scatto come se l'avessi schiaffeggiato.

«No» abbaia.

«No, cosa?» sibilo frustrata, perché si comporta in modo tanto drammatico.

«No, non voglio che tu te ne vada. No, non penso che siamo diversi da Cam e Indie. No, non voglio che tu creda di non far parte di questa famiglia.»

Le sue parole vengono pronunciate, ma io non le sento. Mi mordo un labbro, una collera autoconservativa va crescendo in me come il fischio di un bollitore per il tè.

«Tanner, non insistere» sussurro. «La sto mantenendo assieme a stento già così. Non stuzzicare l'orso.»

«Mantenendo assieme cosa?»

«La mia mente!» esclamo, e poi abbasso la voce mentre mi avvicino di un passo a lui, alzando lo sguardo sui suoi occhi. «Hayden ha quasi perso Vi e la sua bambina. Come niente fosse. E si amano, Tanner. Cioè, si amano davvero. Se resto qui, finirò per dare i numeri. Non sono abituata alle relazioni e alle famiglie. Provo troppo. Le mie emozioni sono troppo forti. Non ho barriere con te e mi sta tutto… schiacciando. Non ho mai voluto avere relazioni proprio per questo motivo. Impazzisco. Divento gelosa e irrazionale, tutto perché le mie emozioni esplodono. Poi, inizio a pensare al futuro e *vado completamente fuori di testa* con immagini di lieto fine, e tu non vuoi questo casino! Non hai bisogno di farti aggredire da queste folli stronzate!»

Tanner apre la bocca per parlare ma poi la richiude, la fronte del tutto corrugata, immerso nei pensieri.

«Vedi!» esclamo, con gli occhi che mi si riempiono di lacrime. Il suo silenzio è una conferma sufficiente per me. «Per questo ti ho detto di non stuzzicare l'orso.» Mi volto per andarmene, mortificata per aver mostrato come sono veramente, come se avessi dipinto me stessa su un brutto murale schizzato di vernice.

Lui mi afferra il braccio, facendomi ruotare e bloccandomi contro la parete. Il suo sguardo fiero mi inchioda sul posto. «Non fare così, Belle. Non iniziare a ritrarti» mi implora, prendendomi il viso tra le mani. «Io bacio la terra su cui cammini. Non puoi non vederlo!»

Scuoto la testa, la voce che mi trema mentre rispondo: «È abbastanza? È abbastanza perché tu voglia un futuro con me? Tutti i tuoi familiari sanguinano gli uni per gli altri! Io non sarò mai come loro. Non sono fatta in quel modo! Vuoi davvero qualcuno che non può darti tutto questo?» Indico la porta dell'ospedale. «Se la tua risposta non è un sonoro sì, dobbiamo iniziare a minimizzare le perdite, perché, se insistiamo, sarà molto più dura quando tutto imploderà.»

L'aria mi esce dalla bocca. Le spalle mi si alzano e abbassano in rapida successione come se avessi ufficialmente gettato il guanto di sfida e scaricato tutto su di lui. «Per l'amor del cielo, Belle!» Tanner si passa con forza una mano tra i capelli, lo sguardo inondato di disperazione e confusione. «Mia sorella ha appena avuto un bambino ed è stata operata d'urgenza, e tu mi stai buttando addosso tutto questo subito dopo. Riesco a stento a vedere con chiarezza, figuriamoci a pensare con chiarezza. Non è abbastanza che io voglia che tu stia con me?»

Faccio un profondo, purificante respiro. «Vorrei che lo fosse.»

***

TANNER

Se ne va. Si volta e se ne va dopo avermi scaricato addosso un bagaglio emotivo da una tonnellata. Vorrei afferrarla e baciarla. Vorrei gettare il suo culo in uno sgabuzzino e scoparla finché non ammette quello che abbiamo.

Ma c'è qualcosa che mi trattiene sul posto, e che è più grande della nostra pazzia.

La mia famiglia.

Mia sorella sarebbe potuta morire oggi. Mia nipote ce l'ha fatta per poco. Di qualunque cosa Belle abbia bisogno, impallidisce in confronto a questo. Sono un Harris. Quel nome e la mia famiglia sono stati la mia identità per ventisei anni. Le nostre vite non sono state facili. La perdita di nostra madre ci ha lasciato in un abisso oscuro, in cui l'unica luce che avevamo eravamo noi stessi, gli uni per gli altri. Non posso dimenticarlo.

Mi faccio forza prima di entrare nella stanza d'ospedale. Non vedo altro che schiene, radunate attorno a un letto. Non riesco neanche a scorgere Vi, Hayden o la bambina, perciò mi fermo, poggiando le mani sulla culla lì vicino. È in materiale trasparente, sembra clinica e sterile, ma all'interno c'è un minuscolo cappellino rosa. Allungo la mano e lo prendo, strofinando le dita sui rilievi della maglia. È talmente piccolo. Talmente delicato. Talmente…

«Vieni a vedere, capirai perché non abbiamo il coraggio di metterglielo in testa.» La voce di Vi si intromette nelle mie fantasticherie.

Guardo verso di lei e ne vedo uno scorcio tra mio padre e Booker. Si separano perché lei possa vedermi meglio, e sento le ginocchia cedermi quando i suoi occhi blu, stanchi e pieni di lacrime, trovano i miei. «Ehilà, Tan.» Sorride.

Deglutisco. «Ehilà, Vi.»

«Ti andrebbe di conoscere tua nipote?» Annuisco, mi avvicino al letto e la bambina entra nel mio campo visivo. Il fiato mi viene sottratto dal corpo. «Ora capisci perché non indossa il cappello.»

Abbasso lo sguardo sul fagottino appoggiato al petto di Vi e noto l'enorme massa di capelli biondi che le spuntano da tutta la testa. Sono lucidi, dritti come fusi e più fitti dei capelli di qualunque bambino che abbia mai visto, nei film o nella vita reale.

Il camice da ospedale di Vi è aperto lungo il petto e loro due sono distese lì, assieme. Pelle a pelle, cuore a cuore. Una morbida guancia da neonata premuta contro la clavicola di Vi. Una coperta rosa copre la schiena della bambina e il petto scoperto di Vi.

«Quei capelli.» Allungo una mano e sfioro con le dita le punte morbide come piume.

Vi tira su col naso. «Lo so. L'infermiera ha detto che di solito aspettano a fare il primo bagno, ma con tutto quello che è successo...» Si interrompe e guarda Hayden per essere rassicurata. I suoi occhi grigi sono già fissi su di lei in silenziosa devozione. «Hanno pensato che mi sarebbe piaciuto svegliarmi e trovarla bella pulita e pronta da amare e coccolare.» Le dà un dolce bacio sulla lanugine. «Vogliono che restiamo pelle a pelle per un po', dato che non ho potuto tenerla quando è uscita.» Il mento le trema mentre le lacrime scendono libere lungo le sue guance.

«Ora puoi» la rassicuro. «Ed è perfetta, Vi.»

Lei ride, miscelandovi un verso confuso. «Quello sì, anche se ce l'ha fatta fare sotto dalla paura.»

Tutti ridacchiano imbarazzati tranne Hayden. Lui abbassa la testa verso Vi e le bacia una tempia, inspirando per un attimo prima di ripetere il gesto con la bambina.

«Come si chiama?» chiedo, guardando tra l'uno e l'altra.

Vi deglutisce con un sorriso. «Be', nessuna delle nostre scelte era adatta. Poi Hayden ha suggerito Adrienne da *Rocky*, perché ha avuto un arrivo un po' tempestoso, e be'...» Le sue labbra cedono sotto l'assalto di altre lacrime e i miei occhi si riempiono assieme ai suoi.

Mi protendo a prendere la mano di Vi, la stringo forte, ignorando la flebo e i braccialetti medici che le ingombrano il piccolo polso. All'improvviso, mia sorella, che è sempre stata enorme ai miei occhi, mi sembra così piccola, così giovane, così stanca, eppure magicamente più forte di quanto mi sia mai apparsa.

Sposto la mano da quella di Vi a quella della bambina, prendendo il suo piccolo pugno stretto e saggiandone il peso. «Be', piacere di conoscerti, Rocky.» Sorrido e Vi ride, la tristezza nei suoi occhi che si riduce pian piano.

«Dov'è Belle?» mi chiede, guardandosi attorno nella stanza, come se dovesse scovarla in un angolo da qualche parte.

Deglutisco e distolgo l'attenzione dalla bambina. «Voleva lasciarvi un po' di privacy.»

Vi inclina la testa. «Privacy? E che cazzo è? C'è mancato pochissimo che facesse nascere lei stessa la bambina.»

«Lo so.» Il mio sguardo si solleva verso il suo e le chiedo in silenzio di lasciar stare.

La voce di Gareth mi salva da un interrogatorio di Vi. «Non ci hai detto qual è il suo secondo nome.»

Vi annuisce e guarda oltre me, verso papà. «È Vilma.» Un sorriso triste le affiora sul viso mentre pronuncia a voce alta il nome di nostra madre. Il suo stesso nome di battesimo, in effetti, anche se è sempre stata solo la nostra Vi. Mi volto e incontro gli occhi di papà bordati di rosso, mentre la presenza del ricordo di nostra madre cresce nella stanza. Annuisce rigido, voltandosi per nascondere il dolore e il rimpianto.

La voce di Gareth rompe il pesante silenzio. «Ne sarebbe molto fiera, Vi.» Si schiarisce la gola e si erge in tutta la sua altezza. «Sarai una madre meravigliosa, proprio come lei.»

Papà e Gareth si scambiano un'occhiata commossa, ma anche tesa. Quello che hanno vissuto assieme, occupandosi di mamma alla fine, quando era malata, è un territorio sconosciuto per il resto di noi. Li accomuna un dolore che nessuno di noi potrà mai conoscere davvero. Camden mette una mano sulla spalla di Gareth, cosa che gli fa battere le palpebre, mentre un'unica lacrima gli scivola giù per la guancia.

«Gareth ha ragione» dice papà, riprendendo il controllo. «Sarà bello portare avanti il suo nome in famiglia.»

Sento un respiro tremante da parte di Vi mentre si stringe Adrienne al petto, gli occhi chiusi, le lacrime che scorrono. Hayden si piega su di loro, massaggia la schiena della bambina e attira l'attenzione di Vi. Tutti e tre traggono forza dalla loro piccola famiglia.

Si guardano a vicenda negli occhi, dicendosi cose che nessuno di noi potrebbe comprendere.

Li guardo meravigliato. Hayden ha quasi perso tutto stanotte, eppure non l'ho mai visto più felice o orgoglioso. Ha sofferto una grande perdita in passato. La morte di sua sorella lo ha quasi ucciso, eppure eccolo qui, a correre dei rischi, perché la ricompensa di arrivare in cima supera il rischio di cadere.

E lo farà sempre.

Non appena siamo fuori dall'ospedale, mi rivolgo a Booker. «Ho bisogno di prendere il furgone.»

Lui si acciglia e annuisce. «Va bene, posso tornare a casa con papà. Tutto a posto?»

Camden e Indie ci raggiungono mentre me lo sta chiedendo. Guardo Indie e rispondo: «Lo spero.»

Lei mette la mano nella borsa e mi porge le chiavi. «Per l'appartamento, anche se…» fa una pausa guardando l'orologio «potrebbe non essere ancora a casa.»

Aggrotto la fronte. «Perché non dovrebbe essere a casa?»

Indie sembra a disagio. «Potrebbe esserci andata a piedi.»

«A piedi?» esclamo. «A quest'ora della notte?»

Lei si fa piccola e si stringe nelle spalle. «Già, sono venti minuti di strada. La faceva sempre a piedi quando lavoravamo qui.»

Camden sbuffa il nome di Indie, ma non resto lì ad ascoltarli litigare. Sto già correndo verso il furgone. Volevo disperatamente andare da Belle già prima. Ora, immaginarla là fuori da sola mi fa vibrare per l'urgenza.

Guido lungo la strada che penso abbia preso. È un percorso abbastanza lineare da qui, e la zona non sembra troppo pericolosa, ma la cosa non mi conforta lo stesso. I miei occhi osservano da ogni parte per tutto il viaggio, cercandola e rimpiangendo di averla lasciata andare.

Quando vedo qualcuno con addosso una maglietta verde, in un angolo buio in lontananza, caccio un sospiro di sollievo. Accelero e svolto sulla strada che si sta preparando ad attraversare, costringendola a saltare indietro dal cordolo. Parcheggio con un forte stridio degli pneumatici e volo fuori dal veicolo, senza neanche prendermi la briga di chiudere la portiera, mentre marcio dritto verso di lei.

«Cazzo, ma mi prendi in giro, Ryan?» ringhio. «È mezzanotte passata e decidi di portare a casa il tuo culo a piedi? Non hai un minimo di buon senso?»

I suoi occhi scuri passano dallo shock all'irritazione. «Ho fatto questa strada a piedi milioni di volte. Ho lavorato in quell'ospedale per anni, Tanner.»

«Oh, quindi adesso hai poteri psichici? Sei in grado di prevedere se uno stupratore passerà da questa strada o no?»

«Magari ce li ho davvero dei poteri psichici!» scatta lei. «Non mi conosci.»

«Col cazzo che non ti conosco» ruggisco, con la voce che raggiunge ottave tali che probabilmente i residenti si staranno domandando se non sia *io* uno stupratore.

Quando lei fa per voltarmi le spalle, la luce gialla del semaforo le colpisce il viso, illuminando con maggiore chiarezza i suoi lineamenti. Ha gli occhi gonfi e la pelle arrossata a chiazze.

«Hai pianto?» le chiedo, girandole intorno per guardarla in faccia.

Lei continua a evitare il mio sguardo. «No, tutto bene. Tu… lascia perdere, Tanner.»

«Non lascio perdere un cazzo, e non lascerò te. Stiamo seguendo il solito schema, Belle. Non vedi?»

Sbuffa. «Di che cosa stai parlando?»

«Litigare e fare la pace. Litigare e fare la pace. Tu sbrocchi con me e io ti vengo dietro. Io ti ferisco e tu me la fai pagare. E a me sta bene. Sopporterò gli alti e bassi. Ma prima o poi dovrai smettere di pensare che sia finita ogni volta che litighiamo.»

«Be', magari dovresti solo farla finita e risparmiare a entrambi queste montagne russe emotive!» ribatte lei.

«Mi piacciono le montagne russe!» esplodo, infilandomi una mano tra i capelli. «E mi piace quello spaventoso luccichio che ti viene negli occhi quando deragli.»

«Cristo, non riesco a capire perché. Sono un cazzo di casino» dice lei, abbattuta.

«Ti si vede la pazzia, è vero. Ma chissenefrega!» abbaio, afferrandole la curva del gomito per farla girare finché non è costretta a guardarmi negli occhi. «Non mi fa scappare spaventato, Belle. Non te ne accorgi? Mi attrae. Si avvolge attorno a me e mi lega a te in un modo che mi fa venire voglia di proteggerti… per sempre.»

Faccio una pausa, sconvolto dalle ultime parole che ho pronunciato e da quanto mi siano sembrate giuste mentre mi uscivano dalla bocca. È come se le parole che ho appena detto abbiano aperto una qualche cripta in profondità dentro di me, perché all'improvviso vedo tutto molto più chiaro.

Belle mi guarda in faccia come se anche lei vedesse qualcosa di nuovo. Come se stesse vedendo e percependo il mutamento. Ha la voce bassa quando chiede: «Perché vuoi me? Sul serio, Tanner. Vorrai qualcuna migliore di me. Sarà così. Lo so.»

Allungo una mano e le passo il pollice lungo una guancia. I suoi occhi scuri sono pieni di emozione. Le sue lentiggini sono come una tela che vorrei aver dipinto io stesso. «Belle, la mia anima è cresciuta con te. Così tanto che mi chiedo se non mi sarei rimpicciolito fino a scomparire nel nulla se non ti avessi mai incontrata.»

Lei resta a bocca aperta mentre sbuffa una sorta di risata autocritica. Scuotendo la testa, risponde: «Io non avrei mai potuto prevedere te, Tanner.»

«Spero sia un bene» rispondo con un piccolo sorriso.

Lei batte lentamente le palpebre e la sua espressione si addolcisce in quella della mia bellissima, calda Belle. Poi fa un risolino, uno sguardo incredulo negli occhi. «Non riesco a credere che tu sia la stessa persona che si vantava di fare il solletico alle cosce di un numero imprecisato di donne!»

Questo mi fa ridere. Forte. Si unisce anche lei, e il suono delle sue risate miste alle mie lenisce la mia anima tormentata. Bramando di sentirla di nuovo, mi sporgo e schiaccio il suo corpo al mio, avvolgendola con un braccio dietro il collo e l'altro attorno al torace. Uso le mie labbra per trasformare il suo sorriso in un bacio mentre la inclino all'indietro e inalo l'incendio che è la quintessenza di Belle.

Belle Ryan è imprevedibile e l'esatto opposto di semplice. Ma il suo spirito mi chiama a un tale livello di profondità che non riesco a starle lontano.

Le raddrizzo la schiena e premo la fronte contro la sua. «Tu mi ispiri poesie, donna.»

Mi abbraccia, strofinandomi le mani giù lungo la schiena. «Mi dispiace di aver dato di matto prima. Mi scuserò con tua sorella domani.»

«Non ci pensare neppure» rispondo, abbassando lo sguardo su di lei. «Vi è nella sua piccola bolla in questo momento. Non ho mai visto una famiglia più felice.»

Lei alza le sopracciglia. «Voi Harris sembrate aver capito come trovare la felicità.»

Mi acciglio. «Non siamo perfetti. Tutt'altro. Tu hai i tuoi problemi familiari. Io ho i miei. Se condividi i tuoi con me, io condividerò i miei. Magari, insieme, riusciamo a capire il senso della vita.» La guardo agitando scherzosamente le sopracciglia.

«Il senso della vita, dici?» Si mordicchia un labbro con un mezzo sorriso sexy che mi causa uno spasmo all'uccello. Socchiude gli occhi con aria da cospiratrice. «Andiamo a rifletterci davanti a del cioccolato.»

Inarco le sopracciglia. «Se il cioccolato è sparso sul tuo corpo, il *solleticatore* di cosce ci sta.»

***

Belle

Io e Tanner facciamo visita a Vi e Hayden in ospedale, il giorno dopo. Ero stata avvisata da Tanner che la bambina era bellissima, ma niente avrebbe potuto prepararmi ai suoi capelli. Adrienne, o Rocky, come sembra che tutti i Fratelli Harris abbiano preso a chiamarla, è semplicemente magica. Non riuscivo a smettere di toccare i suoi capelli fini, quando l'ho tenuta per quasi un'ora nella loro stanza.

Mentre la teneva Tanner, però, è stato meno simile a un sogno. Sono riuscita a stento a smettere di ridere mentre cercava goffamente di trovare una posizione per sistemare il braccio. Continuavo a dirgli di posizionarla in modo che la testa non le pendesse, e lui mi sbraitava contro che lo capiva da solo perché non è un cretino. A quel punto, gli ho chiesto se ne fosse sicuro, perché ricordavo di averlo visto nudo a un angolo di strada solo un mese fa. Il tutto si è evoluto in una lite di proporzioni epiche.

Dato che teneva Rocky tra le braccia, non ci stavamo davvero urlando contro come avremmo voluto. Parlavamo piano con voci zuccherose, sorridendo coi denti bianchi splendenti, mentre con calma ci davamo degli idioti, delle teste di cazzo e delle fastidiose vacche saccenti.

Vi e Hayden non sapevano cosa dire, tranne: «Grazie a Dio, Adrienne non capisce ancora le parole.»

Dopo, nel parcheggio dell'ospedale, Tanner si è sporto sopra il cruscotto della mia auto, mi ha preso la faccia tra le mani e mi ha baciata con un'aggressività che ha messo in moto ben più del motore della macchina. Quando si è ritratto e ha detto: «Eri davvero bellissima con mia nipote in braccio» credo di essere morta un migliaio di volte.

Indie mi aveva avvertita che i calciatori durante la stagione sono molto diversi dai calciatori fuori stagione, ma quello a cui ho assistito la settimana dopo con Tanner non era affatto ciò che mi aspettavo.

In origine, avevo pensato che si sarebbe allontanato una volta ripresi gli allenamenti, che avrebbe avuto bisogno di spazio per tornare alla sua routine e concentrarsi. Non avrei potuto sbagliarmi di più.

Dopo il suo primo allenamento, si è presentato alla mia porta, in divisa, ancora puzzolente, e mi ha chiesto se volessi farmi una doccia con lui, farmi *infilzare* e poi metterci a cucchiaio. Abbiamo finito per passare tutte le notti assieme, dopo quella.

Ma le cose non sono proprio come prima. Tanner è ancora imbranato ed è ancora *Tanner*, battute crudeli e tutto, ma è più… intenso. Più concentrato. Anche nella stanza da letto.

Non facciamo più soltanto sesso. Creiamo movimento. Ci colleghiamo a un livello diverso che è molto più… sentimentale. Il modo in cui mi guarda e le cose che mi dice mentre è dentro di me mi danno gli orgasmi più potenti di tutta la mia vita.

Perciò devo dirlo, sono una grandissima fan del Tanner durante la stagione.

Pochi giorni dopo l'inizio degli allenamenti, dopo una sessione particolarmente incredibile di sesso, Tanner si mette a cucchiaio con me e inizia ad aprirsi, come se le parole stessero morendo dalla voglia di uscire.

«Sapevi che io e Camden avevamo una nostra lingua segreta, crescendo?» mi chiede, la voce roca mentre il suo braccio sinistro è infilato sotto di me come un cuscino. Il destro si stringe attorno all'incavo della mia vita e tira la parte posteriore del mio corpo nudo, facendolo aderire al suo.

«Intendi criptofasia?» chiedo.

«Criptoche?» domanda, il suo respiro che mi soffia aria sui capelli.

«La criptofasia è una lingua sviluppata dai gemelli, che solo loro capiscono» rispondo.

«Già, be', allora sì, immagino fosse quella. Non sapevo ci fosse un cazzo di termine medico apposta.»

Sorrido e mi mordo un labbro. Un pesante silenzio si estende e capisco che vorrebbe dire altro, perciò aggiungo: «Sono certa che significa che eravate molto uniti.»

Lui espira e mi dà un dolce bacio sui capelli. «Lo eravamo, *siamo*, voglio dire. Lo siamo ancora, eppure non lo siamo. È... diverso adesso che non è più in campo con me.»

Aggrotto la fronte mentre prosegue.

«Penso che essere gemelli ci desse un enorme vantaggio nelle partite. Le comunicazioni erano istintive. Senza sforzo, come respirare. Hai mai notato come stiamo sempre sullo stesso lato l'uno dell'altro?»

«No» rispondo, un po' affascinata.

«Già, e non è solo in campo. Succede ovunque andiamo. Cam è sempre alla mia destra. È bizzarro. Non lo facciamo neppure apposta, ma abbiamo una costante consapevolezza reciproca.»

«È incredibile.»

«Ed è stato così per tutta la nostra vita. Poi, quando lui se ne è andato all'Arsenal e io sono rimasto al Tower Park senza di lui... mi è sono sentito come... se mi mancasse un polmone.»

Mi si stringe il cuore per la vulnerabilità nelle sue parole. «Sono sicura che ti manchi.»

«Ma sono anche talmente fiero di lui che potrei esplodere. Sta andando alla grande con l'Arsenal, e guardalo, là fuori è incredibile.» Si ferma per un attimo prima di aggiungere: «Quanto è egoista da parte mia rivolerlo al mio fianco?»

«Non lo è affatto» rispondo, e mi premo contro di lui dandogli un bacio sull'avambraccio. «Lo capisco. Mi sono sentita in modo simile quando Indie ha lasciato il Royal London Hospital.»

Io e Indie eravamo state l'una al fianco dell'altra fin dalla facoltà di medicina, ma quando i nostri interessi erano diventati più selettivi ci eravamo allontanate professionalmente. Poi, lei aveva iniziato a fare sul serio con Camden e le cose avevano continuato a cambiare. Per noi è stato più facile che per Tanner e Camden, dato che eravamo più abituate di loro a stare per conto nostro. Non siamo cresciute come la famiglia Harris e di certo non abbiamo mai condiviso un utero. Ma lei è comunque la mia versione di famiglia.

«Se non avessi avuto l'internato con la dottoressa Miller in arrivo, penso sarei stata distrutta dall'aver perso Indie.»

La sua presa su di me si rafforza. «È come se ti portassero via la coperta di Linus.»

Faccio un mezzo sorriso. «Esatto.»

Lui mi bacia e sospira. «Sto finalmente iniziando a vedermi senza Cam. Ho bisogno che anche la mia squadra lo veda.»

«Lo faranno» rispondo. «È difficile non notarti, Tanner Harris. E potrai anche aver perso un compagno di squadra, ma non hai perso Cam. Siete fratelli biologici. Niente lo cambierà mai.»

Lui fa un profondo respiro e sento il suo petto gonfiarsi contro la mia schiena. Quando espira, i suoi muscoli si ammorbidiscono e il corpo si rilassa contro di me come se si fosse tolto il mondo dalle spalle. Mi preme il mento tra i capelli e sussurra: «Io…» Fa una pausa e cerca le parole. «Ho bisogno di essere di nuovo dentro di te.»

Inarco le sopracciglia. «Oh, immagino che potrei sopportare un altro fantastico orgasmo.»

Allontana le mie risatine con un bacio e fa l'amore con me come non avrei mai creduto possibile.

Capitolo 27

Salta o cadi

Belle

«Cosa ne pensi di questo?» chiede Indie, uscendo dal camerino di una boutique dell'usato in cui ha insistito che venissimo.

Guardo il vestito rosso senza spalline socchiudendo gli occhi. «È bello, ma mi piaceva di più quello nero, cara» rispondo dalla chaise longue viola su cui sono distesa come una gatta in calore. È l'unico vantaggio di questo posto desolato.

Non mi considero una snob, ma Indie è la persona più taccagna che abbia mai conosciuto. Guarda i prezzi ovunque andiamo. Perfino sui menù. E non è per differenziare il prezzo della bistecca da quello dell'hamburger, ma per risparmiare due sterline prendendo un panino al tonno anziché al salmone. So che il suo lavoro di affiancamento al Bethnal Green F.C. non paga praticamente niente, ma il suo atteggiamento è esagerato comunque. E la sua sprezzante indipendenza mi fa ammattire. Avrei potuto facilmente ordinarle un vestito nuovo e ora saremmo a bere vino invece di starcene a setacciare tra gli abiti usati a Shoreditch, ma lei è una cosina testarda.

«E nero sia» dice, sparendo dietro la tenda. «Quanto tempo abbiamo?»

«Circa un'ora prima di dover raggiungere i ragazzi.»

«Va bene, perfetto. Ho quasi fatto.»

Io e Indie stiamo facendo i nostri acquisti dell'ultimo minuto in previsione della grande raccolta fondi dell'ospedale di domani sera. Siamo state entrambe nel *Paese dell'Amore* con i nostri sexy gemelli

Harris tutta la settimana, perciò avevamo un disperato bisogno di un po' di tempo tra noi ragazze, che sarà di breve durata, perché Tanner e Camden stanno preparando la cena per tutti e quattro, stasera. Forse cucineranno pollo e riso o qualche variazione di questi, perché sembra che sia tutto ciò che mangiano i calciatori durante la stagione.

«Sono davvero stufa dello shopping» aggiunge Indie. «Odio provare i vestiti. Devi toglierti tutto di dosso e pensare a quale biancheria stai indossando. È una spina nel fianco.»

«Ma stai benissimo quando li indossi.» Rido per la sua frecciatina.

«Anche tu. Il tuo vestito per domani sera è uno sballo.»

Sospiro, sollevata dal fatto di aver già risolto per la mia mise. È un vestito lungo Badgley Mischka che sembra cucito su misura per me. Abbraccia tutti i punti giusti e minimizza le aree problematiche. Benché, se chiedeste a Tanner, direbbe che non ci sono brutte aree sul mio corpo. E dovrebbe saperlo, visto che abbiamo poi fatto quel discorso sul senso della vita, condito da spruzzi di cioccolato.

«Aspetto davvero con ansia questa raccolta fondi.»

Il commento di Indie mi fa sorridere. Non riesco a credere che la grande notte sia già arrivata. Sia il Bethnal che l'Arsenal giocheranno contro squadre della zona, perciò Indie, Camden, Booker e ovviamente Tanner progettano tutti di venire all'evento, a partite concluse, insieme a parecchi altri giocatori del Bethnal e alle loro WAG. Hanno anche prenotato un grosso tavolo da sponsor.

Domani ci sarà anche la prima partita di Tanner col Bethnal Green, dopo la sospensione, perciò i suoi nervi vibravano negli ultimi giorni. Purtroppo, io non potrò assistere, perché la dottoressa Miller mi ha chiesto di accogliere le famiglie ospiti d'onore della serata, allo Shangri-La Hotel. L'evento si terrà nella sala da ballo la sera, ma io dovrò prendere un tè con loro nel pomeriggio, nella Westminster Suite, al loro arrivo. Il vantaggio è che potrò tenermi la stanza per la notte.

E, che vinca o perda, Tanner ha fatto una promessa solenne su come ne approfitteremo.

Ma stasera faremo cose ordinarie, tipiche delle coppie.

Indie esce dal camerino, dopo aver di nuovo indossato i suoi pantaloni da ginnastica e la t-shirt del Bethnal. La guardo scuotendo la testa. «Ho dimenticato che aspetto hai col camice.»

Lei si acciglia guardando i suoi vestiti. «Sono appena tornata dall'allenamento, grazie tante.»

Alzo le mani in segno di difesa. «Stai benissimo. Mi chiedo solo se non ti manchi per nulla la chirurgia.»

Lei si sistema gli occhiali gialli e si getta il vestito nero sopra una spalla. «Di sicuro non mi manca l'ansia di un paziente in bilico tra la vita e la morte, né mi mancano la politica e il mantenere i contatti, come ho sempre dovuto fare. Anche il calcio ne ha una bella porzione, ma, non so… L'energia della partita e degli atleti mi emoziona molto più di quanto una rigida sala operatoria abbia mai fatto.»

«Direi più l'energia di Camden Harris» scherzo, agitando le sopracciglia verso di lei.

Sorride e si getta ai miei piedi sulla chaise longue. Ha uno sguardo trasognato che mi fa sorridere.

«Sono follemente innamorata di quell'uomo.»

Alzo le sopracciglia. «Ben fatto, ragazza.» Lei alza gli occhi al cielo ma non desisto. «C'è stato un tempo in cui non pensavi neppure che avresti mai fatto sesso, figuriamoci innamorarti.»

Lei mi punta contro gli occhi color toffee. «E guardami adesso… Un ammasso gelatinoso, amante dei giochi di parole.»

Il mio sorriso vacilla un po'. «Sei davvero sicura del tuo amore, Indie?»

«Certo che lo sono!» esclama. «Che vuoi dire?»

Deglutisco a forza. «Voglio dire, guarda. Io e te ci capiamo a vicenda. Siamo le coinquiline perfette perché siamo fatte con lo stesso stampo. Le nostre famiglie possono sembrare diverse come il giorno e la notte dall'esterno, ma ci sono dei parallelismi che ci rendono talmente simili da far paura.»

«Sì, sono d'accordo» afferma lei con un pragmatico cenno del capo.

«Non trovi difficile lasciarti andare completamente? Voglio dire, sei il primo vero abbozzo di famiglia che abbia mai avuto e ci sono voluti anni perché lo costruissimo. Come hai superato i tuoi problemi con Camden?»

Lei mi guarda pensierosa. «Be', credo che la mia amicizia con te mi abbia aiutata a imparare ad aprirmi un pochino.»

Inarco un sopracciglio mentre penso a cosa ho ottenuto io dalla nostra amicizia. «Io direi che tu mi hai aiutata a non trasformarmi in una stronza totalmente cinica.»

Indie sorride radiosa. «È la cosa più dolce che tu mi abbia mai detto.»

Sbuffo un'autocritica risata. «Ma davvero, come si fa a fidarsi che il proprio amore per qualcuno sia sincero?»

Lei sembra imbarazzata. «Allora, ti dirò una cosa, ma prometti di non prendermi in giro.»

«Cosa?» le chiedo, accigliandomi.

«Io ho elaborato una specie di... metodo riguardo all'amore.»

Gli occhi mi brillano di divertimento. Dio, Indie è una tale nerd a volte. Scommetto che ha letto qualche libro sull'amore e si è creata una sua teoria. La solita ricercatrice.

«Ti prego, Indie Porter, Dottoressa dell'Amore, dimmi tutto quello che hai imparato in questi cinque lunghi mesi.»

Lei alza gli occhi al cielo e continua come se non avessi appena fatto un commento sarcastico. «Credo che, quando ami davvero qualcuno, si realizzi un sistema a tre livelli.» Alza tre dita e lentamente spunta ogni numero mentre prosegue. «Il primo, e più importante, è cosa ti fa provare per te stessa. È buono con te? Ti accetta per i tuoi difetti? Vede il meglio di te? Il secondo è cosa prova per se stesso. È fiero di quello che fa? Si sforza di diventare qualcosa di più? Si ama? Infine, il terzo livello è...» Fa una pausa e si spinge gli occhiali sul naso. Poi mi inchioda alla chaise longue con lo sguardo, mostrandomi di essere seria al cento per cento. «Vi ispirate a vicenda?»

Un semplice cenno del capo e un sospiro mi indicano che ha finito. Abbassa lo sguardo e si sistema il vestito in grembo, lasciando che il silenzio riempia la stanza attorno a noi.

Alla fine faccio una risatina. «È tutto qui?»

Lei mi rivolge un'occhiata decisa. «Sì.»

«Io, ehm... non ho un commento salace adeguato con cui poterti rispondere, in questo momento.»

«Bene» replica lei. «Ora, dato che siamo in vena di confidenze, posso farti una domanda?»

«Certo» rispondo, scettica.

«Cosa ti ha convinto a correre il rischio con Tanner? Ti conosco fin dalla facoltà di medicina, Belle, e non hai mai lasciato avvicinare così tanto un ragazzo, prima.»

«Non basta che sia sexy da morire?» Le rivolgo un sorriso ironico e capisco che non è in alcun modo soddisfatta. Perciò tento un approccio nuovo. L'onestà. «Be', penso che molto sia dipeso da quello che tu definisci livello uno. Mi ha fatto sentire bella e non mi ha mai fatto vergognare per i miei scatti. Lui mi… accetta come sono. Per questo, Tanner è la persona che preferisco avere accanto. Dopo di te, ovviamente.»

«Naturalmente» ridacchia lei.

«E anche se bisticciamo di continuo, ho imparato che è il nostro modo di dimostrarci affetto. Se non litighiamo, significa che non ci importa a sufficienza.»

«E i livelli due e tre?» chiede Indie, con un luccichio consapevole negli occhi.

Abbasso lo sguardo, sentendo le guance che si riscaldano, ma non ancora pronta ad ammettere a voce alta la verità. «Rimani sintonizzata.»

***

Tanner

«Perché Vi non ci ha suggerito una ricetta più facile?» ringhio tirando il pollo fuori dal forno e guardando il risultato davanti a me. Sbatto lo sportello. «Abbiamo fatto un gran casino.»

Camden sbircia da sopra la mia spalla per guardare più da vicino. «Fanculo, io lo mangio lo stesso.»

Sgrano gli occhi. «E le ragazze?»

Si stringe nelle spalle. «Per loro ho preso una bottiglia di vino. Dopo un bicchiere o due, non se ne accorgeranno nemmeno.»

Getto la presina sul bancone. «Io chiamo Vi. Tu potrai anche accontentarti di presentare una cena mediocre, ma io sto ancora cercando di impressionare la mia donna.»

Camden si strozza col sorso d'acqua che sta bevendo. «Santo cielo, stai calmo, fratello! È solo una cena. Non è il caso di importunare Vi. Ha la sua famiglia di cui occuparsi.»

Il suo commento mi delude. «Anche noi siamo la sua famiglia! Rocky è solo un'estensione di noi tutti. E anche di Hayden, per quel che vale.»

Camden si fa indietro di scatto. «Cristo, sei uno stronzo nervoso oggi.»

Aggrotto la fronte, mi avvicino alla pentola elettrica per il riso sul bancone e le do un'occhiata sommaria. Vi dice che anche una scimmia sarebbe capace di farla funzionare, perciò per fortuna non sembra che abbiamo incasinato anche quello.

Prendo la lattuga in foglie e le verdure dal frigo, e le porto sulla penisola del bancone. Lancio un cetriolo a Camden.

«Renditi utile.»

Lui espira e inizia ad affettare con cautela, mentre io mi metto al lavoro sulle carote. Non sono stato molto nel mio appartamento di recente, preferendo il rifugio del corpo di Belle, vale a dire la sua stanza da letto alla mia. Anche se, a essere onesto, non vado da lei solo per scopare. Preferisco averla accanto, tutto qua. E con il suo grande evento in arrivo domani, volevo fare qualcosa di speciale stasera, nel nostro appartamento, per aiutarla a rilassarsi e distogliere la mente dallo stress.

Riesco a sentire lo sguardo di Camden su di me, mentre affetto.

«Va tutto bene, Tanner? Sembri… teso. È per la partita di domani? O per l'intervista con la rivista, la settimana prossima?»

Sospiro pesantemente. «No, insomma, ho paura per l'intervista, soprattutto perché Santino ha detto che l'hanno convertita in un servizio video o qualche stronzata del genere.»

«Oh, che emozione!» cinguetta Camden con la sua imitazione della voce della Regina. «Tu e Belle sarete assolutamente deliziosi in video!»

Alzo gli occhi al cielo e rispondo in tono piatto: «Senti chi parla.»

Smette di scherzare. «Io e Indie abbiamo avuto il nostro *momento di gloria*, ora siete tu e Belle il nuovo luccicante interesse su cui i media puntano i riflettori. Ma se non si tratta di quello, qual è il problema? È la partita?»

Aggrotto la fronte. «Sono ansioso ma… carico, più che altro. L'allenamento questa settimana è andato bene. Io e DeWalt stiamo finalmente trovando un ritmo. Penso che potremmo vincere se ci impegniamo.»

Cam alza le sopracciglia. «Eccellente. Che cos'è allora?»

«Non lo so» mormoro, facendo scivolare le carote tagliate nella scodella della lattuga.

«Le cose vanno male tra te e Belle?»

«No, lei è davvero fantastica» rispondo subito, perché è la verità. Questa settimana con Belle è stata perfetta. Questo mese con Belle è stato perfetto. Inclusi gli alti e bassi, che non hanno fatto altro che farmela desiderare di più.

Quello che era iniziato come il mese peggiore della mia vita, con una sospensione, si è trasformato in qualcosa di straordinario. Ma non posso scrollarmi di dosso la sensazione di essere sul bordo di qualcosa di importante, e dovrò saltare o cadere.

«Allora deciditi a sputare il rospo, qual è il tuo problema?» sbotta lui.

Stringendo le labbra, mi strofino le mani sui jeans e decido di rispondere alla sua domanda con un'altra domanda. «Come gestisci l'equilibrio tra il calcio e Indie?» Mi giro, getto gli utensili nel lavandino e mi sollevo sul bancone. «Io mi ritrovo del tutto preso da Belle e la cosa mi sembra un po' folle.»

Camden rimugina sulla sua risposta per un minuto. «Be', io e Indie viaggiamo molto entrambi, quindi le nostre separazioni avvengono di comune accordo. E questo dà a lei lo spazio di cui ha bisogno come persona, e dà a me la possibilità di farmela mancare da morire. Rende i nostri momenti assieme ancora più speciali, quando torniamo.»

«Sei consumato da lei, quando ritorni?» chiedo, temendo un po' la risposta perché è di Indie che stiamo parlando e lei è come una sorella per me. Ma ho bisogno di consigli e quindi devo farmi forza e mettermi in panni adulti.

«Sì. Sì, del tutto.» Fa un sorriso consapevole e devo distogliere lo sguardo perché riesco a percepire i suoi pensieri sconci. «Quando lo sai lo sai, fratello. E se il tuo gioco non ne viene influenzato negativamente, perché resistere?»

Rifletto, cercando le parole giuste. «Ho questa… urgenza di rendere mia Belle, tipo in maniera permanente. Ce l'hai anche tu con Indie?»

Cam socchiude gli occhi come se avessi toccato un punto dolente. «Direi di sì. In effetti, c'è qualcosa di cui ti volevo parlare.»

«Cosa?»

«Io, ehm… vorrei prendere un posto per me e Indie. Una casa che sia nostra. Voglio farle una sorpresa, perché so che se la coinvolgo si sentirà in imbarazzo per i soldi e non voglio che questo succeda. Pensavo di farmi aiutare da Belle nella scelta.»

Sorrido, sinceramente contento per lui. «Sembra splendido, Cam. Davvero. Sono felice per te.»

«Già» mormora lui, abbassando lo sguardo e giocherellando con le fette di cetriolo. «Solo che significherebbe che io, uh… non vivrei più qui.»

È allora che comprendo il suo imbarazzo. Ovviamente, una casa nuova con Indie significherà andare via da qui per sempre. Come ho potuto essere così stupido? La fitta di delusione è forte, ma non insopportabile. Annuendo, rispondo: «Capisco.»

«Be', è solo… Ti conosco e so che non abbiamo passato tanto tempo insieme ultimamente» balbetta, ma lo interrompo.

«Camden, non rammollirti con me. Ti si vede la vagina.» Lui alza gli occhi al cielo. «Starò bene» confermo.

Lui annuisce stoico, ma scurendosi in volto. «Posso farti una domanda seria?»

Faccio spallucce. «Certo.»

«Ti manca giocare insieme quanto manca a me?»

Mi si forma un groppo in gola mentre incrocio i miei occhi blu con i suoi. Non c'è allegria nella sua espressione. Non mi sta prendendo in giro. È sincero e onesto con me in questo momento. Ci stiamo dicendo un migliaio di parole al minuto con gli occhi, ma a voce alta rispondo solo: «Ogni giorno.»

Lui abbassa gli occhi e mormora: «Anche a me.»

Faccio un mezzo sorriso. «Dovevamo crescere, immagino.»

Fa una risata sprezzante. «Non me lo sarei mai immaginato per noi. Pensavo saremmo stati single finché non fossimo diventati vecchi e grigi. E anche allora, avremmo scopato a destra e a manca, magari con donne molto più giovani, e ricordato i nostri vecchi giorni di gloria sul campo.»

Questo mi fa ridere.

Poi aggiunge: «Ma ora che stai da un po' con Belle, puoi dirmi in tutta onestà che torneresti a quello?»

«Cazzo no.» Sorrido a me stesso. «Essere legati ha i suoi vantaggi.»

La cosa lo fa sorridere trionfante. «Ora, se solo riuscissimo a farti venire all'Arsenal, la vita sarebbe davvero perfetta.»

«Non so» rispondo, guardando in lontananza. «Non mi dispiacerebbe sanguinare in verdebianco fino al giorno della mia morte.»

Scuote la testa. «Quindi, ti starebbe bene? Se mi trasferissi?»

Annuisco, sapendo nel profondo che, anche se io e Camden non condivideremo più un appartamento e il campo, sarà sempre mio fratello. «Andrà bene. Sono felice per te, femminuccia.»

«Grazie, puttanella.»

Il rumore delle chiavi interrompe il nostro tenero momento fraterno, prima che delle risatine giungano dal corridoio.

«Ci siete?» chiama Indie.

«Siamo qui» risponde Camden.

Belle e Indie entrano in cucina a passo strascicato e faccio uno strano sorriso accigliato quando la vedo. Il sorriso è perché sono felice di vederla. Lo sono sempre. Mi acciglio perché penso che sia…

«Siamo sbronze!» cinguetta Indie con un sorriso, gli occhiali un po' storti. «Volevamo solo prendere un bicchiere di vino come aperitivo, ma si è evoluto velocemente in un vero Happy Hour da Tequila Sunrise.» Singhiozza.

Belle si copre le labbra nel tentativo di reprimere una risatina. Gli occhi semichiusi incrociano i miei e di nuovo vengo colto da quel sentimento possessivo. Quell'urgenza di portarla nella mia camera da letto e avvolgerla nel mio odore, come un animale.

«So che darai la colpa a me, Camden, ma è stata Indie l'istigatrice stavolta» dice Belle da sopra una spalla mentre avanza verso di me a grandi passi. Ha i lunghi capelli neri sciolti attorno al viso. La bocca è girata all'insù in un sorriso sciocco ma felice. Guarda il cibo mentre allunga le mani e me le stringe attorno al collo. «Sembra adorabile.»

«Sembra una merda» mormoro, tirandola a me per confortarmi. «Abbiamo fatto un casino.»

«No.» Scuote la testa. «Sarà ottimo.»

«Attenzione con questo argomento, Belle» si intromette la voce di Camden. «È un tantino sensibile in merito al cibo. A quanto pare, sta ancora cercando di corteggiarti.»

Le sue lunghe ciglia salgono mentre i suoi occhi cercano i miei in una muta domanda.

La voce di Indie dice da qualche parte in lontananza: «Tu non stai cercando di corteggiare me?»

Camden risponde: «No, io ti ho già conquistata, Quattrocchi.»

«Be', e se volessi essere corteggiata?»

«Allora, faresti bene a tenerti pronta, perché…» la voce di Camden si perde mentre Belle mi si rivolge sottovoce.

«Stavi cercando di impressionarmi?» Il suo tono è caldo, come una coperta elettrica avvolta tutta intorno a me.

«Cerco sempre di impressionarti» le rispondo, voltandoci e imprigionandola contro il piano di lavoro. La sollevo in modo che il suo sedere sia poggiato sul bancone e le gambe, avvolte nei jeans, strette attorno ai miei fianchi. Mi premo contro di lei, esattamente dove voglio. «Non te ne accorgi?»

Mi aspetto che dica qualcosa di pungente, feroce e scortese. Qualcosa che mi farà ridere. Invece lei mi accarezza i capelli e risponde: «Sì, l'ho notato.»

Agito un sopracciglio. «Significa che sta funzionando?»

«Potrebbe.» Ride dolcemente e io mi appoggio al suo collo, leccando un sentiero su fino all'orecchio e assaggiando ciò che è mio di diritto.

La voce di Indie cinguetta da dietro di noi assieme allo sferragliare dei piatti. «Mangiamo, piccioncini!»

Desiderando che spariscano, chiudo gli occhi e inalo l'odore di Belle. Il mio cuore brama di dirle qualcosa in questo istante, ma la mente mi obbliga a trattenermi. Le sussurro all'orecchio: «E se invece ti portassi a letto?»

«No!» esclama lei con una risata, spingendomi via. «Mi hai preparato la cena e intendo godermela.»

Mi affloscio. «E così muore un altro sogno.»

Per anni, la prima cosa a cui pensavo quando mi svegliavo al mattino era il calcio. Non solo nei giorni delle partite ma ogni giorno. Mi svegliavo pensando all'ultimo goal che avevo segnato. A come era andato l'allenamento quella settimana. A una manovra che volevo proporre a mio padre. A come avremmo portato la squadra al livello successivo. Alla strategia, ai giocatori, alla passione. All'impegno. Ero sempre assorbito dal calcio.

Quindi, quando apro gli occhi alla luce del mattino, nel giorno della mia prima partita dopo la sospensione, e la prima cosa che mi passa per la mente è Belle, capisco che tutto è cambiato.

Il campo è bagnato e spugnoso, a causa della pioggia di questa notte, che, come per un battesimo, ha purificato l'aria in occasione della mia riammissione nello sport. L'aria è gravida di fredda umidità e il lieve odore di birra rancida e cibo confezionato mi permea le narici. Tutto questo mi fa sentire a casa.

Resto lì ad aspettare il calcio d'inizio, e non sto nella pelle per la necessità di trasformare la vibrante concentrazione che mi attraversa le vene in una cazzo di vittoria, che superi ogni altra. Anche la mia squadra la sente. DeWalt, Booker, papà. Tutti mi guardano e si nutrono dell'energia che sto irradiando.

Sono deciso a fare onore alla fascia colorata che ho al braccio, con su scritta la parola "CAPITANO". Sono deciso a dimostrare che il Bethnal Green non è più la squadra afflitta da problemi che era un tempo. Sono deciso a dimostrare che Tanner Harris non è solo un mezzo attaccante. Non più.

Sono deciso a dimostrare di essere rinato, un uomo nuovo. L'arbitro fischia... ed è quello che faccio.

Capitolo 28

VITTORIA E PREMIO DI CONSOLAZIONE

BELLE

Non appena i Parker escono dalla Westminster Suite dello Shangri-La Hotel, mi fiondo alla borsa per prendere il telefono.

Stavo morendo dalla voglia di sapere com'era andata la partita di Tanner, ma era importante mostrare tutto il dovuto rispetto alla famiglia Parker, che ha fatto un lungo viaggio fin qui dall'America. Abbiamo trascorso uno splendido pomeriggio, prendendo il tè al trentottesimo piano di uno degli edifici più alti d'Europa, lo Shard. La suite è allestita in uno stile decadente con mobili color crema di design orientale. Ma, diciamocelo, non si nota molto la stanza quando ci sono delle vetrate dal pavimento al soffitto, che consentono una sbalorditiva vista del Tamigi e del Tower Bridge.

I Parker sono rimasti impressionati. La loro figlia Nevaeh, di dodici anni, è stato uno dei primi casi di spina bifida che la dottoressa Miller ha trattato con successo, nel suo precedente ospedale in Indiana.

La spina bifida si verifica quando nel feto una o più vertebre della spina dorsale non si chiudono e può causare seri danni neurologici nel tempo. La lesione di Nevaeh era nella parte alta del midollo spinale, e la prognosi, nei casi come il suo, non è buona. Spesso, alla nascita, non riescono neppure a respirare in maniera autonoma.

Il ginecologo dei Parker aveva consigliato l'aborto, come molti dottori fanno, ma poi la famiglia aveva sentito parlare degli studi della dottoressa Miller. La dottoressa aveva operato Nevaeh quando era un feto di venticinque settimane. Ora è una ragazzina vivace e in salute, che di recente è diventata capitana della sua squadra di dibattito. In molti lo definirebbero un miracolo.

Ciò nonostante, ho bisogno di sapere com'è andata a Tanner oggi. Magari non starà salvando la vita di piccoli pazienti, ma ci sono molte persone che dipendono da lui. I compagni di squadra lo ammirano; i tifosi lo incitano. Il calcio è un alito di vita in un mondo spesso cupo. Guardarlo dare il meglio e impegnarsi al cento per cento in una partita è anch'esso un piccolo miracolo.

Quando me ne sono andata da casa sua stamattina, ho visto una gravità nei suoi occhi che mi ha spaventata. Non so se fosse a causa della partita o per quel che c'è tra noi, ma sono stata preoccupata per lui per tutto il giorno.

Scorro sul cellulare e trovo i risultati calcistici della giornata. Quando un titolo attrae la mia attenzione, quasi squittisco per la gioia.

"Una performance da carnevale", è il modo in cui i giornali definiranno la vittoria di oggi del Bethnal Green F.C.. Il Bethnal ha inflitto un'umiliazione ai suoi avversari sconfiggendoli per sette a uno allo scadere del novantesimo minuto.

«Sì!» strillo, e getto le mani in aria prima di continuare a leggere.

Un grande ritorno per l'attaccante Tanner Harris, che ha conquistato la terza tripletta della sua carriera, dopo una sospensione durata un mese. Ci sono un milione di modi diversi in cui una palla può entrare in rete, e Tanner ci ha mostrato alcuni dei migliori. Ma le sue capacità non si sono limitate a questo. Ha dimostrato una splendida leadership sul campo con due sorprendenti passaggi al compagno attaccante sudafricano Roan DeWalt, che hanno portato ad altri due palloni tra i pali.

Sospiro di sollievo mentre leggo altre sperticate lodi indirizzate a Tanner. Sentendo il bisogno di connettermi con lui, apro il riquadro dei messaggi per mandargliene uno. Proprio in quel momento, il suo viso mi illumina lo schermo per una chiamata.

Sto sorridendo da orecchio a orecchio quando rispondo. «Fenomeno che non sei altro, ce l'hai fatta.»

La sua profonda risata mi riscalda le parti basse. «Ce l'abbiamo fatta. È stata una partita che non dimenticherò mai. Dio, avrei voluto che fossi lì.»

«Anch'io» gemo. «Esigerai un pompino stanotte in cambio, non è vero?»

Lui tossisce una risata sorpresa. «Di sicuro non direi mai di no. Dicono che la strada per il cuore di un uomo passa dal suo stomaco, ma è perché non hanno mai avuto la bocca di Belle Ryan stretta attorno al loro cazzo.»

Ridacchio e scuoto la testa. «Spero non ci sia gente vicino a te.»

«Oh, sono nello spogliatoio a parlare al megafono. Va tutto bene. I ragazzi sono molto felici per me.»

«Tanner, sei un idiota!» Non riesco a nascondere la mia risata. Non voglio nascondere la mia risata. Il desiderio mi si insinua tra le cosce. Un grande pomeriggio per me, un'incredibile vittoria per lui. Sono tutta sola in una stanza di lusso. Deve essere qui. «Quando arrivi?»

«La squadra sta andando a bere un bicchiere per celebrare e poi tornerò all'appartamento a cambiarmi. Posso venirti a prendere in stanza alle otto meno un quarto, se vuoi.»

Sospiro. «Immagino che andrà bene.»

«Avevi qualcosa di diverso in mente?» mi domanda.

«Abbiamo avuto entrambi una buona giornata. Volevo… festeggiare.» Il mio tono non lascia niente all'immaginazione.

Un basso ringhio risuona sulla linea. «Donna, festeggerò così tanto con te stanotte che avrai bisogno che ti riporti a casa in braccio, domani.»

«Promesse, promesse.» Sorrido quando lui ride in uno sbuffo. «Ci vediamo tra un paio d'ore.»

Riattacchiamo e mi butto sotto la doccia, obbligando le mie mani a non toccarmi, come vorrei disperatamente fare.

Tanner Harris merita tutta la furia di questa tensione sessuale.

***

Tanner

Indosso un vestito slim antracite, cravatta viola scuro, stivali di pelle marrone e cintura. Sto bene e mi sento in cima al mondo.

Salgo con l'ascensore al trentottesimo piano, usando la parete a specchio per appiattirmi la criniera bionda, che ho davvero pettinato stasera. Beh, l'ho asciugata col fon e l'ho spazzolata più di un paio di volte. È il massimo che riesco a fare, per domarla. Mi alliscio la barba accorciata di fresco e la bocca mi si incurva in un mezzo sorriso. *Questa sarà una cazzo di serata grandiosa.*

C'è da fare festa per moltissimi motivi. È l'ultimo finto appuntamento mio e di Belle, anche se abbiamo eliminato l'etichetta di finto; stiamo festeggiando i risultati di Belle nel suo nuovo lavoro; stiamo aiutando una grande causa e, per finire, c'è la schiacciante vittoria del Bethnal Green che ha segnato il mio ritorno sul campo. Sono accadute così tante grandi cose. Spero che stasera sia l'inizio per altrettante, ancora da venire.

Busso alla porta della stanza e sto guardando giù per sistemarmi i gemelli quando viene aperta.

La voce di Belle gracchia: «Ho quasi finito. Sto solo litigando con questo stupido orecchino…»

I miei occhi iniziano una lenta risalita lungo il suo corpo mentre la sua voce si perde in qualche terra lontana in cui il suono scompare. Devo impegnarmi per cercare di non venire nei pantaloni, come un adolescente in piena pubertà.

Le sue curve, le sue perfette, bellissime curve, mature come una pesca, sono avvolte in un vestito color champagne con i lustrini, lungo fino ai piedi. Brilla ogni volta che respira, ed è l'epitome dell'eleganza.

È troppo per me.

«Che c'è?» mi chiede, cogliendomi a guardarla a bocca aperta e lisciandosi il vestito con aria imbarazzata.

«Sembri una sposa.» Le parole mi cadono dalla bocca.

Lei fa un sorrisino. «Credo che le spose si vestano di bianco.»

Scuoto la testa, ipnotizzato. «Sei bellissima, cazzo.»

I suoi occhi annebbiati incrociano i miei, accettando le mie rozze parole come fossero oro colato, perché sono io e lei lo sa. Ha i capelli neri arricciati in morbidi boccoli lungo un lato del collo; mi fanno venire voglia di allungare una mano e passarvi attraverso le dita. So che quel pensiero mi rende un po' effeminato, perciò il fatto che me ne stia lì con un mezzo alzabandiera mi rassicura sul fatto di essere ancora un uomo.

Lei si appoggia una mano sul fianco e guarda su e giù lungo il mio corpo. «Anche tu non sei niente male, Attaccante.» Mi fa l'occhiolino attraverso le folte ciglia con un incredulo scuotimento della testa. «Ma mi sarebbe davvero piaciuto vedere che aspetto avevi sul campo oggi. Dio!» Squittisce e stringe i pugni di eccitata frustrazione mentre mi cade tra le braccia. Giurerei che il mondo smette di muoversi quando aggiunge: «Sto male per non aver potuto esserci. Sono così fiera di te.»

Le faccio scivolare le mani attorno alla vita e la attiro a me, sopraffatto dalla sua adorazione. Non ho mai avuto qualcuno come lei con cui condividere il calcio. Certo, l'ho condiviso con la mia famiglia, ma questo dà una sensazione diversa. Sento che è… straordinario.

Unisco le nostre labbra in un bacio necessario, perché mi faccia sentire le sue parole direttamente sulla mia pelle. Saggiarne il peso e impararle a memoria. Ha un sapore così buono, come una vittoria e un premio di consolazione allo stesso tempo. Perderei migliaia di partite se significasse poter continuare a baciarla così.

Mi ritraggo, respirando più a fatica di quanto vorrei, gli occhi spalancati e seri che incrociano i suoi. Lei aggrotta la fronte in una muta domanda e non riesco a trovare la voce per rispondere. Per spiegarle. Per dirle quello che provo. Deglutisco a forza. «Ti va una scopata?»

Lei ride e sembra così giusto. Leccandosi le labbra scure, si volta a prendere la borsa dal tavolino accanto alla porta. Mentre mi sfiora passandomi accanto, risponde: «Pazienza, animale. Le cose belle accadono a chi sa aspettare.»

La seguo mormorando sottovoce: «Non sono mai stato bravo ad avere pazienza.»

Arriviamo alla sala da ballo, situata al quarto piano dello Shangri-La Hotel. I complementi di arredo sono in tema "notte stellata". Tovaglie blu, brillanti centrotavola d'argento e luccicanti inserti decorano la stanza. Belle deve fermarsi a salutare parecchie persone mentre andiamo verso il nostro tavolo. Sono un mucchio di tizi dai capelli bianchi che sembrano topi di laboratorio, i cui smoking saranno stati comprati negli anni novanta ed ora vanno loro stretti. Belle non sembra per nulla nervosa. È calma, tranquilla, composta e brillante.

Io faccio del mio meglio per non comportarmi come lo stupido calciatore che di certo tutto il mondo presume io sia. Molti ospiti si congratulano con me per la partita. Forse non sono neppure tifosi del Bethnal, ma avranno fatto delle ricerche sapendo che molti di noi avrebbero partecipato.

Quando Belle viene portata via dal responsabile del catering, mi dirigo dalla mia gente, al tavolo sponsorizzato del Bethnal Green. In un mare di vecchie mummie rinsecchite, il nostro gruppo spicca come se avesse appena terminato un servizio fotografico per *Il Grande Gatsby*. Booker indossa giacca e cravatta e sta conversando con la sua dama, una bionda cresciuta in fondo alla nostra via a Chigwell. L'ho già vista in giro, ma non sono mai usciti assieme ufficialmente, che io sappia. Ci sono anche Camden e Indie, tutti eleganti, intenti a guardare con discrezione sui loro cellulari.

«Perché voi due siete così distratti? È successo qualcosa?» chiedo serio, perché non è il caso di scherzare sulle cose orribili che accadono nel mondo.

La testa di Indie scatta verso l'alto. «No! C'è un'asta silenziosa e devi mandare l'offerta con un SMS. Sto lottando per vincere questo viaggio in Spagna.»

La testa di Camden scatta per seconda. «Io sto lottando per vincere un viaggio in Spagna!»

Booker ride ululando, mettendo un braccio attorno alla bionda. «Voi due stavate rilanciando l'uno contro l'altra per tutto il tempo!»

Indie si sgonfia. «Che tristezza. Pensavo di star andando così bene.»

«Stavi andando bene, Quattrocchi» tuba Camden, accarezzandole le braccia. «Smetto di offrire e ti lascio vincere.»

Lei sporge un labbro. «Non è altrettanto divertente.» Incrocia le braccia per mettere il broncio, ma poi si illumina quando vede qualcuno dietro di me. «Belle! Sto vincendo!»

«Evviva!» esclama Belle di riflesso, portandosi accanto a dove sono seduto. Esamina il tavolo. «Siete tutti splendidi.»

Indie la guarda con apprezzamento. «Anche tu.»

«Grazie a tutti per essere venuti stasera» dice Belle, rivolgendosi al tavolo occupato dalla mia famiglia, i miei compagni di squadra e le WAG. «Non dimenticate di scattarvi una foto nell'enorme cabina laggiù.» Indica la grande struttura bianca simile a una tenda, posta su un lato della sala da ballo. «Se ne possono fare quante ne volete, per cui approfittatene. Oh, e ci sarà anche un'asta dal vivo con un po' di cose interessanti, dopo il piccolo discorso che devo fare, perciò non allontanatevi!»

Inarco le sopracciglia. «Non sapevo che dovessi fare un discorso.»

Lei minimizza come se non fosse nulla. «Devo solo presentare la dottoressa Miller.»

Annuisco mentre DeWalt, dall'altra parte del tavolo, interviene con una domanda sull'asta silenziosa, che sta seguendo sul cellulare. Lei va ad aiutarlo, perciò mi dirigo al bar e prendo un paio di bicchieri di champagne. Quando torno, sta ancora parlando e ridendo con lui, sembrandomi splendida al suo fianco. Serro la mascella mentre cerco di non farmi rizzare i peli sulla nuca. Io e DeWalt abbiamo giocato una partita grandiosa oggi, ma gli tengo ancora gli occhi addosso dopo quella sera da Welly's.

Sento che Belle si congratula con lui per i suoi goal di oggi e devo trattenermi per non andare lì e pisciarle addosso per marcare il territorio. Quando si riunisce a me e lui va al bar, fuori portata d'udito, le sussurro all'orecchio: «Ricordi cosa è successo l'ultima volta che hai flirtato con DeWalt?»

Lei mi rivolge gli occhi contornati di nero. «Non sto flirtando, sto facendo l'ospite educata.»

Inarco un sopracciglio. «Non hai bisogno di accarezzare il suo ego per i goal che ha segnato. Qui l'unico che segna davvero sono io, donna.» Guardo in basso verso il suo corpo con un completo senso di possesso. Mi chino e le mie labbra le solleticano il lobo quando aggiungo: «E se vuoi essere di nuovo scopata nel mio furgone, non devi fare altro che chiedere.»

Lei si ritrae, mordendosi la lingua per zittire una replica che riesco a veder crescere nel suo sguardo. Si guarda attorno per vedere se la via è libera, si lecca le labbra e mi miagola all'orecchio: «Mi piacerebbe essere scopata in un mucchio di posti, Tanner Harris, ma preferisco essere creativa. Spostiamoci dal tuo furgone a, diciamo… il campo del Tower Park?» Il suo tono diventa sempre più sexy e un ghigno soddisfatto mi si apre sul viso quando mi dà un colpetto alla mascella col naso. «Voglio che tu rimetta in scena tutti i goal che hai segnato oggi. Usando me come rete.»

L'uccello mi sobbalza nei pantaloni. Non posso impedirlo. Chiudo gli occhi e mi faccio forza per controllarmi, per evitare di rivelare il bambinone arrapato in cui il mio cazzo e Belle mi trasformano. *Questa donna*, penso. Mi strega. Belle Ryan è sia luce sia oscurità, e tutto ciò che voglio è passare ore a perdermi nelle sue ombre.

All'improvviso, gli occhi di Belle si illuminano guardando dietro di me. «Oh, dottoressa Miller, salve!» La sua voce è acuta quando si alza e si protende a stringere la mano di qualcuno.

Io resto seduto per un secondo per cercare di togliermi lo stordimento sessuale dalla faccia. Mi giro sulla sedia proprio mentre Belle sta iniziando a presentarmi.

«Lui è il mio ragazzo, Tanner Harris.»

Su quella, mi alzo dalla sedia, i pensieri sconci pressoché svaniti dopo la sua etichetta di "ragazzo". Sembra quasi una banalizzazione in confronto a ciò che sento dentro. Non è una rappresentazione accurata di come vedo noi due. Nonostante questo, mi volto per torreggiare su una donna bassa e robusta, con un abito da sera da matrona. Sono sorpreso di vedere che è questa la donna che Belle definisce il genio che salva i bambini.

Ci stringiamo la mano e noto una cadenza nel suo accento americano. «Piacere di conoscerla, signor Harris. Apprezzo davvero che lei e la sua squadra sosteniate questa serata.»

Liquido la cosa mentre lei fa cenni del capo a tutte le persone al tavolo, dietro di me. Rispondo: «È un piacere per noi. Sono molto fiero del lavoro che Belle fa con lei. Mi stava parlando dei vostri ospiti d'onore di questa sera, mentre scendevamo in ascensore. Quello che voi tutti riuscite a fare è incredibile.»

La dottoressa Miller sorride a Belle. «Be', abbiamo bisogno di dottori forti e motivati come la dottoressa Ryan perché il nostro lavoro possa continuare. Ho grandi speranze per lei.» Belle arrossisce e mormora un ringraziamento, ma poi il suo sguardo si sposta altrove, verso qualcuno in lontananza. «Quella è sua figlia Reyna? E Liam?»

Sposto lo sguardo sulla coppia che si sta avvicinando, e all'istante lo punto sulle braccia tatuate della donna. Anche se apprezzo il lavoro artistico, non posso non notare l'enorme differenza tra lei e la dottoressa Miller. Non sono la tipica combinazione madre/figlia. Crescere con una madre come la dottoressa Miller e avere così tanti tatuaggi implica sicuramente che c'è una storia sotto.

«Dottoressa Ryan, mi pareva che fosse con lei che stava parlando mia madre. Volevo solo passare a salutarla.»

La donna rimuove la presa dalla piccola sporgenza e si protende a stringere la mano di Belle. L'uomo fa lo stesso.

«Tanner, lei è la figlia della dottoressa Miller, Reyna, e questo è suo marito, Liam. Lui è il mio ragazzo, Tanner Harris.» Ci scambiamo altre strette di mano e faccio del mio meglio per nascondere la ruga sulla fronte nel sentire di nuovo quella parola fastidiosa.

«Come state... tutti?» chiede Belle, indicando con un gesto il ventre di Reyna.

«Alla grande» risponde Liam. «Abbiamo fatto un'altra ecografia questa settimana e tutti e tre i bambini stanno benissimo.»

«È meraviglioso!» esclama Belle. «Oh, sono davvero felice per tutti voi. La dottoressa Miller sarà la migliore delle nonne.»

Reyna ride. «Lascerà che restino impuniti per un omicidio, ne sono sicura.» Guarda sua madre. «Non vedo l'ora.»

La dottoressa Miller e Reyna si guardano a vicenda per un attimo, scambiandosi un qualche genere di muta comunicazione, che sembra importante. Mi coglie una fitta nel rendermi conto che non saprò mai come sia avere una madre, e una nonna per i miei figli. Onestamente, non avevo mai pensato molto a eventuali figli prima d'ora, ma l'idea non mi terrorizza come faceva un tempo.

«Grande partita oggi, amico» dice Liam, interrompendo i miei pensieri e allungandosi a stringermi di nuovo la mano. «Voi Harris rendete il calcio divertente da guardare.»

Annuisco e ricambio la stretta. «Grazie, è gentile da parte tua.»

La dottoressa Miller si schiarisce la gola, interrompendo la nostra conversazione. «Devo rubarvi la dottoressa Ryan per un attimo. Abbiamo un ospite alla porta con cui ho bisogno che lei parli.»

«Certo» rispondo, e faccio un passo indietro per lasciarla passare.

***

Belle

Riesco a stento a credere ai miei occhi quando il mio sguardo atterra su mio padre, in piedi, all'ingresso della sala da ballo. È alto ed eccessivamente magro, come sempre. Ma ha i capelli grigi un po' spettinati e il suo abito blu dal taglio classico è un tantino stropicciato.

Mentre ci avviciniamo, la dottoressa Miller mi mormora all'orecchio: «Ha detto che non sapeva di aver bisogno di un invito per entrare. Ho pensato fosse meglio lasciar decidere a te come gestire la cosa. Sarò ben lieta di fare qualunque cosa tu preferisca. Mi fido completamente di te.»

Annuisco mentre lei si allontana, lasciandomi con l'uomo che mi ha cresciuta. «Padre, cosa ci fai qui?»

Lui ruota sui tacchi al suono della mia voce, barcollando un po' all'indietro. «Belle, cara. Hai un aspetto regale.»

Aggrotto la fronte. «Mi sorprende vederti qui.»

Ha gli occhi lucidi e riesco a sentire l'odore dello scotch nel suo fiato. «Be', hai detto che non sostengo mai quello che fai, perciò eccomi qui. Malauguratamente, non sapevo che fosse necessario un invito. Pensi che potrei comunque prendere parte alla serata?»

Mi guardo attorno nervosamente. «È una raccolta fondi. I piatti sono a cento sterline l'uno.»

Prende il libretto degli assegni dalla tasca posteriore. «A chi lo intesto? A te? All'ospedale? Alla tizia obesa che ti ha accompagnato qui?»

Sgrano gli occhi. «Lei è la dottoressa Miller, un chirurgo di fama mondiale, ed è l'unico motivo per cui io ho potuto scegliere una tale specializzazione» sibilo, avvertendo le cuciture del mio abito da sera mentre inspiro una grande quantità d'aria. «Tu *devi* mostrarle rispetto.»

Lui alza le mani in segno di difesa. «Non serve che ti agiti.» Dice l'ultima parola nello stesso tono in cui me la diceva da bambina. Stacca l'assegno. «Intestalo a chi ti pare. E adesso, indicami la direzione per raggiungere il bar e sarò a posto.»

«Forse dovresti tornare a casa, padre. Mia madre sa dove sei?»

Questo fa sì che mi guardi male. «Certo che lo sa.»

«Allora perché non sei qui con lei?»

«Non è voluta venire. Non ne aveva alcun desiderio, ma io sì.» Si batte un dito sul petto. «Ora, intendi trovare un posto per tuo padre o no?»

Quello che mi sta chiedendo di fare mi sembra sbagliato. Però una parte malata, profonda, oscura di me vuole andare avanti. Farlo accomodare e permettergli di assistere a quello che faccio. Obbligarlo a sentire le parole che io e la dottoressa Miller diremo tra breve. Forse questa è un'opportunità Tequila Sunrise per dare prova di me a mio padre, una volta per tutte.

Mi raddrizzo. «Ho un posto libero, ma te lo darò solo a delle condizioni.»

Lui fa un sorrisino, un ghigno disgustoso che mi fa venire voglia di dargli un pugno su quel lungo naso aquilino. «Questa è la mia ragazza.»

La risposta mi disturba, ma faccio un passo avanti e mi faccio forza per sembrare intimidatoria. «Non parlare con Tanner. Non guardare Tanner. Non presentarti a Tanner, o alla dottoressa Miller, per quel che vale. Dico sul serio, padre. O non ti farò entrare.»

«Parola di scout.» Alza due dita nel segno della pace.

Faccio per allontanarmi, mormorando: «Starai in fondo, con il personale medico proveniente dalla Danimarca, per cui chiacchierare ti sarà difficoltoso.»

«So come parlare alla gente, Belle. Anche agli stranieri. E ciò che faccio per vivere.»

Alzo gli occhi al cielo mentre mi segue attraverso la sala da ballo. Non nutro fiducia in mio padre e, dopo tutte le cose orrende che ha detto su Tanner al telefono l'altro giorno, mi rifiuto di metterlo sulla sua linea di tiro.

Gli trovo un tavolo con due posti vuoti, che erano stati prenotati dal primario di chirurgia danese e da sua moglie, nessuno dei quali è riuscito a venire. Prima di andarmene, lo infilzo con uno sguardo letale. «Dovrò tenere un breve discorso tra poco. Magari… prendi del caffè o del tè, e ripasserò dopo.»

I suoi occhi calano lentamente mentre annuisce, per cui mi volto e mi allontano su gambe tremanti. È la prima volta nella mia vita in cui vedo mio padre così sbronzo. E in pubblico, per di più. Non barcolla, ma si sta decisamente comportando in modo strambo. La situazione è… snervante.

Dopo un paio di bicchieri di champagne, un po' di cibo nello stomaco e qualche risata per le foto che Indie e Camden si sono fatti nella cabina, ho dimenticato mio padre.

Ho i palmi sudati quando prendo il pezzo di carta con le parole che pronuncerò stasera. Me le ripeto ancora e ancora nella mente, fino a quando il coordinatore dell'evento mi chiama da parte e mi dice che è il momento di salire sul palco.

Tanner mi dà un bacio e un pizzicotto prima che mi avvii. Quando salgo gli scalini per il palco, all'improvviso sono molto consapevole delle cinquecento persone presenti in sala.

Il maestro di cerimonie mi presenta e avanzo fino al podio, col mio vestito che spara raffiche di scintille sotto le luci del palco.

Mi schiarisco la gola e scavo a fondo per mettere insieme tutta la mia sicurezza. «Grazie per esservi uniti a noi questa sera. La Fondazione per la Medicina Fetale è un ente benefico che ha lo scopo di migliorare la salute delle donne incinte e dei loro bambini non ancora nati, attraverso la ricerca e la preparazione di nuovi specializzandi in medicina fetale.»

Faccio una pausa e un sospiro tremante. Il mio sguardo trova Tanner e lui fa un cenno del capo per incoraggiarmi.

«Con l'aiuto di persone come voi, intervenute stasera, la fondazione ha raccolto più di quindici milioni di sterline negli ultimi dieci anni di attività.

Con il vostro aiuto, siamo in grado di mantenere il nostro programma educativo, in modo che dottori come me possano avere l'opportunità di addestrarsi con alcune delle menti più brillanti in questo campo.

Ciò che facciamo qui, stanotte, ci aiuta a salvare delle vite come quella di Nevaeh Parker dell'Indiana, alla cui madre era stato consigliato dal suo ostetrico di abortire a sedici settimane di gravidanza, dopo la scoperta che la bimba soffriva di spina bifida. Grazie agli sforzi della dottoressa Miller, Nevaeh ora è una brillante e sana ragazzina di dodici anni con un'eccellente qualità della vita. Così eccellente, in effetti, che oggi, durante il tè che abbiamo preso assieme, mi ha informato di essere stata mandata nell'ufficio del preside la settimana scorsa, per aver spruzzato di fango i compagni durante l'ora di educazione fisica.»

Faccio una pausa mentre la stanza esplode in piacevoli risate.

«Mentre ero seduta accanto a Nevaeh e la guardavo innamorarsi della panna cotta, mi sono sorpresa a riflettere sul fatto che la dottoressa Miller l'abbia operata quando nessun altro avrebbe potuto. L'ha guarita quando tutti erano certi che non c'era nulla da fare. Come dottori, ci piace pensare di giocare a fare Dio. Ma guardando ora Nevaeh, il cui nome pronunciato al contrario è Heaven, Paradiso, penso sia stata lei a toccare noi. Penso sia lei a ispirare le nostre mani guaritrici, perché c'è niente di più divino che trovarsi in presenza di un miracolo.»

Faccio una pausa e batto le palpebre per scacciare le lacrime. La stanza è talmente immobile e silenziosa che si sentirebbe cadere uno spillo. Sorridendo, mi ricompongo per pronunciare la mia ultima battuta. «Perciò, senza ulteriori indugi, vi prego di dare il benvenuto alla protettrice dei nostri piccoli pazienti, la dottoressa Elizabeth Miller.»

Capitolo 29

Dite Cheese

Tanner

Orgoglio.

Un enorme accumulo di orgoglio mi erompe nel petto, facendo sì che il malessere che provo da giorni si spezzi e si dissolva nella realtà. E la realtà è che amo Belle Ryan. La amo più di quanto abbia mai amato chiunque a questo mondo.

Belle fa un passo indietro e stringe la mano alla dottoressa Miller mentre lei prende il microfono e la ringrazia delle gentili parole. Belle resta lì, una dea di luce radiosa, che brilla d'orgoglio e gioia per quello che fa e per tutto ciò che è. È mozzafiato e mi ispira; è tutto quello che non avevo mai saputo esistesse in una partner. E la amo.

Un uomo si siede sulla sedia vuota accanto a me, interrompendo la scoperta che mi sta cambiando la vita. Istintivamente mi scosto quando un forte odore di scotch mi giunge da lui.

Dopo un minuto o due ad ascoltare la dottoressa Miller che parla di Nevaeh Parker, la voce dell'uomo mi si insinua nell'orecchio: «Quindi lei è il famoso Tanner Harris.»

Mi volto a guardarlo. È un tipo che ha superato la mezza età, probabilmente sulla sessantina, e ubriaco come pochi. A giudicare dal vestito e dall'orologio costosi, direi che appartiene a una famiglia ricca. E poi c'è qualcosa nel modo in cui si atteggia, il naso un po' sollevato, gli occhi socchiusi con l'aria di chi giudica, che lo fa sembrare superiore.

La mia risposta è breve e concisa: «Sì, sono Tanner.» Torno a guardare il palco, cercando di essere educato e ascoltare le parole della dottoressa Miller.

Lui sbuffa una risata e aggiunge: «Lei non sa chi sono io, vero?»

Lo squadro incuriosito, scuotendo la testa.

«Sono Lord Ryan. Il padre di Belle Ryan.» La sua risposta mi riduce al silenzio. Quando alzo le sopracciglia, lui sorride con aria d'intesa e conferma: «Ora ci sta arrivando.»

Entrambi puntiamo di nuovo lo sguardo sul palco, la confusione e la tensione che vanno avanti e indietro tra di noi come un'ondata di calore. Non sapevo che sarebbe stato qui stasera. Di certo Belle me l'avrebbe detto. Lui si sporge verso di me: «Non sia sorpreso di non sapere chi sono. Non frequentiamo esattamente gli stessi circoli sociali.»

Con la coda dell'occhio, lo vedo guardare tutti, attorno al nostro tavolo. Nessuno sembra curioso di sapere chi sia lo strano uomo che si è piazzato tra di noi.

Dopo un altro minuto o due di silenzio, mi chiede: «Dunque, ha saputo la notizia?»

Trovo la voce e sussurro: «Quale notizia?»

Lui alza le sopracciglia. «Quel fenomeno del vostro avvocato non ve l'ha detto? Santino?» Allunga tutte le vocali in un tono di rimprovero. Scuoto la testa. «Ho perso la votazione per la Corte Suprema, oggi.»

Un senso di pesantezza cresce nell'aria, schiacciando l'atmosfera nella stanza. I suoi occhi inclinati sono fissi su di me mentre studia la mia reazione.

«Non lo sapevo.»

«Di certo sapeva che ero in lizza per la Corte Suprema.» Faccio spallucce e la tensione si irradia dalle sue alte spalle. «Be', lo ero, ed era tutto lì il motivo di questa *recita*. Aiutarmi a ottenere il posto. La sua piccola *performance* con mia figlia non ha funzionato.»

Mi schiarisco la gola, muovendomi nervosamente sulla sedia. «Non so cosa vorrebbe che dicessi.»

Lui sbuffa una risata. «Che ne dice di ascoltare e basta? Potrà anche aver vinto una partita oggi, ma ha perso la coppa. Quindi, può fare i bagagli e tornarsene alla sua vita mediocre, in cui scopa qualunque cosa cammini e sparge i suoi futuri semi illegittimi in qualcun altro.»

L'osso della mascella mi trema per la furia a stento contenuta. Mi sporgo verso di lui in modo che nessun altro possa sentire. «Non so quale sia il suo problema con me, ma forse dovrebbe abbassare la voce.»

«Perché?» abbaia lui, appoggiandosi allo schienale della sedia come se fosse il Re d'Inghilterra e tutti attorno a lui fossero suoi sudditi. Le persone al nostro tavolo si voltano a guardarlo, notando la scena che si sta svolgendo. «Qual è lo scopo di fare silenzio? Il motivo per cui stava uscendo con mia figlia era di farmi ottenere il posto alla Corte. E adesso quel motivo non esiste più, perciò niente ha più importanza.»

Scuotendo la testa, rispondo a denti stretti: «Non era l'unica ragione per cui sono uscito con Belle.»

Lui ride. «Forse per lei, ma non per la mia Belle.»

La possessività mi riscalda il sangue quando tenta di reclamarla. I Ryan non hanno mai visto Belle nel modo in cui la vedo io. Belle lo ha confermato in più di un'occasione. E il suo tono, il suo comportamento, la sua mancanza di rispetto per la dottoressa che sta parlando sul palco in questo momento sono una prova di tutto ciò.

In pratica, ringhio la mia risposta: «Tu non sai niente di Belle.»

Lui poggia i gomiti sul tavolo in modo da portarci naso a naso e il suo sguardo da ubriaco incrocia il mio. «So che farà sempre quello che deve per aiutare la nostra famiglia. Qualunque cosa sia. È l'unica ragione per cui ti ha degnato di attenzione, a parte ottenere una scopata occasionale. Qualcosa per nutrire quel suo lato selvaggio del *cazzo* che non è mai stata in grado di controllare.»

Batto le palpebre per allontanare l'ira che mi offusca la vista. Quest'uomo merita che gli si spacchi la faccia. Un colpo letale dritto in quel naso pomposo. Come può parlare della sua stessa figlia in questo modo? Perché si è messo in testa che a lei importi della sua famiglia? Non ha niente a che fare con loro. Non li vede mai. Non che io sappia, almeno.

«Ti sbagli. Io e Belle non siamo una recita. Non più» affermo, passandomi nervosamente le mani sulle cosce e cercando di acquietare la paranoia che mi sta strisciando dentro.

Lui abbaia una risata sprezzante e gli occhi di Booker e Camden si socchiudono con cautela. «Be', lei non voleva che parlassi con te stasera. Pensi che se fosse una relazione seria vorrebbe nasconderti alla sua famiglia? Per favore…» ride. «Tutto questo è una bugia.»

«Non lo è.»

«Magari non per te, ma Belle sa esattamente cosa sta facendo. Guardala lassù.» Giro lo sguardo e vedo che ci osserva con l'aria di una principessa dei ghiacci. Dura e priva di emozioni, ma ugualmente potente. «Tale padre, tale figlia. Sta scalando verso la cima, manipolando le persone nello stesso modo in cui lo faccio io. Ti sta usando per farsi prolungare il contratto con la clinica, niente di più. Non le importa di te.» Prende un fiore di seta dal centro del tavolo. «L'intero scenario è patetico.»

Proprio quando penso che potrei saltargli addosso, l'applauso del pubblico esplode tutto intorno. Nello stesso istante, Booker si lancia dal suo posto e afferra Lord Ryan per una spalla. «Prendiamo un po' d'aria fresca, che ne dice?»

Anche Camden si alza e gli afferra l'altro braccio. «Sembra perfetto, Booker. Che idea grandiosa.»

Lord Ryan obietta, girando la testa a destra e a sinistra, mentre i miei fratelli lo accompagnano senza sforzo lontano da me e dai miei pugni serrati. La sala da ballo si fa rumorosa mentre le persone iniziano a muoversi, ora che i discorsi sono finiti. Mi volto proprio mentre Belle sta venendo a passo di marcia verso di me.

«Che stanno facendo?» chiede con occhi grandi e interrogativi, indicando Camden e Booker, che sono quasi fuori dalla porta. «Devono togliergli le mani di dosso… Li denuncerà.»

«Non temere per il tuo cazzo di padre» ringhio, passandomi le mani tra i capelli.

Lei si acciglia. «Cos'è successo? Che ha detto?»

Lo sguardo colpevole nei suoi occhi mi rende ancora più paranoico. Conosco Belle, ma non so molto dei suoi rapporti familiari. Non di prima mano, almeno. Come ha potuto non dirmi che lui sarebbe venuto qui stasera? Come ha potuto pensare di tenerlo lontano da me? E perché? Io l'ho completamente catapultata nella famiglia Harris, e lei crede di potermi schermare dalla sua?

«Questa è ancora una recita per te?» le chiedo, stringendo le mani a pugno lungo i fianchi.

Lei aggrotta la fronte e si guarda intorno nervosa. «Di che stai parlando?»

«Tu. Io. Stai giocando con me?» sibilo. «Mi stai usando per arrampicarti in cima?»

«Ma che diavolo è successo qui?» urla lei, gli occhi sgranati, incredula che le stia parlando così.

«Tuo padre, ecco cosa. Mi ha scaricato addosso una quantità di merda sufficiente per una vita intera, e sembrava spaventosamente convinto. Perciò dimmi la verità, Ryan. Sei come lui?»

Questo colpisce un nervo scoperto. Uno grosso. I suoi occhi scuri si accendono di fuoco e mi afferra per un braccio, trascinandomi verso l'estremità della sala. Spinge un'uscita di emergenza a caso e, quando scopre che è chiusa, penso che si metterà a urlare. Il suo sguardo atterra sulla cabina per le foto, che al momento è vuota. Tira la tenda, mi spinge dentro, vi si infila dietro di me e serra l'ingresso. Mi tira giù sulla lunga panca di fronte alla macchina fotografica. I LED che cambiano colore nella cabina ci fanno passare da blu a viola a rossi in rapida successione. «Mi hai appena paragonata al mio cazzo di padre?» Sputa fuori le parole con una voce profonda e gutturale, come quella di Satana.

Dalla macchina fotografica parte un flash.

Per nulla intimidito dalla sua collera, ribatto: «Be', lui mi ha appena detto un mucchio di cazzate su come tu stia ancora fingendo con me. Che stai cercando di far trasformare il tuo internato in un contratto a tempo pieno.»

«È vero!» esclama lei. «Lo sai questo!»

«Quindi stai fingendo?»

«No! Cristo, non puoi essere così ottuso!» Stringe le mani davanti al petto come se volesse prendere a pugni qualcosa. Magari me.

«Cazzo!» abbaio, la musica che aumenta di volume sulla pista da ballo, per fortuna coprendo le nostre voci. «Cosa vorresti che pensassi? Sembri nel tuo elemento stanotte, Belle, spalla a spalla con questi dottori. E non hai mai menzionato il fatto che tuo padre sarebbe stato qui. Come posso sapere se sei davvero in questa storia con me o se mi stai solo raggirando, come lo stupido calciatore che sono?»

«Tu non sei uno stupido calciatore, Tanner. Non ci vai neanche vicino, cazzo!»

FLASH.

«Allora perché mi nascondi alla tua famiglia?»

Lei fa un profondo sospiro e si china in avanti, appoggiando i gomiti alle ginocchia, in una posizione che fa a pugni col suo abito elegante. «Perché sono brava con i pazienti ma uno schifo nella vita reale.»

Questo mi dà da pensare. «Cosa significa?»

«Non so se ho le capacità emotive di impegnarmi con te, Tanner. Hai visto mio padre, è un mostro. È uno stronzo egocentrico. È questo il sangue che mi scorre nelle vene. Io non ho avuto una Vi o un Camden a cui appoggiarmi mentre crescevo. Sono cresciuta accanto a quello lì.» Indica fuori dalla cabina.

«E allora?»

Si mette di nuovo a sedere diritta, ma le spalle rimangono curve in segno di sconfitta. «Sbatterai contro un muro con me e ti stancherai di arrampicarti. Vorrai qualcuno di normale. Qualcuno di meno» sospira «pazzo.»

Di nuovo quella cazzo di parola! Sono davvero stanco di sentirla definirsi pazza.

«Donna!» esclamo, afferrandole il viso con le mani e guardandola così in profondità negli occhi che riesco a sentire la sua anima toccare la mia. «Tu sei il mio genere di pazzia, e io sono *pazzamente* innamorato di te!»

FLASH.

Il suo sguardo schizza avanti e indietro tra i miei occhi, del tutto incredulo. «Come è possibile che tu sia innamorato? Non siamo stati assieme così tanto.»

«Ero sulla buona strada già da un po' ormai.» Alleggerisco la presa su di lei e le passo i dorsi delle dita lungo le guance. Sollevo una gamba tra di noi e la getto dall'altro lato della panca, portandomi seduto a cavalcioni. Mi avvicino a lei in modo da avvolgerla del tutto con braccia e gambe. Ho bisogno che il suo spazio sia il mio spazio e il mio respiro sia il suo respiro. Ho bisogno di possederla.

«Non mi interessa da dove sei venuta o chi avevi a cui appoggiarti. Appoggiati a me. Ama me. Perché io amo te, Belle. Il tuo spirito libero è ciò che mi attrae di te. La tua anima è connessa alla mia.» Le prendo la mano e me la poggio sul petto perché possa sentire il mio cuore galoppare. Le mani le tremano e così il respiro, mentre inspira ed espira.

«Belle, sul campo la mia resistenza non ha pari. Con te, sono esausto e debole, e disperato dal bisogno di tenerti con me. Tu mi tieni sempre sulla corda e amo davvero questo di te.»

Lei alza gli occhi al cielo con un mezzo sorriso. «Ovvio che riportassi tutto questo al calcio.»

Ricambio il sorriso. «Il calcio è tutto quello che conosco… ma viene dopo di te» mormoro, facendo un lento e profondo respiro e preparandomi a liberare tutto ciò che resta nel mio cuore. «Io non voglio solo amarti, Belle. *Io voglio sposarti.*»

FLASH.

Lei batte rapidamente le palpebre per quelli che mi sembrano secoli. La sua voce è un mero sussurro quando chiede: «Cos'è che hai detto?»

Le parole uscite dalla mia bocca non mi hanno sorpreso come pensavo che avrebbero fatto. Non mi hanno spaventato né causato ansia. Mi hanno trasmesso un senso di pace.

Mi schiarisco la gola. «Ho detto che voglio sposarti.»

«Ho sentito cos'hai detto. Smettila di urlare!» esclama lei, gli occhi folli che le si fanno lucidi.

La guardo di traverso e borbotto: «Non sto urlando.»

Il suo sguardo umido si fa accusatorio. «Lo sai, Tanner, è una cosa davvero terribile da dire, cazzo. Non sono parole superficiali! Quando dici quelle parole a una donna, dovresti dirle sul serio perché se le ricorderà per sempre. Le hai appena rovinate sparando cazzate!»

FLASH.

«Non sono cazzate, Belle» rispondo lentamente, prendendole la nuca tra le mani e premendo la fronte contro la sua. «Quando non sai cosa fare, dovresti restare fermo e seduto. Io so esattamente cosa voglio fare… Io voglio sposarti. Presto. Non voglio aspettare. Voglio accogliere la nostra cazzo di pazzia e fare quello che sento giusto. L'amore è azione. O salti o cadi. Salta con me, Belle. Sposami.»

«Non riesco a crederti.» Ha gli occhi sgranati e mi sta scrutando in viso, l'incredulità che si trasforma in shock. «Davvero non riesco a crederti. Stai dicendo proprio sul serio?»

«Sono serio al cento per cento.» Faccio una pausa, mi lecco le labbra e inchiodo il suo sguardo col mio. «Di' di sì.»

Il movimento dei suoi zigomi che si trasforma in un sorriso obbliga le lacrime a scenderle lungo il viso. Si copre gli occhi e ride in modo maniacale prima di rispondere: «Sì.»

Resto a bocca aperta. «Sì?»

«Sì!»

FLASH.

Lei ride e io mi schianto su di lei come una palla da demolizione, strofinandole le labbra su tutto il viso. «Ti amo» mormoro. «Dio, ti amo.»

Lei fa un risolino e mi tira i capelli per potermi guardare negli occhi e rispondere: «Anch'io ti amo.»

***

BELLE

Uscendo dalla cabina, troviamo Indie, Camden, Booker e altri membri della squadra del Bethnal che si aggirano attorno allo schermo, sul quale si susseguono le foto scattate in cabina. Lancio un'occhiata, vedo un'immagine di me e Tanner che ci baciamo e faccio una smorfia.

«Meeeerda» gemo, rendendomi conto che sono stati tutti testimoni dell'intero scambio avvenuto tra noi.

Tanner guarda lo schermo e poi agita le sopracciglia verso di me. «Questa è da tenere. Credo che potremmo lavorare nel porno.»

Il suo mezzo sorriso sexy mi fa ridacchiare mentre lui continua a tirarmi per la mano, intento a farci uscire da questa boccia per pesci e tornare su nella nostra stanza. Indie ci nota e si mette davanti a me.

«Tutto bene?» chiede.

La sua espressione preoccupata mi dice che non ha idea di cosa sia davvero successo dentro quella folle scatola. E forse va bene così, per adesso. Per ora, io e Tanner viviamo questo pazzo momento. Ce lo godiamo. Ci crogioliamo in esso, senza lasciar ancora entrare nessun altro.

Ci guardiamo l'un l'altra e comunichiamo senza parole.

«Stiamo alla grande» rispondo. «Davvero alla grande. Vado a parlare un attimo con la dottoressa Miller e vedo se posso andarmene. Ti chiamo domani?»

Lei annuisce e fa un mezzo sorriso, le spalle che le si tendono a disagio. Tanner inizia di nuovo a trascinarmi via, ma scivolo via dalla sua presa e torno da Indie per un abbraccio.

Un abbraccio.

Io e Indie non siamo persone che abbracciano. Riuscirei a contare sulle dita di una mano quante volte ci siamo abbracciate davvero, e in più di metà dei casi eravamo sbronze.

Lei fa una risatina per il mio gesto inatteso e io mi ritraggo, sorridendole dall'alto. «Ti voglio bene.»

Lei mi rivolge una specie di ghigno confuso. «Anch'io ti voglio bene.»

«Parliamo dopo!» Le sfioro la guancia con un bacio e corro di nuovo da Tanner, come una coppia appena sposata che non vede l'ora di iniziare la luna di miele.

Perché è esattamente questo che mi sembra stiamo facendo.

Le luci della città gettano un bagliore erotico nella suite dello Shangri-La, avvolgendo sia me sia Tanner in una sensuale sfumatura dorata. Ho il respiro ansimante, in piedi davanti alla finestra a guardare il Tamigi e una città piena di vita.

Ma tutto ciò su cui riesco a concentrarmi è l'uomo dietro di me.

Il desiderio mi cresce nel ventre mentre sento il calore del suo petto nudo sfiorarmi la schiena. Sono riuscita solo a togliergli la camicia prima che prendesse il controllo e mi intimasse di lasciarmi spogliare da lui.

Mi abbassa la cerniera del vestito lungo la schiena, trascinando le dita calde sulla mia carne. Si ferma per darmi un tenero bacio su una spalla.

«Sei così bella» mormora contro la mia pelle, la barba ispida che mi fa venire la pelle d'oca mentre le gambe iniziano a tremarmi. Mi fa scivolare il tessuto lungo le braccia; lo lascio cadere a terra, uscendone con attenzione sui tacchi.

«Amo queste curve, cazzo» mi alita nell'orecchio mentre mi stende le mani sui fianchi e preme l'erezione coperta dai pantaloni contro la parte bassa della mia schiena. «Le amo da tanto tempo.»

Fa scivolare in avanti la sua presa, entrambe le mani scendono lungo la vita fino a coprire la fica. Mi massaggia da sopra le mutandine, suscitando un basso gemito proveniente da un qualche punto in profondità nella mia gola.

«Ricordi la prima volta che ci siamo incontrati?» mormora, il fiato caldo nel mio orecchio.

Deglutisco e aggrotto la fronte, cercando di intimare il mio cervello di pensare. «All'ospedale?»

Sento lo sbuffo del suo sorrisino sul lobo dell'orecchio. «Sì, nella caffetteria. Rimanesti con una mela incastrata in bocca, stordita dalla mia barbuta bellezza.»

Una lenta risata mi scuote le spalle. «Eri un idiota presuntuoso allora e sei un idiota presuntuoso adesso.»

Lui mi morde il lobo e ringhia, facendo scivolare una mano sotto il tessuto delle mie mutandine. Le sue dita ruvide passano sul mio punto più sensibile facendomi ansimare, mentre risponde: «Sarò il *tuo* idiota presuntuoso per sempre.»

Un sorriso mi spunta sulle labbra intanto che le sue dita mi accarezzano. Cavalco la sua mano, i fianchi che pompano al suo tocco. La mia espressione è di pura e assoluta felicità mentre mi do il tempo di comprendere appieno il senso delle sue parole.

Questa è follia. Una scelta di vita del tutto impulsiva, che ha il potenziale di trasformarsi in caos. Eppure, la sento… giusta. Non ho più barriere con Tanner. Ha cancellato ogni distanza tra noi e accettato tutto di me… nuda… aperta.

Quando penso di passare con lui ogni giorno, mi sento allegra. Ha trovato la parte di me che voleva essere amata e apprezzata. Mi capisce, cazzo. Voglio essere sua in ogni modo, perché mi accetta per come sono e io accetto lui per com'è. Ogni bellissima, pervertita, divertente, profonda, carismatica parte di lui. So che c'è una lunga lista di cose di cui dobbiamo discutere, ma al momento voglio solo sognare.

La testa ricade sulla sua spalla mentre mi massaggia il seno, proseguendo con l'altra mano il suo nobile lavoro tra le mie gambe. Quando mi parla, questa volta, la sua voce è densa di eccitazione. «La gente dirà che siamo pazzi a volerci sposare, ma io ti conosco, Belle. Nei mesi in cui ti evitavo, ti ho sempre vista.»

Sussulto quando le sue spesse dita affondano in me, piegandosi e lavorando su un punto che mi corrisponde nella gola. Allungo indietro le mani e gli afferro i lati della testa, intrecciando le dita tra i suoi folti capelli. «Dio, sì. Anch'io vedevo te» dico.

Le nostre parole voyeuristiche e il suo tocco incessante mi portano talmente vicina al climax che riesco a stento a reggermi in piedi. Gracchio l'unica cosa che il mio cuore vuole che dica. «Tanner, io... io ti amo.»

All'improvviso, le sue mani mi lasciano. Mi fa girare sui tacchi premendo la mia schiena contro la finestra fredda. Lo sguardo nella sua splendida, silenziosa espressione parla direttamente alla mia anima.

«Io ti amo, Belle.»

Sbatte le labbra disperate sulle mie, sganciando abilmente il mio reggiseno e gettandolo via. La sensazione di pelle contro pelle è perfetta mentre allunga le mani e mi afferra le gambe, sollevandomi perché le stringa attorno ai suoi fianchi.

Ci porta verso il letto e cade su di me, mi bacia spingendo la sua erezione sul punto in cui mi serve di più. Inizio ad armeggiare coi suoi pantaloni, ma lui si fa indietro, fermando i miei movimenti. Con un sopracciglio inarcato, aggancia le dita ai lati dei miei slip e me li sfila oltre i tacchi, infilandoli poi in tasca.

Scuoto la testa. «Sei fortunato che ne abbia portato un altro paio.»

«Sarai fortunata tu se te lo lascerò tenere» ringhia, e faccio un risolino mentre si affretta a liberarsi del resto dei suoi vestiti.

Quando è gloriosamente nudo, inclina la testa, osservando ogni centimetro di me e seguendo con la punta delle dita la sommità del mio seno, poi il ventre, fino a giungere tra le gambe. «Non riesco a credere che tu sia mia per sempre.»

Sorrido per la pura devozione nel suo sguardo mentre si arrampica sopra di me e si posiziona tra le mie gambe. La sua pelle è come seta contro la mia nudità, mentre mi consuma. Quest'uomo tiene ogni parte del mio corpo e della mia anima nelle sue mani.

«Non ci annoieremo mai» scherzo, ma sono mortalmente seria.

Io e Tanner Harris siamo come l'olio e l'acqua in molti sensi. Ma se ci scuoti davvero forte, facciamo le bolle e vortichiamo e ci mescoliamo e uniamo. *Danziamo.*

Il suo viso diventa serio. «Ti renderò felice, Belle.»

Mi bruciano gli occhi alle sue parole. Sono così semplici, ma contengono così tante promesse. Cullo la sua faccia tra le mani, passandogli le dita sopra le rughe sulla fronte. «So che lo farai.»

Chiudo gli occhi quando si spinge dentro di me, colpendo un punto in profondità e riempiendomi così tanto, sia dal punto di vista fisico sia emotivo.

Mi dà un tenero bacio su ognuna delle palpebre chiuse e sussurra: «Occhi su di me.»

Le mie ciglia si aprono: mi guarda negli occhi e fa l'amore con me, ripetendo la sua promessa per tutto il tempo.

Capitolo 30

Obiettivi

Belle

Tanner Harris ha fatto della posizione a cucchiaio un'arte.

Al punto che, la mattina dopo, non riesco a convincermi a uscire dal letto nemmeno per andare a fare una pipì, di cui sento il disperato bisogno.

Lui si muove accanto a me, spingendomi la mascella tra i capelli e pompando sonnacchioso i fianchi contro il mio sedere.

«Sei sveglio?» gli chiedo, sapendo già la risposta.

«No» gracchia lui. «È solo che il mio pene ha freddo e cerca di scaldarsi nella tua vagina.»

Alzo gli occhi al cielo. «Finirò per bagnare il letto.»

Lui stringe la presa su di me. «Non puoi lasciarmi»

«Sul serio, il tuo pene starà bello caldo nella mia pipì tra pochi secondi, se non mi lasci andare.»

Le sue mani volano dritte in alto, facendomi sorridere. Scivolo fuori dalle coperte e attraverso la suite, invasa dalla luce solare, a culo nudo e ringraziando il Signore di non dover andare al lavoro. Dopo ieri notte, in mente mi ronzano milioni di pensieri da adulta, e in queste condizioni non riuscirei a essere una buona dottoressa.

Dopo aver fatto quello che devo, corro di nuovo in camera e mi tuffo a cigno nel letto. Le calde braccia di Tanner mi avvolgono, tenendomi come se non avesse fatto altro per tutta la vita.

«Non voglio lasciare questo letto» mormoro contro il suo petto mentre stiamo sdraiati faccia a faccia.

Lui mi dà un dolce bacio sui capelli, gli occhi ancora chiusi. «Nemmeno io.»

«Appena esco dal letto, la mia mente inizia a galoppare» aggiungo.

«Allora dovremmo restare qui tutto il giorno.»

«Se...» attacco.

«Sedere» risponde Tanner, facendo scivolare una mano e prendendomi una natica, per attirarla contro l'erezione crescente.

Sarebbe così facile perdermi di nuovo in lui. Sarebbe così bello infilare un braccio sotto le coperte e stringerlo nella mia mano, e arrampicarmi su di lui e cavalcarlo fino a non avere più alcun pensiero coerente.

Ma...

«Dobbiamo parlare» dico, con voce più ferma rispetto a prima.

Lui fa un pesante sospiro e, con un po' di sforzo, riesco a farlo sollevare e appoggiare contro la testiera dall'imbottitura color crema. I suoi addominali e le braccia tatuate mi chiamano, ma resto seduta ai suoi piedi, di fronte a lui. Mi avvolgo un lenzuolo attorno al petto così non avremo altre distrazioni.

«Come ti senti stamattina?» chiedo, pronta ad attaccare questa situazione con un minimo di senso pratico.

Lui agita scherzosamente un sopracciglio. «Mi sentirei meglio se fossi dentro di te fino alle palle, ma non mi posso lamentare.» Il suo sorrisino fa sorridere anche me.

«Voglio dire... dopo ieri notte. Sei...» Non completo la frase e mi risistemo il lenzuolo attorno al seno.

«Pentito di quello che ho detto?» chiede lui, perdendo il sorriso scherzoso. Annuisco.

«No, per nulla.» Si sporge in avanti e mi afferra una caviglia nella mano, inchiodando gli occhi blu nei miei. «Voglio sposarti, Belle, e se hai bisogno di sentirtelo dire alla luce del giorno, allora stammi a sentire. Andrei all'Ufficio del Registro in questo istante se mi dessi il via libera.»

Spalanco gli occhi. «Sei pazzo!»

«Disse il bue all'asino» ribatte lui.

«Dobbiamo capire *un mucchio* di cose prima di farlo, Tanner» farfuglio.

«Tipo cosa?» chiede lui, con sincera curiosità dipinta su tutto il volto.

«Tipo piani per la vita. Obiettivi!» Gesticolo con le mani.

«Be', spara.» Appoggia di nuovo la schiena alla testiera, incrociando le spesse braccia sul petto, in attesa.

Alzo gli occhi al cielo e rispondo: «D'accordo, dove vivremo?»

Fa spallucce. «Per me va bene anche a casa tua. Camden traslocherà presto e il nostro contratto d'affitto è in scadenza, quindi posso venire da te. Oppure, possiamo andare a caccia di appartamenti e prenderne uno nostro.»

«Mi piacerebbe averne uno nostro. È stato mio padre a comprare il mio e non ne posso davvero più di essere tenuta in pugno da lui.»

Annuisce. «Non potrei essere più d'accordo.»

«Va bene. E i nostri lavori? Potresti essere scambiato o ceduto o firmare un contratto con una squadra, lontano da qui. Non posso fare la dottoressa in Sud America, Tanner, non con la specializzazione che sto seguendo.»

Si acciglia. «So che la prima volta che abbiamo parlato della mia carriera ho detto che non avevo niente che mi legasse, ma questo è cambiato. Tu cambi le cose, Belle. In onestà, non ho mai aspirato alla premiership di Camden. Il Tower Park è casa mia. Lo è sempre stato. Vorrei invecchiare e morire in quello stadio. Penso che potrei essere un buon allenatore lì, se mai mio padre dovesse lasciare. Oppure, cazzo, magari concentrerò i miei sforzi su *Tutto Quel Che Ho*. Sono disposto a tutto. E amo e rispetto il lavoro grandioso che svolgi. Riconosco pienamente che hai bisogno di restare vicino alla dottoressa Miller. Va bene per me. Non ho alcun desiderio di lasciare Londra. Mai.»

Mi acciglio, sorpresa dalla sua risposta dettagliata, perciò gliene sparo una più tosta. «Bambini?»

Questa gli dà da pensare. Si gira e guarda fuori dalla finestra, la mascella ferma e forte. «Sinceramente, non avevo mai riflettuto sull'avere dei bambini, ma dopo averti vista tenere Rocky in braccio, l'altro giorno, devo ammettere che anche questo è cambiato.» Si sporge in avanti e mi prende la mano, baciandola dolcemente. «Mi piace l'idea di avere una famiglia con te… lungo il percorso. Non dobbiamo creare una squadra di calcio o niente del genere. Ma direi che uno o due sarebbe bello.»

Credo di aver ovulato all'istante.

«E tu?» mi domanda, la preoccupazione che si insinua nel suo sguardo.

Deglutisco e tiro le labbra tra i denti prima di rispondere. «Odio il modo in cui sono stata cresciuta. È stato freddo e privo di sentimenti. Passavo più tempo con le tate e il personale che coi miei genitori. Ho paura che potrei essere così.»

I suoi occhi si inclinano per la comprensione. «Non potresti mai essere fredda e priva di sentimenti.» Mi bacia di nuovo la mano e si sposta più vicino per accarezzarmi la guancia, infilandomi dei disordinati ciuffi di capelli scuri dietro l'orecchio. «Tu sei un fuoco d'artificio, Belle. Sei calda e piena di sentimenti. Saresti una mamma meravigliosa.»

Le sue parole costringono i miei occhi a chiudersi per il bruciore delle lacrime. Mi schiarisco la gola. «Religione?»

Apro le ciglia e lui si fa indietro con una scrollata di spalle. «Sono cristiano, ma non praticante. Potrei andare di più in chiesa, se per te fosse importante.»

«Sarebbe qualcosa che mi piacerebbe fare, come una… famiglia, credo.» La parola *famiglia* che esce dalla mia bocca sembra tanto incredibile da terrorizzarmi.

Un mezzo sorriso gli scivola sul viso come se capisse che sta passando l'esame col massimo dei voti.

«Va bene, allora, che altro?»

Allora vado su qualcosa di più astratto. «Che genere di moglie vuoi che sia? Se avremo dei figli, vorrai che resti a casa con loro?»

«Cristo, no!» esclama. «Sei una dottoressa incredibile, cazzo, Belle. Non puoi smettere.»

Inarco un sopracciglio. «Allora una tata?»

Fa spallucce. «Non mi opporrei ad avere una tata, ma preferirei prima vedere se riusciamo a farcela da soli. Ci vedo come una società al cinquanta per cento. Non mi aspetto che tu faccia tutto. Non voglio una moglie che mi faccia da madre o da governante. Voglio una moglie a cui piaccia che glielo metta dentro su base regolare, e se questo significa lavare i piatti o passare l'aspirapolvere, lo farò.»

Ora mi sembra che stia mentendo. «Tanner, com'è che abbiamo fatto un lungo elenco di obiettivi e siamo d'accordo su tutto? Non è possibile.»

La sua espressione si disfa per l'orrore. «No… infatti. E a essere onesti, la cosa mi sta inquietando.»
«Anche a me.»
«Svelta, bisticcia con me per qualcosa» dice frettoloso.
«In che senso?» gli chiedo, del tutto confusa.
«Non è normale. Voglio essere certo che siamo ancora noi. Fai come quando ti metti a litigare con me sul nulla.»
«Io non faccio niente del genere» ribatto, incrociando le braccia e mettendo il broncio a dovere. «Tutto ciò che dico è perfettamente logico. Sei tu quello pazzo.»
«Tu bisticcia con me e mi sentirò meglio» geme.
Alzo gli occhi al cielo e mi guardo intorno nella stanza in cerca di ispirazione. Quando vedo uno dei suoi piedi spuntare da sotto le coperte, dico in tono conciso: «Odio il tuo mignolino.»
«Cosa?» Abbassa lo sguardo sul piede insultato.
«Sporge di lato… sembra un difetto di nascita.»
La sua espressione si fa abbattuta per la delusione. «È un difetto piuttosto specifico.»
«Mi fa venire da vomitare» sbotto.
«Be', non ti sto chiedendo di succhiarmelo!» ha lo sguardo accusatorio e seccato, la nostra bolla di accordo e condiscendenza è scoppiata.
«Nel momento in cui lo facessi, saremmo divorziati prima che tu possa…»
Lui si tuffa sopra il letto e mi butta giù, zittendo le mie parole con un bacio. «Ti amo davvero, futura moglie.»
Faccio un risolino e alzo lo sguardo su di lui. «Anch'io ti amo davvero, futuro marito.»

***

Tanner

In piedi, fuori dal cancello della villetta di mio padre a Chigwell, tiro Belle dalla vita, cercando di staccarla dall'inferriata di ferro battuto.
«Smetti di essere tanto melodrammatica.»
«Disse la futura Regina d'Inghilterra» dice lei sarcastica, e poi si lascia andare, cadendomi contro il petto. Alza lo sguardo su di me

attraverso le folte ciglia. «Sei sicuro che non possiamo tener segreta la cosa con la tua famiglia per almeno… un'altra settimana?»

Scuoto la testa. «Non c'è una sola cazzo di possibilità. Segreti come questo non sopravvivono nella dimora degli Harris. Credimi, sono come cani da tartufo. Ne sentono l'odore. E poi, non saresti comunque in grado di nasconderlo a Indie.»

Lei geme. «Ho paura di Indie. È piccola, ma ha quel sangue da rossa che la rende imprevedibile.»

Ridacchio e le bacio la fronte.

«D'accordo, facciamolo.» Lei si allontana da me e fa una corsetta sul posto, agitando la testa da una parte all'altra come un pugile che si prepara a un incontro di boxe.

Scuoto la testa e lei sfreccia oltre me. «Questa è la futura moglie che conosco e amo.» Corro per raggiungerla e le do una manata sul culo mentre procediamo lungo gli scalini all'ingresso.

Quando entriamo nella cucina di papà, tutto sembra diverso. Di solito, Vi è occupata a cucinare, papà è al tavolo a ripassare le manovre, e una vecchia partita di calcio è in sottofondo. L'atmosfera è sempre rumorosa e affaccendata. Ma oggi, tutto quello che vedo sono papà, Vi, Hayden, Booker, Gareth, Camden e Indie, tutti in piedi riuniti attorno al tavolo, a guardare qualcosa in basso in un silenzio tombale.

«Be', ciao, famiglia» tuono. Tutti si voltano e mi sibilano di fare silenzio. «Che succede?» chiedo, squadrandoli incuriosito e tirandomi dietro Belle per vedere cosa stanno facendo.

Sbircio oltre una spalla di Gareth e vedo Adrienne, o Rocky, distesa nel suo seggiolino per auto. Il suo spruzzo selvaggio di capelli biondi ha un grosso fiocco rosa attaccato con un fermaglio, e i suoi grandi occhi blu si stanno chiudendo lentamente, come se stesse per addormentarsi ma volesse resistere fino all'ultimo.

«È questo che state guardando?» sussurro.

Tutti mi lanciano occhiatacce minacciose, tranne Vi. Lei mi risponde dal lato opposto del tavolo. «Lo trovano affascinante.» Fa spallucce. «Stanno solo ammirando uno scorcio della mia vita quotidiana. Voi come state, ragazzi?»

Guarda Belle con un grande, caldo sorriso e deve vedere qualcosa che non le piace. Cambia espressione. «Cosa c'è? Qual è il problema? È successo qualcosa di orribile?»

Mi acciglio e guardo Belle, che si sta asciugando le lacrime dal volto. *Porca puttana!* «Che succede?» le chiedo, facendo per prenderle le guance, la preoccupazione che mi esplode nel corpo.

«Niente, sto bene. Però sbrigati a dirglielo» dice lei con un sorriso lacrimevole che non sembra triste ma felice. «Non reggo più.»

Rido, le do un bacio sulle labbra e poi la prendo sottobraccio. Mi giro a guardare tutti, ora che hanno spostato l'attenzione dalla quasi addormentata Rocky a noi.

«Ho chiesto a Belle di sposarmi» dichiaro orgoglioso, senza trattenere il piacere che provo.

Veniamo accolti dal silenzio e da qualche palpebra che sbatte.

«Le ho fatto la proposta» chiarisco, pensando che aiuterà a innescare una qualche reazione.

Silenzio.

«Ieri sera» aggiungo. Niente.

«In… ehm… quella specie di cabina per le foto, al suo evento di beneficenza. È stato piuttosto romantico.» Ancora niente, perciò aggiungo: «Ha detto di sì.»

Vi è la prima a rompere il silenzio.

«L'ha fatto davvero?» Batte le palpebre incredula.

«Sì!» esclamo, sulla difensiva. «È così difficile da credere?»

«Direi» tuona la voce profonda di Gareth. «Sei sicura di sapere quello che stai facendo, Belle?»

«Grazie tante» borbotto.

«Non puoi biasimarlo, Tan. Questo è un po' uno shock» aggiunge diplomatico Booker. «Hai la reputazione di essere… un cretino.»

«Be', io la amo e lei ama me, perciò ci sposeremo. Siete tutti degli idioti. E non siete invitati.»

Mi infilo una mano tra i capelli e volto loro le spalle, agitato, perché il loro shock non è per la mia proposta ma per la risposta affermativa.

«Lo so, è stato veloce» aggiunge Belle tesa. «Ma per quanto sia folle, è vero. Amo Tanner.»

Le sue parole mi placano l'anima proprio mentre Camden interviene. «Non riesco a credere che tu non me l'abbia detto.»

Mi giro a guardarlo. «Non l'avevo pianificato.»

«Perciò è stato spontaneo?» chiede Booker. Annuisco.

«Be', sono felice per voi» cinguetta Indie, l'unica maledetta voce della ragione in questa stanza dimenticata da Dio. Si sistema gli occhiali gialli e aggiunge: «Voi ragazzi siete pazzi, ma credo siate fatti l'una per l'altro.»

Poi è Hayden ad aggiungere la sua candida opinione. «Tanner che sposa una dottoressa. Neanche in un milione di anni me lo sarei immaginato.»

Tutti scoppiano a ridere, e sono a tanto così dal mettere il broncio. La mano di Belle mi scivola lungo il braccio e mi dà un colpetto di incoraggiamento.

Vi avanza verso di noi, le braccia tese verso Belle. «Sei perfetta per Tanner. Sono felicissima per tutti e due.»

«Lo sono anch'io» conferma Camden.

Guardo papà, il cui viso stoico è segnato dall'apprensione. Incrociamo gli sguardi mentre Indie e Vi iniziano ad abbracciare Belle e chiederle se ha già dei piani per il matrimonio.

Giro loro attorno per avvicinarmi a papà. «A te sta bene?» gli chiedo cauto.

«Hai ritrovato il tuo gioco, Tan» risponde lui, la fronte aggrottata per la preoccupazione. «Sei sicuro che sia una buona idea?»

Serro le labbra. «Penso che Belle mi aiuti a giocare bene. Mi sento con i piedi per terra con lei. Concentrato.»

«Be', di certo non le avrai fatto la proposta per via del calcio.» Il suo sguardo preoccupato diventa serio.

«Mai» mi difendo, scostandomi i capelli dalla faccia e cercando di trovare le parole per dimostrarglielo. «Papà, io la amo. Era come… Mi sentivo come…» balbetto. «Come… sposala o smetti di respirare, e ho scelto di sposarla. Il calcio non l'ho neppure considerato.»

Il suo sguardo si addolcisce. «La ami davvero.»

Sbuffo. «Più di quanto avrei mai pensato di poter fare.»

Un luccichio gli brilla negli occhi e aggrotta la fronte, schiarendosi la gola.

«Che c'è?» gli chiedo.

Scuote la testa. «Ho fatto la proposta a tua madre dopo solo due settimane. Vedere la tua espressione, oggi, mi sta facendo riaffiorare dei ricordi.»

Ricordi. Ricordi che non ha mai condiviso. Conosco i fatti. So che mamma era incinta di Gareth quando si sono sposati. Però, tutta la parte calda e romantica su come papà si sia innamorato di lei mi è stata nascosta per così tanto, che negli anni me ne sono dimenticato.

«Mi piacerebbe saperne di più una volta o l'altra» aggiungo.

Lui annuisce e si guarda intorno, scrutando tutti noi. «Un'altra volta. Per adesso, vorrei congratularmi con la tua fidanzata.»

Quell'etichetta mi fa spuntare un sorriso sul volto.

Belle continua a ricevere abbracci da tutti. Perfino da Gareth, che le sta dicendo qualcosa su come potrebbe trovare molto di meglio.

Non mi importa. Ha detto sì.

Capitolo 31

Mettile un anello al dito

Tanner

Il giorno dell'intervista per la rivista è arrivato. È trascorso qualche giorno dall'evento di beneficenza di Belle, e le sole persone a cui abbiamo detto del nostro fidanzamento sono la mia famiglia e Indie. Pensavo che avrebbe voluto andare a dirlo ai suoi genitori, presentarmi a loro come si deve, ma si è rifiutata. Ha detto che lei non aveva importanza per loro da nubile, quindi non ne avrebbe avuta da sposata. È triste, ma sono sollevato di non dover rivedere quel coglione di suo padre. Si meriterebbe un pugno in faccia.

Comunque, un giorno potrebbe volerli far entrare nelle nostre vite. E quando quel giorno verrà, lo sopporterò… per lei.

Parlando di campane nuziali, Belle dice che vuole aspettare a sposarsi. A quanto pare, c'è un arcaico preavviso di ventotto giorni che dobbiamo dare all'Ufficio del Registro, per poterlo rendere legale. Inoltre, lei vuole finire l'internato e che io finisca la stagione, dopo di che partiremo per una lunga vacanza. Vuole sposarsi in spiaggia, solo noi due, che nella lingua delle ragazze significa che ci saranno anche Indie e Cam.

Quindi, negli ultimi giorni, io e Belle abbiamo taciuto sul nostro fidanzamento. Lei mi è parsa un tantino seccata quando ho detto che non volevo menzionarlo neppure durante l'intervista. Odio piantare in lei quel seme di insicurezza, ma…

Ho dei piani.

L'intervista è al Tower Park, subito dopo l'allenamento della squadra, perciò Belle ha programmato di raggiungermi lì, appena uscita dal lavoro. La piccola troupe è costituita da soli due operatori e l'intervistatrice, una minuta e irascibile irlandese che si presenta come Georgina. Si sono sistemati vicino al palo della porta, sul lato est, in modo che le telecamere possano inquadrare sia il campo sia le tribune sullo sfondo.

Quando Belle arriva, il mio nervosismo fa altrettanto. Sono stato calmo e tranquillo finora. Ora che vedo lei, è tutto svanito.

Il sole di Londra sta iniziando a tramontare, inondando l'erba del campo di un caldo bagliore. Belle indossa un semplice paio di leggings neri, stivali neri e una camicia verde a scacchi, inconsciamente richiamando i colori del Bethnal Green. Sembra perfetta.

I capelli neri, lunghi e lisci, soffiano nel vento mentre avanza attraverso il campo, verso di me. Le vado incontro a metà strada, attirandola a me per un bacio di cui ho estremo bisogno, come di insufflare ossigeno per vivere.

«Ehilà» le alito contro le labbra.

«Ehilà.» Mi sorride di rimando.

«Come è stata la tua giornata?»

«Grandiosa. La tua?»

«Solo un altro giorno in ufficio.» Agito le sopracciglia guardandomi intorno nello stadio.

«Sedgwick mi ha fatta entrare.» Mi rivolge un sorrisino furtivo. «È eccitante essere qui, sul campo.»

Il mio sguardo si accende. «Ho dei piani per dopo.» Le faccio l'occhiolino e lei si morde un labbro, mentre il rossore le colora le guance.

Andiamo a raggiungere la troupe.

«Salve, ragazzi. Io sono Georgina. Grazie di aver accettato di parlare con me oggi.» Indica le due sedie da regista poste una accanto all'altra mentre si siede su una terza di fronte alle nostre. C'è una telecamera orientata su di noi e una su di lei. «Sarà una chiacchierata amichevole, perciò vi prego di essere spontanei, coloriti, e di divertirvi. I vostri fan lo adoreranno.»

«Fan» sbuffa Belle. «I suoi fan vuoi dire. Io non ho fan.»

«Oh, tu hai dei fan, cara» la corregge Georgina, le ciglia cariche di mascara che battono eccitate. «Sei un chirurgo fetale ad alto rischio che esce con un famoso calciatore. Assieme siete una coppia potente e di ispirazione per donne e uomini.»

Questo lascia interdetti sia me sia Belle. A volte è difficile rendersi conto che le persone ci guardano con ammirazione. Capisco come possano ammirare Belle. Lei salva vite. Ma io? Io gioco solo a calcio. Questo mi rende ancora più determinato a rendere l'evento della mia associazione benefica *Tutto Quel Che Ho* di maggior successo possibile.

L'intervista inizia con facilità. Domande su come ci siamo conosciuti. Cosa ci piace fare assieme. Onestamente, è mille volte più facile rispondere, ora che facciamo sul serio. Se ci stessimo ancora frequentando per finta, avrebbe potuto essere un incubo.

«Allora, Tanner» chiede Georgina, con cadenza irlandese fluida e sicura, «raccontami un aneddoto divertente su Belle. Qualcosa che ti ha fatto innamorare di lei, magari.»

Socchiudo gli occhi mentre ci rifletto per un attimo e poi inizio a ridere. «Ogni volta che Belle mangia in un ristorante, non sceglie mai da sola cosa ordinare. O si adatta a quello che ordina il suo ospite, o lascia che sia il cameriere a scegliere per lei. Di primo acchito si potrebbe credere che sia indecisa. Ma non lo è.»

«No?» chiede Georgina, lo sguardo acceso di curiosità.

Mi giro a guardare Belle. «È perché le piace andare all'avventura anche in un pasto. È una qualità che ammiro molto in lei.»

Lo sguardo di Belle è fisso nel mio, sbalordito dal fatto che lo abbia notato. Le faccio l'occhiolino e lei si allunga a prendermi la mano.

«Belle, e che mi dici di Tanner? Cosa ti ha fatto interessare a lui?»

Belle sorride tra sé come se conoscesse una battuta di cui nessuno di noi è al corrente. «Tanner sembra questo forte e tosto calciatore, col suo chignon e la barba perfettamente curata, dalla sua immagine si potrebbe pensare che sia un idiota presuntuoso. Molti atleti credono di dover rispecchiare l'immagine di un personaggio di prestigio e perfezione, ma Tanner no. È l'esatto opposto di presuntuoso. Esterna tutto. Non ha nessun filtro, nel bene e nel male. Calmo o emotivo che sia. Può passare da porco a femminuccia in un istante, fregandosene dell'impressione che dà. È quello che è, imbranataggine e tutto. Ed è un tenerone, e questo è… sexy.»

I suoi occhi sono ancora fissi nei miei ed esprimono un'intensità che mi lascia senza fiato. A volte non riesco a credere a tutto quello che vede in me.

Georgina si schiarisce la gola, lei stessa con le guance arrossate per aver assistito alla chimica che sfrigola tra noi. «Tanner, quando ti sei reso conto per la prima volta di amare Belle?»

***

Belle

Tanner risponde a Georgina all'istante. «Ho tentato di tenerglielo nascosto per un po'.»

Questo mi fa accigliare perché non è la risposta che mi aspettavo. «Davvero?»

L'intervistatrice domanda: «Come?»

Lui ride. «Be', una notte Belle era un po' brilla, era andata in un locale con la sua amica. Stavo cercando di trovarla per riportarla a casa, ma non rispondeva ai miei messaggi o alle telefonate.»

I miei occhi si riempiono di comprensione pensando a quella notte al Club Taint che sta ricordando. È passato così tanto tempo. All'epoca stavamo ancora fingendo. Di certo non mi amava allora. Di cosa sta parlando?

Lui aggiunge: «Ero decisamente preoccupato, perciò l'ho chiamata e le ho scritto un numero imbarazzante di volte.»

«Non erano così tante!» mi intrometto, scoprendo il suo bluff. «Ce n'erano solo un paio.»

Lui inarca un sopracciglio. «Perché le ho cancellate dal tuo cellulare.»

Spalanco gli occhi. «Davvero?»

Lui conferma. «Mentre eri a letto.»

Scuoto la testa, sorpresa. «Non ne avevo idea.»

L'intervistatrice ride con noi. «Quindi è stato allora che hai capito che ti stavi innamorando della dottoressa Ryan?»

Questo gli dà da pensare mentre risponde: «Come ha detto Belle, non sono un uomo che si trattiene. Quando mi sono reso conto di avere qualcosa da nasconderle, sapevo che era già troppo tardi.»

La sua risposta mi spiazza. Le parole sono così basilari e ordinarie. Ma all'improvviso tutto di lui è straordinario. Non ho tempo di rifletterci prima che si alzi dalla sedia.

Georgina si acciglia. «Ho solo un altro paio di domande e poi sarete liberi.»

Tanner fruga nella tasca dei suoi jeans. «Ho una domanda più importante, se non ti dispiace.»

Gira sui tacchi per rivolgersi a me e il mio sguardo si fissa sulla piccola scatola di velluto che ha tra le mani. «Tanner, no. Non qui» obietto sentendo le telecamere e il sussulto di Georgina.

«Abbiamo iniziato questa cosa davanti agli obiettivi e la finiremo davanti agli obiettivi, Ryan.» Mi fa l'occhiolino e si lecca le labbra. «Belle, la prima volta che ti ho chiesto di sposarmi, qualche giorno fa, è stato affrettato e veloce, e non ero del tutto preparato. Ora voglio metterti un anello al dito.»

Faccio un risolino e mi copro la bocca, scuotendo la testa meravigliata mentre si abbassa su un ginocchio e apre la scatolina, rivelando un diamante dal taglio a smeraldo disgustosamente grande. Mi passo le mani tra i capelli per lo shock. Non riesco a credere che lo stia facendo proprio qui.

Lui si sporge verso di me è sussurra: «È così che si fa una proposta di matrimonio.» Fa l'occhiolino e indica con un gesto il Tower Park attorno a lui. Ne osservo la grandiosità, lo splendore, l'atmosfera magica. È il luogo che lui chiama casa, quello in cui mi sono innamorata di lui mentre indossava una t-shirt con scritto "CUCCHIAIONE". È assolutamente perfetto.

Schiarendosi la gola, lui dice: «Belle Ryan, ti sto ufficialmente invitando a venire con me alle cene domenicali degli Harris da ora e per sempre, o finché non potrai più sopportare la mia famiglia, perché sono terribilmente fastidiosi.»

«Taci» gli grido tra le lacrime. «Amo la tua famiglia.»

«E io amo te» mi fa eco lui. «Pensavo che nella vita ci fossero solo il calcio e la famiglia, ma soltanto perché non avevo ancora conosciuto te. A ogni passo insieme, hai messo alla prova la resistenza del mio cuore. E ora voglio arrivare lontano con te. Voglio vivere la vita con te così a lungo da non essere più in grado di ricordare come fosse prima.» Fa una pausa. «Vuoi sposarmi?»

Rido, tirando su col naso per arrestare le lacrime. «Sì… di nuovo!» Salto su dalla sedia e mi lancio tra le sue braccia mentre si alza. Lui mi tiene quando gli stringo le gambe attorno alla vita e strizzo ogni parte di lui contro di me più forte che posso.

Siamo qui, sul campo, accanto al palo della rete, a confermare i nostri propositi l'una all'altro.

«Ho cambiato idea. Non voglio sposarmi su una spiaggia. Voglio sposarmi qui» affermo e lo bacio con impeto.

Lui ride contro la mia bocca. «Penso si possa organizzare.»

Lo guardo negli occhi. «Sono follemente innamorata di te, Cucchiaione.»

«Sono follemente innamorato di te, Cucchiaino.»

Epilogo

Tutto Quel Che Ho

Tanner

Otto mesi Dopo

Il matrimonio somiglia molto al calcio. È un gioco basato sulla fiducia. Sostieni la tua squadra e l'aiuti a correre dei rischi. A volte va bene. E a volte no. Festeggi ogni vittoria e piangi ogni sconfitta. Ma poi ti rialzi e lo rifai daccapo. Perché il risultato finale è una famiglia che avevi solo sognato.

Guardare mia moglie seduta dietro un tavolo con Sedgwick, a registrare i tanti atleti professionisti che hanno aderito alla mia prima corsa VIP da cinquemila metri annuale, è il sogno più bello di tutti.

Oggi è un grande giorno per noi. Grande quasi quanto quello del nostro matrimonio, avvenuto un mese fa al Tower Park. Oggi è la prima *5k Walk and Run VIP* della *Tutto Quel Che Ho.*

Gruppi di senzatetto, provenienti da ogni parte di Londra, stanno entrando in fila sotto un tendone bianco che abbiamo allestito in Hyde Park. Stiamo servendo cibo e bevande e in più su un tavolo sono esposti i tanti vestiti che ci sono stati donati, e che chi ha bisogno può prendere, anche per presentarsi al meglio ai colloqui di lavoro. C'è poi un'area che definiamo *la fiera del lavoro*, in cui le ditte che si occupano di vari stadi londinesi stanno facendo dei colloqui sul posto. È stata un'idea di Sedgwick quella di estendere il programma di lavoro oltre il Tower Park, e sono rimasto sbalordito quando gli altri stadi hanno aderito al progetto. Non ci sono garanzie che tutti verranno davvero assunti oggi, ma si tratta comunque di un'opportunità che molti senzatetto non avrebbero mai avuto altrimenti.

Tutta la mia famiglia è qui, pronta a correre. Perfino la famiglia e gli amici di Hayden sono là fuori a supportarci. Vi ha portato Rocky nel passeggino, vestita con una piccola tuta da ginnastica e una fascia per il sudore, proprio come suo zio Tanner. Gareth e Camden sono riusciti a convincere molti dei loro compagni di squadra a unirsi alla corsa, e tutti si stanno mescolando ai senzatetto, per mangiare insieme a loro e imparare qualcosa sulle loro storie. E questo è d'ispirazione.

Abbiamo raccolto oltre centomila sterline finora, tra donazioni e iscrizioni. È solo metà di quanto avevo sperato, il che dovrebbe essere deludente, ma Belle continua a rassicurarmi che per un primo evento annuale è un ottimo inizio.

Alle nove in punto dirò qualche parola e poi lo sparo di una pistola darà ufficialmente il via alla gara.

Mi dirigo a grandi passi al tavolo di Belle. Ha appena finito di iscrivere DeWalt, che mi rivolge un educato cenno del capo. Il cretino non è stato invitato al matrimonio.

«Salve, moglie» dico orgoglioso. «Come vanno le cose da queste parti?»

Lei alza lo sguardo su di me con un sorriso, gli occhi neri che luccicano di orgoglio. «Alla grande, non è vero, Sedgwick?»

«Proprio così.» Sedg sorride accanto a lei. «E te lo sei appena perso, ma ho preso in braccio Rocky.» I suoi occhi brillano deliziati. «Tua sorella me l'ha messa tra le braccia senza nessuna paura. È un angelo, Tanner.»

Sorrido e concordo pienamente. È bello che tutta la mia famiglia abbia conosciuto Sedgwick oggi. Non so cosa avrei fatto senza di lui in questi ultimi mesi. È in pratica diventato il vicepresidente ufficioso dell'associazione.

La nostra speranza è trasformare la *Tutto Quel Che Ho* in una no-profit con una sede, per permettere ai senzatetto di farsi una doccia e lavarsi i vestiti. Abbiamo fatto brainstorming di idee, come armadietti di vestiti per i colloqui di lavoro e qualunque altra cosa di cui le persone possano aver bisogno per recuperare un po' di dignità. Mi piacerebbe dare a Sedgwick un nuovo lavoro come direttore delle operazioni. Anche se è ancora più che felice di lavorare per il Tower Park.

«Oh! Devo parlarti» dice Belle, alzandosi dalla sedia. «Tu ce la fai qui, Sedg?»

Lui si guarda intorno. «Penso che abbiamo registrato tutti. Mangerò giusto un boccone al volo prima che mettano via il cibo.»

«Eccellente.» Belle prende un borsone da terra e mi afferra per un braccio. «Andiamo in un posto un po' più riservato.»

Ha uno strano tono di voce. Non mi piace quando ha uno strano tono di voce.

«La tenda dei media è vuota» suggerisco.

«Geniale.»

Andiamo fin lì e, quando si volta a guardarmi, ha un luccichio spaventoso negli occhi. È lo stesso pericoloso luccichio che ha ogni volta, prima di praticarmi del sesso orale. Non so mai se sta per succhiarmelo come una campionessa o staccarmelo a morsi e ballare sulla mia tomba.

L'afferro e l'attiro a me.

«Non siamo qui per questo.» Si ritrae dalle mie labbra.

«Cosa?» le mormoro contro il collo. «Hai detto che volevi della privacy e hai quello sguardo negli occhi. Sai dove va la mia mente.»

«Tanner, sii serio» afferma mentre le passo le dita sulla scritta all'avambraccio.

La notte del nostro matrimonio, io e Belle ci siamo fatti fare dei tatuaggi coordinati. Il mio ha una scritta in corsivo che recita: "Amala ma lasciala selvaggia."

Belle si è fatta il suo primo tatuaggio, che è il riflesso del mio. "Amalo ma lascialo selvaggio."

È il mantra perfetto per il nostro matrimonio. Litighiamo e ci provochiamo l'un l'altra fino al punto di rottura, ma abbiamo imparato che i litigi sono in realtà i nostri preliminari. *E mi piace tanto giocare con Belle.*

«Tanner, dobbiamo fare un *discorso profondo* in questo momento» afferma lei, riportando la mia mente alla realtà.

«Sì, moglie mia?» Le faccio un mezzo sorriso e le tolgo le mani dal culo.

Si lecca le labbra. «Se ti dicessi che ho trovato un donatore che raddoppierà tutti i fondi che abbiamo raccolto oggi, a una condizione?»

«Risponderei che ti amo e ti chiederei dove possiamo andare a fare una scopata della vittoria» dico di getto, prendendola per la vita.

Mi rivolge un'occhiataccia. «Non scoperemo, Tanner.»

Faccio un pesante sospiro. «E così muore un altro sogno.»

«Conosci un certo Frank McElroy?»

Aggrotto la fronte. «Un amico di Hayden, giusto? Già, l'ho conosciuto alla festa di fidanzamento di Vi e Hayden. Un tipo buffo. Non proprio il tuo tipo, considerato che gioca per l'altra squadra.»

Lei alza gli occhi al cielo. «Be', a quanto pare viene da una famiglia con un sacco di soldi. Ho sentito il nome McElroy nei circoli di mio padre, ma non è un cretino come loro e ha avuto un'idea per realizzare oggi un colpo ancora più grosso.»

«Va bene…» dico, ora curioso da morire.

«Se tu e i tuoi fratelli farete una cosa, questo raddoppierà tutti gli incassi di oggi.»

«Sto ascoltando!» esclamo. È incredibile.

«Ricordi la volta in cui ti sono venuta a prendere, mentre eri nudo a un angolo di strada, e hai detto che mi dovevi un favore?»

«Sì…»

«Partecipare alla raccolta fondi del mio ospedale non è stato affatto sufficiente, quindi…» Fa una risatina e si china a raccogliere il borsone. Ne estrae una striscia di brillante tessuto verde fluorescente.

«Cos'è quello?»

Belle sorride. «Un mankini.»

«Un cosa?» chiedo, del tutto confuso.

Lo alza meglio. È una sottile striscia di tessuto con delle bretelle che vanno sopra le spalle. Il retro è…

«Belle, dietro è un perizoma!» dico incredulo. «Che diavolo dovrei fare con quella cosa?»

Lei ha di nuovo quello sguardo negli occhi. Pura malvagità.

«Se tu e i tuoi fratelli indosserete un mankini durante la gara, avremo ufficialmente raggiunto il nostro obiettivo per la beneficenza.»

Resto a bocca spalancata. «Vuoi che io e i miei fratelli indossiamo quella cosa e corriamo per cinque chilometri?»

Lei annuisce. «È per un'*ottima* causa.»

«Io mi chiamo fuori. Questo è ridicolo. Smetto di essere un Harris» si lamenta Booker, tirandosi il tessuto teso sotto la tuta e sistemandosi a disagio il pacco.

«A me neanche entra il mio» dice Gareth, pizzicandosi i pantaloncini e tirandosi giù la T-shirt sopra la testa. «Ci serve un'aggiunta a questa clausola. Dobbiamo indossare dei pantaloncini o roba simile.»

«Già, stesso problema qui, fratello» afferma Camden, uscendo a grandi passi da dietro lo spogliatoio improvvisato, che abbiamo creato nella tenda dei media vuota.

Quel coso non sta coprendo niente. Letteralmente. Faccio una smorfia alla vista del suo scroto che sbuca di lato. Almeno è depilato, che culo!

Va bene, lo ammetto, questa idea è ridicola. Ma, per prima cosa, farei davvero di tutto per mia moglie. E secondo, quando Belle mi ha detto quanti soldi potremmo fare con un video YouTube destinato a diventare virale, all'improvviso mi sono sentito molto meno imbarazzato.

Inchiodo i miei fratelli con uno sguardo serio. Più serio di quanto io mi senta, stando qui in un paio di pantaloni da jogging con delle bretelle fluorescenti sopra le spalle che mi coprono i capezzoli. «Sentite, lo so che è folle. So che sembreremo un insieme di imbecilli là fuori. Ma siamo Harris. Siamo superiori. Non siamo troppo orgogliosi per fare qualcosa un po' fuori dagli schemi. Quelle persone per strada non hanno nulla, e noi faremo ciò che serve per dare loro il maggior aiuto possibile.»

Mi faccio schioccare il tessuto fluorescente sul petto e le spalle di Gareth tremano per una risata silenziosa. Camden e Booker sono meno discreti nel loro palese divertimento.

Proseguo: «Sono centomila sterline, con l'enorme potenziale di diventare molte di più.»

«Ma potremmo metterci noi la differenza» afferma Gareth.

Sospiro e scuoto la testa. «Non è solo una questione di soldi. È questione di far colpo. Di richiamare l'attenzione. Questa ridicola idea sistemerà la fondazione a vita. Diventerà virale, e questo ci permetterà di aiutare sempre più persone.»

«O farle scappare via spaventate» borbotta Booker.

«Non se lo facciamo bene. Non se lo facciamo con convinzione e orgoglio, come solo gli Harris sanno fare.»

Camden si sporge a parlare all'orecchio di Gareth. «Sono solo io o sta venendo in mente anche a te il discorso sulla libertà di *Braveheart*, in questo momento?»

«È per una grande causa!» ruggisco. «Ora andiamo là fuori, forza! Copriamoci le noci e facciamolo!»

Indossiamo indumenti sportivi sopra il costume ridicolo e ci dirigiamo fuori dalla tenda, verso il palco improvvisato, dove la folla è radunata per guardare l'inizio della gara. Se prima ero nervoso, ora invece sono calmo e controllato. C'è qualcosa che in un certo senso mi trasmette coraggio nell'indossare questo mankini. Forse dovrei renderlo normale amministrazione.

Tutta la mia famiglia è nella fila davanti, su un totale di parecchie centinaia di persone. Hayden tiene Rocky tra le braccia; Indie e Vi stanno parlando a bassa voce con papà, e Booker, Gareth e Camden vanno a raggiungerli, con aria imbarazzata come pochi.

Il mio sguardo atterra su una criniera rosso fuoco e riconosco immediatamente l'uomo.

Frank.

Inclina la testa verso di me con un discreto sorrisino e io lo guardo scuotendo la mia. Potrebbe essere il pervertito più geniale che abbia mai conosciuto.

Mi schiarisco la gola prima di cominciare a parlare al microfono. «Non ho molto da dire, ma ci sono delle persone che voglio ringraziare. Per prima cosa, grazie a tutti voi per essere venuti, che siate atleti che parteciperanno alla gara, amici o familiari venuti a sostenerli, e grazie per aver donato oggi. Abbiamo raccolto molti soldi e questo mi rende incredibilmente fiero, perché so che è solo l'inizio. La *Tutto Quel Che Ho* è nata perché in un momento di difficoltà sono stato aiutato da un uomo che non aveva nemmeno una camicia di scorta. Non aveva letteralmente niente, ma si è offerto di darmi tutto ciò che poteva. E mi ha fatto rendere conto che, come atleta professionista, avrei potuto fare tanto, ma non stavo dando abbastanza. Perciò, spero di ottenere una forte risonanza, oggi.»

Faccio una pausa ed espiro, l'ansia che sale a spirale dentro di me per quello che sto per fare. Guardo i miei fratelli, che sembrano sul punto di vomitare o piangere. Posso capirli. Un sorriso nervoso mi si apre sul volto. «E per animare un po' le cose, io e i miei fratelli abbiamo una piccola sorpresa per tutti voi, perché questa giornata sia davvero… memorabile.»

Riesco a vedere che tutti si guardano attorno, come se si aspettassero l'arrivo di qualche grande pop star, venuta per intrattenere il pubblico, o qualcosa di simile. Lo intratterremo eccome.

Belle fa il sorriso più grande che ricordi di averle mai visto, Vi aggrotta la fronte per la confusione, e giurerei di sentire Frank sghignazzare da qualche parte in lontananza.

«Facciamo una bella corsa!» urlo, e salto giù dal palco, andando dritto verso Belle. Il suo viso è il poster della sorpresa quando la afferro e le do un bacio sulle labbra. «Ricordati soltanto che me lo hai chiesto tu.»

Lei fa un risolino e mi guarda dalla testa ai piedi. Ci sarebbe da aspettarsi che sia disgustata da quello che sto per fare, del tutto smontata dalle strisce fluorescenti di lycra che fanno capolino da sotto i vestiti. Ma il fuoco che vedo nelle pozze scure dei suoi occhi mi costringe a distogliere lo sguardo prima che una certa parte di me cresca troppo per rimanere confinata in questa tenuta.

Lei si alza in punta di piedi per sussurrarmi all'orecchio: «Quanto è folle che sia eccitata al pensiero di ciò che indossi sotto i vestiti?»

Mi lecco le labbra e la guardo di traverso. «Del tutto. Ma non mi sarei aspettato niente di meno da te.»

Fa una risatina e si avvicina di più. «La parte peggiore di tutto questo è che Frank avrebbe donato i soldi comunque.»

«Lui cosa?» esclamo, scattando all'indietro, il mio shock tanto forte che penso mi si sia fermato il cuore.

Lei mi tira giù dalla maglietta e mi sussurra contro le labbra: «Ma il fatto che tu lo stia facendo mi fa innamorare di te ancora di più.»

Nonostante lo shock, la bacio, del tutto impotente nei confronti della mia attrazione quando fa così. Quando ci separiamo, stiamo ridendo entrambi.

«Moglie,» ansimo «tu sei davvero pazza.»

«Marito, tu ami la mia pazzia.» Il suo sorriso è straordinario.

Ringhio e le do un ultimo casto bacio sulle labbra, poi mi affretto a raggiungere i corridori che aspettano sulla linea di partenza. *Non si torna più indietro.*

La risata di Belle mi echeggia nelle orecchie mentre i miei fratelli si posizionano accanto a me. Ci sono almeno sessanta atleti sistemati dietro di noi, grandi nomi che partecipano grazie ai nostri contatti nel mondo dello sport. Stanno per assistere allo spettacolo della loro vita, proprio ora.

L'uomo dello starter mi guarda e io sollevo un dito verso di lui chiedendogli un minuto, poi devio lo sguardo verso Vi e Hayden, che si trovano dalla parte opposta della linea. Hayden sta tenendo Rocky, che agita le sue manine cicciottelle verso di me.

«Non ne vado fiero, ragazzi» geme Camden.

«Mi sto già pentendo di questa decisione» afferma Booker.

«Vaffanculo, Tanner» ringhia Gareth.

«Vi» urlo, e attendo che il suo sguardo trovi il mio. «Copri gli occhi a Rocky.»

«Cosa?» grida lei.

Per fortuna l'azione di Hayden è immediata, per proteggere la vista della mia innocente nipote.

E allora... ci spogliamo.

I nostri movimenti non ricordano per niente quelli alla *Magic Mike*, o altri spogliarelli che si vedono in televisione e negli spettacoli a Las Vegas. Sembra più una accozzaglia di uomini troppo muscolosi che lottano contro la posizione fetale.

Le risate ci esplodono attorno mentre ci sfiliamo le magliette da sopra la testa e scivoliamo velocemente fuori dai pantaloni. Iniziamo a gettare tutto di lato coi piedi, perché le nostre mani sono troppo occupate a coprirci bacche e rametti.

«Ma che cazzo?» sento una voce sconosciuta alzarsi tra le risate.

Vedo qualche altro genitore far voltare i figli per non assistere alla scena.

La deplorevole scena.

«Ragazzi!» ci ammonisce Vi.

Non riesco neppure a sbirciare in direzione di mio padre. Non so se sarò mai più in grado di guardarlo negli occhi.

Ma vedo mia moglie, insieme a Indie, ridere forte fino alle lacrime, che le scorrono lungo il viso.

Dio, amo vederla ridere.

Vederla così trasforma le mie viscere in un budino e, nonostante la mia attuale tenuta, riesco a pensare solo a quanto sia meraviglioso renderla felice.

Con lo sguardo puntato su di lei, mi sporgo e mormoro a Camden: «Non vedo l'ora di metterla incinta.»

«Cosa?» esclama lui, ma non mi do la pena di ripetere.

«Siamo pronti!» grido.

Prima che Camden abbia la possibilità di fare un'altra domanda, la pistola spara.

Poi, noi quattro, i fratelli Harris, guidiamo il branco, provando a tutti che non c'è assolutamente nulla che non faremmo l'uno per l'altro.

Ma quello che farei per Belle supera perfino ciò che farei per loro. Ed è una cosa grandiosa, che non avevo mai creduto potesse accadere nella mia vita.

Penso sia stato Oscar Wilde a dire che la vita imita l'arte. Be', per la famiglia Harris, il calcio imita la vita. I ruoli in campo di noi quattro fratelli rispecchiano il modo in cui affrontiamo la vita.

Camden e io siamo attaccanti, entrambi sempre pronti a cogliere ogni minima occasione per un affondo. In campo, noi creiamo il ritmo, una danza di dare e ricevere, passare e tirare. Gestiamo le prodezze. Regaliamo i momenti migliori. Assieme, spingiamo per la gloria, ma sempre al servizio di un obiettivo più grande.

Booker è il portiere. Rimane concentrato su tutto ciò che minaccia l'interno dei pali, perché nulla ha più importanza per lui che proteggere ciò che si trova dentro il suo campo d'azione. A prima vista non intimidisce ma, quando si guarda oltre il suo comportamento gentile e tranquillo, in lui si scorge una ferocia tale che pensi arriverebbe a uccidere pur di proteggere ciò che è suo.

Gareth è un difensore. È un guardiano fiero e solido, rozzo nel suo stile di gioco ma forte negli attacchi. Lui difende chi è dietro di lui con stoicismo e senza mai piegarsi, neanche sotto la più intensa delle pressioni. Tutto quello che copre con la sua persona è ciò che gli è più caro.

Sopra di noi, ci sono nostra sorella, Vi, e nostro padre, Vaughn. Loro sono i manovratori tattici, gli strateghi. La prima combatte per migliorarci come persone, l'altro per l'eccellenza professionale. Entrambi controllano il gioco, tramite un'intricata ragnatela di comportamenti. Perseguono obiettivi leggermente diversi, ma ognuno dei due riprende dove l'altro si ferma.

Ma le donne nelle nostre vite, le donne che potrebbero spezzare noi uomini Harris… loro sono le più fiere di tutti. Perché sono *loro* a ispirare i nostri personali *Lieto Fine.*

Ora, aspettiamo di vedere cosa ha in serbo il futuro per Gareth e Booker. Diamine, forse perfino per papà, un giorno.

Ringraziamenti

Oh santo cielo! Quanto mi sono DIVERTITA con Tanner e Belle! Il finale con un mankini è stata un'idea che avevo avuto all'inizio del libro. Sapevo che era un genere di finale rischioso, folle e ridicolo, ma se siete membri dell'Amy Daws London Lovers Fan Group su Facebook sapete quanto trovi esilaranti i mankini. E se c'è mai stata una coppia che potesse fare qualcosa di folle, quelli sono Tanner e Belle. Spero abbiate amato la mia pazzia.

Ho davvero tante persone da ringraziare per avermi aiutata con questo libro.

Per prima cosa le mie lettrici alfa Jaci, Julia, Bethy e Belinda. Mi piace essere tenuta per mano con i fratelli Harris, perché mi stressano! Farvi leggere mentre scrivo rende il processo molto più divertente. Mi fa molto piacere che siate state coinvolte da questi personaggi quanto me, e mi fa piacere che mi sproniate! Grazie per aver sopportato le mie folli nevrosi da scrittrice. La vostra resistenza è sbalorditiva!

La mia cassa di risonanza britannica, Lynsey! Grazie di aver risposto alle mie copiose richieste sul gergo britannico. Non è facile essere un'autrice americana che scrive di personaggi inglesi, ma avere te nella mia squadra lo rende enormemente più divertente. Ti voglio un mondo di bene, Bruv!

A tutti i miei sensazionali beta e correttori, che leggono velocemente e mi danno feedback ponderati, grazie! Mi spronate e apprezzo che mi aiutiate a rendere i miei libri migliori. Ho amato avervi sul mio barbuto ottovolante degli Harris. (Suona quasi come una cosa sconcia.)

La mia editor, Stephanie! Grazie di conoscere i miei personaggi da cima a fondo e aiutarmi a essere loro fedele in ogni libro. Ti devo un blocco note per gli incredibili appunti che tieni sul mio lavoro. Sei la migliore. Non lasciarmi mai!

Il mio gruppo di lettura London Lovers. Questo libro è dedicato a voi. Rendete divertente scrivere. Grazie per avermi permesso di torturarvi con i Mankini Mondays e aver abbracciato la mia pazzia. Il vostro amore per la famiglia Harris non vacilla mai e mi sto godendo da impazzire questo viaggio con voi.

Al mio maritino. Grazie di accettare i momenti in cui ho bisogno di estraniarmi dalla realtà per far venire fuori le parole. Questi personaggi mi consumano, ma è il tuo sostegno che mi fa andare avanti. Cercherò di non far uscire un altro libro durante il periodo in cui bisogna ricordarsi di pagare le tasse! (Probabilmente è una bugia, ma almeno il pensiero c'è.)

Alla mia Lolo. Diventi più simile a me ogni giorno e questo mi eccita e mi terrorizza allo stesso tempo. Abbraccerò sempre la tua pazzia e ballerò sempre con te, come se nessuno ci stesse guardando.

Ai miei bambini in cielo. È folle che ci sia stato un periodo nella mia vita in cui ho perso sei bambini. Per quanto sia felice e per quanto veda meravigliosa la vita oggi, so che non sarei dove sono senza aver passato tutto ciò. Voi sei siete il barometro della mia vita. Mi aiutate a vedere il bello nel quotidiano, perché perdere tutti voi è stato tutto fuorché ordinario. Grazie di aver reso la mia vita straordinaria.

Hope Edizioni

Grazie di aver acquistato e letto il nostro libro! Speriamo ti sia piaciuto. Sarebbe per noi un onore conoscere la tua opinione.

Ci farebbe piacere se postassi un tuo pensiero, qualsiasi esso sia, sullo store che preferisci e magari anche sui social. Il passaparola è importantissimo per ampliare la diffusione dei libri e ci dà l'opportunità di crescere.

Ti invitiamo a seguirci anche sulla nostra pagina Facebook, su Instagram e nel nostro sito:
www.hopeedizioni.it

Indice

Finito di stampare
nel mese di dicembre 2021
presso Rotomail Italia S.p.A. – Vignate (MI)